U0584729

遇见小王子

À la rencontre du petit prince

[法] 阿尔邦·塞里西埃
[法] 安娜·莫尼埃·范里布　著
☆　法小珂　译

中国友谊出版公司

图书在版编目（CIP）数据

遇见小王子 / (法) 阿尔邦·塞里西埃，(法) 安娜·莫尼埃·范里布著 ；法小珂译. -- 北京 ：中国友谊出版公司，2024.4

ISBN 978-7-5057-5767-7

Ⅰ. ①遇… Ⅱ. ①阿… ②安… ③法… Ⅲ. ①童话－文学研究－法国－现代 Ⅳ. ①I565.078

中国国家版本馆CIP数据核字(2023)第225323号

著作权合同登记号 图字：01-2024-1590

First published by Editions Gallimard, Paris
© Editions Gallimard 2022
本书中文简体版专有版权经由中华版权代理有限公司授予北京创美时代国际文化传播有限公司。

书名 遇见小王子
作者 [法] 阿尔邦·塞里西埃 [法] 安娜·莫尼埃·范里布
译者 法小珂
出版 中国友谊出版公司
发行 中国友谊出版公司
经销 新华书店
印刷 北京中科印刷有限公司
规格 980毫米×1240毫米 8开
44.5印张 231千字
版次 2024年4月第1版
印次 2024年4月第1次印刷
书号 ISBN 978-7-5057-5767-7
定价 298.00元
地址 北京市朝阳区西坝河南里17号楼
邮编 100028
电话 (010) 64678009

如发现图书质量问题，可联系调换。质量投诉电话：（010）59799930-601

衷心感谢你们的信任和无私贡献：

奥利维埃·达盖[①]先生，以及圣－埃克苏佩里－达盖遗产管理委员会（Succession Saint-Exupéry–d'Agay）；玛蒂娜·马丁内斯·弗鲁克托索[②]女士，以及康苏爱萝·德·圣－埃克苏佩里[③]遗产管理委员会（Succession Consuelo de Saint-Exupéry）。

① 奥利维埃·达盖（Olivier d'Agay），安托万·德·圣－埃克苏佩里的甥孙，圣－埃克苏佩里－达盖遗产管理委员会负责人。（除特别说明，本书注释均为译者注）

② 玛蒂娜·马丁内斯·弗鲁克托索（Martine Martinez Fructuoso），康苏爱萝·德·圣－埃克苏佩里的秘书、园丁兼司机何塞·马丁内斯·弗鲁克托索（José Martinez Fructuoso）的遗孀，康苏爱萝作品的版权所有者。

③ 康苏爱萝（松辛）·德·圣－埃克苏佩里［Consuelo（Suncín）de Saint-Exupéry，1901—1979］，萨尔瓦多裔法国作家、艺术家。安托万·德·圣－埃克苏佩里的妻子，一说《小王子》中"玫瑰"的原型。

主编　阿尔邦·塞里西埃（Alban Cerisier）

法国出版人、档案学家、历史学家，主攻出版史。他自 1995 年起在法国伽利玛出版社工作，负责监督该公司的档案馆藏的保存和推广，并管理伽利玛出版社的数字开发。作为出版从业者和档案保管员，他在 2009 年出版了一本关于伽利玛出版社历史的书（*Une histoire de "La NRF"*），此外他还撰写了多部文学史著作并负责出版了安托万·德·圣－埃克苏佩里的一系列作品。

主编　安娜·莫尼埃·范里布（Anne Monier Vanryb）

法国巴黎装饰艺术博物馆馆长，"遇见小王子"（A la rencontre du petit prince）策展人。该展览于 2022 年 2 月 17 日至 6 月 26 日在法国巴黎装饰艺术博物馆举行，是巴黎首个"小王子"主题大展，以超过 600 件展品呈现了安托万·德·圣－埃克苏佩里作为作家、诗人、飞行员、探险家、记者、发明家、哲学家的多重形象。展品包括手稿、绘画、旧照、文档、信件和图书等，其中最重要的是首次在法国公开亮相的《小王子》原始手稿。

除特别说明，
本书中所涉及的作品和文献资料
均来自安托万·德·圣-埃克苏佩里。

005—015 页

墨水画
1942—1943 年，纽约
特别收藏

1942 年初，安托万·德·圣-埃克苏佩里与西尔维娅·汉密尔顿[①]在纽约相识，他为这位美国朋友创作了一系列原创画作并配以文字，共计 11 幅。这些作品与《小王子》诞生于同一时期，充满了怀旧、不安和忧郁的情绪，它们借用《小王子》中的人物和主题展现了人生的各个时段，并由此证实了《小王子》这本书在内容上的真实性、自传性和寓意性：这是一场意识在世界上的漫漫之旅。

① 西尔维娅·汉密尔顿（Silvia Hamilton），美国记者，安托万·德·圣-埃克苏佩里的女性密友，一说《小王子》中“狐狸”的原型。

0. 这是人生开始之前。

I. 这是人生中最初的足迹。

远景中浮现出莫尔城堡（瓦尔[①]），这是作家童年时期的居所之一。

① 瓦尔（Var），法国东南部省名，隶属普罗旺斯－阿尔卑斯－蓝色海岸大区，南临地中海。

II bis Ca c'est la douceur des premieres illusions.

II-2. 这是最初的幻觉给予的甜蜜。

一边是五千朵花，另一边是唯一的一朵……幻觉，是长在道路的两旁吗？

III. 这是人生最初的困难。

我一定是迷路了，再也无法找到自己的小床了！

背景中浮现出撒哈拉高原和那些神秘的陨石。

III–2. 这是对未来最初的构想。

在《小王子》第十九章插图的基础上略作改动，徜徉在乐观和悲痛之间。

"……我错了，我不该让自己如此混乱！"

IV. 这是人生中的失望。

小王子垂垂老矣，他经历了这片沙漠，对他而言，那里就是整个世界。

这是我。

V. 这就是（高度概括的）人生。

无法通行的人生形象：一条悬崖之上的小路和突现的蛇形怪物。

V-2. 人生也是如此。

VI. 这是智慧。

这是一个讽刺性人物、一个反语，还是一个可以抚慰人心、真诚简单的形象呢？

没有人……我一定是搞错了约会地点！

从一座山峰到另一座山峰，他们无法看到彼此……小王子在远处焦虑不安。

这是某个在生闷气的人。

目录

去看见
真正重要的东西

阿尔邦·塞里西埃

Rendre visible
l'essentiel

安托万·德·圣-埃克苏佩里
圣-埃克苏佩里在他的朋友西尔维娅·汉密尔顿家中
1942—1943年，纽约

"真正重要的东西，眼睛是看不见的。"这一痛苦的认知正是《小王子》的核心所在，1943年4月，安托万·德·圣-埃克苏佩里笔下的这个故事在纽约出版。这种可能引发恐慌和绝望的激进表达似乎无视了我们的存在：我们，充满感性的有情众生，在世间万物的持续影响下，用各种各样的方式投入世界的"创造"之中，诸如生存、观察、知识、行动与职业、沉思、欲望与享受、爱与友谊……当然还有冒险，潜入未知世界！我们经历的所有这一切都要被视为无关紧要、都要被彻底遗忘吗？真是令人悲伤的消息。

然而，如果真正重要的东西不在这些方式之中，或者根本无法从中获得，那么周游世界、丈量新的土地、获取和积累更大的财富、改变我们的出身，这些又有什么意义呢？仍由肉身和感官组成的我们，要躲到哪个不由感性统治的王国，才能逃开这些无关紧要的事呢？是在梦的国度吗？是在众神的领域吗？Aquoibonism主义[①]就在街角转弯处，就在眼前；在安托万·德·圣-埃克苏佩里短暂生命中最为黑暗的时刻，他时常与它擦肩。

然而，这位飞行员-作家绝不是一个隐士，尽管他享受孤独，沉浸于沙漠深处，置身于高海拔的机舱；尽管他偏爱军营宿舍胜于他的卧房。在他多彩的生命中，他热烈地体验过这个看得见的世界，在他身上，既有民航飞行员和战斗飞行员的勇气与牺牲意识，也有美食主义者对尘世饕餮时刻充满欲望的贪婪。他感受过兄弟情谊，在沙丘中营救他的飞行员战友，把手伸进飞机引擎的润滑油中[②]，直面自然力量带来的种种危险；他放任自己的魅力，把他的身心、肩膀托付给他心爱的女人，并保护他的家人；他曾把小动物捧在手心，凝视落日，用魔术给孩子们带来欢愉，无论是朋友的孩子还是他的教子；他用自己的歌声、谜语、发明和恶作剧，给予家人一次又一次惊喜。他的内心是工程师，也是训练有素的科学家，他对解开物理现象的秘密同样怀有莫大的兴趣，并试图用公式将它们概括。当然，他也颂扬了人性中那些美好又珍贵的时刻，人性中蕴藏着幸福、和解、自由、脆弱，但它亦可实现自己的伟大，甚至在集体史诗中超越自我；他曾冒着被外界误解和身败名裂的危险去确认这一点。

那么，为何会得出开篇那个令人遗憾的结论呢？它的含义和意义又是什么呢？可以肯定的是，它传递出一种深深的无助和对人类社会的诸多困惑（尤其因为《小王子》这本书诞生于战争和流亡时期），对安托万·德·圣-埃克苏佩里而言，这些感觉一直如影随形——比起撒哈拉沙漠的沙地或安第斯山脉的雪地，他或许在纽约或阿尔及尔的街头体验得更为深刻。《小王子》便是在这种深深的不适感中诞生的：一个站在长满青草的山丘上的小人物，在他成为故事的主角并被确定下最终的面孔和身影之前，他眺望着远方，希望自己能猜到即将发生的事情或这一切的意义。然而，一切都是徒劳的。无论凝视何方，无论向哪个方向呼唤，他似乎都要面对自己的绝望回声，以及

> 您想让事物与世长存吗？那么，镂心呕血，精雕细刻，巧夺天工。专注于斯，千百次的耕耘孕育了奇迹，人类正是通过一次次创造神话，摆脱尘埃，通过一次次扭转现实而靠近永恒。
>
> 雷吉斯·德布雷*，2022年

* 雷吉斯·德布雷（Régis Debray，1940—），法国当代著名作家、思想家、媒介学家、记者，曾任法国总统国际事务顾问，著有《通用媒介学教程》。

① Aquoibonism主义，尚没有约定俗成的中文译法，指一种拒绝行动，怀疑任何事物效用的失败主义哲学。Aquoibon，是法文"A quoi bon"（有什么用呢？）的组合。

② 指飞机发生故障，修理飞机。

这个感性世界无法理解的晦涩，如同那个刚刚抵达地球时站在高山顶峰的小王子。

因此，真正重要的东西，眼睛是看不见的……但我们清楚地知道，作家不会停留在这个沉重的结论上。他会努力使他的角色——小王子（飞行员本人同样应该包含在内，他也是在童年时便放弃了让大人理解自己的奢望，而与之决裂），并很快使他的读者从这个最初几乎与世界分裂的感情中摆脱出来，重新“去看见真正重要的东西”。因为这就是作家的构想，从《小王子》最初的几页开始到震撼人心的结尾，它在一种语气与调性、语言与象征的巧妙和谐中，被持续地表达出来。书中的一切都有它的意义，全书以一种统一的文学性，共同支撑起一个具有象征性的微观世界：每一个情节，每一个人物，背景中的每一处细节。一切都是隐喻，读者沉浸于这种梦幻般的氛围中，被对话的风格、叙事的安排，当然还有起着核心作用，由作者创作的水彩画带入一种向上的情绪中。20世纪50年代，热拉尔·菲利普[①]录制拍摄了《小王子》的故事，在他的经典演绎中，这种情绪被表现得淋漓尽致。就这样，通过圣－埃克苏佩里诗意的表达，这部无与伦比的文学作品散发出抚慰人心的魔力，并以它非凡的传播力面向所有人，与每一个人交谈。

让我们尝试走近这个秘密的源头吧，即使它只是重现了作者自己的内心感受……本书所汇集的文献，包含许多从未公开、从未有过复制稿本的资料，它们也将帮助我们解开这个秘密。

《花坛上的人物》
墨水和铅笔画
1940年前后，巴黎
雅克－杜塞文学图书馆（Bibliothèque littéraire Jacques-Doucet）

比例的变化

在选择走向世界时，小王子把一个小小的星球留在了身后。有一天，他感到他的星球太过狭小，他对日常工作心生厌倦，他被一朵令人难以忍受的玫瑰折磨得痛苦不堪，他开始渴望别处！圣－埃克苏佩里当然知道自己在讲述什么，借助那场野鸟的迁徙，小王子被鸟儿带离他的星球，作家本人也有过同样的求助：1926年前往法国邮政航空公司[②]任职，使他可以告别那些不快的过往；抑或是1943年4月2日，军舰带他离开纽约和那些论战，也使他和妻子康苏爱萝再次天各一方。

由于他的眼前不再有“他的世界”，小王子将意识到是什么将他与他的世界联系在一起。在几张图画终稿的草图中，小王子的手中都握着一个行星形状的气球，一根看似非常脆弱的细线将两者相连。然而，在他可以探索的世界中，一切都无法为他重建那个他非常熟悉的宇宙，以及那个宇宙带给他的特有情感。在圣－埃克苏佩里的作品中，远处赋予了近处以意义，就像

① 热拉尔·菲利普（也译作“钱拉·菲利浦”，Gérard Philipe，1922—1959），法国戏剧、电影表演艺术家，世界影坛最优秀的演员之一，代表作有《肉体的恶魔》《勇士的奇遇》《红与黑》等。

② 法国邮政航空公司（Aéropostale），为欧洲邮政航空公司（Europe Airpost）的前身，成立于1927年，1947—1991年属于法国航空公司的一个子公司，1991年独立出来后，改名为Europe Airpost。Aéropostale是世界上第一个在法国和南美洲之间飞行的航空公司。

《小王子在他的小行星上，被一只鸟儿带着飞过天空》
仍有一根线把他与地球连接起来，地球上插着红十字会的旗帜
墨水、铅笔和水彩画
1942—1943 年，纽约 / 阿舍罗肯（长岛）
特别收藏

《飞行员在修理飞机时看到的沙漠中的小王子》
为《小王子》第二章所作的草图
铅笔和水彩画
1942 年，纽约 / 阿舍罗肯（长岛）
特别收藏

《地球上的小王子，一根线把他与他的小行星连接起来》
铅笔画
1942—1943 年，纽约 / 阿舍罗肯（长岛）
摩根图书馆与博物馆 *，纽约

* 摩根图书馆与博物馆（Morgan Library & Museum），建于 1906 年，最初为私人图书馆，1924 年开始对公众开放。博物馆主要收藏各类古籍善本、文学艺术历史手稿和珍稀艺术品，重要藏品包括 3 本《古登堡圣经》、弥尔顿《失乐园》唯一现存的手稿、美国《独立宣言》等。

无限大的东西以一种非缩减的方式持续传送至非常小的东西（在这当中，也经常出现这些星星花的图画，它们的茎部纤细却长得夸张，连接起根与枝叶、天空与大地，以这种最简单的形式呈现出一种生命之树的形象）。

此外，这也是冒险的本身意义之所在，这位飞行员 – 作家已经无数次踏上征程：只有真正强烈地体验到，是什么把我们与这份“熟悉”连在一起并避免我们忘记它的时候，我们与自身土地的分离和对未知土地的探索才有价值。我们不能因为男人和女人的差异而过分苛责任何一方；这些差异，可能至关重要。

所以，小王子将面对宇宙那令人眩晕的浩瀚，观察者与被观察者之间呈现出一种不成比例的关系。一个如此小的小王子，无论是向有无数颗星星的天空举目远眺，还是低下头面向无数朵一模一样的玫瑰，一切都变得无关紧要、毫不确定、令人沮丧。这位年轻的君主不是一个淘金者，他既没有领土要去征服也没有宝藏等待挖掘。然而，由于这种比例关系的变化以及从未感受过的孤独，他与以前的小世界即将变得疏远，从前被他视为必须的一切也将显得微不足道。这不是一种非常愉快的体验。而那些最初的相遇只会加重他的悲伤，他拜访的每一个人物（那些生活在岛屿星球上的“岛民”）都荒谬可笑。他们身上体现出相同的错乱失常，这些人的意识已陷入疯狂。在与世界的对抗中，每个人都以自己的方式努力追求着那些无用之物来满足自己：荣耀、财富、饱食。其中，没有什么是真正重要的东西。

我们必须就“什么是真正重要的东西”达成一致。真正重要的东西，可以是事物和生命的本质，以及它们的天性。然而，安托万·德·圣 – 埃克苏佩里似乎对这个问题并没有更多的兴趣，更恰当地说，之所以会触及这个问题，是因为他想从一个非常特殊的角度（诸如道德或务实的角度）来展开探讨；如果仅仅从对事物的控制角度来思考我们与世界的关系——书中，我们的认知领域首先是对事物的观察（有许多玫瑰的花园），而后延伸到对事物的占有（商人、酒鬼）——人们就会陷入沮丧。因为世界上并不只有一朵玫瑰，而是有许多朵（几乎）一模一样的玫瑰，这便使“唯一”陷入无差别之中。再多加一分钱，也不会给积累的财富带来更多意义；再多喝一杯酒，也永远无法止渴，无法减少人们内心的缺失；点灯人再多一次关闭或打开大照明灯，也不能更多地了解这个世界。人类把鼻头紧贴于世界的玻璃窗上，将自身暴露在这种事物体制的致命控制下。这种体制正是源于这个可见宇宙中存在的无限性和某种不知感恩的行为（至少在作者初期的分析中），它只会反过来导致缺失和烦恼的恶性循环，并最终引发悲伤和被抛弃感，使人类陷入孤独。

我们原本希望，也许今天仍然希望，这位来自朱比角[①]和蓬塔阿雷纳斯[②]

① 朱比角（Cap Juby），位于摩洛哥南部的西撒哈拉沙漠沿海处，这里曾是法国邮政航空公司从欧洲到西非乃至南美洲重要的中途经停站。1927 年 10 月，安托万·德·圣 – 埃克苏佩里被派驻朱比角担任朱比角中途站站长。

② 蓬塔阿雷纳斯（Punta Arenas），世界最南城市（南纬 53° 10′）之一，智利南极区和麦哲伦省首府。1938 年 2 月，安托万·德·圣 – 埃克苏佩里曾策划从纽约到蓬塔阿雷纳斯的长途飞行，在途中发生严重事故。

的男人，这位来自法国邮政航空公司辉煌时期的英雄，能够亲口告诉我们，《小王子》的创作是浑然一体、不可分割的，是亲切的，是友好的，是热情好客的。它会给予每个男人和女人那份沉思和满足的承诺，给予他们那份落日的情感，以及从树上摘下香甜的水果作为赏赐。然而，事实并非如此。安托万·德·圣－埃克苏佩里一直被一个画面困扰着，那是一个由悬崖、墙壁或沙漠组成的世界。几年前，这个画面就曾出现在作者的画中，那些为《小王子》所作的草图再次证明了这一点。

事实上，宇宙本身并未告诉我们任何事情。更糟糕的是，如果我们过快地萌生那就是我们的经历中“真正重要的东西”这个想法，它就会在“我们是什么”这个问题上欺骗我们，无论是出于软弱，抑或被胁迫。

正是由于这个原因，圣－埃克苏佩里思考的第一阶段和小王子行程的第一阶段，一直是在分离、否定的模式下进行的。小王子突然陷入一个可悲的世界。在这个世界中，人们被事物囚禁、被束缚在地面上，似乎无法表现出他们自身的卓越，小王子对此非常生气。他无法让别人听到自己的声音，只能愤愤咒骂。

况且，去看见“真正重要的东西”，首先要和这种事物体制保持距离——同时远离事物对我们的冷漠，远离我们控制事物的虚幻能力，以及远离决定事物的因果机制。可是，我们显然并未被排除在这种体制之外，而是身陷其中。这不是远离，而是一种倒退。与现实保持距离这个微小的举动，应该被视作一种方法，而不是目的本身。它打开了通往“真正重要的东西”的大门。

而持有大门钥匙的，是一只沙漠狐[①]。

学会看

“我们只有用心，才能看清楚”，这是小王子在地球逗留期间，与狐狸相遇的过程中体会到的启示，它传达出这个启蒙故事的精髓。这只沙地上的小动物观察到一个事实：我们与世界之间的情感关系异常脆弱。人们憧憬着机械化工作，对他们所处时代的野蛮充满向往。这种野蛮险恶无比，它把一切都变得统一，碾轧人们的尊严。于是，狐狸通过让人们看到不再能看见的东西，劝诱他们改变对事物和生命的看法。这样做并不是为了让人们转变信仰，安托万·德·圣－埃克苏佩里只希望人类可以享有自由，不曾有过其他的目的。我们不如说，他是从自己的人文主义视角出发（我们知道，还有许多其他的可能性，但这不是问题所在），去衡量是什么造就了人类命运的独特之处，并因此使人类和自己、和世界之间建立起一种真实的人际关系。这是一个艰难的学徒期。在这个学徒期结束时，小王子会期待有朝一日在他的星球上幸福地生活下去。即使这趟旅行一无所获，他也有充分的理由回到他

① 耳廓狐的别称，它们可以生活在极其干旱炎热的沙漠地区，有“沙漠之狐”之称。指后文小王子遇见的狐狸。

《小王子和狐狸》
为《小王子》第二十一章所作的草图
褪色铅笔画
1942—1943 年，纽约 / 阿舍罗肯（长岛）
特别收藏

《人物的游行展示》
为《小王子》所作的草图
墨水和水彩画
1942 年
特别收藏

的星球，并在那里长久地生活下去。

近年去世的伟大的意大利散文家罗伯托·卡拉索[1]在谈到阿尔弗雷德·希区柯克[2]的电影《后窗》时曾说，它“完全是一个心理过程，通过视觉手段引导”。对于安托万·德·圣－埃克苏佩里这部诗意的寓言，我们当然也可以给予同样的评论。《小王子》有点像一部关于某种意识（某种特定意识）的小说，在远离家乡的地方，这种意识便自然显露出来。此外，在圣－埃克苏佩里的叙事中，还存在一个反省的维度：这个故事完全由一系列对话式的相遇组成，人们或许会在这些与自己的疑惑、自己的幻想做着斗

① 罗伯托·卡拉索（Roberto Calasso，1941—2021），意大利作家、出版人，曾任阿德尔菲出版社（Adelphi）董事长，代表作有《独一无二的作品：出版人的艺术》等。

② 阿尔弗雷德·希区柯克（Alfred Hitchcock，1899—1980），英国、美国双国籍导演，编剧，制片人，演员，1979 年获得奥斯卡奖终身成就奖，代表作有《后窗》《惊魂记》《西北偏北》《蝴蝶梦》等。

争的人物身上瞥见这种意识。正是通过（我们看到的、被描绘的）小王子与（从未被描绘和圣－埃克苏佩里已经放弃描绘的）飞行员之间的对话，故事的情节得以推动，整个寓言还原了两者间的交谈，包含他们所谈论的、所经历的一切，以及飞行员听小王子讲述的种种……

这场相遇的最后，小王子回到了他的星球，飞行员（叙述者）自己和那些听他故事的人得到了宝贵的教诲。因此，对飞行员而言，小王子的故事和他的死亡是一个启示，对小王子而言，狐狸的教导和他所经历的各种考验（不同的行星、五千朵玫瑰）也是对他的启示……安托万·德·圣－埃克苏佩里（给他现实中的朋友莱昂·韦尔特[①]的题献也出现在书中）同样热切地希望这个故事能给《小王子》的读者带来些许启发，并有长久的影响。事实上，这种连续对话的形式展示出一种内心独白，《小王子》在这样的形式中获得了某种深刻的统一：一种经历过考验、不安、冒险、迷失后重新找回的意识。

然而，《小王子》并不是一部抽象的作品，它将一连串的概念巧妙地安排在一起，扮以姣好的卖相，便于更好地售出。作家深信童话，童话本身以其特有的方式"携带着伟大的真理"，我们本身也是如此。尽管《小王子》的道德维度不言而喻，但在某种程度上，这部作品仍可以被解读为一种对幸福生活可能性的沉思，但绝不是以福音书或写给年轻人的教育手册的方式。安托万·德·圣－埃克苏佩里深知人的脆弱性，从了解自己的脆弱开始，他便深有体会。他知道一个人绝望的速度会有多快，可以多么迅速地失去生活的方向，陷入事物的发展进程或语言的"虚假的晦涩"之中。

他知道，人类需要神话、影像、音乐，并借由它们让某种启示或某种情感在曾经迸发的瞬间能够一次次地唤醒人们；保尔·瓦雷里[②]曾说，诗歌"本质上是让已发生的事情得以长存"。因此，在这个故事中，登上舞台的不是某些概念，而是置身于沙地和草地背景中的人物，他们有自己独特的生活方式、说话方式和被感动的方式；是一条随风飘扬的围巾，一顶大礼帽，一头小麦色的头发；是果树和鲜花，一条细如金环的蛇（蛇是典型的神话人物，象征了一切无定形的恐怖），撒哈拉的悬崖，南美的山峰，小路尽头的井。作家手握钢笔、铅笔和调色板，面对读者的眼睛和心灵娓娓道来。他从未试图强迫人们把目光从自己的世界中移开，而是希望通过充满诗意、充满美的情感，让人们重新学习、重新看见那些他们在自己的世界中已不再能辨认出的东西——那些看不见的感觉、记忆和内心生活。

由此，我们理解了绘画在《小王子》中的重要意义。正如我们将在本书中看到的那样，作者的水彩画创作源于很久以前，并经过大量刻苦的练习。

---

① 莱昂·韦尔特（Léon Werth，1878—1955），法国小说家、散文家、艺术评论家、记者。安托万·德·圣－埃克苏佩里和他有着伟大的友谊，《小王子》的题献就是献给他的。1948年，莱昂·韦尔特所著的《我所认识的圣－埃克苏佩里》一书出版。

② 保尔·瓦雷里（Paul Valéry，1871—1945），法国作家、象征主义诗人、法兰西学院院士，代表作有《海滨墓园》《年轻的命运女神》等。他自1930年起曾12次被提名为诺贝尔文学奖候选人；1945年，诺贝尔文学奖委员会决定将这个奖项授予他，他却于同年7月遗憾离世。

这些画表面上透出的简单性和充满孩童般的特质（挑剔的人或怀疑论者会称其为“倒退”），其实都是他各种实践的结果，旨在表达他的情感。作家在画面中创造出一种简约、低调的环境，既没有任何装饰，也免去了透视效果，极具风格化的细腻线条通过柔和的色彩和淡淡的阴影加以增强，这样的画面优雅至极，被刻进人们的记忆，久久无法忘记。圣－埃克苏佩里将现实生活的影响简化为最为简单的表达，淡化它们的色彩，摒弃现实中充斥的各种社会礼仪和种种闹剧，用精神力量战胜这个世界的物质主义。在他写作《小王子》的时代，后者的分量重重地压在他的肩头。

因此，这些图画不该被视为这部文本作品的细枝末节。应该说，它们是“作品的一部分”：一方面，作为叙事中不可分割的元素（专家称之为“图像文本”），它们完全属于作品；另一方面，它们在读者阅读时所形成的感受中起着决定性作用，读者沉浸于飞行员的故事，认为是自己破译了小王子半遮半掩的身世之谜，从而掌握了他的命运。这一切都有它存在的原因，圣－埃克苏佩里再一次清楚地意识到，他无法按照惯例来描述这个世界，从而说服他的读者：灵魂远高于物质。童年的故事之所以如此重要，是因为它们将意识的真理投射到想象的事物中，然而，这令人些许沮丧的现实世界已经容纳不下这些意识，且再也无法反映世界的真相。富有诗意的绘画与充满想象力的故事同等重要，它还原了一个更忠于意识所构成的形象，一个萦绕着记忆、感受和梦境的鲜活形象，呈现出我们眼中的世界。安托万·德·圣－埃克苏佩里的这些画将我们引向我们的内在，引向我们非凡的能力，凭借这种能力。我们可以猜出不透明盒子中的绵羊，蟒蛇吞下的大象，麦田中的金色头发，星星上的花朵和朋友，以及一阵微风中的存在。

对人类而言，世界的真实存在并不是石头的冰冷缄默、沙漠的窒息荒凉，抑或星空的万籁俱寂，而是这些石头、这片沙漠、这漫天的星辰，在观察者看来，意味着什么——我们既要认可这些现实存在，同时又要将自己与它们区分开来。对圣－埃克苏佩里来说（同样对小王子而言），这个启示意味着一份冒险生活的礼物——关于黑夜、风暴、流浪、广袤的空间，也关于承诺和团结〔只需读一下《战斗飞行员》（*Pilote de guerre*），便能确信这一点〕。作为一部关于意识的小说，《小王子》同时传递出一种关于目光的教育。在书的结尾，整个故事引出一幅独一无二的画面。那是一幅最基础的图画，没有任何人物，小王子不在画面中，然而他的存在却从未如此强烈，因为这幅画面正是他的目光所至。他存在于自己所看到的景象之中，并通过这个景象展现他自己。

因此，对安托万·德·圣－埃克苏佩里来说，想象不再是一种用来摆脱困境的手段，正如冒险也不再是一种逃避。矛盾的是，它仍不失为一种在世界上让自己更有存在感的方法，一种更真切地感受自己心跳的方式。作者正是通过他的想象，持续地触及读者的心灵。他并非要把读者禁锢在他的书或他的幻想之中，而是鼓励他们，一旦合上书，就以一种略微不同的方式来看待围绕他们、影响他们的东西，并从中看到那个让我们感到珍贵熟悉却无法看见的部分。回到世界中去！去开发一片对人类充满热情的土地！甚至，如果想走得更远的话，去实现黏土和精神的和解〔安托万·德·圣－埃克苏佩里在《人的大地》（*Terre des hommes*）中表达过同样的理念〕。世界因此变得友爱，变得活跃起来，人类以精神和肉身来感受世界而无须放弃任何东西，无须放弃他们原本的样子、触动他们的事物以及他们记忆中的宝藏。

每个人都可以拥有这样的体验。世界并不以人的形象出现，而是人们把心沉浸于世界之中，并在那里得到庇护。这大概足以让他们感到幸福。

“去看见真正重要的东西”，这正是安托万·德·圣－埃克苏佩里这部杰作的核心所在。在出版 80 年之后，《小王子》这本书依旧感动着新的读者。“为什么会如此成功？”每一个周年纪念，我们都会这样提问。这种魔力之所以仍然有效，并不是因为小王子的经典形象传遍了世界，而是这部作品本身就蕴含着伟大的真理，读过它的人（无论哪个年龄）都会深深折服，从而口口相传。每次捧起，人们便会想起曾经阅读《小王子》时的记忆，并生出同样的感受：一种感激之情，感谢有人能在无垠的想象世界，带着极度的严谨，用如此简单的语言，讲述这些非常普世而亲密的事物。

补充两件事。伟大的神话学家乔治·迪梅齐尔[①]曾说，人们应该“不提问题”地阅读《伊利亚特》[②]，无须注释，无须评论，放松阅读，让自己置身其中，被它的情节、它的描写和它的插图带向无尽的未知。尽管人们对《小王子》进行了各种解读（而且有相当多的解读），这样的建议同样可以慷慨地献给《小王子》，而不必有任何担心。因为像《伊利亚特》和《小王子》这样的作品不需要评论和字典：这是一种对文学的神判法[③]，如同对待任何艺术，是神意裁判。这就是为什么《小王子》的故事既可以献给孩子们，也可以讲给成年人；神话和谜团的美妙之处在于它们不需要被概念化，甚至不需要被破译就能对世人产生影响。

迪梅齐尔对《伊利亚特》的评述，我们也可以用来形容生活，并未违背安托万·德·圣－埃克苏佩里的思想或记忆。这是因为作家这种自我意识的回归，即他的精神生活（及其所带来的自由）再次肯定了社会现实和自然中存在沉重且矛盾的因果关系，无论在何种情况下，都不会导致他退回到自己的世界，退至一种亲密的腹地。这处腹地确实存在（“我说的每一句话都以梦来结束，而您只看到了它其中的一面”，1927 年，圣－埃克苏佩里在写给朋友勒内·德·索辛娜[④]的信中留下这段优美的文字），然而，它既不是一间作家用来

---

① 乔治·迪梅齐尔（Georges Dumézil，1898—1986），法国学者、历史学家、宗教学家、人类学家、古语言学家、神话学家和考古学家，1978 年入选法兰西科学院院士。

② 《伊利亚特》（*Iliade*），相传由古希腊诗人荷马（Homer，前 800—前 600）所作的叙事诗史诗，属于《荷马史诗》的一部分（另一部分是《奥德赛》）。《伊利亚特》主要叙述了希腊人远征特洛伊城的故事，被誉为西方经典文学作品之一。

③ 神判法，盛行于欧洲中世纪早期的一种假托神意的司法裁判法。例如将手浸于火或沸水中，受神的主宰，若身体无损，则定为无罪，常用方法有水浸、火灼、决斗、圣餐等。

④ 勒内·德·索辛娜（Renée de Saussine，1897—1988），法国作家、音乐家。安托万·德·圣－埃克苏佩里青年时代的友人，她的弟弟贝特朗·德·索辛娜（Bertrand de Saussine，1900—1940）是圣－埃克苏佩里在圣路易中学的同学。

充当避难所、带有小资产阶级情调的房间，也不是一处旅者偏僻的固定隐居地，恰恰相反，作家的实际经历才是他生活和作品的核心所在。正是驾驶着飞机，他成了他自己。正是驾驶着飞机，而不是借助长岛瞭望台的望远镜，这个流亡的法国人感受到自己与在德国奴役下的同胞们愈发靠近！写下《小王子》这则寓言，安托万·德·圣－埃克苏佩里并不仅仅为了表达那些埋藏在亲密关系中的微妙感情，抑或漫漫长夜中的无尽遐想——当他站在别墅的阳台上或是军营的门口，仰望星空，想起他的家人，想起他童年时的城堡。面对那些狂风暴雨的日子，面对那些危险的作战任务，以及对于飞行员和机械师战友们而言，这本书同时给予了一种精神力量。这是一种关于责任的精神——就是这种精神，把写出《人的大地》和《战斗飞行员》的圣－埃克苏佩里与让－保罗·萨特①的存在主义联系在一起（后者对此几乎一无所知）。“我们只有用心，才能看清楚”，在这样的表达中，圣－埃克苏佩里把自己的自由（以及他人的自由）放在人性的核心位置，并以此作为行动的条件和最终目标。

正是由于这个原因，小王子有时显得不易相处、毫不妥协。作家永远不会进入那个既定的模式，那个时代的妥协让他感到恐惧。然而，他的特立独行并不是独处抑或隐居，对话和沟通始终存在。否则，飞行员大概永远不会遇到小王子（反之亦然），也永远不会对这场相遇讲述只言片语。圣－埃克苏佩里决心永远坚守思想和心灵这个不可剥夺的领域，并在这个领域尽情地体验他所遇见的事物、生命和自然，就像他在自己的文学创作中所践行的那样。如果无法在行动中辨认出心灵的倾诉，这个行动注定只能是一种碌碌无为：这便是点灯人日日重复劳作的悲剧，也是商人或国王一切行为的悲哀所在。概括来讲，《小王子》中讲述的都是人类真实的生活！同为小说家的安德烈·纪德②极其欣赏他这位年轻的飞行员朋友，纪德对圣－埃克苏佩里的个性和作品永远保有善意，认为他总是能发现生活的真理，包括集体价值（比如责任感），或是“极端个人主义”（《日记》，1932年2月8日）。对圣－埃克苏佩里而言，这是他的翎饰③，也是他的商标。

学会爱

安托万·德·圣－埃克苏佩里笔下的故事，就是他本人的故事。我们曾反复提及，也留下诸多文字，这是一则几乎没有密码的寓言，作家所有的人生经历都深藏其中。安托万·德·圣－埃克苏佩里自己也对这种解读有过暗示，他把小王子的肖像画称作他本人的照片，并在写给朋友和妻子康苏爱萝

---

① 让－保罗·萨特（Jean-Paul Sartre，1905—1980），法国哲学家、文学家、戏剧家、评论家和社会活动家，存在主义的主要代表人物。

② 安德烈·纪德（André Gide，1869—1951），法国作家。著有小说、剧本、论文、散文、日记、书信等，代表作有《田园交响曲》《人间食粮》等，1947年获得诺贝尔文学奖。纪德曾为安托万·德·圣－埃克苏佩里《夜航》一书作序。

③ 翎饰，指全身披挂的骑士插在头盔上的羽毛，在比喻事物时，意味着高贵、尊严、威风、炫耀、自负、傲慢及英雄主义等。

的信件及便条中，让小王子以他的名义与他们交流。虽然作家小心翼翼地在故事中删除了那些带有过多传记色彩的细节（2022 年，保存在纽约摩根图书馆与博物馆中的《小王子》手稿在欧洲巴黎装饰艺术博物馆首次展出，我们对此做了仔细的审查），然而，仍有一些场景让人不禁联想到这位飞行员 - 作家的经历，特别是 1935 年 12 月他驾驶西穆飞机（Simoun）在利比亚沙漠坠毁这个广为人知的片段——这是《人的大地》中的著名章节。我们也知道，《小王子》在曼哈顿和长岛两地创作完成，这本书的写作主要源于作家在美国流亡时所体会到的孤独。那时，他远离前线战场和他的法国朋友，长期受到流亡纽约的法国戴高乐主义者的责难，对徒劳的工业化世界创造出来的消费主义和富足社会的景象也难以忍受。

而他童年的记忆，在某些方面显得阳光灿烂，比如安省（Ain）圣莫里斯德雷芒[①]城堡花园里的玫瑰，在慈爱的艺术家母亲玛丽（Marie）的陪伴监督下，平时住在里昂和勒芒[②]的圣 - 埃克苏佩里家族年幼的兄弟姐妹在那里度过的夏天；而其他方面则笼罩于黑暗之中，特别是家中最小的弟弟弗朗索瓦（François）的离世，他在十几岁时死于一场意外疾病，被剥夺了尘世的"壳"。家庭的丧亲之痛是促使作家不断思考死亡（和生命的意义）的根源，少年丧父，妹妹玛丽 - 马德莱娜（Marie-Madeleine）和一些亲密朋友的相继离开，经典文学作品的影响，都为他年复一年的沉思提供了契机。

安托万·德·圣 - 埃克苏佩里在《战斗飞行员》第二十一章中写道："当肉身瓦解时，真正重要的东西就会显露出来"，在描述他的弟弟那幕生命垂危的震撼场景中，弟弟"将自己的遗产托付出去"，将自己的自行车托付于他。这样的情感在《小王子》的第二十六章得以延续，克制与心碎的痛苦交融在一起："我看起来会很痛苦……我看起来有点像快要死了一样。事情就是这样。你不要过来经历这一切，没必要的。[……] 我看起来像死了一样，但那不是真的。"请相信我们，即使在这种激进的时刻，圣 - 埃克苏佩里仍保持了极高的道德标准。怎么能如此否认死亡的痛苦，否认离世和失去所带来的冷酷结果呢？我们需要一个给孩子们的故事，来踏入这片雷区；用一个经历过许多、体验过许多且近距离接触过死亡的人写下的故事来加以诠释——无论是通过他的家人、挚友的死亡，还是通过他自己亲身经历的险境。

然而，他对人类有信心，就像他知道人类有能力接纳那些逃离了时间，在现有世界中已没有可见物质形态的东西。此时，他不是作为一个唯物主义者或基督徒在思考，而是以一种脚踏实地的理想主义者的方式思考。这种方式没有真正的理论体系支撑，他也无须以此名义发表任何言论，只是拒绝接受"死亡"这个结束语对精神生活的意义。小王子在沙地上消失了（"他像树一样，轻轻地倒下了，因为是沙地，甚至没有发出任何声音"），然而，他会通过喜悦的恩典继续存在，通过那些笑起来像铃铛一样的星星，只有唯一

《苹果树下，坐在草地上的小王子》
为《小王子》第二十一章所作的草图
墨水画
1942 年，纽约 / 阿舍罗肯（长岛）
纽约，摩根图书馆与博物馆
原为约瑟夫·康奈尔 * 的私产

* 约瑟夫·康奈尔（Joseph Cornell，1903—1972），美国第一位伟大的超现实主义者，装置艺术家，蒙太奇电影导演。

① 圣莫里斯德雷芒（Saint-Maurice-de-Rémens），法国东部城市，隶属罗讷 - 阿尔卑斯大区安省（Ain）。
② 勒芒（Le Mans），法国西北部城市，隶属卢瓦尔河大区萨尔特省（Sarthe）。

《他像树一样，轻轻地倒下了》
为《小王子》第十七章所作的草图
铅笔画
1942 年，纽约 / 阿舍罗肯（长岛）
特别收藏

“这不是一张画，而是一张为了显示比例的原型图”

《小王子和玫瑰》
献给他的朋友、英文翻译刘易斯·加兰蒂埃（Lewis Galantière）的画，是《小王子》第八章插图的修改稿
铅笔和水彩画
1943 年 1 月，美国
手稿真迹
奥斯汀（Austin），得克萨斯大学（University of Texas），哈里·兰塞姆人文研究中心（Harry Ransom Humanities Research Center）。

懂得的那个人可以听到：“你呢，你会拥有别人没有的星星[……]而你，你会拥有无数颗会笑的星星！”

不要忘记，这本书是安托万·德·圣-埃克苏佩里在启程往北非前的几个月里完成的，当时他确信自己很快就会重返所属的航空大队执行军事任务。他知道自己会为此牺牲（戴高乐将军本人在他的《战争回忆录》中有所讲述），他将冒着敌机的炮火夹击，执行那些异常危险的侦察任务。最具象征意义的是：《小王子》在他离开纽约几天后才正式出版，在这种情况下，他只能给最亲密的朋友签下少数的几册（罕见的几本样书证实了这一点），以及按照出版惯例，给首版的几百册签名。这本书的出版，就像他在客厅的小圆桌上留下了最后一封信，作为他向这个世界的告别。他用一句话来安慰他所爱的人们：“我看起来像死了一样，但那不是真的。”虽然《小王子》带有自传色彩，但我们也无须把这本书当作某种证据或某个证言。然而，正因为这层意义的存在，在那些严峻而充满威胁的日子里，在作者本人的生活中，它具有异乎寻常的地位，并预见了他和所爱之人即将面对的未来，特别是对他的妻子康苏爱萝来说。1943 年 4 月 2 日，他登上驶向阿尔及尔的军舰，将她一人留在纽约。从许多方面看，这本以书的形式呈现出来的“最后一封信”就是为她准备的。康苏爱萝对此了然于心，她在 1941 年给作家丈夫的信中就已写道：“这真是个奇迹。我很快就会成为‘地榆花’了。这位美人，她无视世界的残酷，无视绵羊会做出又傻又坏的蠢事，终于，地榆花消失了——她死了。而这位美人，人们会在青草地上陪她散步，会用鲜花和歌谣来装扮她，从此以后，再也没有人能伤害她了。她将成为帕普[1]（Papou）耗尽心血写成的一首诗！”她就是那朵玫瑰。

安托万·德·圣-埃克苏佩里和妻子康苏爱萝的通信集近年出版[2]（伽利玛出版社，2021 年），从中可以看出，《小王子》的内容在很大程度上取材于他们的婚姻故事。他们的现实生活混乱不堪，与寓言中小王子和他的玫瑰的关系遥相呼应。这对夫妇在一起断断续续生活七年后分居，随后在纽约重逢：圣-埃克苏佩里搬到纽约一年后，1941 年圣诞节，康苏爱萝终于再次见到了她的丈夫。然而，他们的重逢并非完全平和。危机接踵而至，他们对彼此的歇斯底里感到恐惧，他们责备对方的过失、夜间失踪、冷漠、任性、斤斤计较……

尽管如此，康苏爱萝和安托万却梦想着能够拥有一个宁静、温暖、远离尘世的家——一个花园：“康苏爱萝，我心爱的人，请成为我的花园吧。我的内心强烈地感受到对您的需要，一天比一天更加强烈；我想去保护您，想让您绽放，想在您美妙的诗句中徐徐漫步。”1944 年 6 月，就在安托万在马赛公海飞行失事几天前，他在给康苏爱萝的信中这样写道。在他们婚姻的某

① 帕普（Papou），康苏爱萝对安托万·德·圣-埃克苏佩里的爱称，源于圣-埃克苏佩里的外甥、外甥女经常称呼他为“帕普舅舅”。
② 简体中文版为《小王子的情书集》（北京日报出版社，2022 年）。

些时刻，大概曾给彼此带来过这样的满足吧。就像 1930 年他们在阿根廷最初共度的那几个月，或是在贝文之家（Bevin House）神采奕奕的那几个星期。贝文之家是位于长岛诺斯波特（Northport）的一栋宽敞、华美的别墅，康苏爱萝在 1942 年夏末秋初将它租下，作家在此全身心投入到对《小王子》水彩画定稿的创作中："您曾如此耐心，也许，正是您用耐心拯救了我。《小王子》是在贝文之家您的熊熊烈火中诞生的。"（卡萨布兰卡，1943 年夏）1942 年秋天，这对夫妇返回曼哈顿，决定一起搬到伊斯特河（East River）边的比克曼广场（Beekman Place），住在一栋豪华的小房子里，每人拥有独立的一层。然而，他们再次开始互相诋毁：他，再也无法忍受她常常无法陪伴在身边的痛苦，他希望在外界敌意来袭时，她可以给予他安慰，并以旁观者的身份见证他的作家生活（"你是我的夏天，我的花园，我的避难所"，他给她写信，甚至称呼她为"康苏爱萝－安慰者"）；她，抗拒自己被指派这样的任务，她继续与自己的亲密友人交往，特别是她那些超现实主义艺术家朋友。就这样，临界点即将达到。安托万・德・圣－埃克苏佩里再也无法承受施加在他身上的心理压力，这些压力不是来自康苏爱萝，而是来自他对她的期望，那些他期望她可以做到却没有发生或很少发生的事情（安托万・德・圣－埃克苏佩里是属于他那个时代的男性。在他的书中，包括在《小王子》中，女性并没有尊贵的地位：玫瑰用各种生气的伎俩勉强掩饰自己的被动；飞行员的妻子被塑造成善良、悲伤的形象，她们一生中很少有做主角的机会；只有男性才可以投身于冒险之中并拥有自己的事业）。因此，再次离开的条件已经具备，完全就像他已写好但尚未出版的《小王子》中所预料的那样。

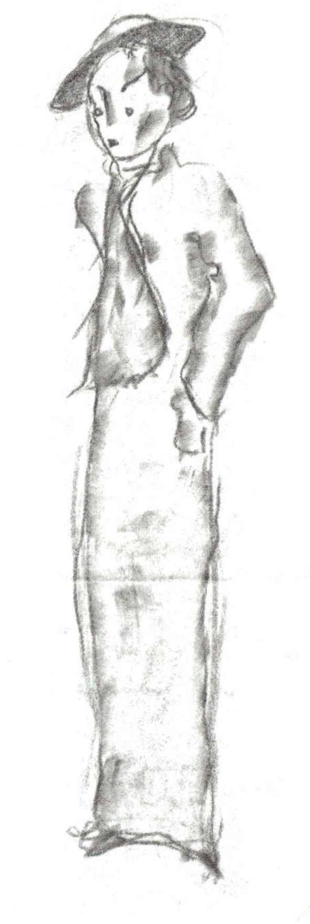

《康苏爱萝的肖像》
铅笔画
1942—1943 年，纽约
特别收藏

当然，这并未让他感到愉悦，甚至陷入深深的痛苦；但生活就是这样，他的生活，他们的生活，就是这样。"为了避免自杀，我是否应该再次从您身边逃离？"这位精疲力竭的作家在出发奔赴北非的几天前再次发问。"我想，没有我，您会更快乐，我想，我最终会在死亡中找到安宁。除了安宁，我不渴望也不期待任何东西。我对您没有任何责备。除了那些等待我的东西，什么都不重要。我的小女孩，您让我失去了我那一点点可怜的小自信[……]我在家里时，感到呼吸是如此困难，如果我被杀死，我会充满喜悦。我并不渴望被人夺去生命。但我欣然接受以这种方式安然长眠。"（纽约，1943 年 3 月 29 日或 30 日）

因此，对于这种似乎无法在世间实现的爱情，安托万・德・圣－埃克苏佩里决意将它留存在想象之中，以便他们俩都能持续在这份爱中生活。再一次，真正重要的东西，眼睛是看不见的。在他去世前的一年，他从阿尔及利亚、摩洛哥、撒丁岛[①]一次次地给康苏爱萝寄信，那些令人心碎的信件中，处处展现出两人之间这份感情的强烈（康苏爱萝写给安托万的信亦是如此）："因为你与我是一体的、不可分割的，世界上没有什么能切断我们彼此的羁绊——

① 撒丁岛（Sardaigne），意大利第二大岛屿，位于地中海中部，北距法国科西嘉岛 12 千米。

Petite consuelo cherie

— la fleur avait pour truc de toujours mettre le petit prince dans son tort. C'est pour ça que le pauvre est parti !

C'est pour ça, moi, que je grogne !

Si tu m'avais téléphoné " mon petit mari je suis bien contente de vous entendre, c'est très gentil de travailler.. " c'aurait été bien paisible.

Quand je suis sorti je vous ai dit que je courais. Vous n'avez pas plus que moi pensé au dîner.

Quand vous m'avez téléphoné je vous téléphonais aussi, vous n'étiez pas plus que moi à la maison.

Quand Nadia Boulanger a sonné (elle veut faire mettre le petit prince en musique) je ne pouvais

"花的伎俩总让小王子觉得是自己的过错。这就是那个可怜的家伙离开的原因！/这就是我抱怨的原因。"

安托万·德·圣－埃克苏佩里给妻子康苏爱萝的信

纸本铅笔画

1943年春

特别收藏

"这个嘛，他不是小王子……"

《吸烟者的肖像》
墨水画
1943 年 8 月，突尼斯
手稿真迹
让 – 马克 · 普罗布斯特 * 收藏

尽管你身上那些数不清的可怕缺点曾让我如此可怜，但你一直都是那个充满奇思妙想的小女孩，我爱你那诗意的语言，我完全理解并沉浸其中 [……] 康苏爱萝，我的祖国，康苏爱萝，我的妻子。"（1944 年）他们从未希望不要再见到彼此，仅仅依靠星星或想象中的人物来延续他们的爱情；恰恰相反，在他们的交流中，数次提及对重逢的热切渴望，就像他们梦想着团圆的房子、和平的星球、温暖的家、可以手挽手散步的花园。这个如此真实而现实的愿望与作家的想象交织在一起，生根发芽，不分彼此。"哦，康苏爱萝，我很快就会回来了，我要到处都画满小王子……" 1943 年 11 月，安托万 · 德 · 圣 – 埃克苏佩里在从阿尔及尔的来信中写道。这是一个无法兑现的承诺。

然而，"小王子和他的玫瑰"这个形象不能被看作两人独特爱情的专属比喻。我们必须将它的源头——当然是"唯一"——与它的下游区分开来。在这两个传奇人物的关系中，这个形象只起到一个非常概括的作用，并非要与故事中带有传记色彩的情节一一呼应（例如，康苏爱萝的哮喘）。在"小王子和他的玫瑰"两者关系这一隐喻中，作家谈论的其实是人类作为"关系

* 让 – 马克 · 普罗布斯特（Jean-Marc Probst），瑞士人，《小王子》收藏世界纪录保持者。他从 1980 年开始收藏《小王子》的相关书籍及周边物品，其中包括 6829 个独立版本的《小王子》，涵盖 553 种不同的语言和方言（该数据截至 2023 年 8 月 26 日）。

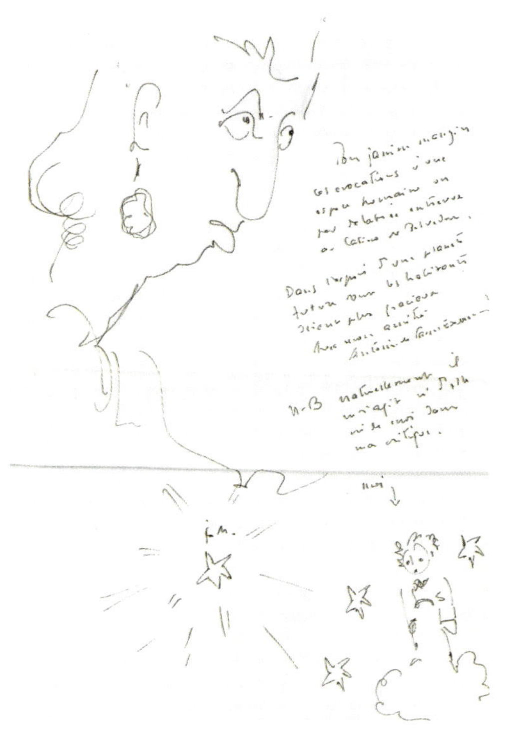

《女人和小王子在云上的图画》
附有作者写给雅尼娜·芒让（Janine Mangin）的赠言
墨水画
1943年8月，突尼斯
手稿真迹
让-马克·普罗布斯特收藏

献给雅尼娜·芒让
　　在贝尔维德雷*赌场，
　　那些我们无意瞥见的有点颓败的人类，
　　唤醒了我的回忆。
　　希望在未来的星球上，
　　居民们会更加和善。
　　献上我的友谊。
　　　　　　安托万·德·圣-埃克苏佩里

注：当然，我的评论既不是关于她，也不关于我。
　　我，指向图画中的小王子；
　　J[anine]M[angin]*，指向图画中的星星。

的纽带”（这是圣-埃克苏佩里所用的术语，特别是在《战斗飞行员》中）的整个问题。当狐狸教给小王子为他的玫瑰付出的时间的价值或“驯养”这个词的重要性时，他当然是在谈论爱情，但同时也在谈论友谊〔这是圣-埃克苏佩里的基本价值观，在他为莱昂·韦尔特所著的《给一位人质的信》（*Lettre à un otage*）一书中，他用宏大的篇章论述了这一价值观，《小王子》就是献给这位犹太朋友的〕或是子女与父母的关系，更广泛地说，他是在谈论决定我们与众生、与万物的关系的所有情感。正如我们所总结的，《小王子》在这方面是一本完整的书，它本身的简单性中饱含着各种深意。

因此，当我们看到安托万·德·圣-埃克苏佩里从离开纽约到去世前15个月左右的时间里，不仅为康苏爱萝，也为其他人画下小工了和玫瑰的形象时，我们不应为此感到惊讶。当然，也无须把它视作对康苏爱萝的不忠——即使安托万·德·圣-埃克苏佩里并不一直忠诚于她——由此却充分证实了这部作品所带有的强烈的自传色彩。在这层意义上，作者从中找到了自己内心表达的主要来源。这个诞生于20世纪30年代的小家伙，在纽约逗留期间华丽转身，终于成长为一个举足轻重的文学人物。他变得更加迷人、更具表现力，并被作者赋予了丰富的命运。但他仍是作者日日相伴的朋友……他用特别的方式告诉人们，他爱他们，并期待被他们所爱。

“如果世界对我来说毫无意义/那么活着对我来说又有何用？（The world could show nothing to me / So what good would living do me?）”布莱恩·威尔逊[①]在《只有上帝知道》（*God Only Knows*）的歌词中这样自问。如果世界对我们来说毫无意义，那么活着又有何用？这正是安托万·德·圣-埃克苏佩里曾试图回答的一个普世性问题。他的声音前所未有地被越来越多的人听到，《小王子》至今仍是20世纪问世的文学作品中被翻译最多的书。拥有如此广泛的受众让人有点眩晕，与此同时，人们对《小王子》无数的解读、演绎、重读，把这个故事传得更远。康苏爱萝也曾设想续写这个寓言，并配上自己的图画。

面对如此庞杂的情况，我们将在智慧的指引下回到一切的源头，回到圣-埃克苏佩里的写作中，从早期的《南方邮航》到《战斗飞行员》，尽可能地去靠近他的作品。与为本书带来灵感的“遇见小王子”展览一样，我们在编写本书时也怀有同样的初心：尽可能地恢复《小王子》这部作品的原貌，剔除一切遮蔽之物，让这颗纯净的钻石在世人眼前闪耀。让我们一起去探究作者为这个故事所付出的一切，倾听他想阐述的一切，感受他用心的打磨，使《小王子》在一代代后人的生命中始终熠熠生辉。

* 这里提供一个关于“贝尔维德雷”（Belvédère）一词的猜想，供参考。突尼斯城有一处贝尔维德雷公园（Parc du Belvédère），是当地最大的公园；原文提到Casino（赌场），猜测安托万·德·圣-埃克苏佩里应是在讲某个同名酒店或该公园附近的酒店。突尼斯城现有一处Hôtel Belvédère Fourati（网译名为：贝维德夫拉提酒店），考虑到圣-埃克苏佩里所处的1943年，可能文中所提酒店已更名或已不复存在。

* 方括号内的单词或句子，是原文编者看不清手稿上的字迹而猜测的，此处保留原文用法。下同。

① 布莱恩·威尔逊（Brian Wilson，1942—），美国音乐人、歌手、制作人，前海滩男孩（The Beach Boys）乐队队长。

安托万·德·圣-埃克苏佩里和他的小王子

安娜·莫尼埃·范里布

Antoine de Saint-Exupéry et son petit prince

德国著名哲学家沃尔特·本雅明[①]也是一位儿童读物的收藏大家。1926年，他所著的《儿童读物展望》(*Vue perspective sur le livre pour enfants*)一书出版，带领儿童文学走出阴影。然而，等到20世纪60年代末，一种更加关注儿童自身需求和个性发展的儿童教育法的出现，才使儿童文学成为科学研究的主题。也是从那时起，关于这一主题的展览、出版物和座谈会开始层出不穷。

在这一特定类型中，《小王子》脱颖而出，它是法国文学史上的杰作，也是绝对的畅销书，被翻译成500多种不同的语言(包含英文在内的国际通用语言和方言)，售出超过两亿册。除了享誉全球的影响力，《小王子》本身也是一部独具匠心的作品，值得人们仔细探寻它的诞生和象征意义。如同许多被深入研究的经典作品，《小王子》中也藏着许多自相矛盾的谜团，尤其是它的作者在《小王子》出版后不久便猝然离世，不曾有机会充分表达自己的创作意图。因此，我们要一起去“遇见小王子”。

如果不了解安托万·德·圣-埃克苏佩里和他非比寻常的职业生涯，我们就很难真正理解《小王子》。如今，除去在航空迷眼中，安托万·德·圣-埃克苏佩里本人以及作为《小王子》作者的光辉，很大程度上都被小王子这个人物所掩盖，在他离世后，小王子成了他的替身。书中两位主人公的身份以及他们与作者的关系也持续着这种混淆：在故事中，圣-埃克苏佩里既化身为飞行员(以这种非常字面的方式)，也化身为小王子，这个孩子以纯洁、好奇的眼光看待生命，探寻着生命最纯粹的意义。围绕这本书的种种传奇和巨大成功也阻碍着人们对这部作品的阅读和理解，特别是在法国，由于圣-埃克苏佩里在第二次世界大战中为国捐躯，他享有很高的声誉。孩子们在学校里学习他的事迹，最新版的50法郎纸币上也印有他的头像，但令人不解的是，他本人的知名度却远远低于他所创造的小王子，不管是他其他的文学作品，还是他在航空业的先驱地位，抑或他的政治抱负和哲学思想。

然而，安托万·德·圣-埃克苏佩里所有的人生经历都在《小王子》中有迹可循。人物相遇发生在沙漠中绝不是偶然，也并非为了方便故事的叙述才选择这个与世隔绝的环境，而是源自作者在撒哈拉沙漠的亲身经历，他的一生都在强调那段时光对他个人和职业发展可能带来的重大影响。1927年，在沙漠中心的一个小堡垒里，一位与世隔绝数月的中士收留了遇到飞机故障的圣-埃克苏佩里，同时也收留了他的第一部小说《南方邮航》(*Courrier Sud*)中的主人公贝尼斯(Bernis)。这些从天而降的访客预示着小王子的诞生以及他在星球间旅行时会与不同的人相遇，正如圣-埃克苏佩里生命中遇到的各色人士。他满怀热情的人文主义，持续积极地探索着，只要能与人类重逢，任何任务对他而言都算不得险峻，无论是在法国邮政航空公司任职期间与当地摩尔人斡旋，抑或遇见西班牙革命者。

---

① 沃尔特·本雅明(Walter Benjamin，1892—1940)，英文译名为“瓦尔特·本雅明”。德国哲学家、理论批评家、作家，出身犹太望族，被誉为“欧洲最后一位文人”。

安托万·德·圣－埃克苏佩里
1935 年

对于那些在天空中旅行的人，比如小王子、圣－埃克苏佩里及他书中的飞行员主人公，从空中俯瞰大地时，地球好似一栋房子或是一个玩具摆放整齐的儿童房间，它是一个井然有序的小星球，与小王子离开前整理得井井有条的星球没有太大区别。若想以一种更加务实的方式了解地球，必须掌握充足的地理知识：最初，我们受益于学校的地理课；后来，经验丰富的战友会在地图和飞行计划上给予慷慨、详细的指导。现实生活中，亨利·纪尧梅①承担起这一角色，他传授给圣－埃克苏佩里关于飞行的种种经验和教训，而在《南方邮航》中，叙述者也会为贝尼斯一一讲述。地理学家在《小王子》中也极为重要，他是建议主人公拜访地球的关键人物，他的工作在故事中被赋予了"真正的职业"这一称号，这与地理知识在圣－埃克苏佩里日常生活中所发挥的重大作用相互吻合。

尽管有来自地理学和星星的帮助，航空业先驱们仍然常常在沙漠或山区遭遇重重危险，无论是现实中还是想象中。如果飞行员独自坠机，战友们会一起努力帮助他逃出险境，除了必要的四处搜寻，同时也给予他一个坚持下去并活着回来的理由。正如 1931 年《夜航》（*Vol de nuit*）获得费米娜奖②后，圣－埃克苏佩里在他的演讲中所表达的那样，在某处被人们祈盼归来的

① 亨利·纪尧梅（Henri Guillaumet，1902—1940），法国飞行员、航空业先驱。他是安托万·德·圣－埃克苏佩里的挚友，他们曾一起共事多年，拥有伟大的友谊。1940 年 11 月 27 日，纪尧梅和马塞尔·雷纳（Marcel Reine，1901—1940）驾驶的民用飞机飞往叙利亚途中在地中海上空被意大利飞机误击，坠海解体。得知纪尧梅遇难时，圣－埃克苏佩里曾说"纪尧梅死了，这天晚上我觉得我再也没有朋友了……"
② 费米娜奖（Prix Fémina），法国著名文学奖。

人，最终战胜了艰难险阻，这正是他的朋友纪尧梅的亲身经历——他曾在安第斯山脉的一次坠机事故中奇迹般死里逃生，而无人等候的人却不幸丧生。在小王子的整个旅行中，他都希望他的玫瑰在他的星球上祈盼他归来。在这本书的结尾，小王子回到了他的星球，与他的玫瑰重逢。

这些贯穿于《小王子》中的重要主题，在圣－埃克苏佩里的其他作品中均有展现，同时也隐藏在他过往的文章、信件或草稿之中，这些早期的文稿也许共同预示了这部最后作品的诞生。

阅读《小王子》

《小王子》被广泛认为是一本儿童读物，至少在法国如此；然而，这本书在人的一生中往往被数次捧起，每次阅读都会带来不同的感悟，更加靠近圣－埃克苏佩里想传递给世人的信息。第一次阅读《小王子》的理想年龄一直颇有争议：许多成年人认为，他们在小学翻阅这本书时，感觉年龄尚小；与此同时，也有一些家长会不假思索地把这个故事念给还不会阅读的小孩子。这种书籍代代相传和跨代共享，是儿童读物所独有的特征，这一点在《小王子》这本书上体现得尤为明显，每一本《小王子》往往在不同年代的人手中传阅，拥有

沃尔特·利莫特（Walter Limot），电影《南方邮航》片场照
1936或1937年

《云上长着翅膀的人物，飞过地球上空》
[1940 年]
墨水画
特别收藏

贝尔纳·拉莫特*为《飞往阿拉斯》（即《战斗飞行员》）所绘的插图
1941年，纽约
圣-埃克苏佩里-达盖遗产管理委员会收藏

* 贝尔纳·拉莫特（Bernard Lamotte，1903—1983），英文译名为“伯纳德·拉莫特”，法国艺术家。安托万·德·圣-埃克苏佩里巴黎美术学院的同窗，1941年，两人在纽约重逢，于拉莫特的博卡尔（Le Bocal）工作室共度一段美好时光，并完成了《飞往阿拉斯》的插图绘制。

过好几次生命。《小王子》是一本非常特别的儿童读物，具有普世价值且永不过时。然而，这真的是一本儿童读物吗？在撰写这本书的时代，无论在艺术领域还是政治领域，安托万·德·圣-埃克苏佩里都是一个无法绕开的名字。1929至1939年，在飞行冒险经历的光环下，他出版了三部广受好评的作品：《南方邮航》《夜航》《人的大地》。最后这本以英文译名《风沙星辰》（*Wind, Sand and Stars*）在美国出版，圣-埃克苏佩里因此名声大噪[①]；为了给自己坚信的商业航空事业铺平道路，他和纪尧梅驾驶水上飞机，以28小时27分的不间断飞行打破了纽约和比斯加奥斯[②]之间的飞行速度纪录，这一成就使他家喻户晓。他一直积极抗战，法国战败后，1940年底，他离开法国前往纽约，希望凭借自己的声誉说服美国政府参战。第二次世界大战开始之初的几个月，圣-埃克苏佩里便投身战斗，成为法国空军侦察小组的一名飞行员，他拒绝了一切可能使他远离前线并妨碍他利用自己的声望促成联合抗战的职位建议。他目睹了战争的残酷和逃亡的苦难，这些经历促使他创作了《战斗飞行员》（英文译名《飞往阿拉斯》），这是他同时以法语、英语两个版本在美国出版的第一本书[③]。1943年4月，在他离开纽约几天后，《小王子》正式出版。

人们可能会问，像圣-埃克苏佩里这样的大人物为什么会在这样的特殊时期写一本儿童读物呢？尽管得益于相关研究工作，特别是儿童读物收藏大家沃尔特·本雅明1926年出版了《儿童读物的前景》一书后，儿童文学的地位自20世纪20年代起在慢慢提升，但这一类型的作品仍然只占很小的比例。自启蒙运动以来，儿童读物就已存在（一些早期的作品甚至可以被谨慎地定义为儿童读物，如夸美纽斯[④]1658年出版的《世界图解》[⑤]，或费奈隆[⑥]1699年为他的学生、路易十四的孙子撰写的《特勒马科斯纪》[⑦]），然而直到20世纪，人们才逐渐意识到这种文学体裁的重要性和它所肩负的重任：要让人们在第一次阅读时，就爱上阅读。也正是在这个时期，儿童读物得以变革。

19世纪的儿童读物继承了盎格鲁-撒克逊的传统，将小说和道德教育相结合，这一理论源于约翰·洛克[⑧]1693年出版的《教育漫话》[⑨]。在法国，

① 《风沙星辰》出版后，获得1939年美国国家图书奖非虚构类最佳作品，并迅速卖出25万册。
② 比斯加奥斯（Biscarosse），法国西南部城市，隶属阿基坦大区吉伦特省（Gironde），濒临大西洋。
③ 《小王子》是安托万·德·圣-埃克苏佩里同时以法语、英语两个版本在美国出版的第二本书。
④ 扬·阿姆斯·夸美纽斯（捷克文：Jan Amos Komenský，拉丁文：Iohannes Amos Comenius，1592—1670），捷克伟大的民主主义教育家，西方近代教育理论的奠基者，被誉为“教育学之父”。他是公共教育最早的拥护者，1632年发表《大教学论》，标志着教育学成为独立学科。
⑤ 《世界图解》（*Orbis sensualium pictus*），世界上第一本专门为儿童设计的图画书，被称为“儿童绘本的雏形”，1658年同时以拉丁文和德文出版，讲述了自然、人类活动、社会生活和语言文字等方面的知识。
⑥ 弗朗索瓦·费奈隆（François Fénelon，1651—1715），法国散文作家，曾任康布雷大主教，法国古典主义的最后一个代表。1689至1699年，担任路易十四长孙勃艮第公爵的太傅。
⑦ 《特勒马科斯纪》（*Les Aventures de Télémaque*），一部散文体教育小说，成书于1694至1696年，通过续写荷马《奥德赛》第四卷，讲述奥德修斯之子特勒马科斯在乔装的雅典娜引领下游历四方的故事。
⑧ 约翰·洛克（John Locke，1632—1704），英国哲学家、教育家，被广泛认为是最有影响力的启蒙思想家之一，被称为“自由主义”之父。
⑨ 《教育漫话》（*Some Thoughts Concerning Education*），约翰·洛克的教育学著作，首次出版于1693年。该书主要论述“绅士教育”，在西方教育史上第一次将教育分为体育、德育和智育三大部分，对西方近代教育理论的发展有深远的影响。

学龄儿童文学的发展与1833年至1882年设立初等义务教育的法律同步进行。教科书出版商也在改变图书出版的单一模式，推出具有思想启发性的小说作为拓展书籍。其中，路易·阿歇特[①]于1856年开设了《粉红图画书》系列（*Bibliothèque rose illustrée*），主要出版塞居尔伯爵夫人[②]广受欢迎的作品，带领青少年图书走出教科书范畴。他的竞争对手让－皮埃尔·埃泽尔[③]则与儒勒·凡尔纳[④]达成独家发行协议，从而建立起自己的声誉；他同时定位于高端出版市场，深受藏书家的青睐。这两家出版商在定位上的差异，折射出艺术追求和大众普及之间的分歧：选择如新年大礼般在周日特别发售的珍贵书籍，还是可供随意翻阅价格便宜的一般出版物？这种分歧总结了19世纪法国儿童文学的历史，并引发了整个19世纪下半叶人们对提高儿童读物的内容水平和插图质量的持续关注。

20世纪30年代成为一个真正的转折点，尤其与保罗·福谢[⑤]创作的《海狸爸爸》系列丛书（*Albums du Père Castor*）的发售密不可分。当时，一些尺寸较小、售价适中的青少年图书仍会邀请知名艺术家为故事绘制插图，特别是当时流亡巴黎的俄罗斯先锋派艺术领军人物：亚历山德拉·埃克斯特[⑥]、费奥多尔·罗佳科夫斯基[⑦]、娜塔莉·帕兰[⑧]以及伊万·比利宾[⑨]等。《海狸爸爸》系列丛书则把对儿童教育的抱负拓展到艺术领域之外，使儿童读物从此拥有了更多的可能性。1948年，圣－埃克苏佩里的朋友保罗－埃米尔·维克多[⑩]根据自己的极地探险经历创作出版了《小雪花阿普特西阿科》（*Apoutsiak, le petit flocon de neige*）。与此同时，一些非专职从事儿童文学创作的艺术家和作家也投入其中，对这个非常特别的受众群体表达他们的关爱：诗人特里斯坦·德雷姆[⑪]笔下的小男孩帕塔舒[⑫]（Patachou）梦见了蟒蛇和大象，很可能对《小王子》产生了一定的影响；安德烈·莫洛亚[⑬]在他的《三万六千意愿之国》（*Pays des trente-six mille volontés*）中提到过一个“临时仙女”，小王子与她有几分相似；1938年，先锋派知识分子格特鲁德·斯

---

① 路易·阿歇特（Louis Hachette，1800—1864），法国著名出版家。1826年，阿歇特创办了以自己姓氏命名的出版社，主营教科书、青少年读物、袖珍文学书、工具书等，后发展成为大型跨国出版集团。

② 塞居尔伯爵夫人（Comtesse de Ségur，1799—1874），法国著名儿童文学女作家，法国儿童文学的创始人，被称为“孩子们的巴尔扎克”“法兰西全体孩子的好祖母”，代表作有《苏菲的烦恼》《驴子的回忆》等。

③ 让－皮埃尔·埃泽尔（Jean-Pierre Hetzel，1814—1886），法国出版人、图书商。

④ 儒勒·凡尔纳（Jules Gabriel Verne，1828—1905），法国小说家、剧作家、诗人，代表作为有《海底两万里》《气球上的五星期》《八十天环游地球》等。他的作品对科幻文学流派产生了重要影响。

⑤ 保罗·福谢（Paul Faucher，1898—1967），法国出版家、作家，代表作为“海狸爸爸”经典童话系列。

⑥ 亚历山德拉·埃克斯特（Alexandra Exter，1884—1949），俄罗斯画家，设计师，先锋艺术家。

⑦ 费奥多尔·罗佳科夫斯基（Feodor Rojankovsky，1891—1970），笔名“罗佳”（Rojan），俄罗斯近代最重要的插画大师，代表作有《小海豹史加》等。

⑧ 娜塔莉·帕兰（Nathalie Parain，1897—1958），俄罗斯插画师。

⑨ 伊万·比利宾（Ivan Bilibine，1876—1942），俄罗斯画家，插画家，芭蕾舞团与俄罗斯画家联合会共同创立者。

⑩ 保罗－埃米尔·维克多（Paul-Émile Victor，1907—1995），法国极地探险家、科学家、人种学家、作家，他在格陵兰岛发现了人种学的奥秘。

⑪ 特里斯坦·德雷姆（Tristan Derème，1889—1941），法国诗人。

⑫ 帕塔舒，特里斯坦·德雷姆作品《小男孩帕塔舒》（*Patachou, petit garçon*）中的主人公。

⑬ 安德烈·莫洛亚（André Maurois，1885—1967），法国传记作家、小说家。

坦[①]写下《世界是圆的》(*The World is Round*，第 48 页)，讲述了一朵小玫瑰和她的圆形世界的故事，尤其是大象在那个奇幻的世界中穿行而过。就这样，圣－埃克苏佩里在永恒而独特的《小王子》中铭刻下他对那个时代的情感。

这场儿童文学的复兴对圣－埃克苏佩里意义重大，他的一生都在强调童年在他个人经历中极为重要的作用。1941 年 4 月，在接受《时尚芭莎》(*Harper's Bazaar*)采访时，他谈起自己青少年时期的阅读以及对后来作品的影响。尽管《安徒生童话》是第一本令他大为震撼的书，但在他的记忆中，自己读到的第一本印刷品却是一本关于酿酒的小册子，对于这个四岁的孩子来说，那本小册子虽然晦涩难懂却充满诱惑力。另外，儒勒·凡尔纳和他充满技术创新的冒险故事也同样令这个年轻人着迷。

圣－埃克苏佩里经常写道，他“来自他的童年”，仿佛童年是一处地方、一个国度，甚至是一片理想中的乐土、一个我们真正的故乡，我们来自那里，是童年定义了我们的身份。童年时光中带有未来生活的雏形，正如那个年幼的圣－埃克苏佩里所展示的：他的童年里，有为朋友们写下的诗歌，有母亲教授的绘画课，有他对于机器和实验的深深迷恋，这种迷恋最终将在 1912 年他第一次飞上天空时达到顶峰。在 1930 年从南美大陆写给母亲的信中，写了一段悲伤孤独的时期，他甚至用“被从童年放逐了”来表达自己的困苦。

绘画是第二语言

尽管青年时期的圣－埃克苏佩里钟爱故事和小说，然而，在他的文学生涯之初，在写给前未婚妻路易丝·德·维尔莫兰[②]的信中，他谈到不应该写童话故事，而要讲述当今时代的伟大冒险[③]。这位曾经的浪漫主义和象征主义诗人(如波德莱尔[④]、马拉美[⑤]或埃雷迪亚[⑥])的崇拜者，当他决定以写作为职业时，却毅然决然地放弃了纯虚构小说，选择记录下自己真实的体验。你必须亲身经历过那些事，才能去讲述它们：在《南方邮航》和《夜航》中，圣－埃克苏佩里还隐藏在他的人物背后；而在《人的大地》中，他将自己设定为故事的叙述者，同时也是该作品的主人公。

在虚构和叙事的二分法中，《小王子》的定位在哪里呢？我们很难相信，飞行员和小王子真的会在沙漠中相遇。然而，叙事的力度、丰富的细节以及

特里斯坦·德雷姆，《小男孩帕塔舒》
安德烈·海勒(André Hellé)绘
1929 年，巴黎，埃米尔－保罗兄弟书店(Émile-Paul frères)

---

① 格特鲁德·斯坦(Gertrude Stein，1874—1946)，犹太裔美国小说家、诗人、剧作家、理论家、收藏家。

② 路易丝·德·维尔莫兰(Louise de Vilmorin，1902—1969)，法国作家。安托万·德·圣－埃克苏佩里曾和她订婚，后来由于维尔莫兰家族的反对，他们解除了婚约。圣－埃克苏佩里因此陷入巨大的悲痛中，并受这段爱情的启发，创作了他的第一本小说《南方邮航》。多年来，他一直给她写信，从未忘记她。

③ 摘自安托万·德·圣－埃克苏佩里给路易丝·德·维尔莫兰的信，1926 年 10 月。——原版编者注

④ 指夏尔·皮埃尔·波德莱尔(Charles Pierre Baudelaire，1821—1867)，法国现代派诗人，象征派诗歌先驱，代表作有《恶之花》。

⑤ 指斯特凡·马拉美(Stéphane Mallarmé，1842—1898)，法国象征主义诗人、散文家，1896 年被选为“诗人之王”。

⑥ 指何塞·玛丽亚·德·埃雷迪亚(José Maria de Heredia，1842—1905)，古巴出生的法国诗人，巴那斯派大诗人，美洲第一位浪漫主义诗人。

爱丽丝·皮盖（Alice Piguet），《蒂勒利天文学家》（*Tirely astronome*）
亚历山大·谢列布里亚科夫绘
1935 年，巴黎，伽利玛出版社

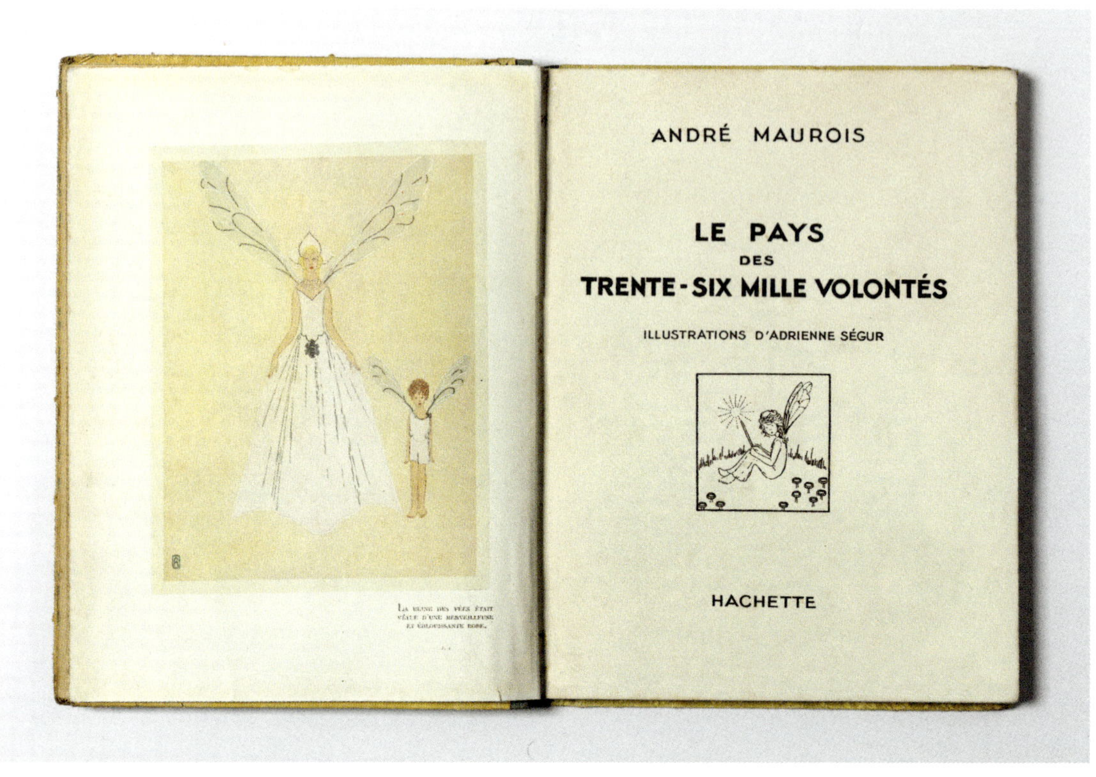

安德烈·莫洛亚，《三万六千意愿之国》
艾德丽安·塞居尔（Adrienne Ségur）绘
1931 年，巴黎，阿歇特出版社

叙述者不容置疑的情感似乎都在表明这段经历的真实性。正是圣－埃克苏佩里本人向我们提供了一条线索，袒露了《小王子》本质上的真实："我本想像讲童话那样，开启这个故事。我本想这样讲：'从前，有一个小王子，他住在一个比他大不了多少的星球上，他希望有一个朋友[①]……'在那些懂得生活的人看来，这样听上去更为真实。"在背弃童话写作近20年后，圣－埃克苏佩里终于写出了他的童话故事。

这样的转变，大概可以归因于写作《小王子》那个非常特殊的历史时期，时局动荡，无法施展抱负，适宜内省。那时，圣－埃克苏佩里常常借助于散落在信件或手稿上的小画来表达自己的内心世界，这些小画后来为《小王子》的主要故事情节提供了素材。圣－埃克苏佩里曾多次抱怨自己流亡异国，远离家乡，如他笔下的主人公一样孤独；事实上，他在美国的生活并非像他说的那样寂寞不堪。他与不少社会名流来往密切，比如查尔斯和安妮·莫罗·林德伯格夫妇[②]、安娜贝拉和蒂龙·鲍尔夫妇[③]，以及让·雷诺阿[④]、皮埃尔·拉扎雷夫[⑤]、德尼·德·鲁热蒙[⑥]等文化界人士。他也是上流社会社交圈中的常客，诸如登上美国版《时尚》(*Vogue*)和《时尚芭莎》的杂志版面，我们可从他与娜塔莉·帕蕾[⑦]的交往中窥见一二。

更特别的是，圣－埃克苏佩里那时与许多艺术家相交甚好，比如贝尔纳·拉莫特、赫达·斯特恩[⑧]、约瑟夫·康奈尔等。他们也许潜移默化地影响了绘画在他正创作的儿童故事中的地位。其实，《小王子》的许多再版版本都自豪地标注了"附有作者亲自创作的插图"。作者的亲密好友也曾指出，圣－埃克苏佩里在绘制这些插图时，对细节的追求近乎疯狂。从他写给美国出版人关于版面布局的信中我们了解到，文字和图画的创作是同步思考推进的。圣－埃克苏佩里并不是单纯地为这本书配上插图，在绘画的过程中，这些画也在帮助他想象出整个故事的脉络。他对每张图画插入的位置、所用的尺寸都有明确的想法，且无法容忍这本书的排版和他的构想有任何细微的出入。

---

① 摘自安托万·德·圣－埃克苏佩里，《小王子》，巴黎，伽利玛出版社，1999年，第24页。——原版编者注

② 查尔斯·林德伯格（Charles Lindbergh，1902—1974），美国著名飞行员，1927年6月，他独自驾驶飞机完成了人类历史上首次从纽约到巴黎飞越大西洋的壮举。安妮·莫罗·林德伯格（Anne Morrow Lindbergh，1906—2001），美国飞行员、作家。

③ 安娜贝拉·鲍尔（Annnabella Power，1907—1996），法国女演员，安托万·德·圣－埃克苏佩里的密友。蒂龙·鲍尔（Tyrone Power，1914—1958），美国电影演员，20世纪50年代巨星，也译作泰隆·鲍华。

④ 让·雷诺阿（Jean Renoir，1894—1979），法国著名导演、编剧、制片人、作家。他曾将《人的大地》改编为电影。

⑤ 皮埃尔·拉扎雷夫（Pierre Lazareff，1907—1972），法国报业杰出代表人物，曾任《巴黎晚报》（*Paris Soir*）主编。1940年8月24日，拉扎雷夫抵达纽约，与安托万·德·圣－埃克苏佩里来往密切。

⑥ 德尼·德·鲁热蒙（Denis de Rougemont，1906—1985），瑞士作家、哲学家、文化理论家，被认为是建立欧洲联邦制思想的伟大先驱思想家之一。1940年，鲁热蒙由于在报刊上发表了激怒德国政府的尖锐专栏文章，被派往美国，9月抵达纽约，后与安托万·德·圣－埃克苏佩里成为好友。一说他是《小王子》的灵感来源之一。

⑦ 娜塔莉·帕蕾（Natalie Paley，1905—1981），法国女演员，俄罗斯沙皇亚历山大二世（Grand Duke Paul Alexandrovich of Russia）之女。

⑧ 赫达·斯特恩（Hedda Sterne，1910—2011），出生于罗马尼亚，美国早期抽象派团体女画家。她与安托万·德·圣－埃克苏佩里有着非常亲密的友谊，后者将《给一位人质的信》的校样和原始稿件赠送给了她。

《星球上的象群》
为《小王子》第五章创作的水彩画原稿
1942 年，纽约
特别收藏

格特鲁德 · 斯坦，《世界是圆的》
克莱门特 · 赫德 * 绘
1939 年前后，纽约，威廉 · R. 斯科特公司（William R. Scott，Inc.）

* 克莱门特 · 赫德（Clement Hurd，1908—1988），美国著名插画家，代表作有《晚安，月亮》《逃家小兔》等。

《小王子》确实是在绘画中诞生的。在流亡美国期间，圣－埃克苏佩里在继续《堡垒》（*Citadelle*）的写作，这是一部由许多小故事组成的哲学散文集，他已陆续创作多年。他的美国出版人对经常出现在他铅笔下的各种小画颇有兴趣，建议他写一个给孩子们的故事来缓解《堡垒》的写作压力。《小王子》原定 1942 年圣诞节出版，后来由于圣－埃克苏佩里的完美主义而被迫推迟。正如 1943 年初他在赠送给安娜贝拉 · 鲍尔的《小王子》校样上写的那样："之所以晚了这么久，是因为我不能容忍把没有配图的文稿寄给你，出版社花了整整四个月的时间制作印刷（这些画真是太漂亮了……）。"为了达到预想的图文布局效果，作家表现出一种近乎强迫症般的严谨，然而，这恰恰让我们更为感动。因为这是圣－埃克苏佩里生前出版的最后一部作品，这些严谨的细节使我们能真正遇见小王子，去解读他想传递给世人的信息。

文字和插图的搭配是儿童文学的核心。然而，在圣－埃克苏佩里的时代或比他更早的时代，很少有作家像毕翠克丝 · 波特①、艾尔莎 · 贝斯蔻②和让 · 德 · 布伦霍夫③那样，亲自为故事绘制插图。《爱丽丝漫游奇境记》在 1865 年出版时掀起了一场文字和图片结合方式的革命（为了给插图腾出空间或将插图嵌入文字中，有时会选择把文本分开排列，有时甚至会改变文本自身的形状来配合插图，比如在第二章的开头讲到爱丽丝长大、长高了，一列拉长的文字直接呼应了爱丽丝的长脖子形象），尽管刘易斯 · 卡罗尔④最初尝试过自己绘制插图，但他后来还是找了一位专业画师。

除了在儿童读物中可能具有的意义，绘画在圣－埃克苏佩里的生活中也极为重要，长久以来，他一直在信件、手稿或草稿中匆匆画下各种速写小图。这种绘画的天赋源自他的母亲。她是一位娴熟的水彩画家，非常注重向孩子们传授扎实的艺术教育。故事中的飞行员只画了两幅画，便放弃了他"卓越的画家生涯"，圣－埃克苏佩里的现实写照与飞行员的个人悲剧遥相呼应，他常常在寄给母亲的信中配上插图，反复摸索，并为不知道怎样才能画得更好而懊恼。

对作者来说，绘画是第二语言，它能避免误解，也能强调某些信息的重要性。《小王子》中最"壮观"的图画当属那幅巨大的猴面包树，这些植物看似无害，却能造成无法弥补的损害，作者借以暗指 20 世纪 20 年代至 30 年代猖獗的法西斯思想。对叙述者和小王子而言，提醒读者注意这些危险十分必要。因此，在紧迫感的驱使下，这幅令人心碎的图画诞生了。

① 毕翠克丝 · 波特（Beatrix Potter，1866—1943），英国著名儿童文学家，代表作有《比得兔的故事》等。
② 艾尔莎 · 贝斯蔻（Elsa Beskow，1874—1953），瑞典国宝级绘本大师，代表作有《派乐的新衣》《森林里的孩子》等。1958 年，瑞典图书馆协会设立了以她名字命名的艾莎 · 贝斯蔻奖（Elsa Beskow-plaketten）。
③ 让 · 德 · 布伦霍夫（Jean de Brunhoff，1899—1937），法国著名画家、作家，被称为法国"现代儿童图书之父"，代表作有《大象巴巴的故事》等。
④ 刘易斯 · 卡罗尔（Lewis Carroll，1832—1898），本名查尔斯 · 路特维奇 · 道奇森（Charles Lutwidge Dodgson），英国作家、数学家、逻辑学家、圣公会牧师、摄影家，代表作有《爱丽丝漫游奇境记》《爱丽丝镜中奇遇记》等。

《为了显示比例的猴面包树的原型图》
献给他的英文翻译刘易斯·加兰蒂尔
铅笔和水彩画
1943 年 1 月
奥斯汀，得克萨斯大学，哈里·兰塞姆人文研究中心收藏

无论是否是写给孩子们的,《小王子》都探讨了极为严肃的命题。圣－埃克苏佩里写道:“我不喜欢人们漫不经心地阅读我这本书。”[①]而《小王子》的矛盾之处在于这个故事既非常简单,同时又非常深刻。“遇见小王子”的展览达成了圣－埃克苏佩里这个心愿,工作人员对海量的原始资料做了极为细致的收集整理,这些工作表明人们确实不能漫不经心地阅读《小王子》。在严酷的战争岁月,圣－埃克苏佩里为那些关乎人类命运的大事忙碌奔波,却仍然为这本书的创作投入大量的时间和精力,它的重要性不言而喻:无论哪个年龄段的人阅读《小王子》,绝不会是虚度光阴。

从根本上讲,《小王子》是一本关于严肃事物的书,关于真正重要的事,它探讨了什么是(或不是)严肃的,什么是(或不是)真正重要的事。然而,大人和孩子们面对这个主题有着迥然不同的观点,同样,圣－埃克苏佩里和大多数成年人也存在着严重的分歧,正如故事中商人这个人物所表现的那样。虽然这个世界通常会鼓励人们去欣赏一位成功的商人,但对小王子来说,商人对星星的核算是如此荒谬,这让他对这个人物并无好感:往好了说,这个人物算得上有趣;往差了说,他和那个酒鬼并无二致。

在圣－埃克苏佩里的许多文字中,我们都能感受到他对无处不在的商业交易的不适,譬如那些他飞越阿根廷南部的记忆:那些围绕着油井建立起的城镇,它们阴暗凄凉、泯灭人性。想占有地球的深处,难道不和想拥有星星一样荒谬吗?作者一生都为金钱所困,然而,对于那些为他带来最多财富的工作,诸如撰写剧本或报刊文章,他同样予以无情的抨击,认为它们打断了他的创作。《小王子》中也承传了作者的批判精神:批判消费主义,批判资本主义,批判泯灭人性的社会,并在商贩售卖的解渴药丸这种毫无意义的发明中达到顶峰。

“我希望,人们能够严肃地对待我的不幸”[②],叙述者说,作者写道。1944 年 7 月 31 日,一个疲惫不堪的人登上战机,这是他最后一次执行任务。在留给朋友皮埃尔·达洛兹[③]的最后一封信中,他这样写道:“如果我被击落,我绝不会有任何遗憾。未来的白蚁丘让我感到惶恐。我厌恶他们如机器人般的品行。而我,我是为成为园丁而生的。”小王子则清楚地知道,事实并非如此,超过 75 载的斗转星移,他一直在持续努力,努力传递着他的朋友安托万·德·圣－埃克苏佩里留给世人的信息,传递着那些充满了人文主义的不灭希望,从未停歇。

---

① 摘自安托万·德·圣－埃克苏佩里,《小王子》,巴黎,伽利玛出版社,1999 年,第 24 页。——原版编者注

② 摘自安托万·德·圣－埃克苏佩里,《小王子》,巴黎,伽利玛出版社,1999 年,第 17 页。——原版编者注

③ 皮埃尔·达洛兹(Pierre Dalloz,1900—1992),法国登山家、摄影家、作家、城市建筑师。

故事的童年

“有些人永远不会老去，
始终都是诗人。”

L’enfance d’un conte

“我来自哪里？我来自我的童年。我来自我的童年，犹如来自一个国度。”在讲述1940年法军战败的小说《战斗飞行员》中，安托万·德·圣－埃克苏佩里写下这些动人的文字。从这个幼年的故乡出发，整部作品都在竭力赞美这段时光的永恒——在童年身上，我们可以躲过时间的咬噬，可以避免人们极其易犯的遗忘症。《小王子》也不例外，它以一段深思开场，在孩子们对世界天马行空的创造性眼光和“大人们”禁锢于惯例与套话的墨守成规之间反复考量。从许多方面看，这则寓言由两个仍能听懂彼此的人物——我们童年的一面（小王子）和我们的成人意识（飞行员），由他们之间的对话组成的。我们很难确定这本书的目标受众，它是一本献给孩子们的书，还是一本面向成年人的成熟读物；就其本身而言，即根据它的写作风格和创作意图，这两个范畴均有涉及。

然而，位于孩子和成人交界处的两个人物，代表的其实都是圣－埃克苏佩里本人，这个忙于一些非常严肃之事的大人，这个曾全心全意投身战场、即将再次奔赴前线的大人，决定给孩子们写一个故事。此外，为了避免冒犯小读者，在题献页上，作家并没有把这本书献给他的朋友莱昂·韦尔特，而是献给了“那个曾经的小男孩”莱昂·韦尔特，因为他仍然能够“理解给孩子们的书”。这位久负盛名的飞行员一直保持着理解孩子并与孩子交谈的天赋，他决定把这个故事优先献给孩子们。

1900年6月29日，安托万·德·圣－埃克苏佩里出生在法国里昂，是家中五个孩子之一。这个小小的家庭“部落”很早就经历了丧父之殇。

圣－埃克苏佩里从童年这个宝库中收获颇丰，并用它们丰富着他包罗万象的故事宝库。《小王子》的写作很大程度上要归功于人生这段黄金时期，诚然，这个时期的记忆中有丧亲之痛（我们在书中可以感受到这种创伤，它如此严肃地讲述了一个孩子的死亡），但也伴有许多简单的快乐，它们来自和自然的奇妙关系，来自亲人的关爱，也来自冒险最初的召唤——一颗星星在阁楼横梁的窗洞中振动闪耀。在他的生活和作品（写作和绘画）中，这位飞行员–作家不停地创造着一个被强烈的情感所包围的世界，他永远不会放弃，因为在他看来，这样的世界承载着每个人身上一切最具人性的东西。“沉湎于这个备受保护的童年中，我感到无比喜悦！”《战斗飞行员》中的叙述者在一本讲述飞行员的书的开头如此感慨。这本书的开篇语是：“我肯定是在做梦。”

但是，安托万·德·圣–埃克苏佩里这个曾经的年轻伯爵，并不会过于理想化地看待童年——这个为被扼杀的莫扎特[①]而哭泣的人，怎会对身处困境、遭受不幸的人视而不见呢？——他是一个驻守敌国的使者，在这个国家的人群中，几乎人人都已忘记了“这片伟大的领土，每个人都是从这里走出来的”。他将永远给予这片领土最纯粹的真诚和最高程度的真实：“在我看来，这个充满了童年记忆、我们的语言和我们发明游戏的世界，总是格外比另一个更真实。”（《给母亲的信》，布宜诺斯艾利斯，1930 年 1 月）

然而，对于心怀善意的人们来说，这两个世界之间并不存在真正的界限。圣–埃克苏佩里身上有多重身份：民航飞行员、战斗飞行员、报刊撰稿人、天才发明家及值得信赖的战友，我们也可以像他一样，在自己所处的时代积极投身于对世界的创造，既不抛弃童年的腹地，也不切断维系我们的阿里阿德涅之线[②]——如同这几幅草图中所描绘的角色那样，作家也一直把这根线握在自己的手上。对《小王子》的作者而言，没有什么比所经历的冒险、离别时的憧憬、旅途和孤独的考验更接近童年的感觉。这些经历虽然痛苦，却会在世

---

① 在《人的大地》中，安托万·德·圣–埃克苏佩里曾提到每个人心中都或多或少有一个被扼杀的莫扎特。

② 阿里阿德涅之线，源自古希腊神话。阿里阿德涅（Ariadne）是克里特岛国王米诺斯（Minos）的女儿，她用一个线团帮助雅典王子忒修斯（Theseus）破解迷宫，杀死了怪物米诺陶洛斯（Minotaur），又沿着线找到来路，走出迷宫。这个线团被称为“阿里阿德涅之线”，常用来比喻走出迷宫的方法和路径，解决复杂问题的线索。

人身上重新唤醒他们童年的生命力，这些生命力的内在性是如此强大而抚慰人心，让世界再次焕发出魔幻般的生机。就这样，他写下这些带有普世性的故事，诠释了“有些人永远不会老去，始终都是诗人”。

在这一章中，我们将发现作家生命中的一切是如何在他的童年时期开始萌芽的：早熟的诗人天赋，他的第一次飞行，他和弟弟的发明，家族城堡的花园，他与母亲的联系，同时还有第一次世界大战时他对空战密切关注的少年爱国主义情怀。尽管常常远离童年生活的地方，他与家人却非常亲近，他们一直保持着通信。那个时期，邮件在他的生活中必不可少，而在整个20世纪20年代，他驾驶飞机冒着生命危险小心运送的也恰恰是这些人们翘首以盼的邮件。

童年和旅行

安托万·德·圣－埃克苏佩里在这几页纸上写道："有些人永远不会老去，始终都是诗人。"我们不确定这篇文稿的创作日期，只知道它诞生于20世纪30年代，然而，比起确切的写作背景，它所传递的意图更为关键。对于了解他本人和他的作品都至关重要。作家在文中详述了一种旅行理论，虽未明确提及，却颠覆了从蒙田[①]那里继承来的古典传统。蒙田写道："旅行在我看来还是一种颇为有益的锻炼。[……]它在我们的眼前不断展示出各种其他生命的多样性，我无法在别处找到比旅行更好的学校来塑造人生。"〔《随笔集》(*Essais*)，第三卷，第九章〕《小王子》的作者则认为，旅行并不塑造我们的人生或青春——更准确地说，人们对旅行的首要期待并不是从旅行中受到教育——恰恰相反，旅行使我们重返青春。这是件极好的事情：在旅行的帮助下，人们重建起自己已被埋葬的一部分，对来自世界的邀请重新恢复开放的意识。换句话说，对出发的期待和旅行本身，即旅行及在路途中经历的所有时间（"你为你的玫瑰付出的时间……"）使人沉浸于一种类似童年的状态中，同时揭开他内心领地的面纱，让埋藏在日常生活糟粕下的东西和在物质控制下的东西一一显露出来。童年是对即将发生的事情的美好期待；童年构建起一个完整的世界，召唤激励着一种崭新的、从未涉足的、游离于梦境之外的意识。于是，我们便可以理解这样的一种概念对圣－埃克苏佩里本人的意义。

由此可见，如此之多的旅行对作家而言只是一种不断返回的方式，不是回到童年本身，而是回到具有童年世界特征的感觉之中，它离作家只有一步之遥。旅行和冒险都是一种童年的延续，且没有乡愁。这正是圣－埃克苏佩里生命中永不熄灭的情感，是他在人与人之间、在离别的痛苦中（"一把刀"）、在他生命最极端的时刻，一遍遍去寻找的情感。这种蓬勃的激情始终与作家为伴，但也使他无法在人群中平静地生活。他永远无法抗拒迁徙的野鸟从身边经过。

圣－埃克苏佩里在这篇看似平淡、实则富于无限延伸的文字中走得更远。因为对作家来说，这种因为旅行和即将出发的时刻而重新唤醒的童心，恰恰是文学的另一个名字。这种对世界的纯粹感受是文学创作的源泉，它源自一种不会凝固于任何确定性中的意识，并通过自己独有的主观表达，使世界重新焕发出魔幻般的生机。一切都将成为宝藏，一切都将成为谜题，一切都将成为预兆。

因此，他会激励自己永远不要把飞行员的承诺和作家的使命分开，这两者在对童年的表达中交织在一起：小王子这个人物是童年的化身，《小王子》这本书则讲述了童年的神话。

"有些人永远不会老去，始终都是诗人"。圣－埃克苏佩里便是其中之一。

① 米歇尔·德·蒙田（Michel de Montaigne，1533—1592），法国文艺复兴时期思想家、作家，代表作有《随笔集》三卷等。

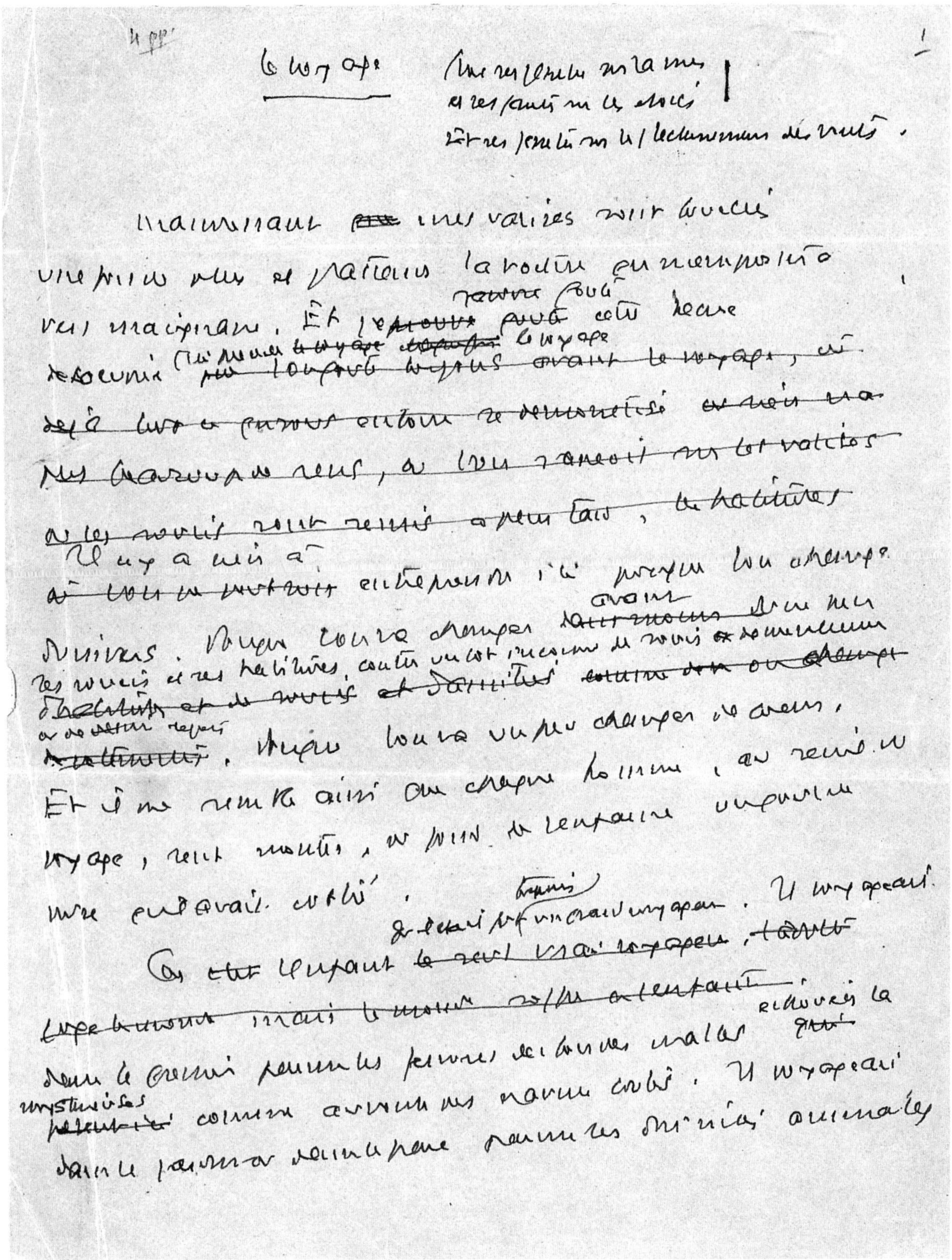

Le voyage

[illegible]

《旅行》

无日期

手稿真迹

圣－埃克苏佩里－达盖遗产管理委员会收藏

3

l'empire des premiers [illegible]. Il circulait dans un palais aux lois obscures, peuplé de [illegible], de placards fermés, de ~~[illegible]~~ fioles interdites. Tout avançait sous les paroles de Barbe bleue. Ce qui [illegible] des [illegible], des [illegible], des [illegible] en [illegible], ces mots capitaux qui ~~[illegible]~~ [illegible], tout se changeait pour lui [illegible] secret. Et ce voyage [illegible] le [illegible]. Voyage dans le [illegible], puis dans les livres, ~~[illegible]~~ puis dans la vie [illegible], [illegible].

~~Mais quand vient le malheur, tous les [illegible] toutes les découvertes sont faites. [illegible] dans sa vie [illegible] ses ~~[illegible]~~ [illegible], [illegible]. Il [illegible], il ne reçoit plus de [illegible]. Les choses sont ce qu'elles sont. La vie ne lui fait plus de [illegible]. [illegible] [illegible]. Et [illegible] [illegible] quelques uns~~

Quelques uns [illegible] [illegible]. [illegible] [illegible], [illegible] [illegible] ~~[illegible]~~ [illegible] avec. [illegible] ~~[illegible]~~ [illegible], [illegible] [illegible]. Avec la [illegible] [illegible], [illegible]. Mais quand vient le malheur [illegible] chargé de [illegible].

旅行

窗外，看得见大海
窗外，望得见星辰
窗外，还摇曳着温柔的风

我现在又要动身了，我正在等汽车，它会把我带到马里尼亚讷*。我品味着旅行前这一闲暇的时刻，这里无事可做——因为我们就要改变天地了；因为不出一个小时，我们就会扔掉现有的烦恼和习惯，去经历一些不曾经历过的烦恼、奇迹和遗憾；因为我们的想法就要开始发生变化了。以我之见，在旅行前夕，每个人都会冒出这样的感觉：某个已经被遗忘的小角色，正在从他的童年深处升起。

我们知道，孩子一直是伟大的旅行者。他在阁楼上旅行，穿梭于搁浅在那里的沉重的铁制行李箱之间，一切都神秘莫测，就像人们参观古老的沉船。他在花园或公园里旅行，流连于动物世界的诸神，参拜蚂蚁和蜜蜂的帝国。他在一片读不懂律法的故乡土地上游荡，到处布满了各种防御、紧闭的橱柜、被禁止入内的大门。在他看来，一切都变成了蓝胡子*的宫殿。那些无意间听到的谈话、影射、他在场时的[沉默]，那些大写的单词，都是谜一样的东西，一切都为他带来了秘密的哀伤，一切都闪耀着即将做出的承诺。随着他的成长，旅行仍在继续。在阁楼上旅行，然后，在书本上旅行，再然后，在生活中旅行。第一次高呼友谊万岁，第一次为爱情怦然心动，第一次懂得哀莫大于心死。

有些人永远不会老去，始终都是诗人。这位身处计算前沿的物理学家，精密的计算会帮助他发现那颗活跃的原子，它仍能辨认出他身体中那些隐隐悸动的欲望[……]。有一位正在作曲的音乐家，当和弦成群结队地从他的内心深处走向他时，他仍会因迫不及待而欣喜若狂。这些人，都依然愿意接待满载宝藏的使者。然而，人到壮年，对于大多数人来说，世间所有的探险都已完成。每个人都变得井井有条，他们整理好他们的生活、他们的思维和他们家中的一切。他们不再接收任何信息，事情就是这样，生活不再给他们任何预兆。

但是，此时此刻，人们正梦想着一场长途旅行，一旦合上行李箱，许多人都会惊讶于他们原来对自己知之甚少。他们在内心深处猜测着那片晦涩未知的疆土。在出发的梦境中，他们会发现自己对世界探索不足，他们向无数的激情敞开心扉，如同凛冽的寒风在中国过境。如同我们在孩子身上看到的那样，他们身上的某些东西也尚未完成，他们重新找回了童年的美妙滋味。这就是为何在我看来，人一旦沉浸于旅行之中，就像潜入了青春之泉，并祈求它能使他们返老还童。

讲讲我吧，在出发前的那一小时里，我猛然想起了波斯和印度。我未曾意识到，于我而言，它们就是童年时装满宝藏的箱子。[……]在旅行中，除去各种相遇，还有许多东西值得期待。比如，旅行本身和出发的时刻。我有[……]整个国家，然而，即使在客轮上，我们只能看到千篇一律的大海，却仍可以自己品味这段旅行。汽笛拉响了最后一次警告，海浪捧起了最后一簇浪花，浪花在城市和客轮之间建立起一个像蚂蚁窝一样拥挤嘈杂的循环，人们交换了最后一份情感。在这之后，这些登船，这些欢笑，这些泪水，一切都消失了，舷梯一旦被收回船上，码头和客轮之间便出现了一个难以察觉的鸿沟。

这场已经完成的分隔向我们展示出它的第一个预兆，它是如此庄重，在我的认知中，没有什么能比拟它的肃穆。仍然困惑的恋人被分开了，游子与他们的祖先之间切断了联系。这两个人群已被彻底改变。任何人类的力量、任何哭泣、任何爱都无法修复这个伤口。水就像一把刀，刺痛着人们的感官；船舶刚刚离岸，渐行渐远，人们才发现，这场滑行竟然如此致命。

---

* 马里尼亚讷（Marignane），法国南部城市，马赛普罗旺斯机场所在地。

* 蓝胡子，法国民间传说人物，法国诗人夏尔·佩罗（Charles Perrault，1628—1703）创作的童话故事的同名主角，因为胡须的颜色而得名，相传他的宫殿里有一扇被禁止打开的房门。

圣－埃克苏佩里家的孩子们
老式银版照片
1907 年前后，里昂，弗雷德里克 · 布瓦索纳照相馆

圣－埃克苏佩里家的孩子们与他们的母亲（站在右边）、特里科姨妈以及一位女伴在一起
老式银版照片
1906 年，圣莫里斯德雷芒（安省）城堡的公园

圣莫里斯德雷芒（安省）的城堡明信片

公园里的五个孩子

圣－埃克苏佩里家的孩子们聚集在日内瓦摄影师弗雷德里克·布瓦索纳（Frédéric Boissonnas）的镜头前，留下了前页那张宝贵的照片：从左至右分别是玛丽－马德莱娜、加布里埃尔（Gabrielle）、弗朗索瓦、安托万和西蒙娜·德·圣－埃克苏佩里（Simone de Saint-Exupéry）。这张照片可能是在布瓦索纳和他的姐夫夏尔·马尼安（Charles Magnin）1902 年在里昂创办的照相馆里拍摄的。

1904 年 3 月 14 日，让·德·圣－埃克苏佩里（Jean de Saint-Exupéry）在瓦尔的拉福克斯火车站（La Foux）突发中风过世，孩子们从此失去了父亲。在此之前，这家人一直住在里昂佩拉特街 8 号（8 de la rue Peyrat），即如今的安托万·德·圣－埃克苏佩里街（Rue Antoine-de-Saint-Exupéry）。对于这个早年就历经了巨大苦难的家庭，孩子们的母亲玛丽·德·圣－埃克苏佩里（Marie de Saint-Exupéry）的亲戚加布里埃尔·德·特里科伯爵夫人〔Countess Gabrielle de Tricaud，原名德·莱斯特兰奇（de Lestrange）〕给予了他们许多支持，她把自己位于里昂白莱果广场（Place Bellecour）的公寓和安省圣莫里斯德雷芒的城堡借给他们住。

西蒙娜·德·圣－埃克苏佩里后来在回忆录《公园里的五个孩子》（*Cinq enfants dans un parc*）一书中讲述了这个年轻家庭在里昂和勒芒两地的日常生活，当然，还有那两座童年的城堡——普罗旺斯的莫尔城堡和安省圣莫里斯德雷芒的城堡——孩子们在那里建立起与自然最初的联系，在游戏中释放飞扬的想象力。因为小时候一头浓密的金发，《小王子》的作者被他的大姐西蒙娜戏称为“安托万·太阳王”。西蒙娜拥有极好的文笔：“安托万会像他的姐姐莫诺[①]那样依赖外部世界吗？他会因此被生命的喜悦与痛苦击中吗？因为他无与伦比的感受力，答案不言而喻。然而，如果他得到许多，便会给予更多。他的慷慨取之不尽。‘他为每个人都准备了珍宝’（莱昂－保尔·法尔格[②]）。”

① 莫诺（Monot），指西蒙娜·德·圣－埃克苏佩里，莫诺是她的昵称。

② 莱昂－保尔·法尔格（Léon-Paul Fargue，1876—1947），法国抒情诗人，以书写巴黎著名。

蛇与野兽：一幅画的童年

“六岁那年，我曾在一本讲述原始森林、名为《真实经历的故事》(*Histoires vécues*) 的书上见过一幅宏伟的图画。它描绘了一条蟒蛇吞食一头野兽。这就是我对记忆中的那幅画的临摹。书中说：‘蟒蛇会将猎物整个吞下，而不咀嚼，然后它们便一动不动，在用来消化的那六个月里，它们都在睡觉。’”

这张《小王子》的开场图画，把自童年起就不甘心在大人们的误解中生活的叙述者引向他与小王子彼此拯救般的相遇，而这一切，可能源于作家童年时期的一次阅读。法国昆虫学家夏尔·布隆尼阿尔[①]曾供职于法国国家自然博物馆，在他的著作《大众自然史》(*l'Histoire naturelle populaire*) 第782页，他曾精确描述过水蚺[②]（巴西水蚺）的进食方式。这段文字如同让人们在博物馆里观察一只可怜的小羊羔的恐怖死亡过程：“亲眼看它的进食十分有趣；作为多次见证这一场景的亲历者，我将讲述这一见闻。[……] 怪物缓步前进，认出了它的食物；它伸出分叉的舌头，似乎想判断一下猎物的味道。突然，它后退几步，一动不动，停留了片刻；然后猛地冲上去，张开嘴，抓住了小羊羔，它将自己的身体缠绕在小羊羔身上，用力束紧。[……] 这时，就要开始吞咽了。人们不禁要问，虽然这种蟒蛇体型巨大，可是，要如何吞下如此更加庞大的猎物呢？答案是有鳞目[③]的爬行动物拥有一个可伸展的下颚。[……] 实际上，小羊羔并没有动，而是蟒蛇在向它的猎物发起进攻。[……] 蟒蛇吞下了整只小羊羔。所有的一切都消失了，毛发和角也无影无踪。这种消化是缓慢的，它将数天保持完全静止，昏昏沉沉。”三页之后，一幅图例为“巴西水蚺缠住一只无尾刺豚鼠[④]，使它窒息”的版画，为这个科学观察增添了几分异国情调（无尾刺豚鼠是一种来自热带美洲的大型啮齿动物）；这本书的制作资料中还包括一幅水彩画，描绘了与这段文字极其相近的一个场景。

大约35年后，作家根据他的记忆重新画出这幅插图，并从童年时期的一次阅读直接开启了他的故事。“这些画，都是回忆”，他在《小王子》手稿一个未被保留的版本中这样写道。

① 沙尔·布隆尼阿尔（Charles Brongniart，1859—1899），法国昆虫学家、古生物学家。

② 水蚺，类似水蟒的蛇类，是现存蛇类中体型最大的一种，分布在南美洲亚马孙河流域。成年水蚺体长5至10米，体重可达220千克，主要捕食陆生动物，如哺乳类及鸟类等，有夏眠现象。

③ 有鳞目，现今爬行纲中最大的目，也是爬行动物的代表目，包括蜥蜴、蛇和蚓蜥。

④ 无尾刺豚鼠，啮齿目刺豚鼠科动物，产于中美洲、南美洲。短尾，毛褐色，有白斑，体长可达75厘米。

《蟒蛇吞食野兽》
为《小王子》第一章创作的草图
纸本墨水画
特别收藏

夏尔·布隆尼阿尔，《人与动物》
为《大众自然史》创作的两幅插图
纸本版画和水彩画
1880 年，巴黎，马尔蓬和弗拉马里翁出版社（Marpon et Flammarion）
“卡米尔·弗拉马里翁图书馆”收藏（Bibliothèque Camille Flammarion）
巴黎，伽利玛出版社档案馆

航空先驱

安托万·德·圣-埃克苏佩里对航空业英雄般开端的新兴神话颇有兴趣，他注定是那个时代的产物。在他七岁时，《小巴黎人报》（*Le Petit Parisien*）在文学副刊的头版刊登了一则关于航空业的寓言故事，讲述了伊卡洛斯[①]悲惨坠亡和航空先驱亨利·法尔芒[②]英勇升空。对“飞翔的人”来说，飞行的梦想终于实现，这些摩登时代的英雄终于摆脱了残酷无情的地心引力，在此之前，他们被囚禁在坚实的土地上。文章发表前不久，1907年10月25日，亨利·法尔芒刚刚在伊西莱穆利诺[③]驾驶他的“瓦赞-法尔芒”（Voisin-Farman）推进式螺旋桨双翼飞机，创造了平均时速超过50公里的空速纪录；1908年1月13日，他又在同一场地完成了人类首次官方1公里长时间环形飞行纪录，持续时间1分28秒。

冒险梦想的大门向惊叹于这些英勇事迹的孩子们敞开。大众通俗文学迅速占领了这个市场，比如，由布朗热将军[④]的女婿“丹里特上尉”（埃米尔·德里昂[⑤]的笔名）创作、乔治·迪特利亚克[⑥]配图的幻想冒险故事《空中鲁滨逊》（*Robinsons de l'air*）便是这一时期的典范，在他的《太平洋飞行员》（*L'Aviateur du Pacifique*）出版一年后，《空中鲁滨逊》由同一家出版社陆续出版。在《太平洋飞行员》一书中，作家假想出一场美日战役，空军在这场战役中发挥了决定性作用，后来，主人公莫里斯·兰博（Maurice Rimbaut）遭遇海难，驾驶一架简陋的飞机最终重返美国。除去这种面向大众的文学风格，半军国主义半未来主义（还有疯狂的殖民主义和种族主义），以及诸如纪尧姆·阿波利奈尔[⑦]或马塞尔·普鲁斯特[⑧]这样伟大的作家，也都对这些新兴航线和奇特的机器产生了浓厚的兴趣。对那个时代的人而言，飞机让他们实现了空中遨游，在一个现代主义神话中，将力量与轻盈结合在一起。

身兼飞行员和作家双重身份，圣-埃克苏佩里将牢记神话中伊卡洛斯和他的父亲代达罗斯（Dédale）的教训：他们为人类的疯狂、为自己与众神的傲慢竞争及造物主般的才华，成为儆戒世人的牺牲品。对飞行的狂热和来自高空的致命吸引如同飞行员的必经之路，圣-埃克苏佩里当然深有体会，但他的手始终紧握着那根对回忆、对自己忠诚的阿里阿德涅之线，防止他在凝视太阳和享受飞行的极致快乐中燃烧掉自己的翅膀。伊卡洛斯的翅膀太过耀眼，作家因而将小王子的翅膀抹去了——其中承载着莫大的智慧，肯定了天与地、物质与精神之间一种可能且至关重要的平衡。

然而，我们很难不把伊卡洛斯与作家的命运相提并论……人们猜想，也许这世间也会出现一片埃克苏佩里海吧——那是1944年夏天，作家驾驶强大的“闪电”战斗机[⑨]在马赛公海沉没的地方——就像传说中的那片伊卡利亚海[⑩]，伊卡洛斯的翅膀融化后，在此坠海溺亡。因此，这两个人物形象都暗含着牺牲，旨在将人类从

① 伊卡洛斯（Icare），希腊神话中建筑师和艺术家代达罗斯（Dédale）之子。父子俩由于触怒了克里特岛国王米诺斯被关进迷宫，聪明的代达罗斯用蜂蜡将羽毛黏结起来做成翅膀，和儿子一起飞离克里特岛。途中，伊卡洛斯不顾父亲的警告越飞越高，最终导致阳光融化蜂蜡，坠海而亡。

② 亨利·法尔芒（Henri Farman，1874—1958），法国飞行家和飞机设计师。原籍英国，1937年入法国籍。法尔芒是第一个驾驶可操纵的实用飞机实现飞行的欧洲人，在早期的飞行活动中，他创造了多次飞行速度、高度和飞行距离纪录。

③ 伊西莱穆利诺（Issy-les-Moulineaux），法国北部城市，位于巴黎西南郊，隶属法兰西岛大区上塞纳省（Hauts-de-Seine）。

④ 指乔治·布朗热（Georges Boulanger，1837—1891），法国陆军将领、政治人物。

⑤ 埃米尔·德里昂（Émile Driant，1855—1916），法国陆军职业军人。1888年开始写作，以“丹里特上尉”（Capitaine Danrit）为笔名出版了一系列军事幻想小说，假想法军与德军或英军交战等。

⑥ 乔治·迪特利亚克（Georges Dutria，1866—1958），法国画家、插画家。

⑦ 纪尧姆·阿波利奈尔（Guillaume Apollinaire，1880—1918），法国诗人、小说家、剧作家和文艺评论家，超现实主义文艺运动的先驱，代表作有诗集《醇酒集》《图画诗》，小说集《异端派首领与公司》《被杀害的诗人》等。

⑧ 马塞尔·普鲁斯特（Marcel Proust，1871—1922），法国作家，20世纪世界文学史上最伟大的小说家之一，意识流文学的先驱，代表作有《追忆似水年华》。

⑨ 指洛克希德P-38“闪电”战斗机（Lockhedd P-38 Lightning），由美国洛克希德公司生产的一款双引擎战斗机。

⑩ 伊卡洛斯丧生后，遗体被埋葬在一个海岛上。为了纪念他，这个海岛被命名为“伊卡利亚”。

乔治·迪特里亚克为《太平洋飞行员》（丹里特上尉著）创作的插图
纸本铅笔和墨水画
1909 年，巴黎，弗拉马里翁出版社
巴黎，伽利玛出版社档案馆

破坏性的疯狂中拯救出来，从超越自身所能的虚幻梦想中拯救出来。

《小王子》的故事植根于这些童年时代所传颂的伟大神话。随着科技的进步，人类迈入了令人陶醉自豪的摩登时代，在此推动下，这些神话的内涵得以重见天日。圣－埃克苏佩里的天才之处还在于他知道如何利用这一宝藏，创造出一个融合了传统与现代的新形象，并赋予这个故事最高程度的真实，从而对我们的意识和行为产生深远的影响。

乔治·迪特里亚克为《太平洋飞行员》（丹里特上尉著）创作的插图
1909 年，巴黎，弗拉马里翁出版社

Le Petit Parisien
SUPPLÉMENT LITTÉRAIRE ILLUSTRÉ
Huit pages : CINQ centimes
DIRECTION : 18, rue d'Enghien (10e), PARIS
LES HOMMES VOLANTS
Les Ailes d'Icare et l'Aéroplane d'Henri Farman

"飞翔的人"（Les hommes volants），卡梅（Cammey）

《小巴黎人报》文学副刊（插画）
1907 年 12 月 8 日，巴黎，伽利玛出版社

"献给和我在同一架飞机上接受了飞行洗礼的泰诺兹"

附有赠言的明信片
安托万·德·圣－埃克苏佩里赠送给机械师阿尔弗雷德·泰诺兹的明信片，印有贝尔托－沃布莱夫斯基单翼飞机（Berthaud-Wrobleski）
1937 年
手稿真迹
巴黎，法国航空博物馆

第一次飞行

1912 年 7 月 7 日，刚满 12 岁的小安托万设法说服了职业飞行员加布里埃尔·沃布莱夫斯基〔Gabriel Wroblewski，又名萨尔维兹（Salvez）〕，爬上了让后者引以为豪的单翼飞机，小安托万第一次飞上了天空！圣－埃克苏佩里夫人非常了解昂贝略昂比热[①]机场，那里毗邻家族的避暑胜地——位于圣莫里斯德雷芒的特里科伯爵夫人的城堡；长子的这次飞行并没有得到她的允许[②]，然而，安托万可顾不得这些：飞行的诱惑实在太大了，并且这是使命的召唤，不可抗拒。

阿尔弗雷德·泰诺兹（Alfred Thénoz）是昂贝略机场的一名机械师，上图这张明信片就是献给他的，明信片上展示了他和小安托万第一次飞行时所乘坐的飞机。人们会在昂贝略机场进行新飞机测试，特别是由里昂实业家贝尔托（Berthaud）和沃布莱夫斯基兄弟（Frères Wroblewski）设计的原型机。安托万第一次乘坐的那架飞机[③]一共制造了三架，它完全由金属制成，非常沉重，并配有一台 70 马力的 Labor 引擎。机组人员当时在场地上试飞了两圈。

这个难忘的日子将在安托万·德·圣－埃克苏佩里的两种身份之间建立起一个不可分割的联系，一边是他 10 年后即将成为的飞行员，另一边是他内心永远的孩子。《小王子》中也有一个值得庆祝的联系，那便是飞行员和有金色头发的小王子的相遇。

① 昂贝略昂比热（Ambérieu-en-Bugey），法国东部城市，隶属罗讷－阿尔卑斯大区安省。
② 根据资料，安托万·德·圣－埃克苏佩里假装得到了母亲的允许，可以乘坐飞机。
③ 根据资料及本文配图，这架飞机是贝尔托－沃布莱夫斯基单翼飞机的原型机，也称 W3（即第 3 版）。

安托万·德·圣－埃克苏佩里（坐在右边）在勒芒的丘吉尔（Churchill）表兄弟家
1910年3月20日的明信片
特别收藏

一支钢笔

在小安托万·德·圣－埃克苏佩里写给母亲的第一封信中，尽管他那时还没有熟练掌握拼写和书写方法，我们却从中看到一个预兆——他已谈及关于写作的问题：这个擅长手工的孩子给自己做了一支钢笔，在20世纪初，这可算得上一项伟大的创新。就这样，一条通往文学使命的道路在他面前展开，他的天赋很早便显露出来。后来，他在父亲家族的出生地勒芒，成为圣十字圣母院耶稣会学院的一名走读生，和弟弟弗朗索瓦一起在那里上学，直至1914年。他们的姐妹和特里科伯爵夫人留在里昂，他们的妈妈则在这两个城市之间奔波，照看所有的孩子。这名小学生在信中提到的埃马纽埃尔·德·丰斯科隆贝（Emmanuel de Fonscolombe）舅舅是圣－埃克苏佩里夫人挚爱的弟弟，也是普罗旺斯莫尔城堡的所有者。自1907年2月他们的父亲去世后，他一直在那里管理着家族产业。

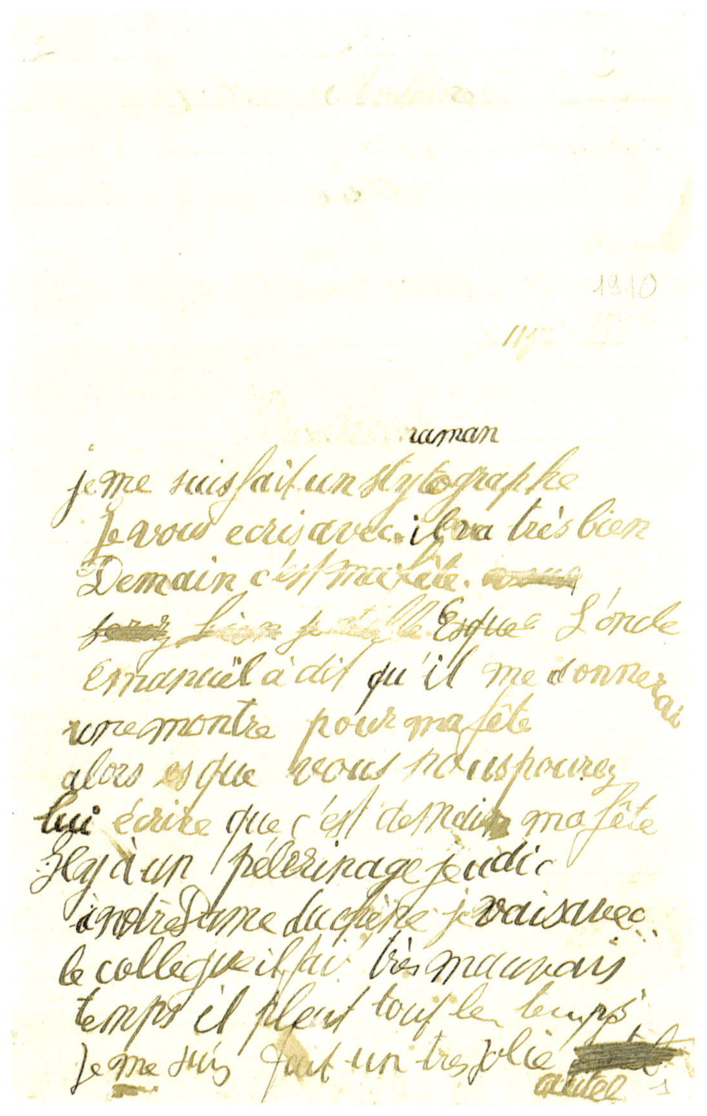

maman
je me suis fait un stylographe
je vous ecris avec il va très bien
Demain c'est ma fête.
Esque L'oncle
emanuël a dit qu'il me donnerai
une montre pour ma fête
alors esque vous ne pourrez
lui écrire que c'est demain ma fête
Il y a un pélerinage jeudi
à notre Dame du chêne j'vais avec
le collège il fait très mauvais
temps il pleut tout le temps
Je me suis fait un tres jolie autel

avec toutes les cadeaux
qu'on m'a donné
Adieu
maman chérie je
voudrais bien vous
revoir

Antoine

c'est ma fête demain

安托万·德·圣－埃克苏佩里给母亲的信
1910 年 6 月 11 日，勒芒
手稿真迹
巴黎，国家档案馆

亲爱的妈妈：

我给自己做了一支钢笔。我正在用它给您写信。它非常好用。明天是我的节日*。埃马纽埃尔舅舅曾说，他会在我的节日时送我一块手表，所以，您能写信告诉他明天是我的节日吗？这个周四，学校组织去谢纳圣母院（Notre-Dame du-Chêne）朝圣，我会和同学们一起前往。这里的天气非常糟糕，一直在下雨。我用大家送我的所有礼物给自己摆了一个非常漂亮的祭台。

再见，我亲爱的妈妈。

我万分渴望再见到您。

安托万

我的节日就是明天。

---

* 原文“Demain c'est ma fête”直译为“明天是我的节日”。这里提供一种解读的可能性，供参考。法文中，demain 常表示“明天”，但也可以表示“将来，未来”；fête 常表示“节日”，但也可以用来表示“生日”。这封信的落款日期为 1910 年 6 月 11 日，而不久后的 1910 年 6 月 29 日是安托万·德·圣－埃克苏佩里的 10 岁生日，考虑到信件在路途中的运送时间，译者猜想这句话有可能是想说“不久就是我的 10 岁生日，舅舅说在生日时会送我一块手表，请妈妈写信转告”，暂按直译保留。

安托万·德·圣－埃克苏佩里给母亲的信

1921 年，卡萨布兰卡

手稿真迹

巴黎，国家档案馆

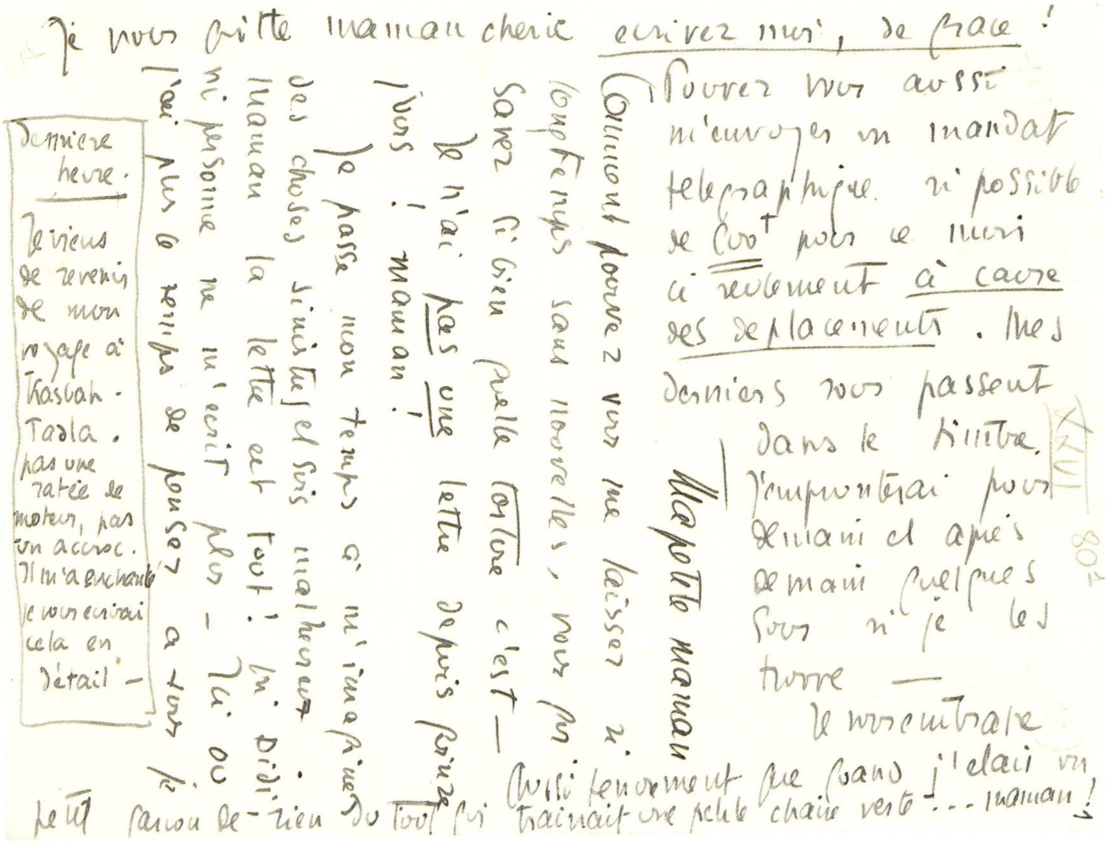

圣－埃克苏佩里家的孩子们（弗朗索瓦、安托万、西蒙娜、玛丽－马德莱娜和加布里埃尔）与他们的母亲在圣莫里斯德雷芒城堡的公园

特别收藏

《在他的小行星上，凝视落日的小王子》
《小王子》第六章水彩画准备稿
墨水和水彩画
1942 年
纽约，摩根图书馆与博物馆

一把小椅子

《小王子》中穿插着对童年幸福时光的影射……正如安托万·德·圣－埃克苏佩里在卡萨布兰卡服兵役时给母亲的信中所表达的那样，他在信的结尾这样写道："我温柔地拥吻您，就像我还是个一无所有的小男孩拖着一把绿色的小椅子时那样的温柔……亲爱的妈妈！"我们大概可以在 B612 小行星上找到这把小椅子："但在你小小的星球上，你只需要拉着椅子挪动几步。每当你渴望黄昏的时候，随时都能看得到落日……"

一位艺术家母亲

玛丽·德·圣-埃克苏佩里出生于一个艺术及知识分子家庭——布瓦耶·德·丰斯科隆贝家族（les Boyer de Fonscolombe），他们对各种形式的艺术和思想均非常开放。她的父亲和她的祖父都是作曲家，像其他家庭成员一样，他们两人也会在旅行笔记本中留下各种风景素描。然而，玛丽将成为一名画家，确切地说是一名粉彩画家。在创作了许多肖像画和风景画后，她在巴黎、里昂和普罗旺斯均举办过展览。1929年，里昂博物馆购买了一幅她的画作，描绘了圣莫里斯德雷芒城堡公园的景色。她的儿子那时刚刚出版自己的第一本小说，他在信中表达了这份喜悦："报刊机构给我寄来了所有谈论您的报纸。我真是太高兴了，里昂博物馆买了您的一幅画，我著名的小妈妈！我们是多么美好的家庭啊！亲爱的妈妈，我想您也会略感开心，为您的儿子，为您自己。"〔《给母亲的信》（*Lettres à sa mére*）〕

玛丽一心想要教给孩子们绘画的艺术，就像她也热衷于向他们传授音乐教育。然而，只有两个孩子表现出对绘画和粉刷的热情：一个是安托万，他甚至在上完大学（Grandes écoles）的预备课程后，特意去巴黎美术学院（Beaux-Arts à Paris）进修了专业课程；另一个是加布里埃尔，人称迪迪（Didi），她是家中最小的女孩，她的一生都在用粉彩描绘着她偏爱的花卉和风景。

为了在笔记本上做好人物研究，玛丽常常让她的朋友和孩子们（后来是孙辈们）摆好姿势，大家都"害怕"这些漫长的家庭聚会，因为玛丽总在研究各种姿态、解剖学细节及人物个性。对于美和真理的追求引导着她。孩子们的图画本上布满了她的各种修改。她没有留下任何旅行笔记；她是一个画室画家，而她的花园就是她的画室。在家庭相册的这一页上，我们看到她在圣莫里斯德雷芒的公园里为她的朋友马蒂尔德·德·塞维〔Mathilde de Sayve，1893—1938，本名南斯拉瓜（Nans-Lagoy）〕创作了一幅粉彩肖像画，在场的还有朋友的女儿、1922年出生的小米雷耶（Mireille），以及玛丽的女儿们——玛丽-马德莱娜、西蒙娜和加布里埃尔，后者刚刚与皮埃尔·德·吉罗·达盖[①]订婚。

1929年，里昂公共教育和美术部购得玛丽·德·圣-埃克苏佩里的一幅画作《阿盖[②]的日落时分》（*Coucher de soleil à Agay*），并在女性艺术家沙龙中展出。1932年6月27日，这幅画被里昂博物馆收藏。1941年10月15日，里昂秋季沙龙结束后，市政府又购买了她的一幅粉红色背景的黑色圣母像。她在创作这些黑色圣母时借鉴了塞内加尔女人的照片，那是她的儿子安托万在法国邮政航空公司工作期间拍摄的。

令人悲伤的是，作家的母亲从80岁开始逐渐失明……然而，她在人生最后的日子里，一直保持着愉快的心情，对上帝和大自然的热爱使她的内心充满安宁，每日沉浸在体力劳动的快乐中。

弗雷德里克·达盖[③]

① 皮埃尔·德·吉罗·达盖（Pierre de Giraud d'Agay，1900—1996），安托万·德·圣-埃克苏佩里的妹夫。
② 阿盖（Agay），法国南部城市，隶属于普罗旺斯-阿尔卑斯-蓝色海岸大区瓦尔省（Var），毗邻地中海。安托万·德·圣-埃克苏佩里的妹妹加布里埃尔在嫁给皮埃尔·达盖之后，便在阿盖当地居住。
③ 弗雷德里克·达盖（Frédéric d'Agay，1955—），法国历史学家、编辑，安托万·德·圣-埃克苏佩里的外甥。

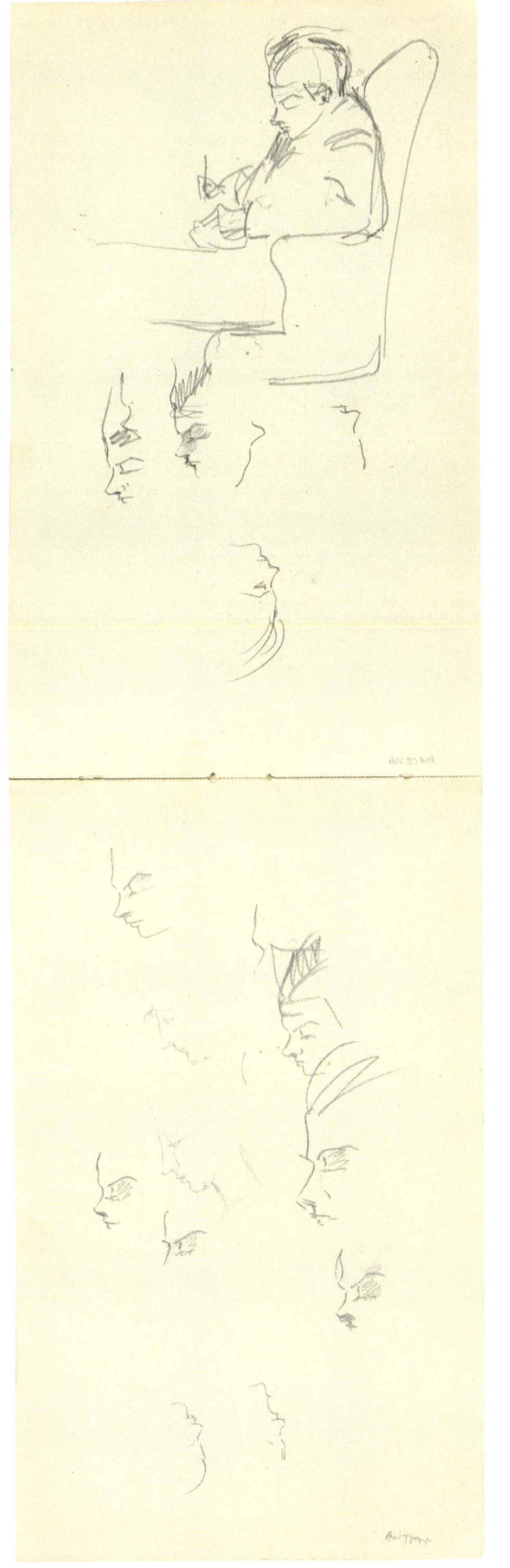

玛丽·德·圣－埃克苏佩里的素描草稿本
铅笔和水彩画
20 世纪 20 年代
特别收藏

在圣莫里斯德雷芒的一天
家庭摄影集
老式银版照片
1923 年夏天
特别收藏

对童年的赞美

这封写于布宜诺斯艾利斯的信，来自一位即将年满 30 岁的飞行员，当时他刚完成执飞非洲航线的任务，被任命为阿根廷邮政航空公司（Aeroposta argentina）的业务开发主管。这封信见证了安托万·德·圣－埃克苏佩里对母亲的爱，见证了他对童年时光的持续憧憬。这种对生命最初时光的赞美——圣莫里斯德雷芒城堡的秘密、勒芒的生活日常——也可以在《夜航》的某些段落中找到，他当时正忙于这本书的写作。1931 年从阿根廷返法后，《夜航》在巴黎出版[①]。当然，这种赞美也体现在《小王子》中，孩子们是自己生命的魔法师，他们自发的创造性意识与大人世界的暮气沉沉形成鲜明的对比。作家认真思考了时间与空间的情感本质，并在《小王子》（一种关系性的、非抽象的时间）和他身后出版的遗作《堡垒》中传递给世人，这种沉思可以用他 15 年前写下的一句话来诠释：“教给我浩瀚无垠的不是银河，不是航空，也不是大海，而是您房间里的第二张床。”一种宇宙观正在我们眼前书写，它让我们明白，这个可探索的（对圣－埃克苏佩里而言，是已经被探索的）宇宙与每个人最亲密的东西息息相关，无限小与无限大的物体彼此相连，直至在作家充满诗意的散文中融合在一起。

① 从抵达阿根廷的第一个星期开始，安托万·德·圣－埃克苏佩里就着手撰写他的第二部小说《夜航》。该小说于 1931 年 6 月出版。

玛丽·德·圣－埃克苏佩里在圣莫里斯德雷芒城堡的公园里
老式银版照片
1907 年前后

安托万·德·圣－埃克苏佩里给母亲的信
[1930 年 1 月]，布宜诺斯艾利斯（阿根廷）
手稿真迹
巴黎，国家档案馆

我的小妈妈：

[……] 在我看来，这个充满了童年记忆、我们的语言和我们发明游戏的世界，总是格外比另一个更真实。

不知为什么，我今晚想起了圣莫里斯冰冷的门厅。晚饭后，我们坐在箱子或皮革扶手椅上，等待着就寝的时刻。而舅舅们则在走廊上来回踱步。灯光昏暗，我们只听到零星的句子，它们如此神秘，像非洲的腹地一样神秘。随后，客厅里打起了桥牌，喔，那些桥牌的奥秘呀！我们要去睡觉了。

在勒芒，当我们在床上躺好，您有时会在楼下唱歌。歌声传来，我们如同感受到一场盛大聚会的回声。在我看来，就是这样的。

我所知道的最“美好”、最宁静、最亲切的东西，就是圣莫里斯楼上房间里的小炉子。从未有什么东西能让我对生活感到如此安心。当我在夜里醒来，它像个转动的陀螺，呼呼作响，在墙上映出温馨的影子。[……]

教给我浩瀚无垠的，不是银河，不是航空，也不是大海，而是您房间里的第二张床。生病真是个绝佳的机会。我们都渴望轮到自己生病。流感赋予了我们这片无边无际的海洋。还有一个热气腾腾的壁炉。

教给我永恒的，是玛格丽特[①]小姐。

我不太确定童年之后自己是否还曾有过这样的感受。

我目前正在写一本关于夜间飞行的书。然而，在我的内心，这是一本关于黑夜的书（只有在晚上九点后，我才能感受到这一切）。它的开头是这样的，是我对黑夜最初的记忆：“夜幕降临时，我们在门厅里做梦。我们注视着灯光经过：人们举着那些灯，就像怀抱着一束束花，每盏灯都在墙上摇曳出美丽的影子，像棕榈叶一样。然后，这片幻影翻转过来，再然后，人们关上了客厅的门，这片明暗相间的棕榈树林被锁进了客厅，光束和影子都消失了。

于是，这一天对我们来说就算结束了，在我们童年时的小床上，我们被带往新的一天。

我的妈妈，您俯身看着我们，看着这群天使离开，为了使这场夜晚的旅行安宁，为了不让任何东西扰乱我们的梦境，您把床单抚去褶皱，抚去阴影，抚去海浪……

因为人们去安抚床，犹如用神圣的手指去安抚大海。”[……]

您可能还不太知道，我对您怀有巨大的感激。您可能也不知道，您为我创造了多么温暖的家庭回忆。我看起来好像对此毫无感觉。我想，我只是竭力在为自己辩护。

我写得很少，但这并不是我的过错。一半时间里，我的嘴巴在保持沉默。

它总是比我更加强大。

---

① 玛格丽特（Marguerite），加布里埃尔·德·特里科伯爵夫人的女管家。圣－埃克苏佩里家的孩子们童年时曾住在特里科姨妈位于圣莫里斯德雷芒的城堡。

弗朗索瓦·德·圣－埃克苏佩里的照片
1917 年
特别收藏

对弟弟的哀悼

弗朗索瓦·德·圣－埃克苏佩里 15 岁那年，被风湿性关节炎引起的心脏并发症夺去了生命。1917 年 7 月 10 日，他在圣莫里斯德雷芒去世，陪护在弟弟床边的安托万那时刚刚通过哲学会考口试。这两个男孩间有着深厚的兄弟情谊，他们一同在勒芒长大，玩着同样的游戏，在同一所学校接受教育，在舅舅罗歇·德·圣－埃克苏佩里（Roger de Saint-Exupéry）因战伤去世后，他们搬到了索恩河畔自由城[①]，再后来，又搬到瑞士弗里堡[②]，在圣－让别墅学校[③]读书。

这种新添的丧亲之痛令人心碎。25 年后，作家在《战斗飞行员》的动人篇章中提到过这种痛苦，小王子肉身躯壳的消失更是间接地表达了这份哀伤——这是两个孩子的死亡。

① 索恩河畔自由城（Villefranche-sur Saône），法国东部城市，隶属罗讷－阿尔卑斯大区罗讷省（Rhône）。

② 弗里堡（Fribourg），瑞士西部城市，弗里堡州首府，属于瑞士法语区。

③ 圣－让别墅学校（Villa Saint-Jean），一所位于瑞士弗里堡的法国私立学校，由当地天主教圣母会的教徒创建并经营，存在于 1903 至 1970 年。1996 年，为了纪念安托万·德·圣－埃克苏佩里，这栋建筑前的道路被命名为安托万·德·圣－埃克苏佩里街（Rue Antoine-de-Saint-Exupéry）。

"'你不要害怕……我不难受。我也不痛苦。但是我控制不了，这是我的身体。'他的身体却像一片异国领土，已不再属于他了。可是，这个在 20 分钟后即将离开人世的弟弟，希望郑重地对待这个时刻。他迫切地渴望将自己的遗产托付出去。他对我说：'我想立遗嘱……'[……] 如果他是一名战机飞行员，他会把飞行航程记录托付给我。但他只是个孩子。他所能托付的只有一台蒸汽机、一辆自行车和一把卡宾枪。人是不会死的。我们原以为自己会害怕死亡：（是因为）我们害怕意外，害怕爆炸，我们在自己吓唬自己。至于死亡，我们不害怕。当我们遇到死亡的时候，死亡已不复存在。弟弟对我说：'别忘了把这些都写下来……'当肉身瓦解时，真正重要的东西就会显露出来。人不过是所有关系中的一个纽带。唯有人与人之间的关系，才是对人最重要的。"

我们很难不把《战斗飞行员》第二十一章中这段摘录与《小王子》第二十六章的描述联系起来。这是两本关于流亡的书，创作于纽约，笼罩着死亡的阴影。

137

Mais il désire être sérieux, ce jeune frère qui succombera dans vingt minutes. Il éprouve le besoin pressant de se déléguer dans son héritage. Il me dit "Je voudrais faire mon testament ..." Il rougit, il est fier, bien sûr, d'agir en homme. S'il était constructeur de tours, il me confierait sa tour à bâtir. S'il était père, il me confierait ses fils à instruire. S'il était pilote d'avion de guerre, il me confierait les papiers de bord. Mais il n'est qu'un enfant. Il ne confie qu'un moteur à vapeur, une bicyclette et une carabine.

On ne meurt pas. On s'imaginait craindre la mort : on craint l'inattendu, l'explosion, on se craint soi-meme. La mort ? Non. Il n'est plus de mort quand on la rencontre. Mon frère m'a dit : "N'oublie pas d'écrire tout ça ..." Quand le corps se défait, l'essentiel se montre. L'homme n'est qu'un noeud de relations. Les relations comptent seules pour l'homme.

Le corps, vieux cheval, on l'abandonne. Qui songe à soi-même dans la mort ? Celui-là, je ne l'ai jamais rencontré...

- Capitaine !
- Quoi ?
- Formidable !
- Mitrailleur ...
- Heu ... oui ...
- Quel ...

Ma question a sauté dans le choc.

- Dutertre !
- ... taine ?
- Touché ?
- Non.
- Mitrailleur ...

《战斗飞行员》第二十一章供排版使用的打字文稿
1941 年，纽约
在洋葱纸 * 上修改的手稿真迹
巴黎书信和手稿博物馆（Musée des Lettres et Manuscrits）旧藏

* 洋葱纸（Onionskin），一种半透明的超薄纸张，表面呈皱褶状，含有一定成分的棉花纤维，外观与干洋葱片相似，故得名。纸面光滑，易于书写，不易晕染。

博叙埃学校（l'École Bossuet）苏杜尔神父预科班（圣－埃克苏佩里是坐排左起第一个学生）
1919 年，巴黎
特别收藏

好好写作，好好画画

这位在圣路易中学上预科班的学生，喜欢在写给母亲和姐妹的信中加入自己创作的图画。这些画往往带有戏谑成分，他不假思索地把亲人变成他笔下的漫画人物。安托万·德·圣－埃克苏佩里自己对巴黎中央理工学院（l'École centrale）的入学笔试不甚满意，虽然准备了之后的口试，但并不抱任何幻想。返回勒芒休整前，他在位于巴黎马拉凯码头（Quai Malaquais）的亲戚家小住，女主人是他妈妈的远房表妹伊冯娜·德·莱斯特兰奇①，即特雷维兹公爵夫人（Duchesse de Trévise）。她给这个年轻人安排了一间空闲房间，里面摆放着各种拿破仑的雕像。在安托万眼中，这些雕像大同小异，要么略胖，要么又太滑稽，他喜欢给它们画速写。他的艺术家母亲当时与家人住在圣莫里斯德雷芒，只能通过信件这种愉快的方式与她这个有点爱胡思乱想的孩子保持联系，这个男孩也不忘在信中向他的妈妈提醒她的艺术："如果有一天能读到您写的战争回忆录，我会非常高兴。我亲爱的妈妈，您要认真对待这件事。然而，毕竟您已经掌握一门绘画的艺术了，既然已在绘画领域深耕，还有什么必要在写作中耗尽自己呢？在我看来，那些文字符号远比数学更加神秘。"他对语言表达一直抱有怀疑，包括在自己的文学探索中；此外，这种感受仿佛是那个时代的一种标志，一些和他同时代的作家也有过类似的感悟。

"好好写作"并不是他唯一的追求，学习绘画艺术对这个年轻人同样非常重要。可是，由于无法画得和原物完全相似，也掌握不好漫画或快速素描技巧，他颇受打击："我不会画画……该死！"虽然并没有放弃练习，但这种失望逐渐使他放弃现实主义方向，转向另一种更具寓意、更易表达情感、更易引发共鸣的绘画风格，尽管冒着不被大人理解的风险。

① 伊冯娜·德·莱斯特兰奇（Yvonne de Lestrange，1892—1977），有贵族血统，通过联姻成为特雷维兹公爵夫人。她曾深刻影响了青年圣－埃克苏佩里，并给过他许多帮助。她经常在家中举行名人沙龙，与许多文化名人相交甚好，其中包括安德烈·纪德等。

了不起的大发现！

我刚刚才意识到，我对面的拿破仑是一个水壶，它甚至配有一个背鳍形的把手。这让他失去了许多尊严，您能想象吗，拿破仑竟然是一个水壶！

皇帝水壶。

Sensationnelle découverte !

Je viens de m'apercevoir que mon Napoléon d'en face était une cruche et était même muni d'une anse en forme de nageoire dorsale. Il perd beaucoup de sa dignité, avouez-le, d'être une cruche !

C'est assez cocasse ! Je ne sais plus guère quoi vous dire.

Je ne sais pas dessiner... Zut!
Alors je vous quitte

安托万·德·圣－埃克苏佩里
给母亲的信
1919 年 6 月 30 日和 1919 年夏天，巴黎
手稿真迹
巴黎，国家档案馆

Un depart est toujours triste mais ce depart
Semble vraiment empreint d'une tristesse à part
Fr. Coppée

L'Adieu ....

Ta chanson s'éloigne et je reste ...
Barbusse.

《永别》
由作者创作、书写并配图的诗集
墨水
[1919 年]
手稿真迹小册子
巴黎，国家档案馆

L'adieu

Nous sommes assis là tous deux
Et je ne trouve rien a dire
C'est vrai, je ne sais plus sourire !
Et toi ? Peut être encor ?..
Tant mieux

Oh non ! Ne quetes dans mes yeux
Ni regret sombre, ni delire :
Vois tu quand le coeur se dechire
C'est tres simple, et c'est ennuyeux.

Je me detourne, je regarde :
Une feuille vole blafarde,
Allons, je ne la verrai plus

Il faudra que le vent l'emporte
Il en est d'une feuille morte
Comme des reves revolus...

永别

这首小诗表达了对离别和遗忘的感伤沉思，它还只是一个年轻人在那个时代相对传统的文学作品的启发下对创作风格的练习。然而，它的词句优美（“沿着夜晚的小路／玫瑰一朵接一朵地熄灭”），也没有言语上的过度浮夸，文字周围还装饰着一圈精美的手绘玫瑰，学徒作家这种将文字和图画结合的偏好在此显露。我们猜想，这本文集很可能交由他的艺术家母亲代为保管，图画部分大概是在她的监督下完成的。这个阶段，地平线上仍然空无一物，回忆亦空空如也……然而，《小王子》中那种缺席的存在，在这里振动着，隐隐闪耀……

理解童年

《小王子》的写作似乎源自作家的朋友们的建议。那段时间，安托万·德·圣-埃克苏佩里常常在餐厅的桌布或给亲密朋友的便条上随手写写画画，《战斗飞行员》的美国出版人尤金·雷纳尔（Eugene Reynal）和柯蒂斯·希区柯克（Curtice Hitchcock）及其各自的大人对这位法国朋友笔下经常出现的这些忧郁的小人儿和诙谐的小短文十分着迷，于是，他们建议作家写一本给孩子们的书。由他亲自创作插图的提议，是否也是当时决定的呢？我们并不确定。这篇未曾发表的打字稿（第86页）给人带来些许疑惑，不知它是为《小王子》本身而作（从而替代雄辩中的自谦[①]），还是为了刊登在报纸上，这个问题的答案尤为重要，因为圣-埃克苏佩里极少谈论自己的书，由于书的出版情况而发表见解，则更为罕见。在这篇文稿中，首先让人印象深刻的是，作家说他写了一本“给孩子们的书”。当然，并不意味着这是一本仅仅献给孩子们的书，正如他在给莱昂·韦尔特的题献中特别指出的那样，一些成年人知道如何一生都保持赤子之心。考虑到书的首要目标是面向年轻读者，因此，要采用一种他们能直接理解的文学体裁。

为了实现这个目标，他拥有一项致命王牌：他的绘画！虽然在那个“鹅卵石的隐喻”[②]中，他再次坦白自己不会画画〔这么说并不准确，虽然他不是安格尔（Ingres）和达利（Dalí）那样的绘画大师，但画作也独具魅力〕，而他明白自己最大的优势正是这个恰似不太胜任的绘画：他的画摆脱了学院派对图画与实物相似的刻板追求，他懂得如何运用自己的艺术实践与小孩子和大孩子们交谈。在生命的最后几个月中，他也没有失去这种乐趣，他会与周围生活圈中能遇到的青少年交流，享受着与孩子们之间这种幸福的默契。比如，在当时同样侨居美国的朋友亨利·克洛岱尔[③]纽约的家中，作家经常逗他的女儿，即法国诗人保罗·克洛岱尔的小孙女玛丽-西涅·克洛岱尔（Marie-Sygne Claudel）[④]。离开美国前，他还赠送给她一幅关于小王子的可爱画作；他在画中突出了这个人物容貌上的孩童特征，小王子栖息在云上，手里拿着一个改作捕鸟用的蝴蝶网。从写给当时年仅四岁的小玛丽-西涅的赠言中，我们可以感受到作家那份带点顽皮的温柔，同时，也被水彩画中那种带有童真和轻盈的优雅深深打动。

① 指修辞学中一种自我贬低的做法，隐含希望被对话者反驳的意思。

② 指下文（第86页配图）打字稿中的内容。这篇文稿大意讲安托万·德·圣-埃克苏佩里觉得自己不会画画，直到在写作《小王子》期间遇到一个七岁的小男孩，他在河边认真地把鹅卵石排列成行，作家很奇怪，便问他用这些鹅卵石做什么，小男孩回答说：“你看不到吗？这些是战船！这条在燃烧，而那条已经沉没了！”于是，作家随即对自己的画充满了信心。

③ 亨利·克洛岱尔（Henri Claudel，1912—2016），法国著名诗人、剧作家和外交官保罗·克洛岱尔（Paul Claudel，1868—1955）之子。

④ 原文只提到“他的朋友亨利·克洛岱尔”和“诗人的外孙女玛丽-西涅·克洛岱尔”两组概念，经查证，亨利应该是文中小女孩的父亲，小女孩的祖父是法国著名诗人保罗·克洛岱尔，作家有一段时间住在朋友家中。为避免阅读歧义，在译文中做了补充。

为玛丽－西涅·克洛岱尔创作的图画
水彩和墨水画
1942—1943 年，纽约
特别收藏

"如果我自己为这本书创作了插图……"

打字稿
1942—1943年，纽约
特别收藏

Si j'ai illustré moi-même ce livre pour enfants, bien que je ne sache pas dessiner (et ne me fais là-dessus aucune illusion) c'est que j'ai rencontré, à l'époque où j'écrivais, un petit garçon de sept ans qui avait aligné quelques cailloux sur le trottoir. Comme il les déplaçait avec gravité, je lui ai dit :

- A quoi te servent ces cailloux ?

- Tu ne vois pas ? m'a-t-il répondu. C'est des bateaux de guerre ! Celui-là brûle. Celui-là a déjà coulé !

- Ah ! Bon

Alors j'ai eu confiance dans mes dessins.

《童年自画像》
铅笔画
20 世纪 30 年代，巴黎
特别收藏

一幅自画像

在采用小王子的形象作为充满寓意的自画像前，20 世纪 30 年代，在与他的法国出版人加斯东·伽利玛[①]及其家人欢度美好夜晚之际，圣－埃克苏佩里还创作过这样一幅画：一张娃娃脸，确实是他的五官和神态，身穿他和弟弟幼年时最喜爱的水手服，仿佛在一遍遍地诉说着“我来自我的童年……”

① 加斯东·伽利玛（Gaston Gallimard，1881—1975），法国著名出版家，伽利玛出版集团创始人。伽利玛出版社在 1911 年创办于巴黎，是法国最大的文学出版社，对 20 世纪法国文学有重大影响。安托万·德·圣－埃克苏佩里的一系列重要作品均在伽利玛出版社出版。

飞行员 - 作家

"我要写一个关于飞机的故事。"

L'écrivain aviateur

相对于圣－埃克苏佩里的飞行员身份，他花了更久的时间来认识自己，才成为“作家圣－埃克苏佩里”。1926 年，他已持有民航飞行员执照和空军飞行员执照，即将进入拉泰科埃尔航空公司（Latécoère）执飞从图卢兹创建开发的邮政航线。在写给前未婚妻路易丝·德·维尔莫兰的一封信里，从他迂回的表达中，我们仍能感觉到他在两种文学笔调之间的纠结：寓言式的童话（或某种接近童话的笔法）和植根于现实的想象故事（指以他的飞行经历改编的故事，这个题材对大众来讲仍然十分新奇）。这可不是无足轻重的犹豫；这种在两者间的摇摆会一直贯穿于他未来的作品之中。《小王子》最终会将两者结合起来，并与《人的大地》和《战斗飞行员》相提并论。尽管他那时还不是任何一本书的作者，且有一天会对成为作家略感失望（因为他没能完成那些关于公主和城堡的故事），但是，对于这个未来的综合体，作家却以一种非常清晰的表达确定了下来：“我要写一个关于飞机的故事。”这样，就可以重新回到他（未来）的职业中了！必须通过感受、通过体验、通过亲身经历，作家才能触及那些年轻人已经不再能理解的真理。超现实主义的梦幻文学和感官错乱的表达方式不适合他。他将在机舱里写书。他将成为一名飞行员－作家。从 1929 年《南方邮航》的出版，到 1931 年因《夜航》获得费米娜文学奖，人们都将以这样的方式来介绍他。他将成为独一无二的圣－埃克苏佩里。

然而，我们今天提起的几部航空小说（《南方邮航》《夜航》《人的大地》《战斗飞行员》），主要源于他记忆中一些特别的飞行经历——在法国邮政航空公司任职时期的、后来的私人长途飞行、战场上的空中侦察任务等。这些经历都成为作家笔下的故事。提起这几部小说会有些奇怪，它们几乎算不上他想象的产物，而是他亲身经历的延伸，且想象的成分包含得越来越少。要知道，在这个学徒作家的心中，文学，即使最具描述性的文学，甚至和职业、行为、感觉联系最为紧密的文学，它们仍旧是属于故事领域的：文学是用另一种维度体验自我的方式，它更加内在、更加梦幻、更加充满自省。安托万·德·圣-埃克苏佩里认为，一切文字都应该带有一点寓意，且总应如此。飞行员穿着厚重的飞行服蜷缩在机舱中，忍受着极度口渴、寒冷或缺氧的折磨，用文字表述时，他所获得的比所经历的总是要更多一点。他不同于所经历的所有东西；在某种程度上，他所体验到的，甚至在他经历的那一刻，总会把他引向其他的事物。对圣-埃克苏佩里来说，这些各个时期的飞行员经历比所有的童话故事都更有价值，它们以极大的慷慨赋予了他宝贵的财富。在圣-埃克苏佩里心里，正是两次世界大战之间这二十年的经历不断赋予他力量：它们是梦境的钥匙（一次次重温童年，先是在沙地里垂死的飞行员，后来是在德军战机的炮火下被追击的战斗飞行员），是思想的策源地，使他对人的价值有更尖锐的认识，是表达人文主义的阵地，他先后创作出《人的大地》和《战斗飞行员》。

那些冒险的岁月啊，一次次出发、探险、救援、坠机。然而，在这位刚刚入职拉泰科埃尔航空公司的年轻飞行员的笔下，它同时是一个“新的、无法定义的才智”的时代（给勒内·德·索辛娜的信，1926年12月）。那些“在天上”或在“远离人烟的荒漠里”的时刻，贡献出大量的真理，无处不在的死亡风险，让生存意识变得真实而强烈。在高空飞行中，当飞机面临失速危险时，意识便会在瞬间迸发：“我在几秒钟内充分感受到了那一天光芒四射的平静。”这是一个决定性的启示，将为他未来所有的作品提供养分。

“小王子”正是在这段经历的核心时期诞生的，而并非在尾声，他的“亮相”远比我们已熟知的写作时间更早——在这一章中，我们将看到这个形象是如何被逐渐勾画成形的——仿佛悄无声息，在20世纪30年代，甚至是在“写一个童话故事”这个想法诞生之前（这一次，是一个真正的童话故事，一个直接想象出来的故事）。为了最终写出这个故事，必须经过重重锤炼，才能收获丰硕的果实。实际上，圣－埃克苏佩里甚至在创作出“小王子”之前就在沙漠中遇到了“小王子”……正如他在1942年写的那样：“六年前，我的飞机在撒哈拉沙漠遇到了故障。[……]就这样，我认识了小王子。”

不该写童话故事

安托万·德·圣-埃克苏佩里在巴黎度过了十分充实的大学时代，沉浸在充满求知、文化、高雅的氛围中（只要读一读他写给勒内·德·索辛娜这位“虚构的朋友”的辞藻优美的信件，就会相信这一点），除此之外，也有顽皮的时刻，总之是轻松而愉快的。在他的朋友圈中，他与维尔莫兰家年纪最小的路易丝〔Louise，人称路路（Loulou）〕相交甚好，他们都对文学有着强烈的爱好——无论是阅读还是写作。最初，他们以一种梦幻、感伤的笔调尝试过散文和诗歌的创作。1923年初，两人宣布订婚。当时路路已卧床数月，正从一场严重的髋痛中逐渐康复；安托万即将服完兵役，他经常光顾位于韦列尔[①]的维尔莫兰家族城堡（这里也是安德烈·马尔罗[②]很久以后的居所），与路路一起疗养。路易丝·德·维尔莫兰后来成为一名作家，她在自己的书中讲述过这段快乐又幸福的时光，以及她的前未婚夫格外令人感动的美好品性，他有点笨拙，喜欢异想天开，却有一颗辽阔、慷慨的心——是“我们青春期的魔术师”。

安托万持有民航飞行员执照，他在布尔歇[③]担任私人娱乐飞行的飞行员。1923年5月1日，由于一场突发的严重飞行事故，维尔莫兰家族敦促这个冒失而“身无分文”的准女婿去找一份更安全的工作。就这样，圣-埃克苏佩里鬼使神差地成了波隆（Boiron）瓷砖厂和索雷尔（Saurer）卡车的销售代表。然而，这样的日子并没有持续太久。1923年秋天，这位年轻飞行员的爱情幻想破灭了。路路要求冷静一段时间，并与他保持距离。她永远不会成为托尼奥[④]的妻子。但是，这段青春的爱情插曲并没有在作家的心中完全中止，他从未错过再次见到路路的机会——即使她已结婚，即使他已结婚。

这封信见证了这份特殊的感情羁绊，也见证了作家那颗持久钟情的心。他在信中主要阐述了自己的文学事业，尽管那时他还没有出版任何作品，同时表达出一种写作方向上的转折：未来，童话故事将被航空故事取代！三年后，他的第一本小说《南方邮航》出版。值得注意的是，一个大天使已在信中出现——这当然是飞行员的寓言形象，只是它是反过来的——“他曾如此美丽”“他从未完全接触过地面，因为他不知道如何收拢他的翅膀”……20年后，他的翅膀减轻了：小王子，他拥有一张如此纯净的面庞，将把双脚落在地面上……直到他明白，他在那里无事可做——或者，只能做很少很少的事情。

① 韦列尔（Verrières-le-Buisson），位于巴黎南郊，隶属法兰西岛大区埃松省（Essonne），路易丝·德·维尔莫兰的出生地。

② 安德烈·马尔罗（André Malraux，1901—1976），法国小说家、评论家、社会活动家，代表作《人类的命运》获得龚古尔文学奖。

③ 布尔歇（Bourget），法国中北部城市，位于巴黎北郊，隶属法兰西岛大区上塞纳-圣德尼省（Seine-Saint-Denis），坐落着巴黎布尔歇机场（Paris Le Bourget Airport）。

④ 托尼奥（Tonio），指安托万·德·圣-埃克苏佩里，安托万（Antoine）的昵称。

安托万·德·圣－埃克苏佩里给路易丝·德·维尔莫兰的信

手稿真迹

1926年，巴黎

圣－埃克苏佩里－达盖遗产管理委员会收藏

再见了，我亲爱的老路路。我今晚启程去尼斯，不想打扰到你。希望这些天我没有让你感到厌烦，你是知道的，能再次见到你让我特别开心。我是个忠实的朋友，我想相见的朋友寥寥无几。所以，你必须原谅我在途经巴黎时来向你问好：仅仅源于我的私心。

如果我再次路过，如果那时你有时间给我朗读你的书的结尾的话，我就去韦列尔找你。我对它的后续充满好奇，因为我极其喜欢那个故事。我的写作进展得特别糟糕，这让我非常气馁。我和你讲过这个故事，关于城堡和七座围墙。那些我们都深爱的童话故事，真让我们怀念啊！可是，去寻找一个可以独处的角落，关上门，沉浸在自己的梦中，这样做都是徒劳的。我们创作的传奇，一旦我们想赋予它生命，它就会失去镀金的光环。然而，这个关于城堡、围墙和大天使的故事会很不错，它几乎和你写的故事一样，同样属于超现实主义。也许你也会喜欢上它。你知道开头的段落，讲的是大天使曾如此美丽，但他从未完全接触过地面，因为他不知道如何收拢他的翅膀。我本想编一个自认为令人喜爱的结尾。可是，我最终却没能做到。不该写童话故事，我要写一个关于飞机的故事。

你一定也遇到过这种情况，灵感没有到来，兴奋感在你的期待中逐渐落下。我们一直感觉不到雨，感觉不到风，后来感觉到了。不知为何，这让我想起电话，当我们在已切断的通话中向对方说再见时，当我们怀着愈来愈少的希望等待一个不会再响起的铃声时，一切都变得那么空虚。不知道为什么，在我看来，这差不多是一回事。

再见了，我的老路路。请原谅我让你有点厌烦，但我期待听到你对我写的小故事的建议。

你的老朋友

安托万

[……]

我从一架斯帕德－赫贝蒙特（Spad-Herbemont）战斗机上跌了下来，机身完全翻转。在天上时，我就已经对空间、距离和方向的概念陷入一种完全的混乱。当我试图寻找地面，我一会儿向下看，一会儿向上看，向右看，向左看。我以为自己的飞行高度很高，突然就被一个垂直盘旋拉向地面。而我以为飞得很低时，却在两分钟内被 300 马力的引擎吸着* 抬升了 1000 米。飞机在摇晃、俯仰、翻滚……啊！我的天哪！

明天，我会和同一位飞行员一起飞越 5000 米高空，那里远高于云海。我们将和另一位朋友驾驶的另一架飞机来一场空中比赛。哎呀，那些盘旋、回旋、翻转，大概会把我胃里这一年的午餐全部掏出来。[……]

昨天，我们对战机进行了一次大检查。

斯帕德（Spad）单座战斗机，小巧玲珑，擦得铮亮。沿着飞机库一字排开，机座下配有漂亮的新式小型机枪——这三天来，我们一直在给战机安装机枪——昂里奥（Hanriots）战斗机，凸面机体，速度极快。还有斯帕德－赫贝蒙特战斗机，它可是目前飞机中的王者，在它旁边没有飞机可以存在，它的机翼外形酷似一条皱起的眉毛，样子很凶。您可能不知道一架斯帕德－赫贝蒙特看起来会有多么凶恶残酷。这是一架可怕的飞机。然而，这也是我充满激情、期待驾驶的战机。它在空中翱翔时，如同鲨鱼在水中穿行，而且它看起来也和鲨鱼很像，同样古怪光滑的身体，同样灵活快速地移动。在空中飞行时，它还能保持机翼垂直于地面。

总之，我生活在巨大的兴奋中，如果明天我的体检结果不合格，我会感到极其失望的。

这张简单的艺术之作描绘了明天即将举行的空中比赛。

看着这一排飞机，听着所有引擎调试时发出的嗡嗡声，闻着汽油的清香，我们暗下决心："一定要让德国佬付出代价。"

* 机翼的设计是上表面凸起，下表面平坦。在飞机飞行时，根据"伯努利定律"，空气在上表面的流速更快，气压更小，在下表面的流速更慢，气压更大，于是产生了向上的力（气压差将飞机抬起来），换种说法，便是飞机被吸上去了。

7

même évolution souple et
rapide. Ça tient encore
l'air, verticale sur les ailes.
Bref je vis dans un
grand enthousiasme et ce me
serait une déception amère que
d'être recalé demain à mon
examen physique.

Ce tableau d'un art sobre
représente le combat aérien

7

安托万·德·圣－埃克苏佩里给母亲的信
墨水
1921 年 5 月，斯特拉斯堡
手稿真迹
巴黎，国家档案馆

充满激情地飞行和绘画

在写给母亲以及极少写给姐妹们的信中，应征入伍的圣－埃克苏佩里分享了他对飞行的最初印象，他先是担任学生机枪手，后来成为学徒飞行员。他被编入斯特拉斯堡第 2 飞行大队，于 1921 年 7 月 9 日完成了第一次单人飞行。这可是圣－埃克苏佩里的历史性时刻！他拥有民航飞行员执照，同月被调往驻卡萨布兰卡附近的第 37 飞行大队歼击机中队，并于同年 12 月获得空军飞行员执照。趁着这次培训，他还在伊斯特尔[①]、阿沃尔[②]和布尔歇担任军官学员；由于不受束缚的性格，圣－埃克苏佩里意识到自己不适合成为职业军人。1923 年 6 月 5 日，他结束兵役，回到圣莫里斯德雷芒与家人团聚。

一封封家书锤炼了学徒飞行员的文笔。与此同时，在这个人生交接时期所来往的信件中，我们也注意到绘画在他日常生活中所占的重要地位，一幅幅图画陪伴他度过了在军营中百无聊赖的日子……

① 伊斯特尔（Istres），法国南部城市，隶属普罗旺斯－阿尔卑斯－蓝色海岸大区罗讷河口省（Bouches-du-Rhône），设有伊斯特尔空军基地。

② 阿沃尔（Avord），法国中部城市，隶属中央－卢瓦尔河谷大区谢尔省（Cher），设有阿沃尔空军基地。

为《南方邮航》电影剧本所作的图画
1935 年前后
特别收藏

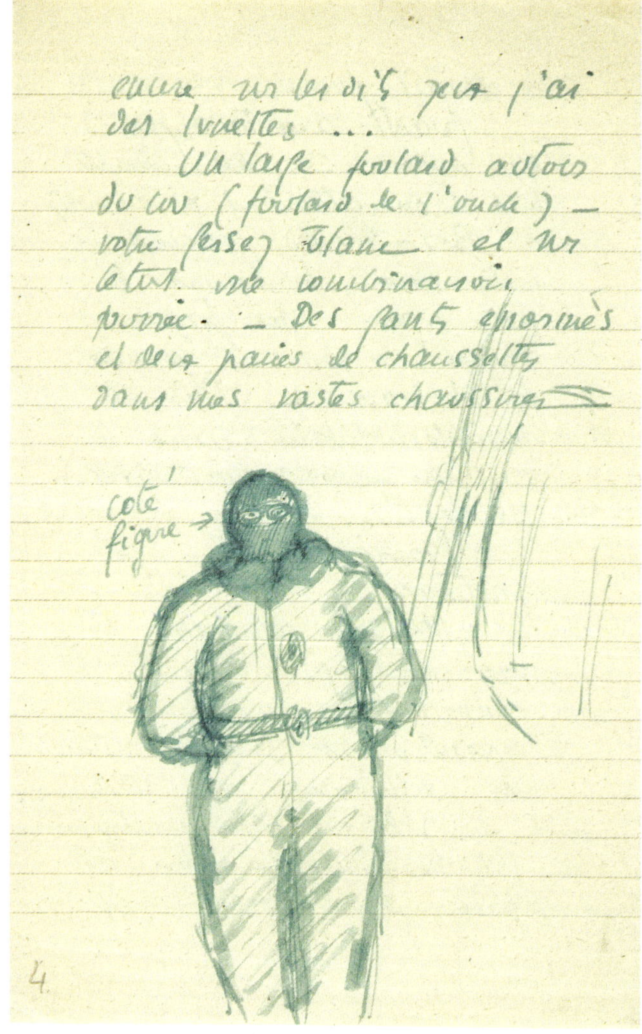

encore un [illegible] j'ai
des lunettes ...
Un large foulard autour
du cou (foulard de l'oncle) —
votre jersey blanc et un
[illegible] ma combinaison
fourrée. — Des gants énormes
et deux paires de chaussettes
dans mes vastes chaussures

安托万·德·圣－埃克苏佩里给母亲的信
背面附有图画（包括一幅自画像）
墨水
1922 年初，卡萨布兰卡
手稿真迹
巴黎，国家档案馆

[……]

诗句、画稿，所有这些东西都安睡在小旅行箱的底部，它们能有什么价值呢，大概不值一提。我不相信自己。

真是个充满不幸的国家。没有一个朋友。没有一个可以说话的人。没有任何一次对话，能够聊满 10 个单词且不让我感到厌倦。甚至我唯一一次去拉巴特 * 的机会，还是和萨布朗（Sabran）一起。

还要再去一次吗？不太可能。实在太贵了。汽车服务需要 60 法郎；每天至少还需要 20 法郎的房费和 20 法郎的餐费，三天下来就是 120 法郎，这还不算杂费，而且，三天时间里有两天都浪费在路上。一切都太贵了。

我曾希望布罗（Brault）一家在非斯 * 的时候去那里看看。现在看来，这种想法可太疯狂了。

至于飞机的第三方中途停靠站，这不算数：你在拜赖希德 *、拉巴特或其他地方降落 10 分钟，这段时间只够在文件上签个字，喘口气，给飞机加加油。然后你独自爬回机舱，继续与涡流做斗争。

我很快就要离开这里了。

我的小妈妈，如果您在早上看到我裹得像因纽特人一样，整个人像犀牛那么重，您一定会哈哈大笑的。

我戴着一顶羊毛风雪帽，只能露出眼睛——看起来就像那种露出眼睛和嘴巴的风帽——我还在露出的眼睛上戴了飞行员墨镜。

脖子上围着一条大围巾（舅舅的围巾），穿着您送我的白色针织衫，全身是一套毛皮的连体飞行服。戴着厚手套，穿着两双袜子，还有一双巨大的鞋。

---

* 拉巴特（Rabat），摩洛哥首都。
* 非斯（Fez），历史文化名城，是摩洛哥最古老的皇城，如今为摩洛哥第三大城市。
* 拜赖希德（Ber-Rechid，英文为 Berrechid），摩洛哥西部城市。

在斯特拉斯堡服兵役
1921 年夏

在阿沃尔当军官学员
1922 年秋

79

Casablanca

Ma petite maman

Vous êtes une adorable maman. J'ai eu un plaisir de gosse à ouvrir votre paquet. J'en ai sorti des trésors...

Seulement les journaux nous disent qu'il fait froid là bas ! Comment vivez vous ? – Ici un

安托万·德·圣－埃克苏佩里给母亲附有图画的信
墨水画
1922 年 1 月，卡萨布兰卡
手稿真迹
巴黎，国家档案馆

卡萨布兰卡，[1922 年 1 月]

我的小妈妈：

您真是一位超级可爱的妈妈。打开这个包裹时，我高兴得像个孩子，从里面取出各种各样的宝藏……

妈妈，去年圣诞节时，我给您寄去我的几张照片和一些素描，但从未听您和我谈起。莫非一切都寄丢了吗？求求您，快和我讲讲吧！另外，我的素描画得好不好？

我昨天画了一只狗的写生，自我感觉不错，我把它剪下来粘在信上一起寄给您。您觉得我画得怎么样？

这些天的飞行训练非常棒，特别是今天早上。但应该没有更多外出的机会了。

两周前，我前往边界城市卡斯巴塔德莱*。去的路上，我独自一人在飞机里被冻哭了，号啕大哭！由于要达到要求的高度，我飞得特别特别高，尽管我穿着毛皮的连体飞行服、戴着毛皮手套等，但如果持续得再久一点，我想我就会随便在哪里着陆了。有一次，我花了二十分钟才把手伸进口袋掏出地图，我以为自己懂得已经足够多了，却还是忽略了在飞机里放一份地图。我使劲地咬着自己的手指，这可太疼了。还有我的脚……

我不再有任何反应，而我的飞机也在向四面八方一通乱飞。我真是个可怜的小东西，凄凄惨惨，路途还那么遥远。

---

* 卡斯巴塔德莱（Kasbah Tadla），摩纳哥中西部城市，隶属贝尼迈拉勒－海尼夫拉大区贝尼迈拉勒省（Béni-Mellal）。文中指相邻两省贝尼迈拉勒和胡里卜盖（Khouribga）的边界。

安托万·德·圣－埃克苏佩里给母亲的信和附有图画的背面
墨水
1922 年 1 月，卡萨布兰卡
手稿真迹
巴黎，国家档案馆

Casablanca 70 171

Dernière heure

Éblouis de mon degré d'instruction on veut me mettre élève officier d'office (surtout à cause admissible à l'école navale) je serai peut-être envoyé à Bron (Lyon) comme élève officier observateur et élève officier pilote. Je ne sais encore —

Tout ça va très bien.

[卡萨布兰卡，1922 年初]

最后的时刻。

他们对我的教学水平赞叹不已，希望指定我为军官学员（特别是因为我有资格进入海军学校）。我可能会被派往布隆 *（里昂）担任军官学员观察员和军官学员飞行员，暂时还不知道。

一切都非常顺利。

---

* 布隆（Bron），法国东南部城市，位于里昂东郊，隶属罗讷－阿尔卑斯大区罗讷省里昂市。

“战友们”

《卡萨布兰卡的笔记本》
素描本，铅笔和墨水画
1921年11月，卡萨布兰卡
特别收藏

Il pleut, on ne voit pas –

– Heures de Travail –

我发现了自己为什么而生

“我发现了自己为什么而生：孔泰牌（Conté）炭笔。我买了素描本，在上面尽可能地表达我在这一天里经历的事情和观察到的行为举止，比如战友们的微笑或是狗狗布莱克（Black）的鲁莽冒失，它用后腿站立，观摩我作画。[……] 当我完成第一个素描本时，我就把它寄给您。但条件是——妈妈啊——您一定记得把它寄还给我啊。”

在写给母亲的信中提到的这本素描本上，这位年轻人画满了为战友们所作的肖像，他努力地把他们每个人画得与本人相似，从那些认真严谨的注解中，这群年轻人当年的真实生活仿佛历历在目。2006 年，人们在一间私宅中发现了这本素描本。

写给路路的早期作品

路易丝·德·维尔莫兰

《一次飞行》(*Un vol*)和《一次事故》(*Un accident*)是安托万·德·圣-埃克苏佩里早期两篇关于航空主题的著名散文，其灵感源于1923年5月1日在布尔歇发生的一次飞行事故，当时他正驾驶着一架昂里奥HD-14(Hanriot HD-14)飞机，这次事故使他受到严重惊吓并住院数天。这位年轻人希望这几页纸能在安德烈·纪德、雅克·里维埃尔[①]和加斯东·伽利玛创办的杂志《新法兰西评论》(*La Nouvelle Revue Française*)上发表。"想象一下，我相信那篇《一次飞行》一定会被《新法兰西评论》选中。我正在创作另一个故事"，1923年底，他在给母亲的信中这样写道。然而，《新法兰西评论》并没有发表这些文章，他要再等五年，伴随着《南方邮航》的预出版，才能正式迈入现代古典主义的文学殿堂。

在这个阶段，学徒作家主要专注于恢复他对于飞行的感觉和印象，并以一种颠倒的感官和视角，重建空中的飞行员与大地之间这种特别的联系。在他眼中，不是飞机失事，从而坠毁在地面，而是空气升力抛弃了飞行员，从而被地面吸入并吞噬。事故是飞行颠倒过来的形象：它俘获了这场不可能的起飞，重力是它的宿命。

从天上看，地球在教育人们；它特别呈现出且已让人类看到了他们的所作所为对这颗星球的影响，那些病态的城市被火车站吞噬，那些蓝色的河流被石头工厂咬伤，地球的面孔如同"战争前线"般满目疮痍。在早期的文章中，他已经开始显露出对社会的批判（这种批判也在《小王子》中出现，体现在反现代主义方面），也同时展现出一种诗意的表达，带着那个时代的诗意，为未来的作品提供养分："他明白，传奇的时代已经结束[……]，他明白，我们不能再陶醉于那些哄我们入睡、使我们苍白无力的梦境，我们必须从自身汲取力量……"

后来，安托万·德·圣-埃克苏佩里在《银舟》(*Le Navire d'argent*)杂志上正式发表了他的第一篇文章《飞行员》(*L'Aviateur*)，在对它的创作构思中，他的脑海中仍然浮现出以上这些语句。1928年，在写作《南方邮航》时，他在手稿中也再次引用了《一次飞行》最后一段中的文字（见旁文）："一片起伏不平的土地像碗一样拱成圆形，飞行员再次看到一栋别墅从眼前掠过，就像被弹弓抛了出去，随后，大地向他涌来，如同大海涌向那个潜水员，将他碾轧。"

这些文章是作家青年时期的作品，完成于1921至1923年，它们被收录在一本小小的散文和诗歌集中〔包括《旅行》(*Voyage*)的最后文稿，第105页〕。安托万·德·圣-埃克苏佩里曾将它们托付给路易丝·德·维尔莫兰，人们最近在她的档案中发现了这本文集，文集中有几篇是献给她的，带着爱人无限的柔情："献给你，你伟大的爱彻底改变了这动荡不安的生活。我爱你。安托万"〔《第一心愿》(*Premier désir*)〕……

① 雅克·里维埃尔(Jacques Rivière，1886—1925)，法国诗人、作家、评论家，曾任《新法兰西评论》主编。

I

28-6-3

Pour ma loulou

Antoine

UN VOL.

Le pilote ayant assuré ses lunettes et ayant viré vent debout,en roulant,se trouva face avec le ciel. Il tira la manette des gaz et le moteur lui répondit ainsi qu'une décharge de poudre. L'avion happé par l'hélice fonça. Le sol fila sous lui comme une courroie,les bonds secs d'abord à cause des bosses,s'amortirent dès que l'air épousa le profil des ailes,et le pilote sentit aux commandes qui déjà agissaient,sa puissance grandir.

Il maintint l'appareil au sol par une pression de la main sur le manche,comme un ressort,puis quand il sentit l'air d'abord impalpable,puis fluide devenir maintenant solide,quand il sentit sur celui-ci comme sur une épaule les ailes s'appuyer,il décolla.

Les hangards qui bordaient la piste,les arbres puis les collines livrèrent l'horizon et s'aplanirent. La Seine à mesure qu'il montait se plissa. La campagne se catela à la façon d'une Europe d'Atlas. Les jardins,les champs,les domaines,les terres jaunes de blé ou rouges de trèfle,qui sont l'orgueil des hommes et leur souci, se juxtaposèrent hostiles. Ridicule,borné,envieux,en des limites géométriques,s'avoua parqué le bonheur des hommes.

V

d'eau s'étale,mais trop loin en avant,le pilote pour l'atteindre freine imprudemment sa descente,l'avion baigne dans un milieu sans consistance,oscille,s'enfonce..

Et brusquement à cent mètres du sol il se dérobe: l'air pourri a cédé sous les ailes,l'avion,forcé, plonge en vrille. Un grand remou happe alors le torrent des choses: entrainant ses maisons,ses arbres,ses clochers,carrousel ivre la terre tourne. Un repli de terrain s'arrondit comme un bol,le pilote voit passer encore,lancée par une fronde,une villa,puis la terre jaillit vers lui comme la mer vers le plongeur et le broie.

Antoine de Saint Exupéry

《一次飞行》

手稿真迹和打字稿

1923 年

圣－埃克苏佩里－达盖遗产管理委员会收藏

亚历山德拉·利－亨特*遗产管理委员会（Succession Alexandra Leigh-Hunt）捐赠

* 亚历山德拉·利－亨特（Alexandra Leigh-Hunt，1930—2015），路易丝·德·维尔莫兰的女儿。

《一次事故》
手稿真迹
1923 年
圣－埃克苏佩里－达盖遗产管理委员会收藏
亚历山德拉·利－亨特遗产管理委员会捐赠

Un accident

Ils coururent vers l'avion effondré. Il y avait là des mécanos, heureux de la distraction imprévue et qui terminaient des lettres magiques à leurs amies, des adjudants trop zélés, des officiers indifférents, il y avait Baston qui n'ayant rien vu expliquait tout, il y avait le colonel blasé, il y avait aussi le pilote et l'observateur ~~laids à voir~~ tout laids et qui étaient peut être morts.

On tourna autour de l'épave, atavisme barbare, comme si c'était une proie. Ces messieurs escomptaient une émotion violente — elle ~~ne vint~~ [illegible] pas, car les dancings et la vie militaire ont fait de nos âmes des rouages méthodiques que ne mènent plus les passions barbares.

Ils n'éprouvèrent qu'une pitié décente. Quand on dégagea les victimes, Baston prodigua des conseils et le colonel s'inclina trop, comme si son cœur de père se pendait.

Jusque là aucune joie réelle ne se peignait sur les visages, il n'y avait que des satisfactions obscures celle ~~de celui~~ du monsieur qui a passé une nuit blanche et que les bâillements rendent féroce, celle de celui que l'accident flatte parce qu'en entrant au café ce soir on lui dira "~~[illegible]~~ trois mètres est dangereux" et qu'il répondra "oh moi n'est ce pas..."

《旅行》
手稿真迹和打字稿
1923 年
圣－埃克苏佩里－达盖遗产管理委员会收藏
亚历山德拉·利－亨特遗产管理委员会捐赠

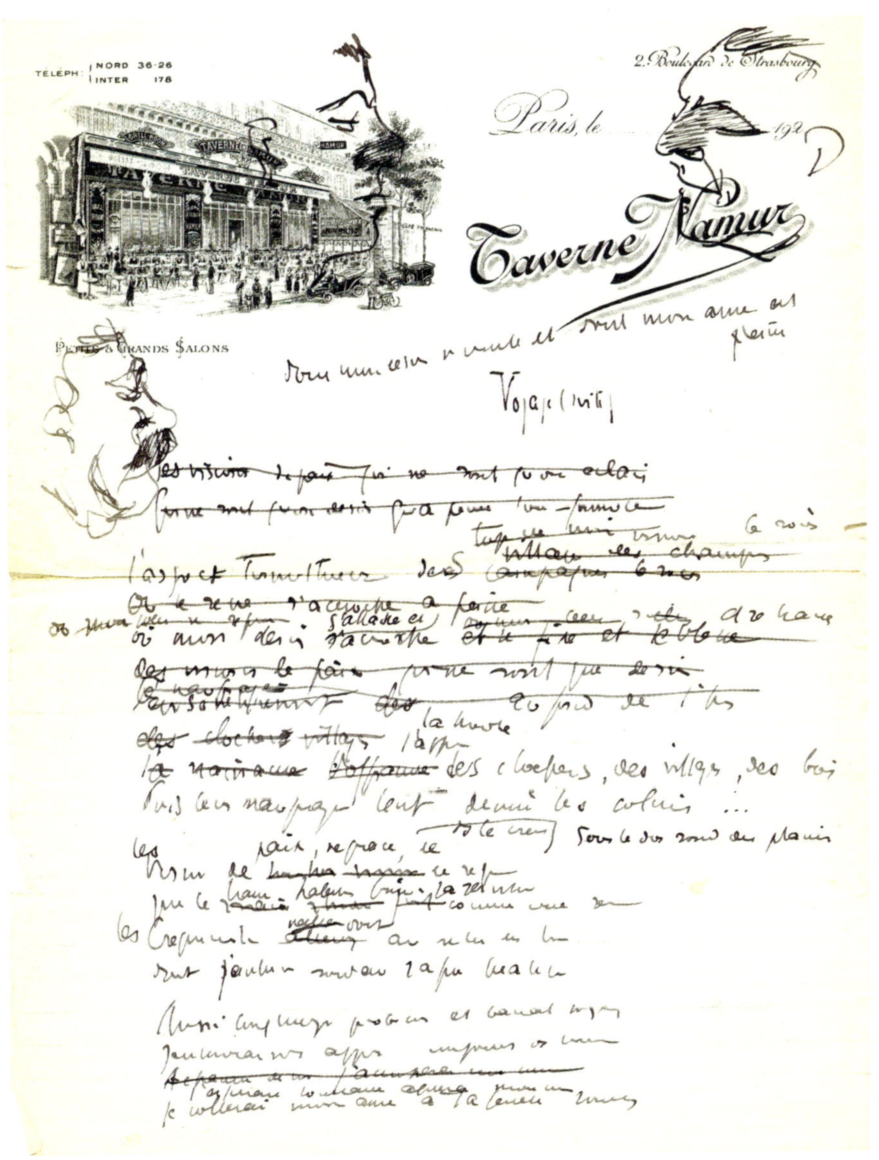
TELEPH: NORD 36-26 INTER 178
2, Boulevard de Strasbourg
Paris, le 192
Taverne Namur
Petits & Grands Salons
Voyage (suite)

旅行

[……]
就这样，我以一种美妙而猛烈的爱持续爱着，
那不是平庸的宁静和蓝色的幽暗，
而是遥远的信号和它们金属的臂膀，
以及平原、夜晚和郊区的列车。

永恒的欲望让我哭泣，
突如其来的幻觉暗潮汹涌，
满目的城楼、尖塔、树林都在猛烈摇晃，
然后，它们在平原的驼背上慢慢下沉。

那些和平、喜乐和安宁的幻影，
列车从热烈的奴役中尖声逃离，
羊群归来时的柔和暮色下，
我瞥见它们崎岖的幸福，却为时已晚。

那片我魂牵梦绕的风景，
隐藏在山谷中心的村落，
夜晚倾泻出那片无名的和平，
每一个古老的灵魂都因此而焕发新生。

只要是卑微而平庸的旅行者，
我便能在阴影中听到他们急切的呼唤，
遥远的期望会搅动我的心，
在昏暗的窗口，我的面容在慢慢凝固。

这只被我们驯养的狐狸

在与路易丝·德·维尔莫兰解除婚约后，安托万·德·圣－埃克苏佩里也放弃了自己的军事生涯和所有商务代表的工作。他始终热爱的只有航空和写作——没有什么能让他丧失对这两件事的激情，而航空邮政事业的发展也将为他提供一个契机，将两者结合起来。

1926 年 10 月 11 日，他进入拉泰科埃尔航空公司。完成在图卢兹[①]、西班牙－非洲航线的速成培训后，1927 年 10 月 19 日，他被派驻到位于朱比角的航空邮件中转站工作。这是一处设立在图卢兹－达喀尔[②]航段上的停靠站，毗邻一座西班牙堡垒。在撒哈拉大西洋沿岸这个偏僻的哨所里，孤独如影随形，生活单调无味，甚至称得上清戒，这样的日子却因邮件的往来和对受困战友的一次次营救变得特别起来。在整整一年的时间里，这位飞行员体验了许多不同的感觉，这些经历为他当时正在创作的文学作品带来了源源不断的素材——这里所说的，即 170 页的小说《南方邮航》——当然，作家未来的作品《人的大地》《小王子》《堡垒》也将因此受益。

在下文这封写给妹妹的信中，他提到了对飞行员马塞尔·雷纳和爱德华·塞尔[③]的救援行动。1928 年 6 月 29 日，他们的飞机在撒哈拉沙漠中遇到故障，两人被叛乱分子扣为人质数月，圣－埃克苏佩里在《人的大地》的第二章中讲述了这一危险的插曲，并将它比作平安夜，庆祝我们所共有的、圆满的人性："现在是危机时刻。因此，我们彼此并肩，互相扶持。大家发现，我们都属于同一个团体。"有时，人类会将这些充满浓厚人性的时刻保存在记忆中，时过境迁，我们仍能再次体验到这种奇迹。

在《小王子》正式诞生 14 年前，读者熟悉的一个人物身影也出场了：狐狸！我们确实发现了它存在的踪迹，安托万会把这种沙丘上的小动物当作他的朋友，就像他和某只小羚羊成了彼此的伴儿。是的，他已亲身体验了这个关于"驯养"的微妙约定——在这段持续的时间里，他们相互生出深厚而浓郁的感情，体现着"人与人关系的奢侈"。

下面的草图（第 109 页）来自《小王子》准备阶段的资料，它是第二十一章插图的一个不同稿本。我们从画面上可以看到，圣－埃克苏佩里已为小王子与狐狸的相遇安排好一处背景，正如书中所述，一处鲜花盛开的草地和山丘；而画中耳廓狐"巨大的耳朵"却清清楚楚地表明了它的撒哈拉血统……"然而，他并没有把一切都讲出来"……

至于那些对狗的姿态所做的小研究（第 108 页），可能是受到他的美国朋友西尔维娅·汉密尔顿的狮子狗的启发。他试图将狗的各种姿势运用到故事中狐狸的身上……他在旁边画下了狐狸的草图。

① 图卢兹（Toulouse），法国西南部城市，隶属奥克西塔尼大区上加龙省（Haute-Garonne），空中客车总部所在地。

② 达喀尔（Dakar），塞内加尔共和国首都，位于佛得角半岛，大西洋东岸。

③ 爱德华·塞尔（Édouard Serre，1896—1942），法国飞行员。

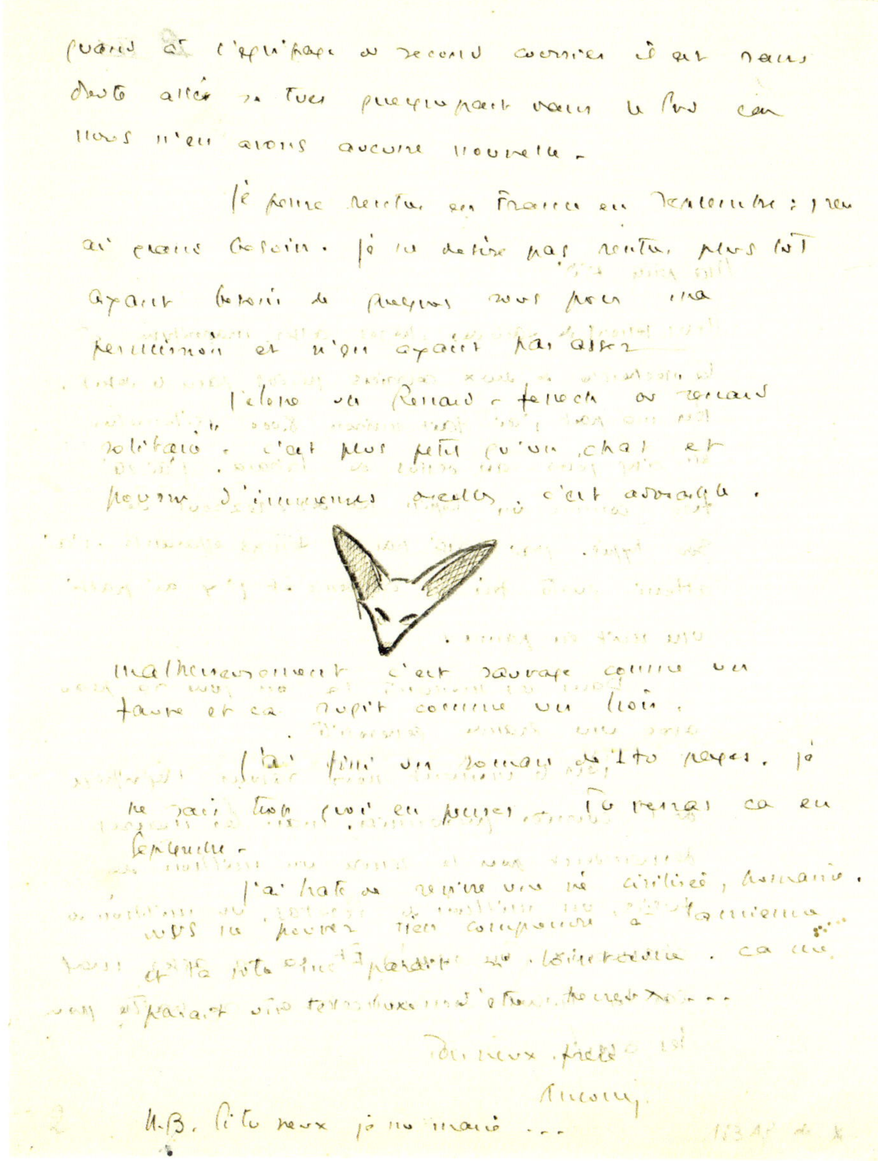

Quant à l'équipage du second courrier il est sans doute allé se faire tuer quelque part dans le Sud car nous n'en avons aucune nouvelle.

Je pense rentrer en France en septembre : j'en ai grand besoin. Je ne désire pas rentrer plus tôt ayant besoin de quelques sous pour ma permission et n'en ayant pas assez.

J'élève un renard fennec ou renard solitaire. C'est plus petit qu'un chat et porte d'immenses oreilles, c'est adorable.

Malheureusement c'est sauvage comme un fauve et ça rugit comme un lion.

J'ai fini un roman de 170 pages. Je ne sais trop quoi en penser. Tu verras ça en septembre.

J'ai hâte de revivre une vie civilisée, humaine. Vous ne pouvez rien comprendre à [illegible]

[illegible]

Ton vieux frère

Antoine

N.B. Tiens, je me marie…

安托万·德·圣－埃克苏佩里给妹妹加布里埃尔－达盖的信

1928 年 6 月底至 7 月初，朱比角

手稿真迹

巴黎，国家档案馆

我的小迪迪：

为了在沙漠中寻找两件丢失的邮包和运送它们的机组成员，我们刚刚完成了一些相当了不起的事：就我个人而言，五天时间里，我在撒哈拉沙漠上空飞行了约 8000 公里。我像兔子一样，被 300 人组成的当地武装团伙 * 追着射击。我经历了一些可怕的时刻，四次降落在分裂势力的领地，并因飞机故障在那里滞留了一个晚上。

在这些时刻，你会玩儿命的，为了活下去，你会变得特别慷慨。目前，我们得知运送第一个邮包的全体机组成员被俘，摩尔人要求提供 100 万支步枪、100 万比塞塔 * 和 100 万头骆驼来交换他们（这要求小事一桩！）。情况非常糟糕，为了抢夺机组成员，各个部落已经开始打起来了。

至于运送第二个邮包的机组成员，他们大概已经在南方某地被杀害了，因为我们没有收到关于他们的任何消息。

我打算 9 月回法国：我非常需要回国。但我不希望提前返回，因为我需要一些钱来休假，目前看来还不太够。

我收养了一只耳廓狐，或者称它为一只孤独的狐狸。它比猫小一些，两只耳朵却大得出奇，可爱极了。可惜的是，它像野兽一样狂野，发出像狮子一般的咆哮。

我完成了一本 170 页的小说，但还没想好该做些什么。你 9 月会读到它的。

我迫不及待地想再次过上文明的人类生活，你对我的生活一无所知，而你的生活对我而言似乎也非常遥远。在我看来，幸福是如此奢侈……

你的老哥哥

安托万

注：对了，我结婚了……

* 指曾经在阿拉伯国家，特别是在撒哈拉地区，那些到很远的地方去突袭和掠夺营地、哨所或商队的武装团伙。

* 比塞塔（peseta），安道尔和西班牙历史上（2002 年前）使用的法定货币。

《狗的姿势，狐狸的头，在一个星球上的鸭子》
为《小王子》所作的草图
铅笔画
1942 年，纽约
特别收藏

《小王子与狐狸》
为《小王子》所作的草图
铅笔画
1942 年，纽约
特别收藏

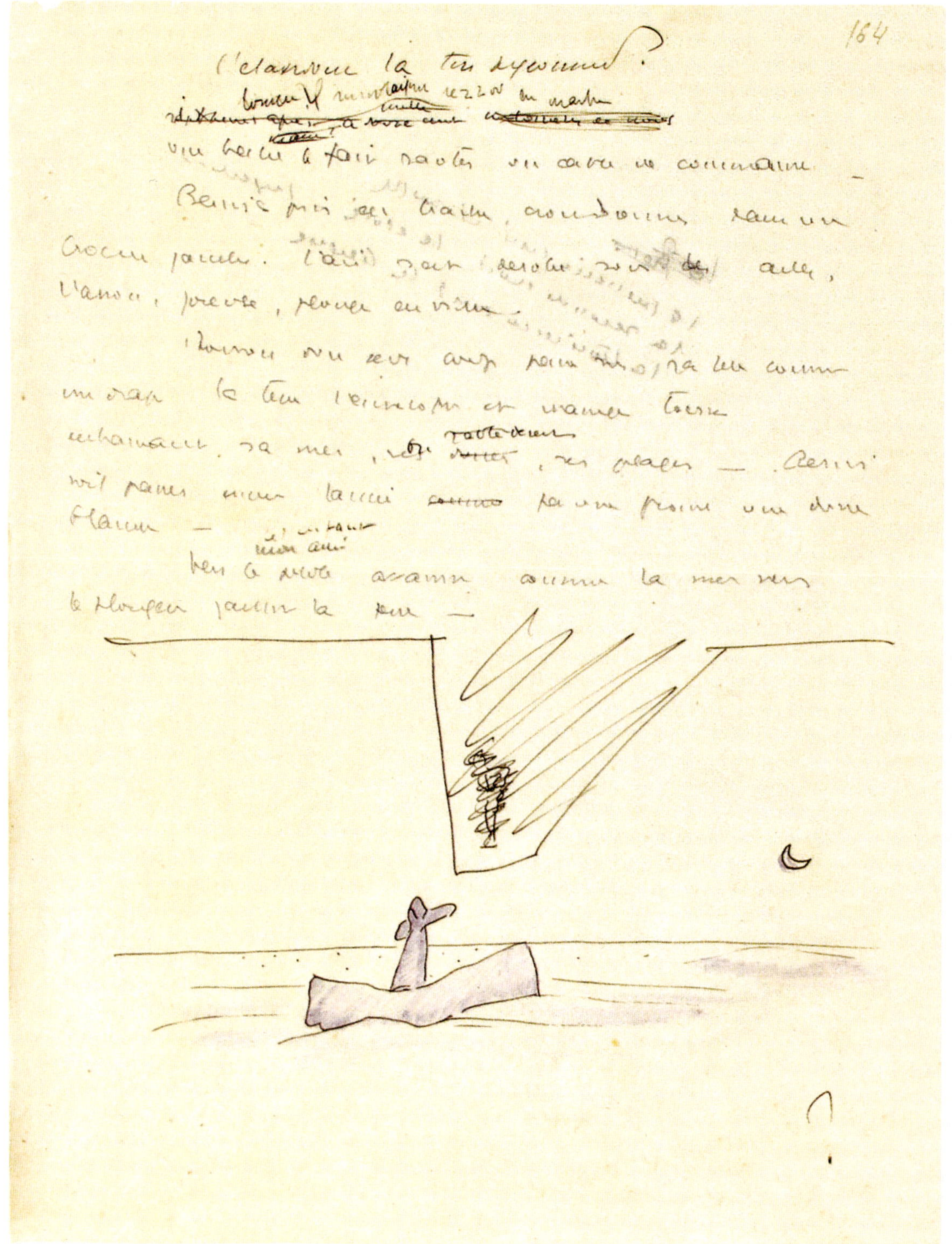

《南方邮航》手稿
手稿页码为第 164 页
1928 年
科洛尼（Cologny），瑞士马丁 · 博德默基金会 *

* 马丁·博德默基金会（Fondation Martin Bodmer），世界上最大的私人图书馆之一，拥有约 16 万件藏品。基金会的永久藏品中包括数百部来自世界各地的珍藏手稿、楔形文字泥板、古希腊和科普特人珍贵的莎草纸古抄本，以及古代文明遗迹等。

所以，那里就是你的小鸽笼吗？

当他飞过一队行进中的当地武装团伙时，一颗子弹击毁了一条控制电缆。

贝尼斯被天空抛弃了，仿佛被一个勾脚突然绊倒。天空陷落在你的机翼之下，飞机像钻头一般陷入了旋转。

地平线犹如一张床单，一下子从他的头顶掠过。大地裹挟着他，海浪翻腾，卷走了大海、沙漠、海滩，只剩一片汪洋。一个白色沙丘再次在贝尼斯眼前掠过，就像被弹弓抛了出去。大地迸发着，向着（删去“这个孩子”）那个遇害的飞行员涌来，如同大海涌向那个潜水员。

逃跑的孩子

1928年7月,《南方邮航》的手稿在朱比角完成，作者用墨水和铅笔为它配上素描插图，这份手稿展示出这本书最终文本的一个不同版本，这个最初版本的结尾更加抒情、更加丰富。1929年6月,《南方邮航》正式出版。这份手稿证明了这部小说与它的初稿（短篇小说《飞行员》，1926年4月发表于《银舟》杂志）之间的连续性，讲述了飞行员在沙漠中坠机——不是因为飞机发生故障，而是由于一次当地武装团伙的射击，子弹击毁了飞机上的控制电缆——以及在星空下生命垂危的三天，手稿上的这些内容出自《飞行员》中的一些片段。除了几个用词的区别，我们仿佛读到了三年前那篇文章炽热的结尾，主人公同样是雅克·贝尼斯（Jacques Bernis）:“飞行员被天空抛弃了，他以为自己被一个勾脚绊倒。天空陷落在机翼之下，飞机像钻头一般陷入了旋转。地平线犹如一张床单，一下子从他的头顶掠过。大地裹挟着他，像驯马一样驯服着他，它翻腾着，卷走了树林、钟楼和平原。一栋白色别墅再次从飞行员眼前掠过，就像被弹弓抛了出去……大地迸发着，向那个遇害的飞行员涌来，如同大海涌向那个潜水员。”在《南方邮航》这份手稿中，仅仅是把别墅改成了沙丘——大概是拜朱比角所赐……然而，在《南方邮航》的最终版本中，这部分的内容却只简化为一个段落：“在这座沙丘上，你双臂交叉，面对着深蓝色的海湾和星光闪闪的村庄，这个夜晚，你的分量很轻很轻……”，并以一封简要的电报来补充完整：“飞行员遇难，飞机坠毁，邮包平安。”有时，正是通过减法，才成就了伟大的作品。

多亏手稿中这种叙事性的扩展，才有了这两幅描述沙漠风光的动人图画。它一方面证明了作家在图形表达上这种早已成熟的固定风格（简洁朴素的环境、概括的线条），另一方面也证明了绘画在他的文学创作过程中所发挥的作用，即使只是草图——这一点将在《小王子》愈加得以证实。我们当然可以认为，这种扩展描述只是作家自娱自乐的收获，用来填补在撒哈拉沙漠中日子的单调、无聊；我们也可以认为，它帮助作家稳定了叙事，使叙事更有分量，以平衡他对抒情和沉思的追求。但是，这些几乎带着孩子气的图画不该被人们轻视。无论这些画面有多么简单，它们都在表达作家强烈的亲身经历，我们需要试着在这些图画的“纯真”中重新构建这些经历。它们既是那个时代非凡的真实写照（航邮事业的冒险、持续承受的风险、失踪的同事），也是热烈的内心生活的源泉。我们看到，这种隐喻的写作手法已经在《南方邮航》中出现——尤其是那些星星，人们与之对话的星星，它们有时带有威胁，有时却是救赎，通过它们在无限遥远中所激发出的思想，将人与人联结起来——它将一直伴随着作家。

这种“形象化”的散文，无论是字面含义还是象征含义，都会为他赢得大众的喜爱——他忠实的读者——以及一个如他一般的妻子康苏爱萝，她对星星谜一般的语言也有极强的感知力。

然而，在康苏爱萝·德·圣－埃克苏佩里之前，路易丝·德·维尔莫兰才是那个对作家的奇特世界有着敏锐感知的人。她的前未婚夫之所以把《南方邮航》的手稿、校样和首版印刷赠送给她，并非没有理由：这部小说与他们的共同经历息息相关，它是失恋的安托万·德·圣－埃克苏佩里对这段感情的一种文学式改编。1929 年 9 月，也就是《南方邮航》在书店出售仅两个月后，他在给路路（这时她已结婚，并育有一个女儿）的信中，毫不含糊地写道：“我唯一的爱／我非常清楚，你不会和我共度一生。我不够强壮，比不上那些房屋、树木和建筑。我对此了然于心。所以，我带着我的贝尼斯远离它们，远离所有这些事物，我是如此明智。对他来说，还有比这更好的安排吗？去撞上一颗星星。／我让这个脆弱的孩子平躺在撒哈拉沙漠的高原上；您可能不知道：那幅景象看起来就像在星空下摆了一张大桌子。那些陡峭的星星。／[……] 有一天，你曾称我为‘脆弱的孩子……’。我不知道自己是否是其他什么，我不知道该如何建造或是拥有。我担心找不到自己的家。／现在，请您不要为难：这些都是我讲给自己的呓语。对我而言，这是一份太过伟大的爱。我必须讲述给自己。”

这个撒哈拉高原上脆弱的孩子……20 年前就展现了小王子最后的形象——一个在生命尽头失去重力的人物，这也是作家本人的真实写照：他被自己的想法所困扰，觉得在这个世界上没有任何东西可以将他抓住，除了一根微不足道的线，那是一份逝去的爱情：“就这样，雅克·贝尼斯，你在空中只剩下了一个朋友，一根圣女的线勉强抓住了你。”《南方邮航》和《小王子》的共通之处在于它们将现实中几乎无法给予的东西在想象世界中固定下来，从而重新恢复现实的平衡，也重新赋予它以人性，并用这种存在的感受来弥补那份缺席：“对我而言，这是一份太过伟大的爱。我必须讲述给自己。”文学那令人绝望的伟大。

从贝尼斯到小王子，他们之间从此有了承袭的证据。似乎为了证实这一点，安托万·德·圣－埃克苏佩里在自己的文字中悄悄藏好了线索：“遇害的飞行员”所驾驶的飞机，被蛇咬死的孩子所来自的小行星，它们被赋予了相同的编号——612。

《南方邮航》手稿
手稿页码为第166页
1928年
科洛尼，瑞士
马丁·博德默基金会

他是如此脆弱，浑身赤裸。他应该待在那里，在温和的气候中，用手小心翼翼地维护着人类的生命，而这里的一切，都像火苗一样被任意吹拂。

第二颗星星，徒劳地坠落了。

他很痛苦。他感到窒息。为了从右向左将天空翻转，找到南十字星，他需要付出非常多的努力，而他只是一个在途中停步不前的孩子，一个逃跑的孩子。我已经遇到了平和。这真令人欣慰。

在第三颗星星上，他是个不忠的牧羊人。

夜是如此平静，如此纯净，他再也无法用手采摘星辰。然而，他却笑了起来：看来，中士把它们照看得十分糟糕。他会指责中士，也许在集合时会怀疑是否丢失了三颗星星。

朱比角，面对着加那利群岛*（摩洛哥南岸）

安托万·德·圣-埃克苏佩里在这里写下了《南方邮航》1928 年，在天空、沙漠和大海之间……

---

* 加那利群岛（西班牙语：Islas Canarias），非洲西北海域的岛屿群，西班牙的一个自治区。

滞留在沙漠中

画中的三个人大概是在等待救援，他们的飞机在沙漠中坠毁了。竟然有三个人，这着实令人惊讶。在他们身边，放着一箱马赛的特色美食罐头——羊腿羊肚卷。其中一人双手抱头，也许是被热浪冲得难以忍受，或是担心有更大的不幸即将发生。

这很难不让人联想到，安托万·德·圣－埃克苏佩里在1927年从达喀尔寄给他的亲戚兼知己伊冯娜·德·莱斯特兰奇的信中提到的那场飞行事故，当时他在法国邮政航空公司担任非洲航线的飞行员："为了给我洗礼，引擎的曲轴断了（那是在飞过阿加迪尔[①]之后，我当时是乘客），飞机在沙丘上降落时完全坠毁，我们计划着陆的机场离得实在太远了。但是非常幸运，大家都没有受伤。我们坐在沙地上，手持左轮手枪，等待着队友的救援（通常是两架飞机），场面相当搞笑。要靠着三箱罐头活下去……"所以，这些迷路的人不得不躲进一个与世隔绝的堡垒过夜，在那里，中士已经几个月没有见到一个活人……也许，他就是《南方邮航》里的那名中士吧。

在这些冒险中，安托万·德·圣－埃克苏佩里不记得丝毫的痛苦或恐惧，他所能记住的，是那种逃跑的兴奋和由此带来的接连不断的惊奇："那个夜晚对我来说非比寻常。离一切都那么遥远。我的老伙计，我的生活真是不可思议。[……]我似乎拥有了一个取之不尽的宝库。"

这次在沙漠中的经历有着决定性意义，它延长了青春中那份美妙的神奇。同时，也为作家由冒险和文学构成的生活提供了一种极为特殊的背景环境。

① 阿加迪尔（Agadir），摩洛哥西南部港市，阿加迪尔省首府。

《沙漠中的机组人员》
绘画
铅笔画
无日期
特别收藏

忧郁的孩子和他的玫瑰

康苏爱萝和安托万相遇，大约发生在1930年9月初。安托万那时在布宜诺斯艾利斯的阿根廷邮空航政公司担任开发主管即将一年，负责开拓巴塔哥尼亚的航线和邮政运输业务。康苏爱萝出生在萨尔瓦多，自1926年起，她一直在法国居住；应阿根廷总统伊里戈延[①]的邀请，康苏爱萝前往阿根廷处理她已故丈夫（危地马拉作家和记者恩里克·戈麦斯·卡里略[②]）的一些身后事务。

在《新法兰西评论》的知识分子代表邦雅曼·克雷米约[③]受邀在阿根廷首都举行系列讲座之际，经这位令人钦佩的前辈介绍，这两位30多岁的年轻人将彼此的命运紧紧连在一起。他们很快就会明白，抛开两人所有的差异，他们是由"相同的面团"制成的，会对星星说出同样的语言。这份对彼此的确信促使他们决定结为夫妻。1931年4月，他们在尼斯和阿盖结婚，然而，这份确信并不能保证他们余生的安宁。

从他们在布宜诺斯艾利斯一起半秘密生活的最初几个月起，两人便意识到，正是他们身上那份神秘、为对方保持的不可征服的神秘成了结合的催化剂，这使他们的生活变得尽管无法忍受却又不可抗拒。在两人的通信中，除去对彼此的分离、过失、指责和斤斤计较的抱怨，处处流露出他们对"这份不会死亡的爱"的无比惊讶。事实上，尽管他们的日常婚姻生活动荡不安，时常断断续续，却永远无法完全切断他们之间的羁绊。这种羁绊的建立基于一种对彼此会缺席自己生活的确定，而不是一种对方或许会不在身边的可能性。换句话说，使这份爱长久不会消逝的正是他们共同的憧憬，即在对方身上追求那些没有被立即给予的东西，那些隐藏起来以免被察觉的东西。试图追求一处亲密腹地、一处宝藏，必将把自己置于险境。"因为有一天，我看到了你的一滴泪，它来自一个无比遥远的国度，你在那里沉睡，你在那里受难，你在那里躲藏，于是，我懂得了爱"，在1941年写给丈夫的信中，康苏爱萝回忆起他们在布宜诺斯艾利斯塔格莱（Tagle）家中的露台上度过的第一个夜晚。安托万也怀有同样的感慨，在他们相识约15年的时间里，他总会为妻子的寡情薄义伤心难过——她常常自由散漫，常常不在他身边，常常在他向她寻求平静的安慰时缄默不语。尽管如此，安托万仍由衷地感激那些极少出现的美妙时刻和那个瑰丽多彩的康苏爱萝："在您身上，有我爱着的某个人，她的快乐像四月的苜蓿一样新鲜。来自您的那几秒温柔，对我来说，宛若黎明。"

一份永远找不到方向的爱？安托万在他们关系的早期就已预感到这一点，正如他在1930年底写给未来妻子那封最初的信中所表达的那样，当时，康苏爱萝返回法国不久，安托万很快就放弃他在南美的工作而追随她与她团聚。他在信中把自己描绘为一个忧郁的孩子，试图拥抱他的所爱之人、他的无限珍宝，同时他也清楚地明白，自己将永远无法享有。这种感觉会一直伴随着作家。他的忧郁将蔓延至整个世界，并对这个难以理解、冷酷无情、充满疯狂的世界保持长久的困惑——小王子的身上也有同样的困惑，他是一个真正忧郁的孩子，只有狐狸的教诲才能减轻他的疑虑。

从前，有一个小王子，他有一朵玫瑰……这似乎是安托万·德·圣-埃克苏佩里在这里就开始讲述的故事，比真正萌生创作这本书的念头早了13年。生活和想象的交织频频出现在这对夫妇身上，直至安托万去世；也许，正是这样的亦幻亦真将他拯救。

---

① 伊波利托·伊里戈延（Hipólito Yrigoyen，1852—1933），阿根廷政治人物，曾两度担任阿根廷总统（1916—1922，1928—1930）。

② 恩里克·戈麦斯·卡里略（Enrique Gómez Carrillo，1873—1927），危地马拉作家、文学评论家、新闻记者。他一生极为多产，涵盖纪实类、虚构类、散文随笔等。

③ 邦雅曼·克雷米约（Benjamin Crémieux，1888—1944），法国作家、文学历史学家。早年在《新法兰西评论》杂志工作时与安托万·德·圣-埃克苏佩里相结识。1930年8月，他受邀前往布宜诺斯艾利斯开展一系列关于法国当代文学的讲座活动。1930年9月3日，圣-埃克苏佩里和康苏爱萝共同参加了一场由克雷米约组织的茶话会，在活动结束时，组织者介绍两人互相认识。

罗杰·派瑞（Roger Parry），《安托万·德·圣－埃克苏佩里》
粘贴在纸板上的老式银版照片
照片旁附有安托万写给妻子的赠言
1931 年
手稿真迹赠言
特别收藏

康苏爱萝·德·圣－埃克苏佩里的肖像摄影
照片上附有她写给丈夫的亲笔题词：给我的托尼奥，他的小宝贝无限地爱着他。康苏爱萝，1935 年
老式银版照片（样片）
1935 年，巴黎
手稿真迹
特别收藏

《安托万和康苏爱萝》
老式银版照片
1930 年，布宜诺斯艾利斯
特别收藏

《小王子和他的玫瑰，在 B612 小行星上》
为《小王子》所作的草图
1942 年，纽约
特别收藏

AEROPOSTA ARGENTINA
(S. A.)
RECONQUISTA 240
U. T. 33 (AVENIDA) 3264 · 5768
DIRECCIÓN TELEGRÁFICA: POSTAEREA

Buenos Aires, ... de 193.

J'aime bien tes inquiétudes et tes colères. J'aime bien tout ce qui en toi n'est qu'à demi apprivoisé. Si tu savais ce que tu me donnes et combien j'étais las de visages qui n'avaient pas de race.

Mon ardente amie.

Mon ardente amie je suis quelquefois un peu devant vous comme un barbare qui possède une captive trop belle et d'un langage trop beau qu'il se trouble de ne pas toujours bien entendre.

Je voudrais savoir lire toutes les petites houles de votre visage. Tout ce que votre pensée y remue d'ombres. Je voudrais vous aimer mieux. Vous me l'apprendrez?

Je me souviens d'une histoire pas très vieille, je la change un peu :

Il était une fois un enfant qui avait découvert un trésor. Mais ce trésor était trop beau pour un enfant dont les yeux ne savaient pas bien

安托万·德·圣－埃克苏佩里给戈麦斯·卡里略的遗孀康苏爱萝的信
墨水
1930 年，布宜诺斯艾利斯
特别收藏

[布宜诺斯艾利斯，1930 年]

我喜爱你的不安，喜爱你的怒气。我喜爱你身上一切尚未被完全驯化之处。但愿你能懂得，你曾给予我的是多么珍贵，而我如此厌倦那些没有民族特征的面孔。

我炽热的朋友。

我炽热的朋友，在您面前，我有时好似一个野蛮人。他拥有一位倾国倾城的女俘，她会说一门无比优美的语言，他却常常因为无法理解她的心思而局促不安。

我想知道如何读懂您表情中每一个微小的起伏。我想知道如何捕捉您思绪中被阴影搅动的每一丝波澜。我想更好地爱您。您能教给我吗？

我想起一个不算太古老的故事，我把它略作改动：从前，有一个孩子发现了一件珍宝。但是，对孩子来说，这件珍宝实在太过耀眼，他的双眸不知该如何欣赏，他的双臂不知该如何将它拥入怀中。

于是，孩子变得忧郁起来。

安托万

[尼斯，1941年9月]

如果我们真的能创造出一个“托尼奥－康苏爱萝”节奏……哦，那就让我们随着这个“托尼奥－康苏爱萝”节奏在这场疯狂的危险之舞中尽情摇摆吧，却不会因此跌入世界的深渊。这也许是可行的！我已经准备好了，必将全力以赴。[……]

我希望感谢我的星星，我那朋友般的星星。它在我们塔格莱那间小房子的露台上陪我聊天，当您不太想说话、什么都不想说的时候，当您迷失在飞行中的时候，当您迷失在自我中的时候，它告诉我，那道光，象征友谊的那道光，就像您的心一样，我必须去爱它，才能拥有它。

托尼奥，这有可能实现吗？

这真是个奇迹。我很快就会成为“地榆花”了。这位美人，她无视世界的残酷，无视绵羊会做出又傻又坏的蠢事。终于，地榆花消失了——她死了。而这位美人，人们会在青草地上陪她散步，会用鲜花和歌谣来装扮她，从此以后，再也没有人能伤害她了。她将成为帕普耗尽心血写成的一首诗！！

我想告诉您，我的丈夫，我不想伤害您，哪怕明天我必须牺牲自己。但我请求您保持真诚，是您让我爱上了对真实的渴望。恳请您注意言辞的分寸。我是您的结发之妻，是您未来的盟友，而地球上只有一个托尼奥。我也只有一个托尼奥，必须把他保护好。温柔地拥吻您。

康苏爱萝

300-32

lumières pour voir clair,
des vrais souliers pour avancer,
car les semelles de bois, je ne sais
pas marcher avec — pieds, peut être,
à petit pas, mais j'ai l'air d'une
chinoise orpheline!
je suis en grand fête à vous
écrire cher monsieur,
sans vous la terre est gris et très
monotone les musiques sont
de chantes de enterrements, la fin
du monde. — je ne veux pas
rever de vous, parceque j'ai peur
de mourir de joie ou de tristesse
si nous arrivons à faire vraiment
un rythme Tonnio Consuelo ———
Consuelo Tonnio, pour nous balancer
dans cette folle danse de dangers
et pas tomber dans les abimes du monde
peut être! J'ai lavé mon coeur

康苏爱萝给安托万·德·圣－埃克苏佩里的信
墨水
1941年9月，尼斯
特别收藏

墨水画
1942—1943 年，纽约 / 阿舍罗肯（长岛）
纽约，摩根图书馆与博物馆

这幅来自安托万·德·圣－埃克苏佩里的图画创作于 1942 至 1943 年，其灵感来源于小王子的世界，它看起来很像“康苏爱萝－地榆花”（见左边的信）在她的花与火山之国中的寓言形象：“地榆花，这个名字对我意义重大。它是一种特别鲜艳、芬芳的小草，隐藏在我们家的草丛中。后来，我发现了它，这无疑是我的功劳，如同我在那个焦躁、夸张的康苏爱萝（这其实只是一个假的康苏爱萝）所有的混乱不堪中，发现了真正的康苏爱萝。”（《给康苏爱萝的信》，卡萨布兰卡，1943 年）

《飞行员的妻子在里维埃尔的办公室》
《夜航》第十九章中的场景
铅笔画
无日期
特别收藏

夜的诱惑

1930年，安托万·德·圣－埃克苏佩里在布宜诺斯艾利斯创作了小说《夜航》，其写作灵感主要源于他的夜间飞行体验，大概也与他担任南美航线运营主管的经历有部分关联。然而，1931年2月，当他返回法国与他的未婚妻康苏爱萝团聚时，这部小说还没有彻底完成。在他的朋友邦雅曼·克雷米约的建议下，他试图在故事中添加更多的浪漫色彩，也给经理里维埃尔（Rivière）这个角色注入更多的人性。飞行员法比安（Fabien）忧心忡忡的妻子和他的上司里维埃尔会面的场景便由此而来，这一场景的草稿现存于法国国家图书馆，属于该作品完整手稿的一部分。这一场景是在尼斯的一家餐馆里创作的，当时康苏爱萝继承了她已故丈夫在尼斯的房产，她和安托万计划1931年4月在这里结婚。

作家同时画下了这个场景，以一种姑且算得上写实主义的风格，这也比较符合这个情节的调性。作家对飞行员妻子出场时的容貌描写，让人不禁想到康苏爱萝。“这个女人非常美”，作家在文本的最终版本中写道：“她向人们展现了幸福的秘密世界，展现了人们在无意中能够摧毁的是怎样的安宁。”至于里维埃尔，他“隐藏着一种深深的怜悯”，只有更好地掌握他的职业才有可能缓解这种怜悯：“这很难，罗比诺（Robineau），非常非常难。我们需要完成大量的工作，才能避免这些事故发生。罗比诺，我们必须加倍努力。”而小说的结尾将证明他是对的。

至于这些文字的意义，作家在给母亲的一封信中做了完美的总结。他在信中写道，这不是一本关于夜间飞行的书，而是关于黑夜本身、关于夜的宁静（孩子被母亲的吻抚慰的宁静）以及夜的危险：“我们在一个洞里看到三颗星星，向着它们开始爬升，然后，就再也无法下降了，我们只能待在那里，咬住星星……”飞行员法比安感受过这种夜的诱惑，圣－埃克苏佩里无疑也有过同样的经历，通过书中的讲述，他希望保护我们免受其害。

为《夜航》设计的书店海报
1931 年 6 月

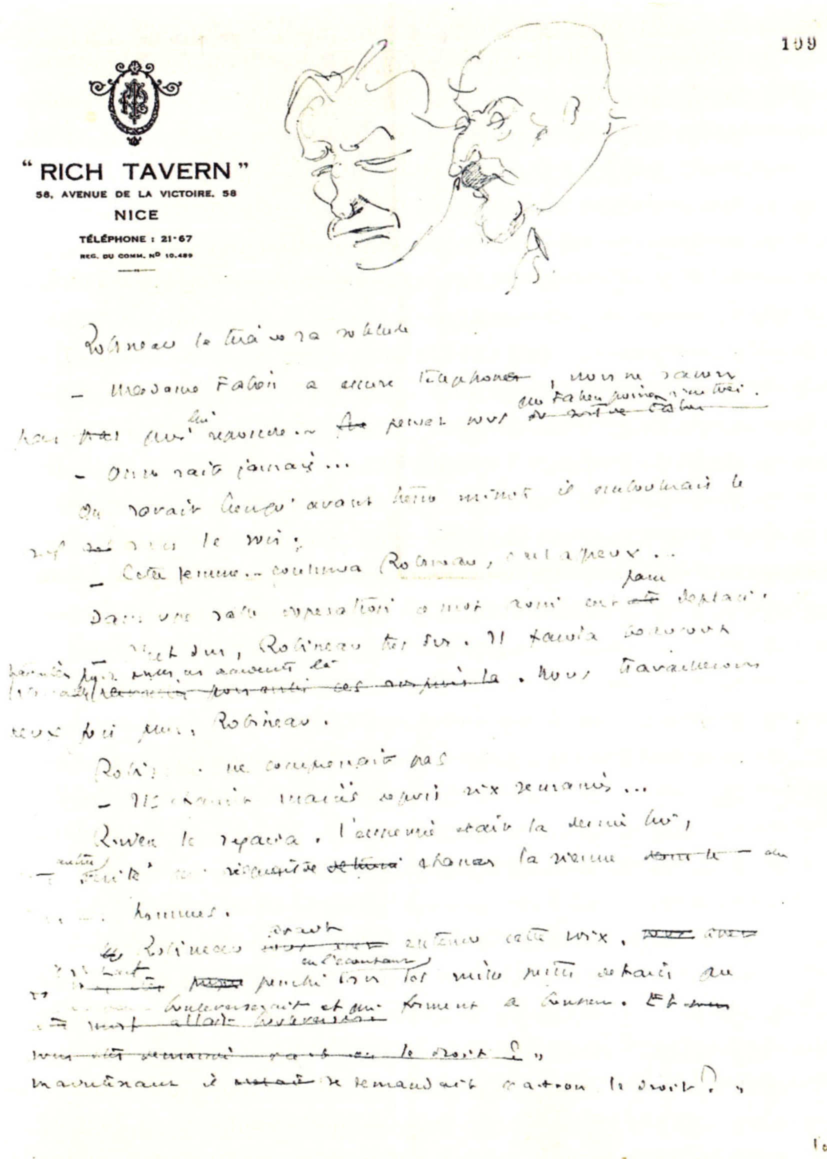

《夜航》第十九章附有图画的手稿
里奇酒馆（Rich Tavern，尼斯）的信笺纸
1931 年 2 月
手稿真迹
巴黎，法国国家图书馆

124—127 页

为《南方邮航》电影改编剧本所作的图画
铅笔画
1935 年前后
特别收藏

作品空白处的画图

整个 20 世纪 30 年代，绘画持续伴随着圣－埃克苏佩里的文学创作，特别是当他想象如何把这些故事改编为电影的时候，比如那些讲述飞行员被困在沙漠中的场景，或是被南半球夜晚的自然力量所折磨的经历。这些画有时会使用写实的手法——比如，里维埃尔（多拉[①]，Daurat）接待失踪飞行员的妻子的场景——有时则会采用能引发人们联想的画风。圣－埃克苏佩里的绘画风格在 20 世纪 30 年代开始转变，他逐渐抛弃了对相似性的绝对追求，从而转向对内心的表达。快速勾勒的线条，风格日渐成熟，人物的轮廓也呈现出更多的可能性，他们的睫毛和眉毛似乎描绘出一些来自异乡的面孔，雌雄莫辨，长着一对杏仁眼或暴突眼，用小十字架来表示额头的皱纹，此时，蝴蝶结和围巾也登场了。从一幅速写到另一幅速写，一个人物脱胎换骨，从黏土中幻化出来。

① 迪迪埃 · 多拉（Didier Daurat，1891—1969），法国航空事业的先驱。他是安托万 · 德 · 圣－埃克苏佩里在拉泰科埃尔航空公司和法国邮政航空公司时期的同事；1926 年 10 月，作为拉泰科埃尔航空公司的业务主管，他鼓励圣－埃克苏佩里加入该公司；后者以他为原型，创造了不同的文学人物，比如《南方邮航》中的里维埃尔。

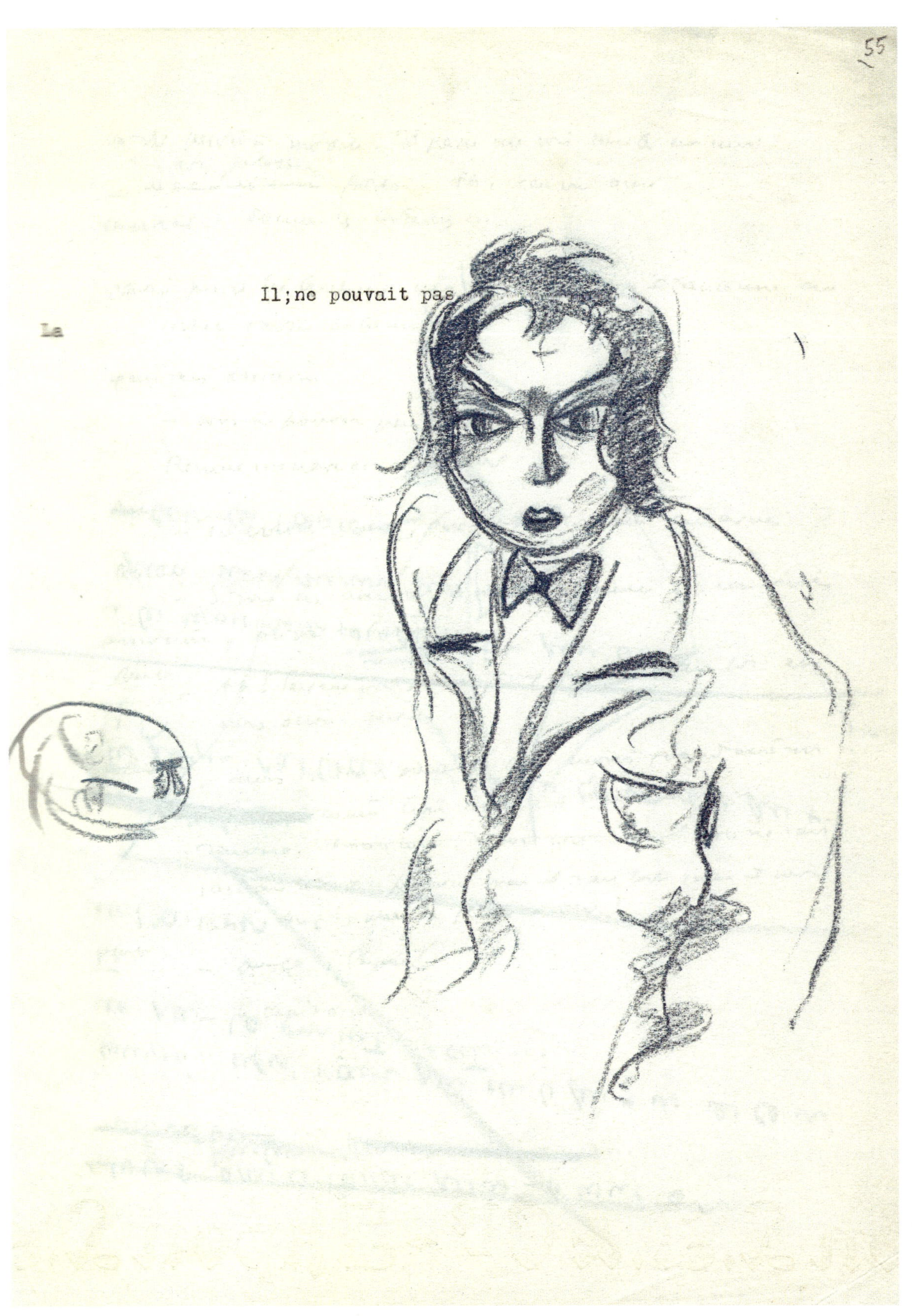
55
Il;ne pouvait pas
La

entrée de la mère
(va vers le piano)
images

为责任而生

经历了1926至1931年法国邮政航空公司的辉煌时期后，安托万·德·圣－埃克苏佩里会努力去表达、传播这段经历的意义和美，他从未将自己的观点与他的“经验数据”（根据亨利·戈达尔[①]的经典措辞）相分离：他会从自己和同事们的飞行生活中汲取种种教训，那些标志性的职业事件和危险插曲都是宝贵的财富。其中，最突出的形象来自他的朋友、民航业的英雄亨利·纪尧梅和让·梅尔莫兹[②]；在航空公司开发新兴航线的光辉岁月中，作家经常在图卢兹、非洲、南美洲与他们共事。以这些回忆为灵感，他创作了前两部备受追捧的小说[③]；1932至1938年，作家为《巴黎晚报》（*Paris-Soir*）和《玛丽安娜》（*Marianne*）杂志供稿，继续讲述这些珍贵的经历；这些连载文章后经重新修订，编入一部结构精巧的文学报告集《人的大地》（伽利玛出版社，1939年），并在书的前几章占据了大量篇幅。

对于纪尧梅的描写，主要集中在《人的大地》的第一章“航线”：一方面，在安托万·德·圣－埃克苏佩里为法国邮政航空公司执行第一次正式飞行的前一天，纪尧梅为他传授了一堂精彩的地理课；另一方面，当安托万乘坐航空公司的老式班车前往机场的路上，对在飞行中必须面对的气象条件深感不安时，纪尧梅给予了他慷慨的忠告：“在奥斯皮塔莱特[④]，雨水主要来自西风，如果遇上暴风雨，你可能会从三英里[⑤]的高度速降至海平面。你会听到机体破裂的声音。我们早已听过了。宝玑14型（Bréguet 14，法国邮政航空公司的飞机）的稳定性很差，你可能要忍受飞机打转的痛苦。这时，你该怎么做？”

然后，作家又重新讲起这个生活的新起点给他留下的种种印象。他在《人的大地》和《战斗飞行员》中提炼了对这种责任感的描述，并深化了它的意义。当然，在《小王子》中，他也借助狐狸的声音表达出来：“你要永远对你驯养的东西负责。你要对你的玫瑰负责……”在圣－埃克苏佩里的作品中，亲密关系领域和集体生活之间没有界限：这种责任感源于作家的行动（邮件运输）、职业或社会生活，同时，它在爱情的建立中也显得如此重要。在社会集体中，这种责任感对一切事物而言都能成为一个热诚而谦卑的起点。

页面上出现了一个奇特的图案，这来自他的朋友纪尧梅的记忆：一朵星星花，它那不成比例的茎在大地和天空之间保持着脆弱而令人眩晕的联系，在后来的修改稿上，它变成了一棵星星树。这种联系的哲学所承载的象征意义，是否深深影响了安托万·德·圣－埃克苏佩里，使他在他的作品中展现出一种紧凑的文学结构，并定义了他与世界的关系呢？“你建立起你的安宁”，在《人的大地》中，对于一种小资产阶级的描述，他这样写道，“通过不断地用水泥堵住所有可能透光的缝隙。[……]你建立起这个简陋的壁垒，用来抵御狂风、潮汐和星辰”。这朵星星花恰恰建立起这种联系，在腐殖土和星星之间，在黏土和精神之间，它代表的正是这幅画的形象本身——上升和扎根的“人类命运”——作家试图通过他的作品和他的亲身例证重建起这幅画面，并借此为被彻底遗忘的人性发出呐喊：“在曾经

① 亨利·戈达尔（Henri Godard，1937— ），法国学者、文学评论家，现执教于巴黎索邦大学。

② 让·梅尔莫兹（Jean Mermoz，1901—1936），法国飞行员，航空业先驱之一。1924年，他加入拉泰科埃尔航空公司，成为安托万·德·圣－埃克苏佩里的同事和朋友；1926年，他负责卡萨布兰卡至达喀尔航线，其间经历了多种危险；1927年，他被调往南美，负责邮政新航线的开拓；1929年，圣－埃克苏佩里前往南美与其会合。梅尔莫兹在航空领域的探索使他成为民航领域的一座丰碑，他同时创造了许多飞行传奇。

③ 指《南方邮航》和《夜航》。

④ 奥斯皮塔莱特（Hospitalet），西班牙东北部城市，巴塞罗那西南的卫星城。

⑤ 1英里约为1.609千米。

129—131 页

《关于纪尧梅和法国邮政航空公司的回忆》
附有图画的手稿
20 世纪 30 年代
手稿真迹
圣 - 埃克苏佩里 - 达盖遗产管理委员会收藏

时间还来得及的时候，没有一个人抓住过你的肩膀。如今，构成你的黏土已经干涸变硬，从此，再没有人能唤醒沉睡于你身上的音乐家，再没有人能唤醒也许还栖息在你身上的天文学家或者诗人。”（《人的大地》，第一章）本来，他还可以在这里加上“园丁”。

因此，1926 年的那个晚上，在给我介绍完备用机场、山谷和山口的情况后，纪尧梅转过身来：

“在奥斯皮塔莱特，刮西北风时，如果遇到暴风雨，你可能会从三英里高度速降至海平面。这种情况时有发生。你可能会听到机体破裂的声音。我们早已听过了。宝玑 14 型的稳定性很差，你有时需忍受飞机打转的痛苦。这时，你该怎么做？”

我隐约思考着，我要怎样能离这个如此可恶的角落远一点。

“你大概会觉得我是个白痴，然而，在刮西北风的日子里，会有许多邮政航班通过奥斯皮塔莱特。”

我在餐厅里与同事们会合，朋友们紧握着我的手……

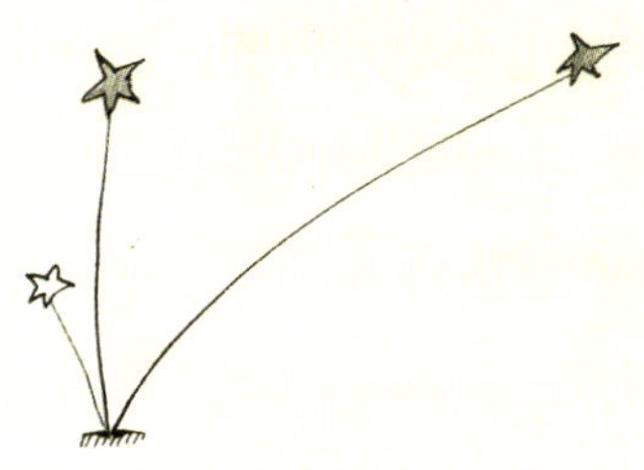

我要走了，而我在思考，这是我第一次感受到责任带给我的奇特喜悦。我得到了一个非常棒的礼物，也回想起一些类似的礼物：人类对社会生活抱有的开放态度。你突然把命运掌握在自己手中，一同握住的还有他人的命运。从童年生活过渡到成年生活。在一个举行神秘圣事的黎明，人们将这个“密码”交付给您。从那时起，您就是一名哨兵了，跟随着其他的哨兵知晓了人们赖以安眠的秘密。从那时起，在您谦卑的领域，您成了一名牧羊人。而所有人对所有的一切都负有责任。还有 [……] 山坡上的羊圈。

上面这张照片

这封生动又俏皮的信来自飞行员圣－埃克苏佩里，收件人是他的朋友亨利·纪尧梅。在那些随信附带的小画中，他描绘了书桌前的作家、飞行员，还有他的好战友。这些图画都是这个飞行员的幽默自画像，他在信中不假思索地把它们称为自己的照片。这不仅仅是一个玩笑：这种极具风格化的绘画将逐渐成为他向别人展示自己的首选方式……10年后，用作家的话讲，小王子是他内心身份的照片。

Mon vieux Guillaumet

Tu vois par la photographie ci-dessus que j'attends impatiemment ton arrivée. On ne peut plus m'arracher de la dune d'où je considère l'horizon.

Et par le dessin ci-dessous avec quelle ardeur je t'écris — je ne pense même plus à mettre de l'ordre!

Ton rapport était épatant. Il reste un fauteuil à l'académie je te conseille vivement de l'enlever. C'est une affaire.

安托万·德·圣－埃克苏佩里给亨利·纪尧梅附有图画的信
无日期
手稿真迹
特别收藏

图画

我的老伙计纪尧梅：

从上面这张“照片”中可以看到，我正迫不及待地盼望着你的到来。谁也不能把我从沙丘上拉下来，我站在那里，眺望着远方的地平线。

而在下面这幅画上，我正满怀激情地给你写信——屋里的东西杂乱无章，我甚至顾不得把它们收拾整齐！

附说明的图画

又是那该死的重力。

你的报告棒极了。科学院还有一个院士席位。我强烈建议你把它拿下，就这么定了。

附说明的图画

请翻开这一页，你会发现它有多么迷人！

没什么要讲的了，我喝了太多的酒，有些宿醉，现在头痛舌燥。我的文字技巧也受到了影响。

删掉了一句话

我删掉了这句话，它对你来说不太合适，因为你实在过于腼腆。我对你真是温柔极了。我用我的鸡舍来安慰自己。

我感到自己的宿醉愈发严重了。仔细在大脑中搜索了一通，没有了，这些就是我所有要和你分享的新内容。

好啦，为了让你高兴，我会把东西收拾整齐的。

大功告成。（箭头指向图画）晚安。你的老伙计（箭头指向图画）

我将在星辰中，认出自己的路

在安托万·德·圣－埃克苏佩里的画笔下，飞行员是一个栖息在星星上的人、一个会飞翔的人、一个长出了翅膀的人。为什么他逐渐不再用画笔描绘飞机了呢？为什么他为航空业的发展殚精竭虑，并留下大量文字，却只有极少关于飞机的画作呢？甚至在他的遗作《小王子》中，他同样选择了既不描绘飞机也不描绘飞行员。这或许是因为经历了法国邮政航空公司的辉煌时期，他在反思自己作为航空公司飞行员的人生意义时逐渐意识到，一种职业、一种工具的伟大只能通过它所传递、揭示、体现出的人性来衡量。飞机仅是一种手段。然而，飞行员这个职业确实慷慨地贡献出许多这样的财富，在过往执行的飞行任务中，一次次地将飞行员与同伴们的命运紧紧相连。起飞，只是暂时地让他与自己分离；在天空中飞行时，一切又回到他的身上，一切又重新联系在一起：对这个我们共同的“漂泊星球”的沉思，理解世界的奇观“如果不通过一种文化、一种文明、一种职业展现出来，就没有任何意义”，理解黏土只有通过塑造它的人的精神才拥有价值。因此，飞翔的不仅是一台机器，而是做着修修补补等各种事务的全部人类。安托万·德·圣－埃克苏佩里不喜欢人们把梅尔莫兹比作“大天使”，他将其称为“坚强地活着”，梅尔莫兹“尽力张开双臂，去贴近世界[……]，如同一棵树，提供了最多的地抓力”。

这条星星之路是娴熟的空中导航，也是夜航时的“苦涩滋味”。它具有双重性：有时，它会帮助飞行员找到方向；有时，飞行员会被它吸进黑夜而眩晕，直至迷失前路（这就是《夜航》的故事）。然而，与此同时，星星与人之间具有一种矛盾的联系、一种感觉的投射。它想告诉我们，即使在世界最遥远的地方，所有的一切都可以因为星星的存在而存在，无论是迷路的人、遥远的朋友还是休戚与共的人类群体。正是这种存在，让我们辨认出这个栖息在星星上的人如此美丽的形象。也许，在这个世界上，他也将不再那么孤独。只有重读《人的大地》才能理解这层意义，直至在《小王子》中被它的光辉再次照耀：“我不再抱怨那些狂风暴雨。这个职业的魔力为我打开了另一个世界，两个小时里，我将面对舞动的黑龙和笼罩着蓝色闪电的山峰，突出重围后，夜幕降临，我将在星辰中，认出自己的路。”作家进一步写道：“我们像期待应许之地那样期待着中途站，在星空中找寻着真理。”

《栖息在星星上的人物》
纸本铅笔画
无日期
特别收藏

失事的西穆飞机（Simoun F-ANXY）的碎片：左翼变薄的机翼
1935 年
耶弗尔河畔默恩（Mehun-sur-Yèvre），查理七世博物馆（Musée Charles-VII），安德烈·普雷沃基金会（Fonds André Prévot）

安德烈·普雷沃在巴黎—西贡长途飞行中的保温水壶
1935 年
耶弗尔河畔默恩，查理七世博物馆，安德烈·普雷沃基金会

安托万·德·圣－埃克苏佩里坠毁后的飞机
老式银版照片
1936 年 1 月初，利比亚沙漠
耶弗尔河畔默恩，查理七世博物馆，安德烈·普雷沃基金会

六年前，在撒哈拉沙漠

“我就这样孤独地生活着，没有一个可以真正交谈的人，直到六年前，我的飞机在撒哈拉沙漠遇到了故障。”

这是飞行员在《小王子》第二章中的文字。安托万·德·圣－埃克苏佩里在故事中故意淡化了那些太过直白的自我映射，同样，他也不想对作为叙述者的飞行员的职业生涯做过多细节描述。因此，这里明确提到的“六年”不免引起了读者的好奇……特别是当人们在这位飞行员作家的生活轨迹中找到与之相关联的经历时，就愈发好奇了。1935 年底至 1936 年初，为了打破巴黎至西贡的飞行时间纪录，安托万·德·圣－埃克苏佩里策划了一场长途飞行，不幸的是，飞机在班加西[①]和开罗之间的利比亚沙漠迫降，坠落在埃及境内。安托万和他的机械师兼朋友安德烈·普雷沃[②]一起在荒漠中跋涉三天，滴水未进，直至 1936 年 1 月 1 日被一个贝都因人[③]救起。这段给他留下深刻印象的插曲被他写进《人的大地》，故事内容修改自 1936 年 1 月 30 日至 2 月 4 日作家在《巴黎晚报》上发表的一系列连载文章：“沙漠吗？有一次，它曾让我有机会触摸它的心脏。1935 年，在一次飞往印度支那[④]的长途飞行中，飞机坠毁在埃及境内和利比亚交界的沙漠里，就像掉进胶水里一样，被沙子困住了，我以为自己就要死在那里了……”

什么是触摸沙漠的心脏？《人的大地》的这一章阐明了这句话的含义。两个人在撒哈拉沙漠中异常艰难地行进，他们的喉咙愈发干渴（“沙漠，就是我”，作家回忆起遭受这种“西风在 19 小时内吹干一个人”的痛苦），不仅是身体上的困苦，同时也是精神上的折磨。尽管他在法国邮政航空公司任职时期就非常了解和热爱撒哈拉沙漠，也经常在分裂势力的领地过夜，在机翼下，在“这片金色的广袤土地上，当风吹拂时，犹如在大海上掀起波浪”的沙漠之中，这些曾经的经历和 1935 年这次遇险完全无可比拟。事实上，安托万·德·圣－埃克苏佩里从未如此接近死亡，一小时接一小时地目睹自己生命的流逝，目睹黑夜在自己的身上升起。然而，这种陷入极端条件下的身体崩溃，很快便以一种启示的面貌呈现出来：“在某种程度上，爱比死更甚。在利比亚沙漠的最后一夜，我所爱过的一切都‘触手可及’。”1944 年，在写给朋友内莉·德·沃盖[⑤]的信中，他这样倾诉，并补充道，“我无法忘记在利比亚沙漠最后一夜中那种安宁的奇迹。和我聊聊天吧，以唤起我对生命的热爱。”

这就是飞行员作家圣－埃克苏佩里在生命垂危、亲临深渊时再次去追寻的那个真理。它被证实是《小王子》的根基，不仅因为环境背景统一，以及我们从中感受到的共鸣（对于那位搭救他的阿拉伯人，他这样写道：“他在沙地上走向我们，如同海面上的神灵。”），更重要的是它所承载的精神体验：在意识的黑夜中，人重新找到自己，沙漠以一种眼睛无法察觉的存在活跃起来。我们只有用心，才能看清楚。

这里还有一件奇特的事情值得一提：在《小王子》的美国版〔雷纳尔和希区柯克出版社

① 班加西（Benghazi），利比亚北部沿海城市，利比亚第二大城市和重要海港。

② 安德烈·普雷沃（André Prévot，1907—1947），曾任法国空军机械师，后成为安托万·德·圣－埃克苏佩里的专属机械师。他们曾多次联手飞行行动，比如在卡萨布兰卡、廷巴克图和巴马科等。1938 年 2 月 15 日，在纽约和火地岛之间的长途飞行中，他们的飞机在危地马拉城坠毁，身受重伤。安德烈·普雷沃从此结束了他的空中冒险，后来成为法国航空公司的一名地面机械师。

③ 贝都因人为阿拉伯人的一支，以氏族部落为基本单位的沙漠游牧民族，主要生活在阿拉伯半岛、中东和北非。

④ 地理上指中南半岛，在作家发表文章的年代曾是法国殖民地。

⑤ 内莉·德·沃盖（Nelly de Vogüé，1908—2003），安托万·德·圣－埃克苏佩里的红颜知己，他们相遇于 1929 年。内莉是一位工业家的女儿，法国第一批女性公司董事之一；1927 年，她嫁给了法国贵族让·德·沃盖（Jean de Vogüé）；她在圣－埃克苏佩里的生活、财务、文学事业上给予种种帮助。1944 年 7 月 30 日，圣－埃克苏佩里在去世前给她写了最后一封信。1949 年，内莉曾以皮埃尔·谢弗里埃（Pierre Chevrier）的笔名出版了一本关于圣－埃克苏佩里的书，并负责出版了他的手稿，诸如《堡垒》（*Citadelle*）、《战时札记》（*Écrits de guerre*）和《笔记本》（*Carnets*）等。她将许多有关他的文件存放在法国国家图书馆，直到 2003 年他去世 50 年后才得以查阅。

（Reynal&Hitchcock），1943年〕和法国版（伽利玛出版社，1946年）护封的勒口上，印有《小王子》第二章中的摘录（飞行员与小王子相遇），这段文字原本是要印在封底上的："六年前，我的飞机在撒哈拉沙漠遇到了故障。引擎上的什么东西被撞断了。[……]就这样，我认识了小王子。"它所标注的日期是1940年，我们从未真正理解其中的缘由。

安托万·德·圣－埃克苏佩里坠毁后的飞机
老式银版照片
1936年1月初，利比亚沙漠
耶弗尔河畔默恩，查理七世博物馆，安德烈·普雷沃基金会

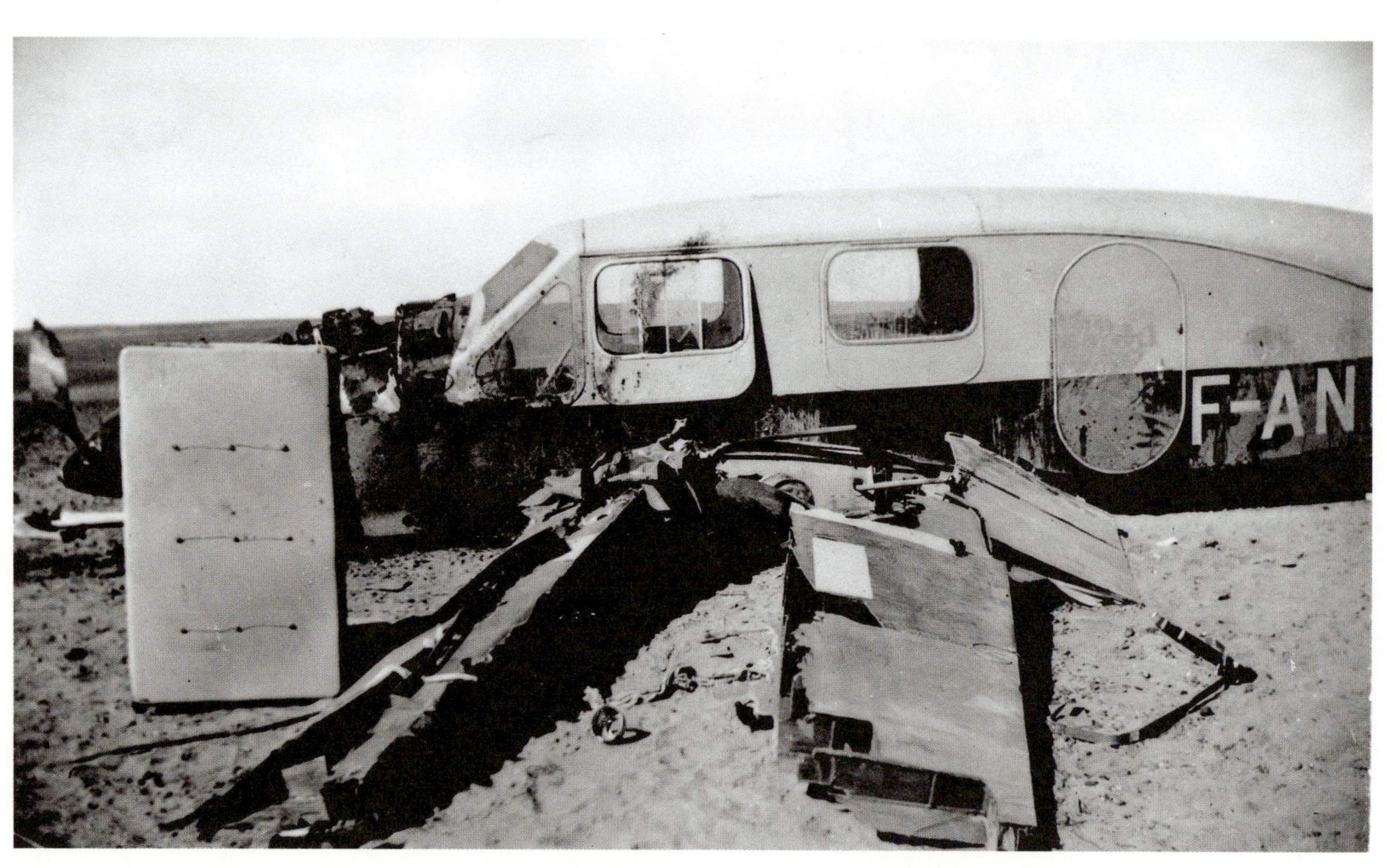

“中断的飞行。沙地监禁。”（《巴黎晚报》，1936年1月30日至2月4日）

为《人的大地》所作的修改和订正（《在沙漠的中心》，第七章）

1936年1月

手稿真迹

圣－埃克苏佩里－达盖遗产管理委员会收藏

我并不怎么失望，反倒有些好奇。这些沙漠里的动物靠什么生活呢？它们大概是一些耳廓狐或称沙漠狐，有兔子般大小，长着两只巨大的耳朵，是小型食肉动物。我按捺不住自己的欲望，沿着其中一只动物的足迹追寻下去。这些足迹将我引到一条狭窄的沙河旁，那里的每一个脚印都清晰地印在沙地上。我欣赏着这些由三个扇形脚趾组成的脚印，它们好似漂亮的棕榈叶。我想象着我那位耳廓狐朋友在黎明时分轻盈地小跑，舔舐石头上的露水。这里的脚步突然变得稀疏，耳廓狐大抵飞奔起来了。一个同伴曾在这里与它会合，然后，它们并肩小跑。就这样，我带着一种奇特的喜悦心情加入了这场清晨的散步。我热爱这些生命的迹象，似乎有些忘记了自己正口渴难耐……

我终于摸到了这些狐狸朋友的食品储藏室。在这里，每隔一百米，沙地表面就会冒出一小簇干灌木丛，有大汤碗大小，茎上爬满了金色的小蜗牛。耳廓狐会在拂晓时分出来觅食。而我，在这里撞见了一个自然界的重大秘密。

我的耳廓狐并不会在灌木丛前逐一停留。即使有些上面爬满了蜗牛，它也会完全无视。对于一些灌木丛，它会非常谨慎地绕上一周。对于另外一些，它走近它们，却并不扫荡一空，在吃掉上面的两三只蜗牛后，就会换家餐馆。

他们两个人在荒漠中跋涉，极度脱水，筋疲力尽。他们既失去了希望，也失去了痛苦和悲伤的感觉。一个神秘人物即将登场……《人的大地》的最终版本扩写了这一段内容。

手稿上的文字：

地面活跃起来了。这片沙地变得像大海一样生机勃勃。我们眼前的沙漠如同人声鼎沸的广场。

《人的大地》第七章：

“烈日烤干了我的泪腺。

然而，我又察觉到了什么。一阵希望的微风吹拂着我，如同暴风掠过海面。先警觉我的本能，再唤醒我的意识，这又预示着什么呢？什么都没有改变，然而一切都已经变了。这片沙地、这些沙丘和这些淡淡的绿色斑块，它们不再是一处风景，而是构成了一个舞台。一个仍然空荡荡的舞台，但万物都已准备就绪。我望向普雷沃。他也和我一样惊讶，对自己感受到的一切同样充满了不解。

我向你们发誓，就要发生什么了……

我向你们发誓，沙漠活跃起来了。我向你们发誓，这种空旷，这种寂静，突然间比广场上的人声鼎沸更令人感动……”

“中断的飞行。沙地监禁。”（《巴黎晚报》，1936 年 1 月 30 日至 2 月 4 日）

为《人的大地》所作的修改和订正（《在沙漠的中心》，第七章）

1936 年 1 月

手稿真迹

圣 - 埃克苏佩里 - 达盖遗产管理委员会收藏

为安德烈·普雷沃先生印制的样书

他将在本书中重温那次极度干渴的记忆，以及在死亡面前，如同老探险家一样波澜不惊的满足感（那个时期，他还不曾经历太多的冒险历练）。

带着敬意，致敬友谊。

安托万·德·圣－埃克苏佩里

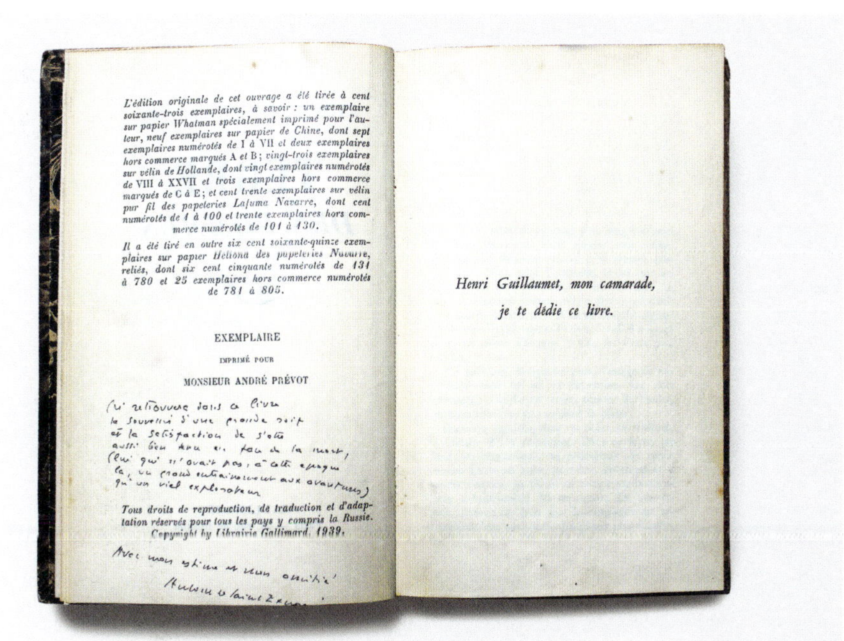
L'édition originale de cet ouvrage a été tirée à cent soixante-trois exemplaires, à savoir : un exemplaire sur papier Whatman spécialement imprimé pour l'auteur, neuf exemplaires sur papier de Chine, dont sept exemplaires numérotés de I à VII et deux exemplaires hors commerce marqués A et B ; vingt-trois exemplaires sur vélin de Hollande, dont vingt exemplaires numérotés de VIII à XXVII et trois exemplaires hors commerce marqués de C à E ; et cent trente exemplaires sur vélin pur fil des papeteries Lafuma Navarre, dont cent numérotés de 1 à 100 et trente exemplaires hors commerce numérotés de 101 à 130.

Il a été tiré en outre six cent soixante-quinze exemplaires sur papier Héliona des papeteries Navarre, reliés, dont six cent cinquante numérotés de 131 à 780 et 25 exemplaires hors commerce numérotés de 781 à 805.

EXEMPLAIRE

IMPRIMÉ POUR

MONSIEUR ANDRÉ PRÉVOT

Tous droits de reproduction, de traduction et d'adaptation réservés pour tous les pays y compris la Russie.
Copyright by Librairie Gallimard, 1939.

Henri Guillaumet, mon camarade,
je te dédie ce livre.

《人的大地》
首版，为安德烈·普雷沃特别印制的样书，附有作者写给安德烈·普雷沃的赠言
1939 年，巴黎，伽利玛出版社
耶弗尔河畔默恩，查理七世博物馆，安德烈·普雷沃基金会

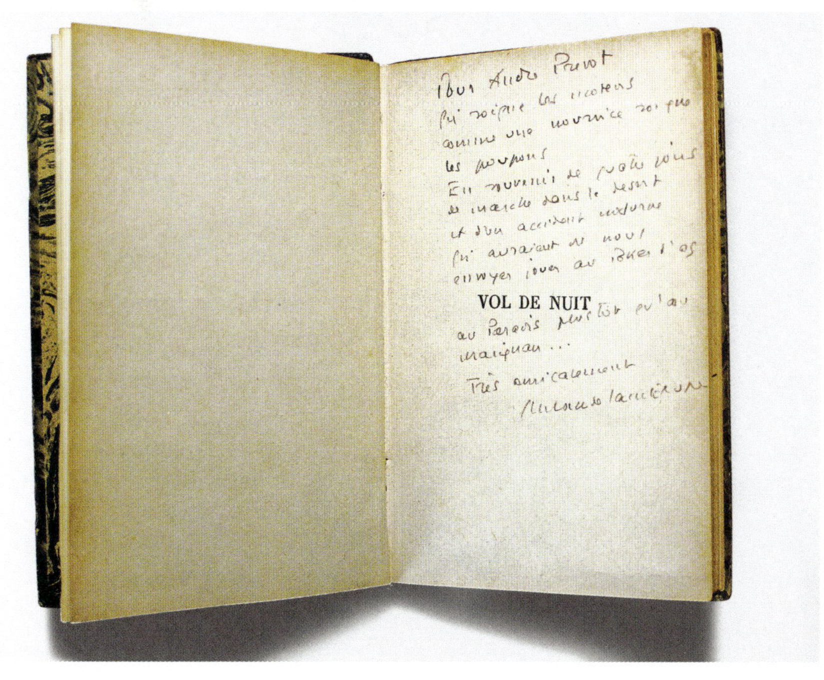

《夜航》
1933 年重印本，附有作者写给安德烈·普雷沃的赠言
1933 年，巴黎，伽利玛出版社（1931 年版本）
耶弗尔河畔默恩，查理七世博物馆，安德烈·普雷沃基金会

献给安德烈·普雷沃：

他像保姆照顾婴儿一般照顾那些引擎。

纪念在沙漠中行走的四天，这次夜间事故差点把我们送去见上帝，那我们就只能在天堂而不是在马里尼亚讷玩扑克骰子 * 了……

致以诚挚的问候。

安托万·德·圣－埃克苏佩里

* 扑克骰子（法文：poker d'as），一种用 5 个六面骰子玩的棋盘游戏，代表传统西方纸牌游戏中 6 张最大的牌（A、K、Q、J、10 和 9）的价值，英文为“poker dice”。

《沙漠中的飞行员》
为《小王子》第二章一幅未被保留的插图所作的草图
墨水和水彩画
1942 年，纽约 / 阿舍罗肯（长岛）
圣 - 埃克苏佩里 - 达盖遗产管理委员会收藏

《小王子和飞行员的相遇》
为《小王子》第二章或第七章一幅未被保留的插图所作的水彩画准备稿
墨水和水彩画
1942 年，纽约 / 阿舍罗肯（长岛）
纽约，摩根图书馆与博物馆

《飞行员和在沙丘上坠毁的飞机》
为《小王子》第二章一幅未被保留的插图所作的水彩画准备稿
墨水和水彩画
1942 年，纽约 / 阿舍罗肯（长岛）
纽约，摩根图书馆与博物馆

于是，我在沙地上睡着了

安托万·德·圣 – 埃克苏佩里决定不将叙述者（作画者）的形象呈现在《小王子》的读者面前，既不要人物剪影，也不要在插图空白处勾勒出的手臂，理由是那样的构图也许会分散读者的注意力。因此，飞行员不会在书中露面，如同所有曾出现在作家画笔下的地球居民都被作家删掉了。这两幅插图如果当初被保留在书中，或许可以加上这样的注释，一幅是“于是，第一个晚上，我在远离人烟的沙地上睡着了”，另一幅是“我看到一个非常奇特的小家伙，他正一本正经地打量着我”。

一个人物的诞生

"我是如此困惑！"

Naissance d'un personnage

在生命世界中，刚刚形成的生命体最初不会展现在它的缔造者眼前，好似妊娠期。在想象世界的范畴中，这似乎更容易理解。至少《小王子》的起源隐约表明了这一点，它绝不是凭空而来的。安托万·德·圣－埃克苏佩里会在绘画中逐渐放弃写实风格，转向带有更多影射色彩的表达方式，尤其是对自身的映射。那些年，他的眼前似乎出现了一个小人物，它那时尚未拥有全部的容貌和品性，但有一天却会成为世界文学中最著名的主人公之一——它也是作家最忠实的伙伴，甚至在他余下的短暂生命中成为他的代言人。

这些在 20 世纪 30 年代活跃在作家的钢笔或铅笔下的小家伙，是他不安的灵魂在纸上的投射。它们也可能是他对周围人情世故的一种批判表达，甚至不惜以幽默来达成讽刺：小小的社会荒诞剧、男女间的暧昧关系、日常生活的荒谬……他们的闹剧、他们的平庸以及他们温柔的人性，一切都在画中一览无遗，一条线足以描绘一个世界。

这些小人物在圣－埃克苏佩里的生活中占有一席之地，它们会出现在他手稿的页边空白处、他的信件里、他的电影剧本方案中（我们在前文中看到，《南方邮航》的电影分镜是如何发展为一幕独特的人物剧，人物仿佛在小说对现实主义和心理表达的土壤中萌芽，从小说中逐步成长起来），或者抛弃文字，把它们画在活页纸上赠送给朋友。当然，其中有朋友之间的娱乐成分——这些画与他大学时代送给伙伴们的戏谑性信件异曲同工，同时也是一种放松，可以减轻文学创作或持续思考带来的劳累，使他得以喘息。

这些画只是一种对幻想的表达，一种匆忙中草草画下的梦境，如同作家思想上的天马行空、自娱自乐。然而，我们无法忽视这样一个事实：在这种尚不完美、尚未完成、有时甚至有些奇怪的构思中，一些东西正在被锻造着，正在慢慢形成。一个角色就要诞生了，它在寻找它的作者。而在美国出版人的帮助下，安托万·德·圣－埃克苏佩里也将在纽约与它相遇。出版人非常明白，这个角色必将大放异彩，对它的作者和1942年圣诞节的美国青少年而言，它是那个值得等待的奇遇。

《穿燕尾服的一些人物》
铅笔画
无日期
特别收藏

社会荒诞剧

自20世纪30年代以来，这些身穿燕尾服的小人儿以及男女之间的挑逗场景一直活跃在安托万·德·圣－埃克苏佩里的笔下。我们由此联想到，对社会问题的批评其实一直贯穿于作家的作品，尤其是《小王子》中。从故事的最初几页开始，作家便在强调成年人的徒劳行为和情感缺陷，并通过小王子拜访小行星时遇到的粗鄙的居民加以证实。这几幅画的笔调则更为轻松，作家似乎在调侃这种“无忧无虑”的社会生活态度……尽管这些小人儿的目光中有时透露出迷茫。

《挑逗场景：水手和女人》
铅笔画
无日期
圣－埃克苏佩里－达盖遗产管理委员会收藏

《穿燕尾服的小人物》
铅笔画
无日期
特别收藏

《挑逗场景：一对穿晚礼服的情侣》
铅笔画
无日期
特别收藏

150—151 页

《人物研究》
同一张纸的正反面
墨水画
无日期
特别收藏

一个丰富的人物世界

这些手稿页面上，并排站着几个快速勾画出的小人儿，然而我们很难断定作品的创作日期。它们可能诞生于 20 世纪 30 年代，或是这之后的十年间。虽然这些画稿似乎还不属于对《小王子》的水彩插图所作的初步构思，却组成了一个丰富的人物素材库，这里如同热身场，准备迎接即将到来的作品。安托万・德・圣－埃克苏佩里欣喜若狂地练习着各种充满表现力的人物样式。他能借助笔下这个非常热忱的小人儿，分享一点满溢的内心情感，表现他那颗总有点沉醉的心，这让他感到非常幸福。不久，他就可以用这个小人儿来表达他的整个情感世界了。小王子将成为这个丰富的人物小世界的结晶。

《两个人物》
墨水画
无日期
圣－埃克苏佩里－达盖
遗产管理委员会收藏

《出发旅行》
墨水和铅笔画
无日期
特别收藏

“雨天，我的灵魂。A.*”
为莱昂·韦尔特创作的图画，
同一张纸的正反面
铅笔画
1940 年
莱昂·韦尔特遗产管理委员会（Succession Léon Werth）收藏，伊苏丹（Issoudun），阿尔贝－加缪媒体图书馆（médiathèque Albert-Camus）

* A.，安托万·圣－埃克苏佩里的名字安托万（Antoine）的首字母。

“我是多么担心。”
墨水画
无日期
圣－埃克苏佩里－达盖遗产管理委员会收藏

"我是如此困惑！"
墨水画
无日期
特别收藏

灵魂之镜

人们常说，眼睛是灵魂的镜子。在安托万·德·圣-埃克苏佩里身上，绘画也是灵魂的镜子，且以一种十分契合的方式——正如三幅不同出处的画作所表现的那样。担心、困惑、忧郁……每一种精神状态都有一个独特容貌的小使者与之呼应。作家的绘画风格会随着时间的推移而变化，我们很难按照编年顺序来确定他的绘画手法；然而，这种借助于纸上的另一个人物来表达并认识自己内心状态的方式，将永远伴随着作家；在他生命的最后两年中，这个人物会化身为小王子的形象持续陪伴着他。这完全是一种自娱自乐的方式：尽管人们无法定义灵魂，却可以表达出灵魂的样子。圣-埃克苏佩里在自己的人生之路上竖起一面镜子，比起面对那些常带着曲解的目光的人，他选择将更多的信任倾注在这些善解人意的小人儿身上。

古怪和讽刺

2006年，安托万·德·圣－埃克苏佩里的第一本图画集《绘画集》(*Dessins*)出版(伽利玛出版社)，我们从书中发现了几条为《小王子》的形象创作带来灵感的图形线条，特别是他那种对于古怪、雌雄莫辨和讽刺风格的偏好——这在他的文学艺术中非常罕见。虽然小王子的身上并没有真正显现这些特点，但故事的次要人物几乎全都接近这一风格，尤其通过他们夸张的面部特征：或扮起鬼脸，或不成比例，或滑稽可笑。作家打破现实的标准，画得不亦乐乎，他拉长人物的脖子和双腿，扭曲他们的鼻子，或让他们的眉毛变得细长。在这些尝试中，他精进了自己的铅笔画并捕捉到人物外表准则之外的表现力。如此看来，这些非现实主义的绘画练习并非一无所获。

在这个系列的第一幅画中，我们会认出那一头熟悉的发型……对于那个会蜕变为小王子的小家伙，这个发型将取代它曾经的蓬头乱发。

《穿高领衫的人物》
铅笔画
无日期
特别收藏

《穿蓝色针织衫的人物》
铅笔画
无日期
特别收藏

《戴领结的长脖子人物》
彩色铅笔画
无日期
特别收藏

《穿马裤的人物》
墨水和铅笔画
无日期
特别收藏

《热情的人》
铅笔和墨水画
无日期
特别收藏

《大步向前的人物》
铅笔画
无日期
特别收藏

大步向前走

来一点轻盈之感吧！担心、严肃、慌乱、困惑，这些不足以定义作家的灵魂……在他的精神世界中，优雅同样拥有它的位置。这些暂停的时刻，是安托万·德·圣－埃克苏佩里在他的散文中歌颂的最美妙的瞬间。它们与时间保持着一点距离：索恩河畔的一杯美酒，沙漠一夜中的喜悦与温情，令人心动的爱情突然出现，和战友们无拘无束地冒险。画作见证了这些生命中的美好，然而，随着人生的推移，这样的时刻愈发罕见；如此沉重的生命，在作家的画笔下变身为快乐的消遣。他把自己从沉重中解放出来，穿上七里靴[①]（此处是飞机的别称），奔赴一场快步的长途旅行，去跨越山谷，去飞越高峰。

① 七里靴，童话故事中的一种宝物，穿上它可以一步跨七里。出自法国作家马赛尔·埃梅（Marcel Ayme，1902—1967）的童话《七里靴》。

《云上长着翅膀的人物飞过地球上空》
墨水画
1939—1940 年，巴黎
圣 - 埃克苏佩里 - 达盖遗产管理委员会收藏

从云中俯望战争

1939 年 9 月，法国向德国宣战，预备役上尉安托万·德·圣 - 埃克苏佩里被动员入伍，那时他刚结束纽约之旅仓促返法。同年 12 月，作家被分配到驻扎在马恩省（Marne）奥尔孔特[①]的空军 II/33 中队[②]，奉命执行在法国和邻国上空的空中侦察任务，他冒着与德军梅塞施密特式战斗机（Messerschmitt）对抗的危险，先是驾驶波泰 23 轻型侦察机（Potez 23），后来改为布洛赫 174 型侦察机（Bloch 174）。为了让他的亲密好友对这些异常凶险的飞行任务有所了解，他时常用绘画的方式记录下这些场景，他的画笔下描绘的不是飞机，而是人物——有时长着翅膀，栖息在云层上，飞过地球上空，背景中浮现出燃烧的房屋、羊群、树木、蜿蜒的道路……在这片云端之上，站着一个已经非常神似小王子的小家伙，通过他的视角，将目睹 1940 年 5 月、6 月法军那场可怕的大溃退，567 名飞行员因此罹难。

① 奥尔孔特（Orconte），法国东北部城市，隶属香槟 - 阿登大区马恩省（Marne）。
② II/33 中队，即空军第 33 飞行大队第 2 中队，下同。

Cher Léon Werth

J'aurais bien voulu vous embrasser mais Consuelo va venir me prendre et je lui ai promis de déjeuner avec elle.

Je tâcherai de vous revoir avant de repartir.

NB : la petite Soissons [illegible] tient très bien. La Seine c'est plus pagaïe mais pas désespéré.

Tonio

《给莱昂·韦尔特附有图画的信》

铅笔画

1940年6月1日

莱昂·韦尔特遗产管理委员会，伊苏丹，阿尔贝－加缪媒体图书馆

小王子
在纽约

“《小王子》是在贝文之家您的
熊熊烈火中诞生的。”

Le petit prince
à New York

1940年6月，法国奋勇抵抗，却输掉了这场战争。纳粹德国控制了欧洲大陆，强权统治压在各国政府和民众的身上。在安托万·德·圣－埃克苏佩里看来，所有围绕民主理想建立起来的西方大国都对这次失败负有“责任”。作家并不是要在失败者阵营中寻找罪魁祸首：这不是他真正关心的问题，尽管他目睹了那个时代的重大过失，并且作为在战争最初几个月就投身战场的飞行员，他也观察到法军对这场战争准备不足。相反，作家是希望依靠这种责任感（我们注意到，这种责任感是作家在行动和职业的核心历练中建立起来的），围绕民主社会中所必要的团结，借此动员美国参战。1942年2月，作者的第四本书《战斗飞行员》在纽约出版，书中非常明确地表达了这一观点。拯救在德国枷锁下被奴役的人们，就是拯救男人和女人，拯救不分出身，不分血统的人们。与此同时，它也是在保护一种社会模式、一种人类理想，它超越了所有党派、所有政治派别。1940年底，安托万·德·圣－埃克苏佩里决定取道葡萄牙前往美国，他正是怀着这个信念踏上了征程。

那时，他的几部作品已在美国翻译出版，获得诸多赞誉。1940年12月31日，作家抵达纽约，与他一同横渡大西洋的还有他的新朋友、法国电影制片人让·雷诺阿。就这样，作家开始了长达28个月的流亡生涯。虽然圣－埃克苏佩里远离家人，为同胞们的处境黯然神伤，每天愈发强烈地希望自己能够重返战场，然而，这段日子并非只有悲痛，一些来自欧洲或美国当地的朋友给他带来了许多温暖的慰藉：他的出版人尤金·雷纳尔和柯蒂斯·希区柯克（以及他们的妻子，她们对作家关怀备至），他的经纪人马克西米利安·贝克尔（Maximilian Becker），他的英文翻译刘易斯·加兰蒂埃，他的密友西尔维娅·汉密尔顿、纳达·德·布拉冈斯（Nada de Bragance）、赫达·斯特恩，以及皮埃尔·拉扎雷夫、贝尔纳·拉莫特、皮埃尔·德·拉努克斯[①]、拉乌尔·德·鲁西·德·萨勒[②]、安娜贝拉·鲍尔、娜迪亚·布朗热[③]、德尼·德·鲁热蒙，等等，所有人都热切关注着他，大家会不分昼夜地为他提供协助，尤其是为了目睹《小王子》的诞生。

自 1937 年起，他的妻子康苏爱萝一直与他两地分居，留在法国南部生活。他们两人都热烈盼望着团聚。1941 年底，这个愿望终于实现了。康苏爱萝登上从里斯本驶向纽约的最后一班轮船，随后搬进了中央公园南 240 号（240 Central Park South），住在离丈夫不远处的另一套公寓里。尽管如此，这对夫妇的婚姻生活仍旧未得平静。1942 年夏末，他们一起搬到长岛北岸阿舍罗肯（Asharoken）一栋名为贝文之家（Bevin House）的别墅，在那段小住的日子里，他们的关系得到明显的缓和。也正是在这里，远离了纽约生活的喧嚣、困顿，作家动笔创作了《小王子》——他的美国出版人之前曾建议他，为 1942 年的圣诞节写一本给孩子们的书。

手稿誊清稿本和可供印刷的水彩画完成的确切时间，我们不得而知。因为一些编辑和技术原因，这本书的出版推迟到 1943 年春天。在此期间，作家与妻子住在比克曼广场 35 号面向伊斯特河的一栋小房子里；为了能与在北非战场上的战友会合，作家四处奔走，尤其在华盛顿，他想尽一切办法，希望能够重返他所属的侦察部队服役。在安托万·贝图阿尔[④]将军的帮助下，他终于如愿以偿。1943 年 4 月 2 日，他乘坐

① 皮埃尔·德·拉努克斯（Pierre de Lanux，1887—1955），法国记者、作家、外交官。1938 年 2 月，安托万·德·圣－埃克苏佩里在从纽约到蓬塔阿雷纳斯（智利）的长途飞行中发生事故，在危地马拉城（危地马拉）住院，两人因此重逢。文中所提时期，他在法国信息部担任美洲科副主管。

② 拉乌尔·德·鲁西·德·萨勒（Raoul de Roussy de Sales，1896—1942），法国作家、记者。文中所提时期，他担任《巴黎晚报》驻纽约代表及哈瓦斯通讯社（Agence Havas）驻纽约外交记者。姚崧龄先生在《颜惠庆自传》中将其名翻译为“饶尔氏”。

③ 娜迪亚·布朗热（Nadia Boulanger，1887—1979），法国女音乐教育家、作曲家、指挥家。1921 年，她开始了与美国音乐学院的长期合作，并在 1938 年成为波士顿、纽约爱乐和费城管弦乐团的第一位女指挥。1940 年 11 月，她再次抵美，与安托万·德·圣－埃克苏佩里交往密切，并建议他为《小王子》配上音乐；圣－埃克苏佩里曾把《战斗飞行员》《小王子》的一些打字稿赠送给她。

④ 安托万·贝图阿尔（Antoine Béthouart，1889—1982），法国陆军上将，参加过两次世界大战。1942 年 12 月，他担任出使美国的法军代表团团长。

UGF7 军事护航队中的一艘军舰，离开了美洲大陆，4 月 12 日抵达直布罗陀[①]，4 月 13 日抵达奥兰[②]。

正当他穿越大西洋之际，美国人和身在美国的法国人在书店中发现了《小王子》：1943 年 4 月 6 日，这本书以法文和英文译本两个版本同时在纽约出版。4 月 17 日，《纽约时报》在撰文中写道 ：“在这则消息刊登之时，安托万 · 德 · 圣 – 埃克苏佩里或许已经抵达大西洋彼岸的目的地，他再度披上戎装，以法国空军上尉的身份重返现役部队，投身战场。以防会再次遇见小王子，‘圣 – 埃克斯’带走了一大盒水彩，《小王子》的读者们如果知道了这个消息，一定会非常高兴……”

① 直布罗陀（Gibraltar），欧洲伊比利亚半岛南端的城市和港口。
② 奥兰（Oran），又称瓦赫兰，阿尔及利亚第二大城市、海港，奥兰省首府。

中央公园南 240 号

在酒店下榻一段日子后，1941 年 1 月 22 日，安托万·德·圣－埃克苏佩里如愿以偿地搬进了中央公园南 240 号 21 层的公寓。这是一座全新的现代派建筑，朝向哥伦布圆环（Columbus Circle），可以俯瞰整个中央公园的美丽景色。这处久负盛名的住所由他的美国出版人觅得，直至 1942 年年底搬到伊斯特河边的比克曼广场 35 号之前，他和康苏爱萝一直居住在这里。

在中央公园，位于这栋大楼的一层，有一家很合他口味的法国餐厅——阿尔诺德咖啡馆（Café Arnold），与他搬来的同月开业，作家喜欢经常去那里坐坐。正是在这家餐厅的餐桌上，他的出版人建议他写一个给孩子们看的圣诞故事。他的法国朋友也养成了晚上在那里与他会面的习惯，比如为美国战时情报局[①]工作的大记者皮埃尔·拉扎雷夫，以及作家其他的亲密好友。有时，作家会在他的“客厅”留宿一些法国同胞。探险家保罗－埃米尔·维克多就曾享受过这样的待遇。他本身也是一名出色的画家，当作家为采用何种技法为《小王子》的插图上色而犹豫不决时，他建议作家可以试试水溶性彩色铅笔。

康苏爱萝·德·圣－埃克苏佩里与丈夫住在同一地址的不同公寓，她在那里住了几个月的时间。然而，这种特意保持的距离并没有缓和这对夫妇的矛盾，反而带来了愈演愈烈的争吵（这从他们日后的通信中可以印证），直至那场不可避免的分离。纽约的生活就像一场盛大的私人舞台剧，最后以作家投身战场的“逃离”而匆匆谢幕……作家把这段经历融入他的想象，在《小王子》中将其呈现，并最终赋予它一个超越现实的幸福结局。

① 美国战时情报局（Office of War Information，OWI），亦称“美国战争信息署”，第二次世界大战期间的军事情报和宣传机构。美国对轴心国宣战后，1942 年 6 月 13 日罗斯福总统颁布命令设立该机构，旨在全球范围内大规模地进行反法西斯宣传、对敌心理战和情报搜集工作，1945 年 8 月 31 日杜鲁门总统宣布将其废除。

中央公园南 240 号（迈尔和威特利斯建筑事务所，Mayer & Whittlesey）
站在哥伦布圆环向上望去
摄影：理查德·加里森（Richard Garrison）
1940 年前后

在阿尔诺德咖啡馆和雷纳尔夫妇（尤金和伊丽莎白·雷纳尔）在一起
1941—1942 年，纽约

No. New York Apl 22 1942
THE FIFTH AVENUE BANK OF NEW YORK 1-76
Pay to Madame de Saint Exupéry or order,
One Hundred Dollars.
$100 00/00
Antoine de Saint Exupéry

安托万·德·圣－埃克苏佩里给妻子康苏爱萝的支票
1942 年 4 月，纽约
特别收藏

AGREEMENT made this 22nd day of January, 1941, between 240 CENTRAL PARK SOUTH, INC., hereinafter called the Landlord, and (Mr.) ANTOINE DE SAINT EXUPERY, hereinafter called the Tenant.

WHEREAS the Tenant has rented from the Landlord apartment known as 21-A in premises 240 Central Park South under a lease dated January 22, 1941 and

WHEREAS it has been agreed that the Tenant shall have the use of certain furniture for the term of the lease,

NOW THEREFORE the Landlord agrees to allow the Tenant to use the articles hereinafter enumerated, and the Tenant acknowledges the receipt of the same in good condition, and agrees to take care of all of said articles mentioned hereunder, to suffer no waste or injury thereto, and upon demand to pay for any of said articles that may be removed or destroyed, and to return to the Landlord at the expiration of the term, each and every article enumerated herein in the same condition as when possession thereof was taken by the Tenant, reasonable wear and tear thereof excepted.

This agreement is collateral to and forms part of the lease hereinbefore mentioned.

LIVING ROOM & ALCOVE

1 grey rug 12x17'9
1 grey rug 7'6x5'6
3 pr. rose figured drapes
2 rose club chairs
1 brown sofa
1 green occasional chair
1 bleached wood desk
1 desk set
1 bleached wood dining table
4 " " chairs
1 " " bookcase
1 " " lamp table
2 light " end tables
1 " " coffee tables
1 Junior floor lamp
1 six way reflector floor lamp
1 pr. andirons
1 set fire tools
1 fire screen
1 wood basket
1 leather lamp
1 waste basket

FOYER

5 pcs. grey carpet, 2'6x6'6, 2'3x4'6, 8x7
1 light wood bookcase
1 tan tuxedo bench
1 28" mirror

KITCHEN

2 waste baskets

BEDROOM

1 green rug
1 tan plaid bedspread
2 pr. tan plaid drapes
1 double bed, oak
1 " mattress
1 " spring
2 pillows
2 oak end tables
1 " chest
1 " dresser
1 28" mirror
1 oak chair, green seat
1 boudoir chair
2 wooden lamps with shades

240 CENTRAL PARK SOUTH, INC.
BY [signature] Pres. Landlord
BY [signature] Tenant

安托万·德·圣－埃克苏佩里入住纽约中央公园南 240 号公寓时的房屋状况说明
附有签名
打字文件
1941 年 1 月 22 日，纽约
特别收藏

COMTE DE SAINT EXUPERY

COMTESSE DE SAINT EXUPERY

CI 6-8958

240 CENTRAL PARK SOUTH
NEW YORK, N. Y.

Cte & Ctesse DE SAINT EXUPERY

圣－埃克苏佩里夫妇住在纽约中央公园南 240 号时的三张名片
1942 年
特别收藏

贝尔纳·拉莫特工作室刻有宾客名字的木桌
木桌上面刻有安托万·德·圣－埃克苏佩里的签名和画作
1942 年前后，纽约
巴黎，法国航空博物馆

在博卡尔（Le Bocal）工作室[①]的诗歌与绘画，以及与拉莫特的友谊

安托万·德·圣－埃克苏佩里几乎未提过他在纽约的日常生活，或是他对这座城市和居民的特别依恋。纽约喧闹繁华的街道和建筑，富有魅力的中央公园，纸醉金迷的百老汇，在他眼中似乎并不重要，唯一能让他真正关心的只有他的亲人和同胞们的命运，因为他们身处大西洋彼岸，过着奴役般的生活。这也是印在流亡者身上的羞耻烙印，现实处境如此窘迫，身处异乡的旅人怎可能沉溺于安逸……作家似乎一直专注于自己的作品，因为书中的讲述与这些悲惨境遇息息相关。

作家与在纽约流亡的法国戴高乐主义者意见相左，同时坚定地反对纳粹主义，他这种特立独行的公开立场引来了各方的误解和争议（比如，与安德烈·布勒东[②]或雅克·马里坦[③]的激烈论战），作家饱受煎熬，痛苦不堪。尽管如此，仍有一些非常要好的法国朋友给予了他真正的安慰，其中就包括画家贝尔纳·拉莫特。拉莫特曾是作家在巴黎美术学院的同窗，作家经常光顾他位于纽约东 52 街（52 East Street）3 号的博卡尔（Le Bocal）工作室。那是一栋迷人的房子……画家的客人们喜欢在工作室的木桌边聚会（其中不乏一些名人，因为贝尔纳·拉莫特的妻子与一些美国电影明星相识），他们干脆把木桌改造为访客留言簿，作家也在桌上刻下了自己的名字和一个人物侧影——正望着一只翩翩起舞的小蝴蝶的侧影……1942 年，嗝[④]，圣－埃克苏佩里逃跑了！

正是在这种欢快的气氛中，这位流亡作家邀请贝尔纳·拉莫特为他的新书《战斗飞行员》的美国首版创作插图。1942 年 2 月 20 日，该书由雷纳尔和希区柯克出版社在纽约出版，英文版书名为《飞往阿拉斯》。

贝尔纳·拉莫特和圣－埃克苏佩里在博卡尔（Le Bocal）工作室的露天平台
1941—1942 年，纽约

① Le Bocal，音译为“博卡尔”，圣－埃克苏佩里的画家朋友贝尔纳·拉莫特工作室的名字。

② 安德烈·布勒东（André Breton，1896—1966），法国诗人、作家、评论家，超现实主义创始人之一，代表作有《磁场》《超现实主义宣言》等。

③ 雅克·马里坦（Jacques Maritain，1882—1973），法国哲学家、天主教神学家，新托马斯主义主要代表。

④ hic，打嗝声，常表示喝得酩酊大醉。

贝尔纳·拉莫特，《飞行员安托万·德·圣－埃克苏佩里》
1940 年 5 月为《飞往阿拉斯》所作的未被保留的插图
墨水和水墨画
1941 年，纽约
特别收藏

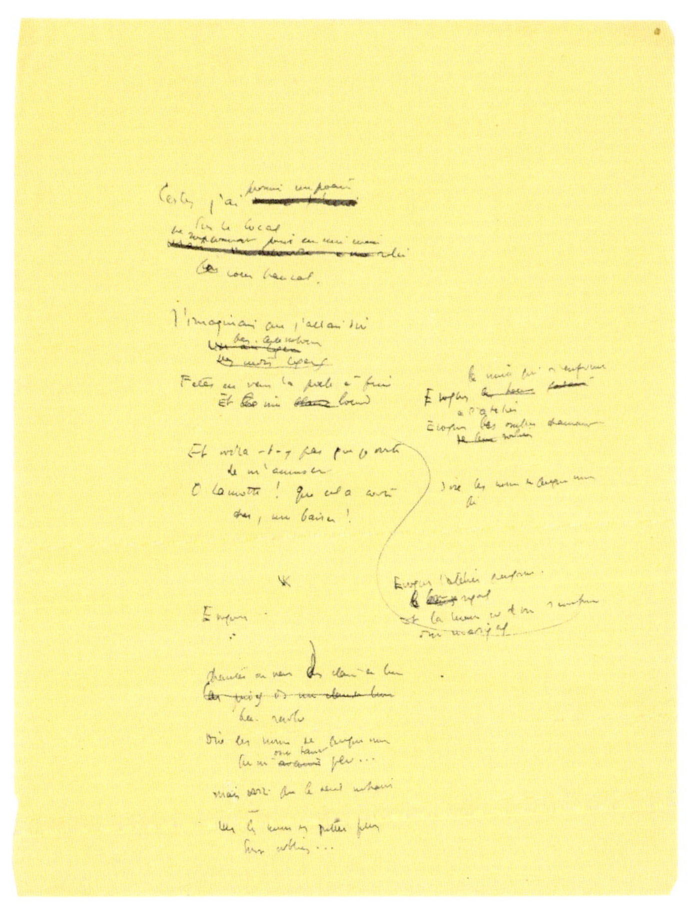

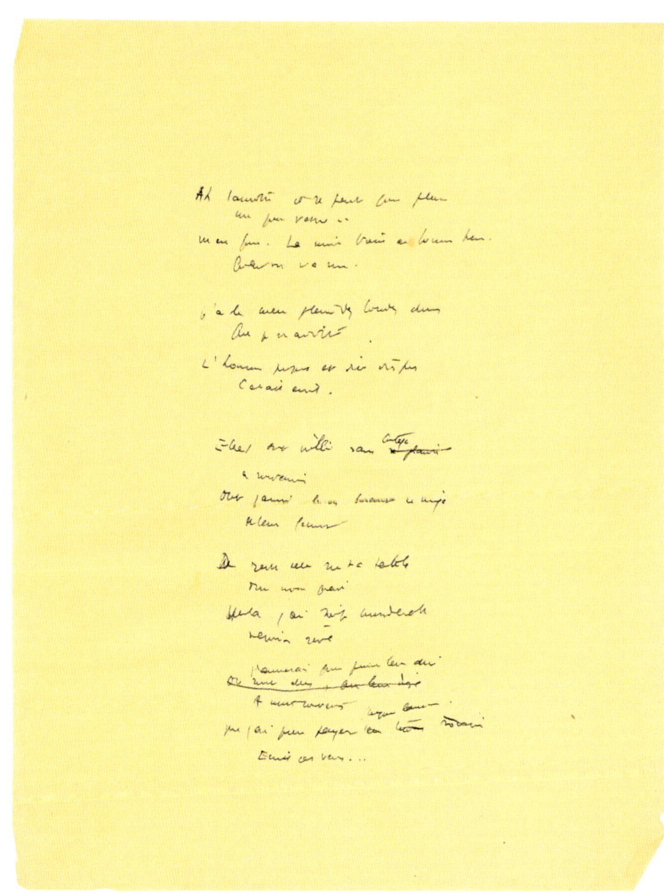

为贝尔纳·拉莫特所作的诗歌草稿
1942年前后，纽约
手稿真迹
温特图尔（Winterthur），艺术、文化和历史基金会（Stiftung für Kunst, Kultur und Geschichte）

当然，我曾答应要写一首诗
一首关于博卡尔（Le Bocal）的诗
不要怀疑自己
这颗摇摆不定的心

我想象，自己会说出
巧妙的双关语
用诗句来庆祝煎锅
和浓酒

以及，莫要去往那里
我不确定自己是否会因此尽兴
哦，拉莫特！一次亲吻
竟会如此昂贵！

吟唱着久违的
关于月光的诗句
吐露出几个
对我刻骨铭心的名字……

但是，这是唯一的副歌
……
因为那些小女孩的名字
早已被我遗忘在记忆深处……

啊，拉莫特，待到那天来临时
我们也许会失声痛哭……
我们结束了。当我们赤身裸体
夜幕却已早早降临

我的心中，充满了未曾吐露的* 原文如此
沉重之物
谋事在人，成事在天
这是命中注定

她们已经老去
没有如影随形的回忆
[染黄了她们雪白的美丽]
[和她们的盈盈笑意]

此外，你的桌子上
刻有一个女孩的名字
让我如此蠢蠢欲动
[……]

我希望有人能用隐语
告诉他们，
写下这些诗句，
我是为了报答[……]

* 这首诗原文有误，故编者在原版书文中注明：原文如此，“J'ai le coeur plein des lourdes choses que je n'ai dit [sic].”

Une loi avec des [illegible] d'administration. Quand [illegible] administration. [illegible]

[illegible], un administration [illegible]. Plus l'administration se perfectionne plus elle élimine l'arbitraire humain. Si un [illegible] remplaçait un [illegible]. [illegible] remplaçait les automobiles. [illegible], [illegible], [illegible] de l'océan [illegible] manquent. [illegible] l'administration [illegible].

Mais [illegible]. Elle administre la transformation [illegible]. Elle reporte [illegible] une fois pour toutes. Une administration ne crée point [illegible]. Elle [illegible]. Une administration [illegible] pas [illegible]. Elle [illegible].

Quand on [illegible] à une administration [illegible] [illegible]. [illegible]

法国－美国:《战斗飞行员》

"在我所经历的文明中，与我不同的文明非但没有伤害我，反而丰富了我。"侨居美国后，安托万·德·圣－埃克苏佩里希望可以用文字来讲述这段沉重的法国历史：在1940年春天深受重创的那几个星期里，这场被纳粹打败的悲剧不仅在质疑一个国家，同时质疑了这种文明的起源。我们在为什么而战？为什么会进入抵抗状态？这就是他唯一关心的问题。《飞往阿拉斯》(《战斗飞行员》的英译名）应运而生，作家在书中把自己的思考和盘托出，迫切希望可以借此说服美国人加入战斗：通过它所传递出的力量和不屈（《飞往阿拉斯》是一本关于战争和飞行员的书，讲述了1940年5月23日作家执行的一次危险的空中侦察任务），通过它缜密的思维逻辑所指出的迫切形势（《飞往阿拉斯》是一篇人道主义随笔，试图尽可能清楚地阐述当代西方文明的精神基础），通过它用现实主义手法表达出的真实（《飞往阿拉斯》也是一本关于童年的书）。然而，这本书最重要的意义是去说服、去劝告、去赢得人心。面对这场巨大的冲突，美国人不可以袖手旁观，因为这场冲突与他们所倡导的自由、博爱以及个人和集体的幸福等观念息息相关。他们和所有被纳粹打败的国家一样，是负有责任的，是相互依存的；美国人必须重新承担起这份责任，加入到全人类的共同团结中，共同对抗法西斯。

矛盾之处在于这本书原计划1941年出版，但直至美国参战后[①]，1942年2月才由雷纳尔和希区柯克出版社上市发行。在此期间，尽管作家的英文翻译刘易斯·加兰蒂埃曾催促他多次，但圣－埃克苏佩里迟迟没有交出最终手稿。然而，他并不后悔："我宁愿售卖100本不会令我感到羞愧的书，也不愿卖掉600万本平庸之作。"他在《小王子》的创作中也秉承同样的原则，尽管这会让他的美国出版商承受一定损失。

虽然对这部作品在被占领的法国进行商业出版的可能性不容乐观，但圣－埃克苏佩里仍然设法通过他的儿时好友亨利·德·塞戈涅[②]，将法文书稿（法国出版社的版本）交给了加斯东·伽利玛。在删除了第三章中影射希特勒愚蠢的内容后，这本书成功通过了德国的审查，伽利玛出版社在1942年12月向法国各大书店寄送了约2.5万本《战斗飞行员》。作为一本伟大的抵抗之书，它是德国对法国占领时期销售最好的作品之一，德国人显然对它有着深刻的误解！不幸的是，后来，通敌的法奸卖国圈子中有人向德国人告密，1943年初，该书被勒令下架。

我们在这里展示的是两本特殊的法文版样书：一本是1942年7月6日由加斯东·伽利玛亲自调整印刷的一组校样（内莉·德·沃盖的样书），它只印制了20份；另一本是空军II/33中队的指挥官让·伊斯拉埃尔（Jean Israël）中尉所珍藏的版本，他于1940年5月22日被德军俘虏，在德国oflag IV-D战俘营关押了四年。

《战斗飞行员》附有人物图画的第十二章的手稿
1940年
手稿真迹
巴黎，法国国家图书馆

① 1941年12月7日，日本偷袭珍珠港，美国对日宣战，并由此正式加入第二次世界大战。

② 亨利·德·塞戈涅（Henry de Ségogne，1901—1979），法国登山家，1936年法国首次对喜马拉雅山发起挑战时，他担任探险队队长。他是安托万·德·圣－埃克苏佩里在圣路易中学的同学。

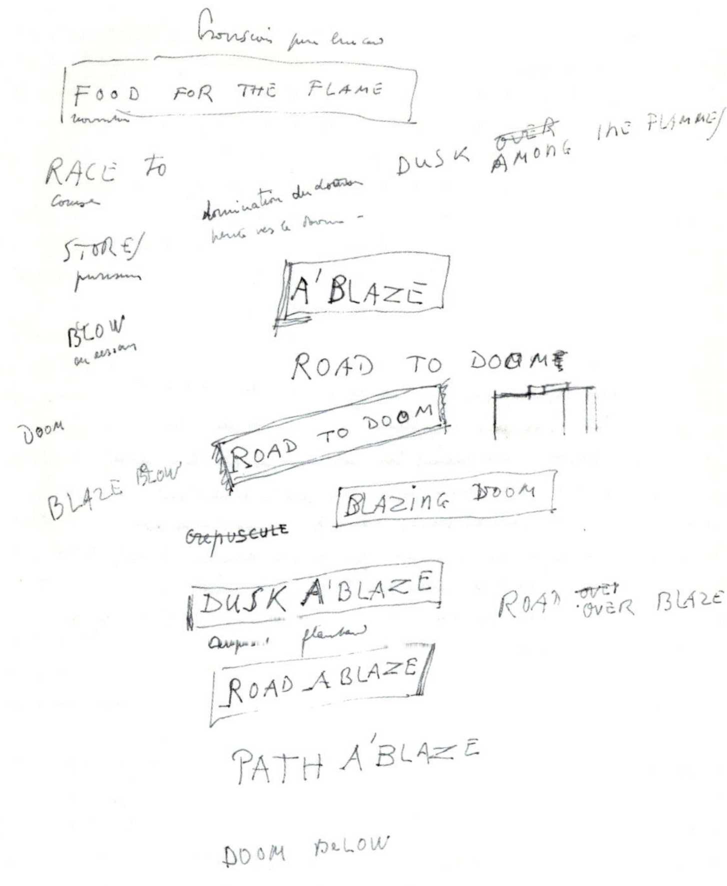

对美国版《战斗飞行员》所作的书名研究
1941—1942 年，纽约
手稿真迹
特别收藏

NEW YORK HERALD TRIBUNE BOOKS, SUNDAY, MARCH 1, 1942 IX 17

"Saint-Exupéry's genius soars higher, on its farthest, noblest flight." —N. Y. TIMES

"A deeper book—matches in beauty WIND, SAND AND STARS" —N.Y. HERALD TRIBUNE

Flight to Arras

By ANTOINE DE SAINT-EXUPÉRY

"THEREFORE I shall fight against all those who strive to impose a particular way of life upon other ways of life, a particular people upon other peoples, a particular race upon other races, a particular system of thought upon other systems of thought." With these words Captain de Saint-Exupéry sums up his credo, in a book of action and reflection that the critics hail as a "miracle."

"A new prose epic . . . The action of Antoine de Saint-Exupéry's new book is the experience of those few hours of war flying, the intense content of every moment, companioned by death yet never so vigorously alive . . . rich in brief evocative moments which may well provoke long thought. . . As incidents and urgencies, candor and tragedy, take on the form of epic prose, Saint-Exupéry's genius—both poet and prophet—soars higher, on its farthest, noblest flight . . . Here is the substance of the spirit's triumph . . . A vibrant and lasting contribution to civilization from France's tragic battlefront." —*Katherine Woods, New York Times Book Review*

"One of the few war books that, born of personal experience, rise above that personal experience, and, indeed, above the whole action of the war itself, to a level where only final questions are asked and final answers given . . . His answer, given piecemeal through the book and then, at the end, intoned like a sermon, even like a prayer, is not dissimilar to that in *For Whom the Bell Tolls*, but is both subtler and more anguished."

—*Clifton Fadiman, The New Yorker*

"The most important book yet written about this war. Like all Saint-Exupéry books, it is a description of a flight — a pilot's reflection borne upon the arc of a few hours' intense action. But this particular flight in which Saint-Exupéry faced death, he transmutes into a magic text, at times almost Biblical, of why men fight, and how they feel in the presence of death . . . Saint-Exupéry's work seems to come from the center of great and steely pressures, at the intersection of scientific and poetic knowledge. His perceptions are so sharp and deep, his language so pure, that most of *Flight to Arras* radiates poetry and a renewal of truth." —*Time*

"One might have supposed that one flyer in one lifetime could not twice write a classic about flying . . . *Flight to Arras* not only matches *Wind, Sand and Stars* in edged beauty of expression. It is a deeper book . . . It is doubtful whether there will be another aviator who writes like an acute soliloquizing angel or an account of a warflight that soars into such spiritual altitudes." —*Irwin Edman, N. Y. Herald Tribune "Books"*

"The kind of patriotism his mind at last rises to, will seem to many the only kind that can win the war and the peace . . ." —Clifton Fadiman

Translated by Lewis Galantière • Illustrated by Bernard Lamotte

"IT is a tribute to Lewis Galantière, the translator, that . . the book reads like the natural English of a native poet with a perfect ear for the cadences and rhythms of our speech. A word, and more than a word, ought to be spoken about the extraordinarily fine and apposite gravure illustrations by Bernard Lamotte. The artist has not only caught the spirit of the text with wonderful fidelity and tact, but the illustrations themselves are serious works of art." —Irwin Edman

At All Bookstores, $2.75 • Limited Autographed Edition, $5.00

REYNAL & HITCHCOCK • NEW YORK

《飞往阿拉斯》广告页
《纽约先驱论坛报》（*New York Herald*）
《图书》副刊（*Books*）
1942 年 3 月 1 日
特别收藏

在我书架的一个角落里，藏着一本黑色、肮脏、破旧又令人悲伤的书。在它粗糙的亚麻布硬壳封面下，那些深灰色的书页上留下许多未被洗干净的手翻动的痕迹。这些手，属于 1943 年被关押在一处德军战俘营中八千名法国军官中的一部分。这本书，是唯一一本在审查时被判定为禁书却依然能在这个战俘营中流通的书。书上盖着华丽的假章“geprüft*”，经受了德国当局各种严苛的搜查和管控。

经过几个月的传阅，它已变得破旧不堪，于是，我把它交给一家书籍装帧行。它再次回到我手中时，已被修补完好，裹上了结实耐用的帆布，能够更好地面对之后一批批的读者。

这本书就是《战斗飞行员》，1942 年 11 月 27 日，它的法文版第一版在蒙特鲁日（Montrouge）印刷。它最初被当局获准出版（审查签证编号 14327），却在几周后就被禁止发行了。我的母亲及时买到一本，并把它装进一个符合规定的食品包装中邮寄给我。在包裹到达营房时，我们明智地把它偷了出来，这本书才得以幸存。

令人不解的是，明明已经获准在法国印刷，为什么会有这个迟来的禁令呢？这是由于皮埃尔－安托万·库斯托*在《我无处不在周刊》（*Je suis partout*）上发表了一篇“文学”评论，成为这一事件的导火索。圣－埃克苏佩里因为在书中赞扬了“我们的朋友以色列，法国式英勇的标杆”，继而被作者特别冠以“犹太教战争贩子”的头衔。这篇评论后，他又撰写了第二篇愈发恶毒的文章，从而导致《战斗飞行员》被勒令下架，全部销毁。

让·伊斯拉埃尔，“我的书”，1978 年

* geprüft，德文，“已检查”之义。
* 皮埃尔－安托万·库斯托（Pierre-Antoine Cousteau，1906—1958），法国记者、笔战者。

《战斗飞行员》（巴黎，伽利玛出版社，1943 年 12 月）

让·伊斯拉埃尔中尉的个人样书，在德国 l'oflag IV-D 战俘营（埃勒霍斯特，Elsterhorst）中装订，盖有“已检查”的印章

特别收藏

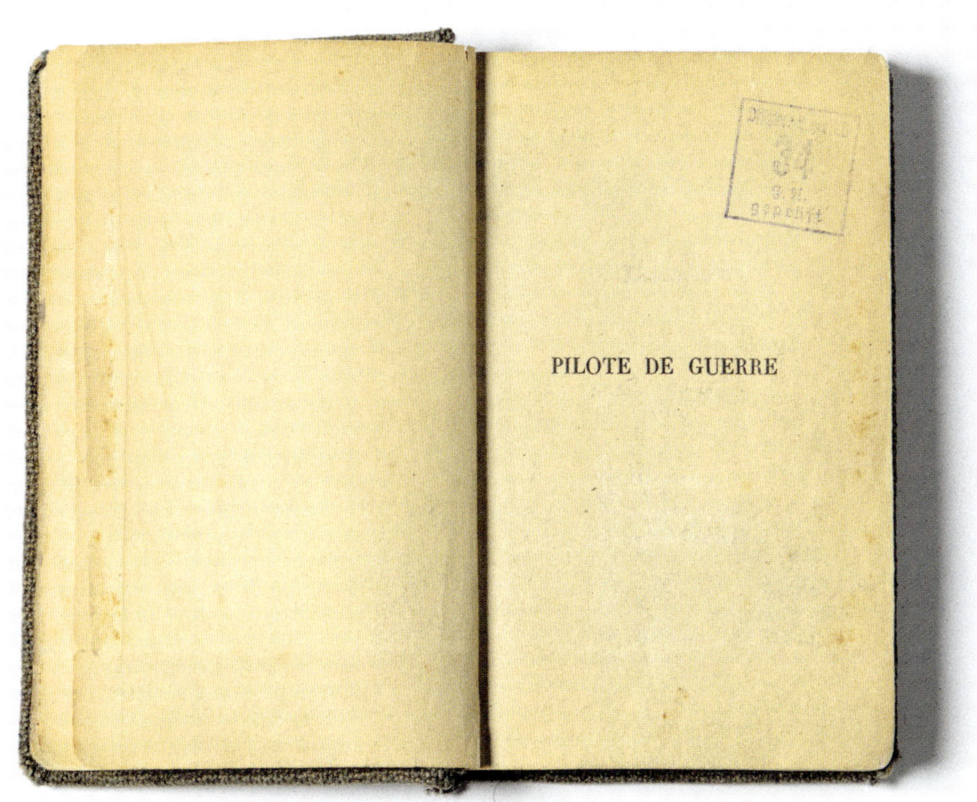

Erreur fatale ! J'ai, au lieu de fraisiers, semé des baobabs !

猴面包树的隐喻

在遇见小王子的第三天，飞行员从他的朋友那里得知，他所在星球的土地受到猴面包树种子的侵扰。他必须不断地拔出破土而出的嫩芽，防止它们疯狂生长，直至撑爆整个星球。“这是个纪律问题！”小王子举例说明：在一个星球上住着一个懒汉，他总是把这个十分必要的工作拖到第二天……然后，他的小行星就因为这些巨大的树木彻底地瘫痪了。因此，小王子请求他的朋友认真地画一幅猴面包树的图画，让飞行员所在星球上的孩子们谨记这个巨大的威胁；飞行员郑重其事地完成了这个嘱托，他写道，被一种强烈的紧迫感驱使着。

虽然作家没有明确说明这个隐喻的含义，但鉴于这部作品的写作背景和所处的特殊历史时期，他的意图似乎不言而喻。《小王子》是战争和流亡的产物。在《战斗飞行员》出版仅一年后，《小王子》问世。人类这段沉重的共同历史前所未有地压在每一个个体的肩头；这种隐喻的存在，使《小王子》突破了对亲密关系的单一思考，转向对与他人关系的各种反思，并赋予这本书一种政治意义。整本书都贯穿着作家对人类命运的关注，历史在《小王子》中浮现出来。

这些严重威胁土地的猴面包树种子是仇恨和报复的催化剂，它们在旧欧洲的秘密中发芽，最终撑爆了这颗星球上的大部分地区。由于人类的疏忽，纳粹主义得以盛行，并一度猖獗。这是负责精神的失败，而负责精神是防止人类文明出现互相残杀这种可怕倾向的唯一防线。从这个意义上说，《小王子》是以一种截然不同的笔调延伸了《战斗飞行员》的主旨。这是一本隐藏在童话外衣下的战斗之书。这幅不曾发表的图画形象地说明了这个致命的错误。

“天哪，真是个致命的错误！我撒下的不是草莓的种子，而是猴面包树。”

《懒汉［？］和他的猴面包树》
为《小王子》第五章所作的草图
褪色铅笔画
1942年，纽约／阿舍罗肯（长岛）
手稿真迹
特别收藏

英文

虽然《战斗飞行员》和《小王子》的首版都在美国出版，但这些作品确实是安托万·德·圣-埃克苏佩里用法文创作的。作家的英文掌握得还不太娴熟，虽然他上过英文辅导课，但总体收效甚微。我们从下文三张语境不详、用途不明的英文笔记上，大概能看出这一点——法文和英文在句法、词汇上的确非常相似。然而，这些笔记饶有趣味地向我们再次展示了作家的工作：页面上出现了小王子的身影，作家对小王子看落日时的姿势做了仔细的研究，留下两幅草图。

附有为《小王子》所作的铅笔草图的英文笔记
1942 年，纽约
手稿真迹
特别收藏

Brain blue black*
with dark or light here
[avec foncés ou blonds]
In the conte, there are many
kinds [espèces] of animals.
Cows red and yellow.
and horses hen brown
[with] and dogs
animals live in a barn.

大脑 蓝色 黑色
这里有深色或浅色
[有深色或金黄色*]
故事中，有许多
种类[物种]的动物。
红色和黄色的奶牛。
还有马棕色的母鸡
[与]和狗
动物们住在谷仓里。

* 为方便查阅和理解，此处保留了英文（法文）原文。考虑到安托万·德·圣-埃克苏佩里尚未熟练掌握英文，书写时会受到法文逻辑影响，故中文翻译采用了较为直接简单的方式，供参考。

* 这里为法文，译者猜想安托万·德·圣-埃克苏佩里应该是想将上述英文翻译成法文帮助自己理解，法文意思为“有深色或金黄色”，但按英文应为“有深色或浅色”。按原文保留。

英文笔记
1942 年，纽约
手稿真迹
特别收藏

Who are you
What is your name

It came to them what for I
was working at my trade.
I was not conscious of great danger
at this moment [of] the battle
between nazi and the occident.
Was reduced to my job.
What you are telling me
is that the Germans have
an airforce and therefore
my sortie is not advisable（sage）（prudente）.
[……] is my friend and I
am very fond of him
but I prefere*not to meet（rencontrer）him.
When I am about
to take off.

你是谁
你叫什么名字

他们明白了我努力从事这个行业的原因。
在纳粹和西方之间斗争 [的] 时候，我还没有意识到巨大的危险。
这沦为了我的工作。
你想告诉我德国人有空军，因此我出动飞机是不明智的（明智的）（谨慎的）。
[……] 是我的朋友，我很喜欢他，但我宁愿没有遇见（遇见）他。
在我要离开的时候。

附有为《小王子》所作的铅笔草图的英文笔记
1942 年，纽约
手稿真迹
特别收藏

You have made a picture book for little children.
It has many pictures of a small boy.
The world has many forms
where are not rich people in

A little boy discovers what items is in the world.
Sand flowers trees（arbres）mountains and rare flowers.
These things（Ces affaires）exist in the mind（l'esprit）of the Author.
He has a little friend who is small boy
five years old. He will be amused
and learn something new
（apprendre quelque choseneuf）.
A little boy often（souvent）has dirty（malpropre）hands
and he does not like（aime）clean hands.
Children have eyes（yeux）of all colors.

你为小孩子们做了一本图画书。
书里有关于一个小男孩的许多画。
这个世界上有许多存在形式，但是富人不在其中。

一个小男孩去探索世界上都有什么东西。
沙花树（树）山和稀有的花。
这些东西（这些东西）存在于作者的脑海（脑海）中。
他有一个小伙伴，是个五岁的小男孩。他会很开心学到一些新东西（学到一些新东西）。
一个小男孩经常（经常）有一双脏脏的（脏的）手，
他不喜欢（爱）干净的手。
孩子们有各种颜色的眼睛（眼睛）。

---

* 这里的英文应为 prefer，法文中的对应动词是 préférer，动词变位后会出现 préfère，译者猜想安托万·德·圣－埃克苏佩里此处应该是笔误，写成了法文（且没有字母上面的符号）。按原文保留。

康苏爱萝和她的朋友们在贝文之家（照片右边：德尼·德·鲁热蒙）
无日期

康苏爱萝·德·圣－埃克苏佩里在贝文之家（长岛）的公园里
1943 年夏天

贝文之家的熊熊烈火

对于1942年的那个夏天，康苏爱萝有她的打算，她建议丈夫陪她到曼哈顿东北部海岸小住。他们先去了康涅狄格州（Connecticut）的韦斯特波特（Westport），然后在9月和10月到达长岛的诺斯波特，住在一个名为贝文之家的美丽别墅中，从那里可以俯瞰辽阔的公园和大海："那是一座巨大的房子，位于一处海角，海角四周装点着被风暴吹得凌乱的树木，它的三面却被蜿蜒的潟湖静静环绕，这些潟湖伸入森林和热带岛屿的风景之中……"〔德尼·德·鲁热蒙，《一个时代的日记》（*Journal d'une époque*）〕

正是在这个壮丽而舒缓的环境中，圣－埃克苏佩里推进着《小王子》的创作，这里虽然偏僻，但常有亲密朋友的陪伴。诚然，由于缺乏确凿的证据，我们不了解这份现存于摩根图书馆与博物馆的手稿确切的写作地点。西尔维娅·汉密尔顿那时与作家亲密无间，她曾提起经常看到作家在她位于曼哈顿的公寓里为这本书忙碌，这份手稿也正是交予她来保管。然而，在贝文之家度过的这几周，似乎对《小王子》的插图和最终文本起到了决定性作用。作家的几位来访者曾描述过圣－埃克苏佩里忙于绘画的情景，他有时会将朋友们当作模特："这位秃了顶的巨人，有着犹如高原鸟类的圆眼睛和机械师一般精准的手指，他手握排笔，聚精会神，以孩子般的笔触专心地画着，生怕超出范围，涂到轮廓以外，由于过于专注，他不自觉地微张着嘴，露出舌头。"（德尼·德·鲁热蒙，同上）

这几个星期，他们的夫妻关系得到暂时缓解：这是一段恩赐的时光，时间仿佛按下了暂停键，非常适合文学和艺术的创作。这段明亮的回忆，是他们日后常常反复回味的甜蜜时光，它缓和了在曼哈顿时每日无休止争吵的黑暗记忆。然而，这段令人陶醉的插曲也有戛然而止的一天，紧张气氛再度出现，直至次年4月作家离开纽约。1943年夏天，康苏爱萝和朋友们一起重返"小王子之家"，她觉得那时的自己与身处战场的丈夫比以往都更加亲近。她在那里作画，给"托尼奥"写下一封封感人至深的信，沉浸在这个亦真亦幻的寓言中："我在等着你。我是你的妻子，我会等你醒来，等你在永恒中睡去。你知道这是为何吗？因为我爱你，我爱我们梦想中的世界，我爱小王子的世界，我在那里四处徜徉……没有人能够触碰我……哪怕我孤身一人，带着四根刺，因为你会爱怜地望着它们，数着它们，并把它们牢记于心……"（1943年8月10日）

《贝文之家的公园》
康苏爱萝·德·圣－埃克苏佩里
布面油画
1943年夏
特别收藏

安托万·德·圣－埃克苏佩里给康苏爱萝的信
1943年夏，卡萨布兰卡
手稿真迹
特别收藏

(4) 24

Sachiez que je vous supplie de vous garder vivante, de vous imposer des devoirs, de bien gérer nos faibles biens, de bien nettoyer mon gramophone, de bien choisir nos amis, ô Consuelo, d'être une petite fileuse de laine qui travaille et travaille, dans la douceur d'une maison bien lustrée, à la provision de tendresse qui m'empêchera d'avoir froid.

Vous avez été patiente et sans doute, par votre patience, vous m'avez sauvé. Le Petit Prince est né de votre grand feu de Bevin's House, ma certitude présente est née de vos tendres efforts. Consuelo chérie, chérie tout de vous, je vous le jure sur mon honneur, sera toujours récompensé.

Et maintenant pour été, d'ici deux mois, vais-je faire un voyage et vous revoir.

Soyez certaine de régner en paix, Consuelo, sur tout ce qui est à vous. Consuelo, Consuelo. Je vous aime

Antoine

Les cadeaux m'ont fait tellement plaisir. Et surtout le choix attentif des cadeaux. Et ces lunettes – qui sont introuvables ici – et dont j'avais si grand besoin. Ma petite fille je voudrais tellement aussi.

5 Petit prince en français
5 Lettre à un otage (Brentano's)
5 " " " (Colliers)
Je n'ai jamais, jamais, jamais rien eu !

Antoine

merci mon amour.

[卡萨布兰卡，1943年夏]

[……]在这个人类失去根基的群氓时代，在这个尖刻、嘈杂的争论取代沉思的时代，在这个万物都被打碎的时代，康苏爱萝，您是我的爱、我的责任、我内心的国度，我紧紧地抓住您，比以往任何时候更甚；也许您并不知道，您是我活下去的一切力量，我恳求您，把自己保留给我，承担起责任，尽心管理我们微薄的财富，认真擦拭我的留声机，用心选择您的朋友。康苏爱萝啊，做一个努力工作的小小的羊毛纺织工吧，在一栋令人舒适、明亮干净的房子里，用您的温柔为我驱走严寒。

您曾如此耐心，也许，正是您用耐心拯救了我。《小王子》是在贝文之家您的熊熊烈火中诞生的，我此刻的坚信源于您温柔的付出。亲爱的，我亲爱的康苏爱萝，我以我的名誉向您发誓，您所做的一切都将得到回报。

也许，从现在起两个月内，我会有一次旅行的机会，这样就能再次见到您了。

康苏爱萝，请务必安心地支配属于您的一切。康苏爱萝，康苏爱萝。我爱您。

安托万

收到这些礼物，我非常开心，特别是您对礼物的用心挑选。这副眼镜，我在这里根本找不到，但的确非常需要。我的小女孩，这些物品也是我所急需的：

5本法文版《小王子》
5本《给一位人质的信》(布伦塔诺出版社)
5本《给一位人质的信》(《科利尔周刊》*)
我从未、从未、从未收到过任何一本样书！

安托万

谢谢你，我的爱人。

* 《科利尔周刊》(*Collier's*)，美国老牌杂志，1888—1957年发行，关注文学和调查性新闻。《给一位人质的信》曾预计以“给一位朋友的信”为题在该周刊中刊载。1943年6月，该书的单行本由布伦塔诺出版社出版。

唯一已知的圣－埃克苏佩里夫妇在纽约的照片

飞行员前往北非的前一天，由阿尔伯特·芬恩（Albert Fenn）为《生活杂志》拍摄

1943年4月1日，比克曼广场35号

《诺斯波特》

康苏爱萝·德·圣－埃克苏佩里

布面油画

1943年夏

特别收藏

"您为什么总是这样让人难以忍受？"

《小王子带着一只绵羊站在花坛前》

铅笔画

1942—1943 年，纽约

手稿真迹

特别收藏

Consuelo Consuelo chérie

Dépêchez vous de revenir.

Consuelo consuelo chérie dépêchez vous de rentrer dans notre maison. Il est deux heures. J'ai tellement besoin de vous parler et je vais commencer à souffrir.

Je ne vous en voudrai pas mais j'aimerais tellement ne pas avoir mal !

Votre Antoine.

安托万·德·圣－埃克苏佩里给康苏爱萝的附有小王子的图画的信
墨水画
1943 年冬，纽约
手稿真迹
特别收藏

[纽约，1943 年冬]

康苏爱萝，亲爱的康苏爱萝：

快点回来吧。

康苏爱萝，亲爱的康苏爱萝，快点回家吧。现在都两点了。我非常需要和您聊一聊，我就要开始受苦了。

我对您没有怨言，但我真的不想让自己那么痛苦！

您的安托万

圣－埃克苏佩里在洛克菲勒中心前
1939 年

长岛上所有的人类

《小王子》的两页手稿公开于 2012 年①，它展示了书中第十七章和第十九章全新的故事情节，特别讲述了小王子与一个填字游戏爱好者相遇：三天来，他一直在苦苦思索一个以 G 开头、由六个不同字母组成的单词，答案是“漱口”（gargarisme）。

手稿中同时提到了地球的人口密度。由于人们大多集中在城市里，或是奔波于公路和铁路上，这颗巨大的星球给它的居民带来一种人口密集的错觉。实际上，就人口规模而言，地球简直大得夸张（1943 年，地球上约有 23 亿居民）。这与小王子的小行星完全相反，地球上的人口与它的体积简直不成比例！在摩根图书馆与博物馆保存的手稿中（手稿第 61 页），也明确提到了这部分关于长岛的内容，尽管它在最终作品中会被删除。这样的安排，是作家向小王子诞生地②的一种致意。它也将折射出这个故事的一个伟大真理：不管表面上看起来怎样，如果人类不知道如何在生活中投入他们丰富的情感，那么地球对人类来说就是一片荒漠。地球正是以人类对它的方式来对待人类。通过这一章节中这些未被保留的内容，作家希望我们能摆脱地理和人口统计带来的错觉。

① 2012 年 5 月 16 日，两页手稿在巴黎公开拍卖。

② 指长岛。

[……]

“站在一座像这座山那么高的山上，”他想，“我一下子就能将人类尽收眼底。”

但是，除了锐利的花岗岩尖峰和巨大的黄土碎石堆外，他什么也没有看到。如果把这个星球上的居民全部集合起来，让他们像开大会那样一个紧挨着一个站好，白人、黄种人、黑人、孩子、老人、女人、男人，一个不落，只要整个长岛的[十分之一]就能把他们全部装下。如果您拿起一张小学生用的世界地图，用针在上面戳一个小孔，那么所有的人都可以安置在这个针孔的表面。当然，在我三年的飞行生涯中，我早已亲身感受过地球是多么空旷……

来自摩根图书馆手稿第61页的文本

你们当中懂计算的人，可以通过计算来验证我即将告诉他们的事情。我们这个星球上有20亿人。如果把他们全部集合在一起开一个盛大的会议，黑人、白人、黄种人、孩子、数十亿的男人、女人都来参加，那么，只需要一个长20英里、宽20英里的公共广场就足以容纳这场会议。全人类都可以在长岛安营扎寨。每个人甚至还有晚上席地而睡的空间。如果我们能建造一座覆盖曼哈顿的50层高楼（就像洛克菲勒中心那样），如果人类能稍稍挤在一起站好，填满这些楼层，那么所有的人都可以住在曼哈顿。

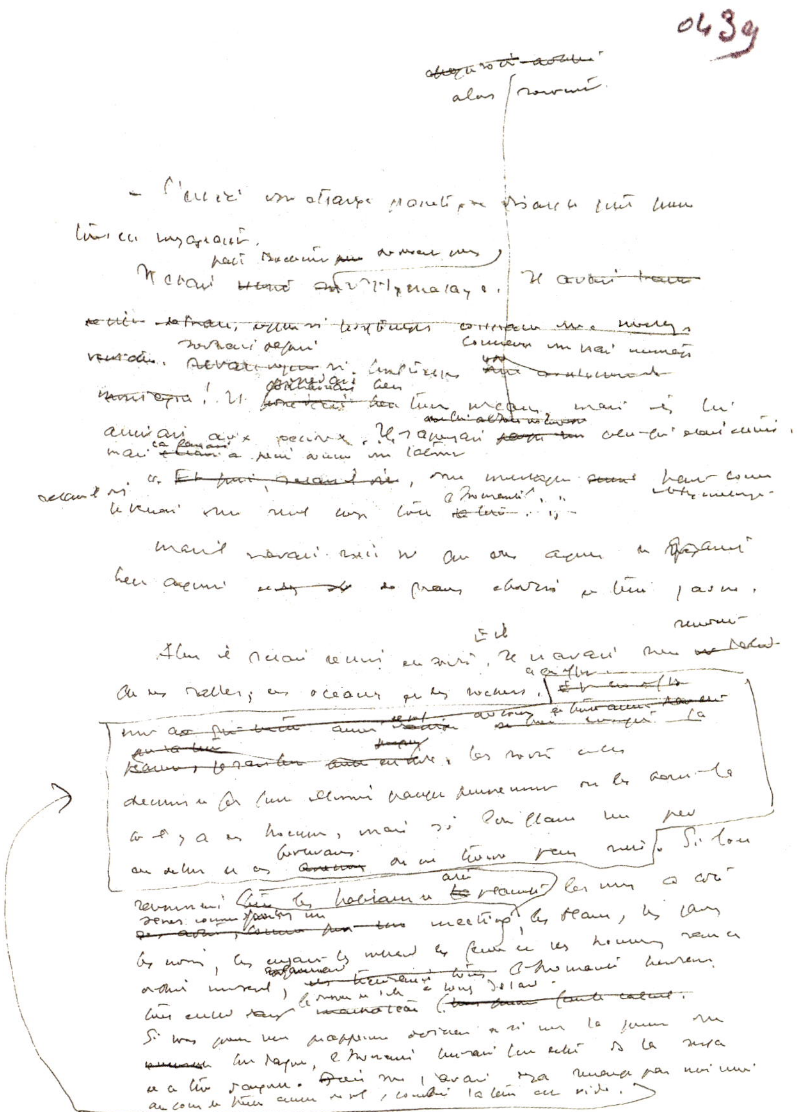
0439

《小王子》第十七章和第十九章的手稿页面

1942年，纽约

手稿真迹

特别收藏

素描本
墨水画
1942 年，纽约
特别收藏

这些忧郁的小画

我们认出了这个站在长满青草的山丘上眺望远方的小人儿，它也许在为什么人都看不到而忧心忡忡，或是对眼前世界的景象感到茫然。我们看到的这个小人儿诞生于 20 世纪 30 年代，那时的社会环境与作家在纽约流亡时期完全不同。这个小人儿与作家形影不离，它是作家落难时的难友、憧憬时的陪伴者，它会变幻为无数其他的形象陪伴在作家身边。不久后，同样在这座山丘上，一朵花即将脱颖而出；它那不成比例的茎耸入云霄，超过了其他所有的花朵。于是，一场面对面的辩论、一场小人儿与花之间的无声对话就此开始。作为一个极其重要的场景，这场对话在《小王子》诞生之前便已存在。在手稿的页边空白处，或某些单独的页面上，我们都能觅得它的踪迹。这些小画隐约透露出作家与女人之间的复杂关系，最突出的表现大概是孩子的要求从未得到安慰、从未得到满足。作家本人在给他的纽约朋友西尔维娅 · 汉密尔顿的信中写道："我很忧郁，所以我画了一些忧郁的小画。[……] 请原谅我让人难以忍受。请原谅我让你这么痛苦。请原谅我的沉默。请原谅我是这样的人。但这并不妨碍我似水的温柔。我如此用力地亲吻你。"

《两个人物，其中一个人物身边有一朵花》
墨水画
无日期
手稿真迹
特别收藏

化名和午餐。

他们不知道我们是他们的机组人员。在其他时候，我们很可能成为在橱窗里展示的玩偶。

他们的习俗会受到谴责吗？（五年的时间）这就是疑问的关键所在。

我不会俘虏我的对手：我将改变他们的思想，或者射杀他们。如果我俘虏了他们，如果我真这样做的话，（我）什么都不会承诺。

《人物与花》
墨水画
无日期
特别收藏

《女人及一些人物的肖像》
铅笔和擦笔画
1942 年，纽约
特别收藏

《人物站在长满青草的山丘上》
墨水画
1942—1943 年，纽约
圣 - 埃克苏佩里 - 达盖遗产管理委员会收藏

《人物站在长满青草的山丘上》
铅笔画
1942—1943 年，纽约
特别收藏

出场

我们开始思考这张手稿到底算不算小王子真正的出生证明。这是康苏爱萝·德·圣－埃克苏佩里从纽约运回的档案资料中的一张，后来加入了特别收藏，它第一次描绘出小王子的样貌。画中这张面孔与小王子何其相似，身上的装束和配饰也隐约透露出它的身份：标志性的腰带，随风飘扬的长围巾。

手稿上还保留着作家的创作痕迹：描绘脸部时用来打底的椭圆形仍旧依稀可见，作家在此基础上做了修饰调整，在手稿的下一页留有他对水彩画进行的一些尝试。

《小王子和其他人物》
铅笔和水彩画
1942 年，纽约／阿舍罗肯（长岛）
特别收藏

《人物研究》
墨水和水彩画
1942 年，纽约 / 阿舍罗肯（长岛）
特别收藏

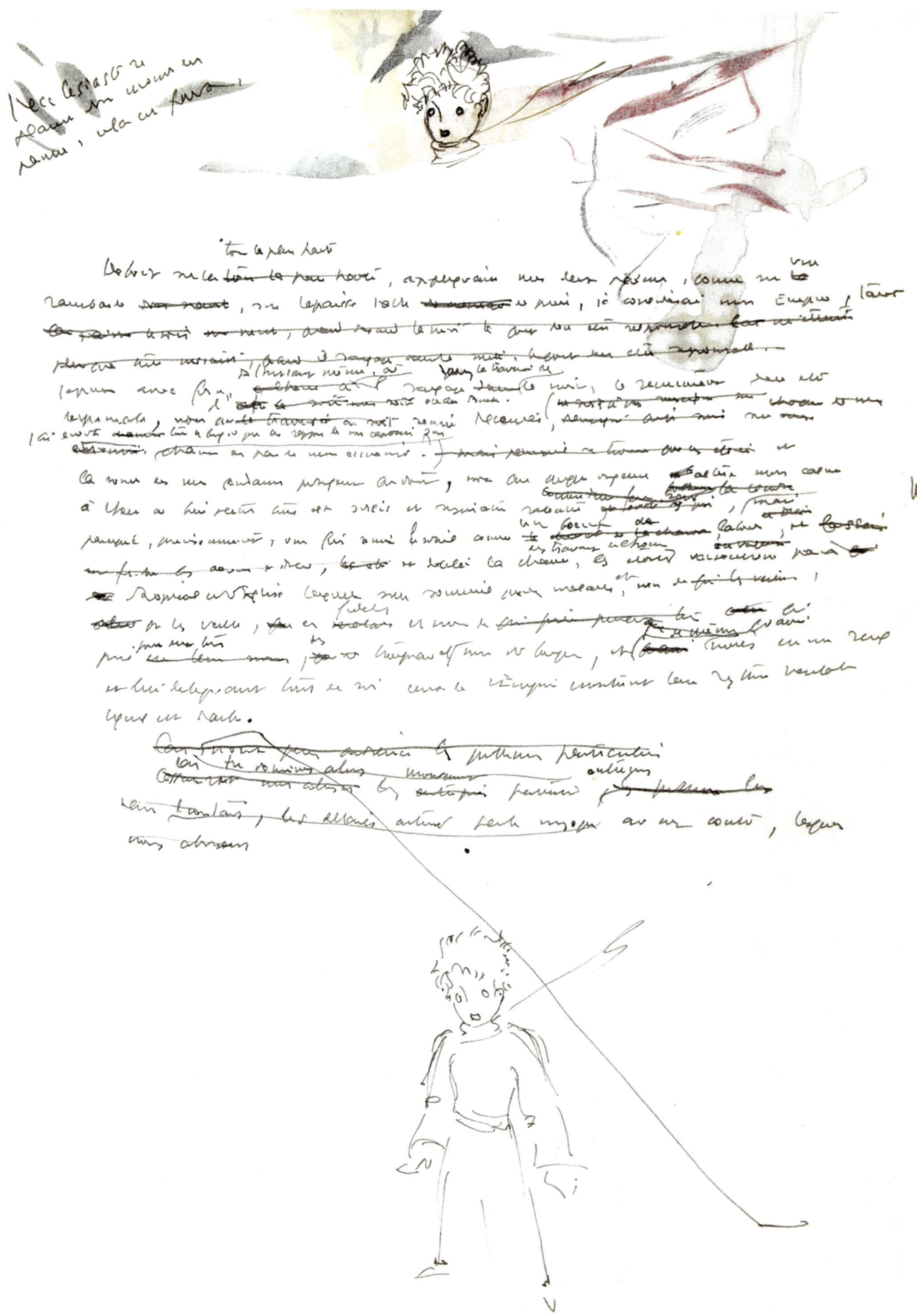

《堡垒》页边空白处

“站上那座最高的塔楼，把双手放在厚厚的石桌桌面，如同置于栏杆之上，我审视着我的帝国。”在写作《战斗飞行员》和《小王子》的同时，安托万·德·圣－埃克苏佩里也在继续创作他的“伟大著作”，这部最初命名为《酋长》（*Le Caïd*）的书稿，就是后来为我们所熟知的《堡垒》。它讲述了一位阿拉伯领主对人类统治的宏伟沉思——似乎从20世纪30年代起，作家就开始起草这部文稿了。这部带有预言色彩的作品犹如一首伟大的颂歌，包罗万象，对独特的人类从出生到死亡的一切都怀有莫大的兴趣，劝告人们要立足于比自身更辽阔、更高尚的东西。这种在世间对卓越的追求，与屈服、放弃毫无关联，带有强大的道德感：它为人们的行动给予支持；在这个崇高的共同标准尚未出现前，人们只是在孤独、不安和脆弱中悲惨地苟且偷生。《堡垒》（也就是《酋长》）抱有这种信条般的使命感，希望将人类的各种群体聚集在一起：“世界的重量压在我的心上，仿佛我应该肩负起对整个世界的责任。夜风轻拂，我靠着一棵树，双臂交叉于胸前，沉浸于我的孤独之中，那些需要在我身上找到生命意义的人，将我扣为他们的人质。所有在世间无法找到依靠的人，把自身的重量全部压在我的心头。”

从这里不难发现，字里行间浮现出作家本人的身影，他曾在最后写给内莉·德·沃盖的某封信中向她倾诉：“除了宗教，我没有其他词汇来表达自己。当我重读《酋长》时，我明白了这一点。”直到生命的最后一刻，安托万·德·圣－埃克苏佩里都未停止对这种语言的探寻。这种语言吸纳了各种矛盾，在读者中引起一种深深的依附行为；作家在文字和图像的随心所欲中，感受到心灵和人类命运的深刻统一。《小王子》的作者对自己的职业和作家的天命毫无异议：“这个小孩子的眼泪，若能使你感动，它便是一扇面朝大海打开的天窗。因为那一刻，回荡在你心中的，不仅是这几滴眼泪，而是全人类的眼泪。”（《堡垒》，第八十三章）他又进一步写道：“因为尽管所有人都讲到过星星和泉水，却没有人告诉你去攀登那座高山，去饮下星星之泉中纯净的鲜奶。”（《堡垒》，第八十四章）

读罢这些语句，我们便会明白，几十页的《小王子》和成百上千页的《堡垒》之间的持续性并未中断。这条袒露私人往事的细流与这条谱写人类颂歌的大河中，流淌着同源的水。而这张可能来自纽约的纸页上，小王子的形象奇迹般出现在《堡垒》手稿的页边空白处。这是一个非常动人的象征，如同之前那些预示着小王子诞生的种种页面。

《堡垒》手稿页边空白处的两个小王子形象
墨水和水彩画
1942年，纽约
手稿真迹
特别收藏

《堡垒》第一章附有图画的手稿
墨水画
无日期
手稿真迹
巴黎，法国国家图书馆

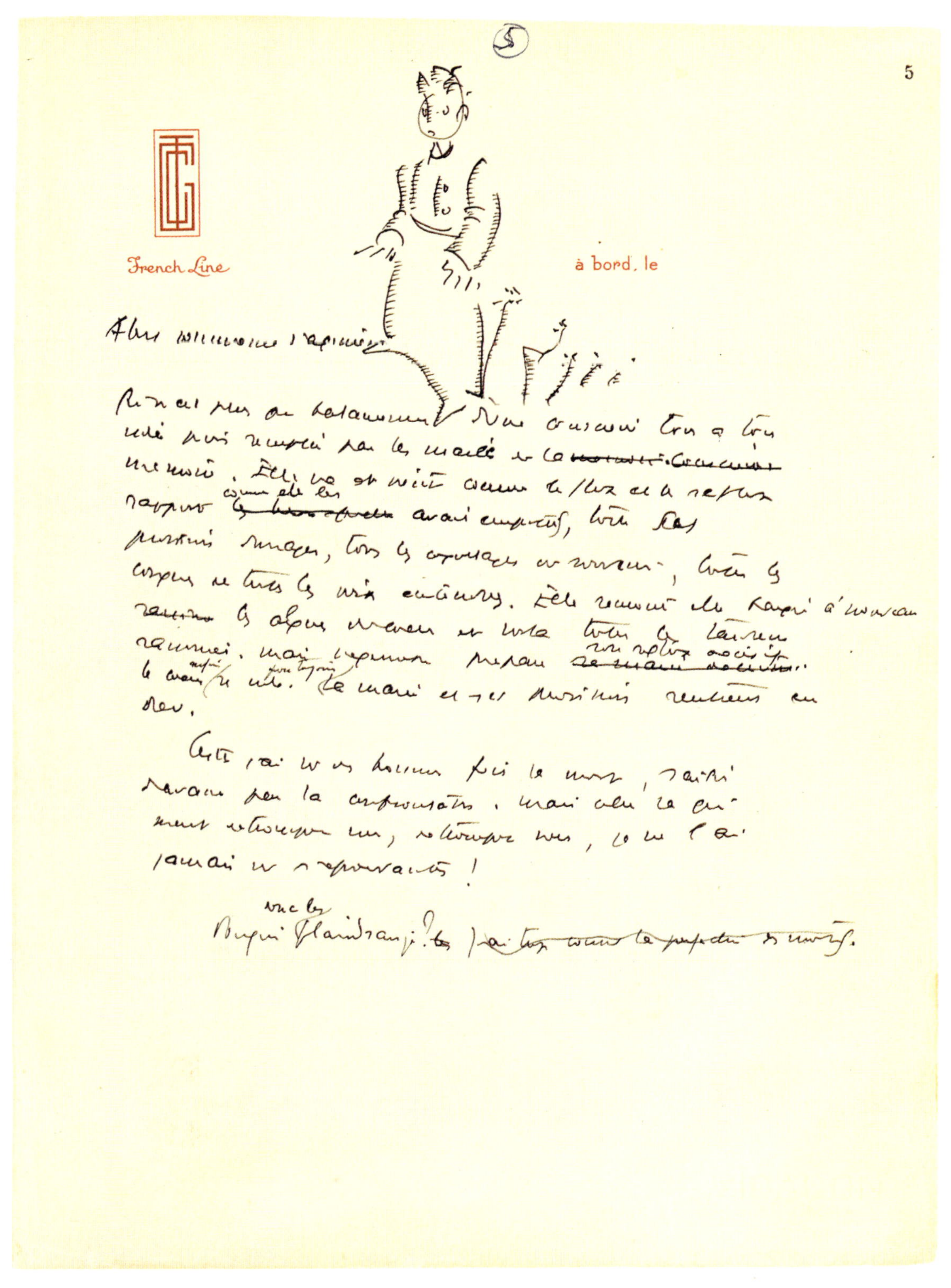

"[……] 当然，我见过有的人在交锋前惊慌失措，临阵逃避死亡。但是，那个临死的人，请别误解，我从未见他有过一丝害怕。"(《堡垒》，第一章)

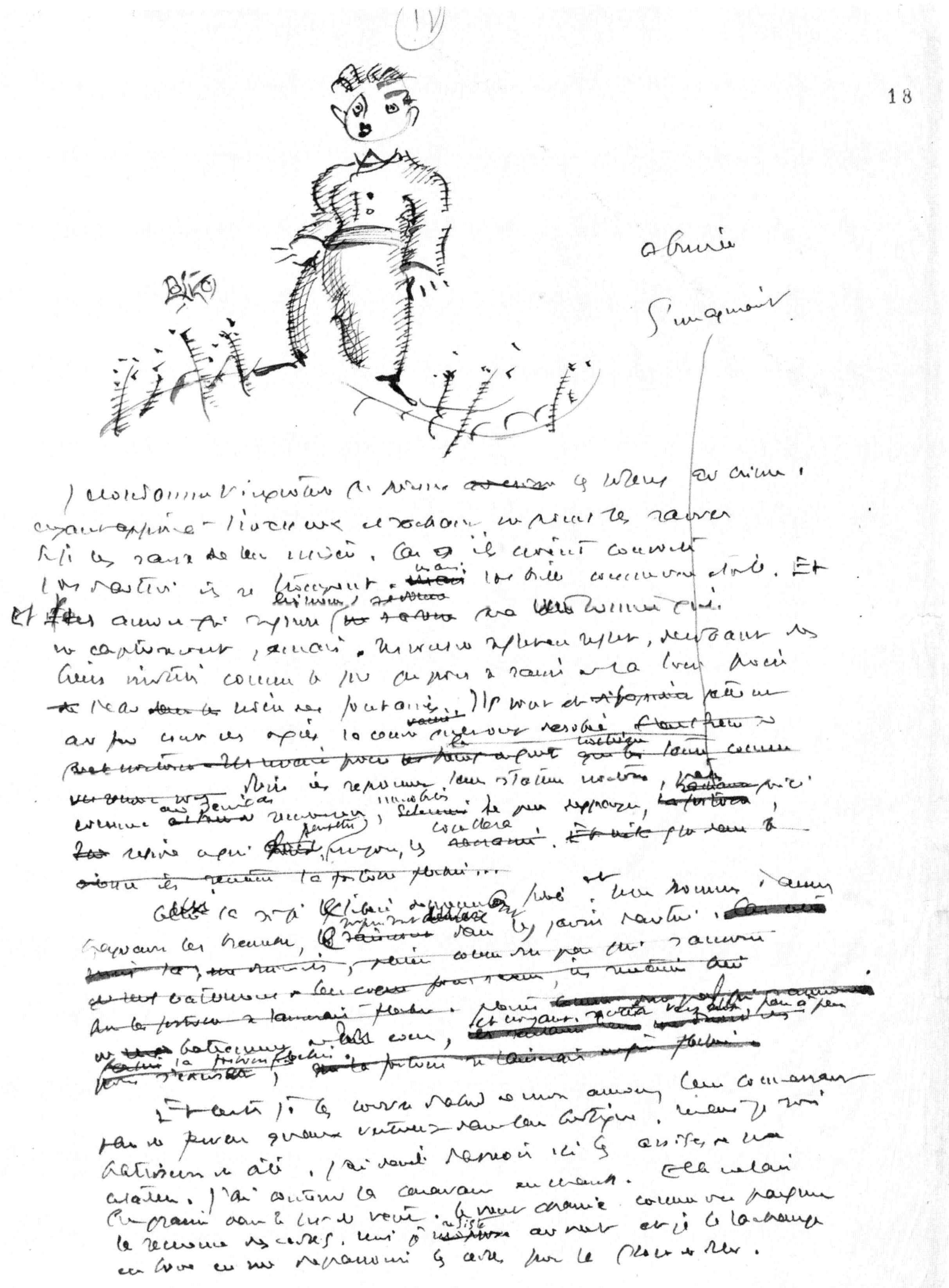

《堡垒》第二章附有图画的手稿

墨水画

无日期

手稿真迹

巴黎，法国国家图书馆

"[……] 因为死者获得的悼念，远比生者更为普遍、更为强烈。我懂得了人们的焦虑，我对他们报以同情。我决定治愈他们。"（《堡垒》，第二章）

《在星星花田中穿大衣的人物》
画在纸板文件夹上的墨水和铅笔画
特别收藏

皇家装束

下面这幅小小的铅笔草图并没有发表，它也许是最早描绘小王子穿礼服的画稿之一。作家舍弃了刚刚勾勒出的皇家礼服，放弃了华丽的拖地后摆，用配有星形肩章的贵族大衣将其取代。

然而，我们已经辨认出另一幅画中的人物：他身着王子大衣，站在梦幻般的星星花田中。安托万・德・圣－埃克苏佩里把这幅画送给了内莉・德・沃盖。遗憾的是，我们无法确定它的创作日期。这幅画与故事的写作存在什么联系吗？这至今仍是未解之谜。我们只知道，在《人的大地》写作时期的手稿中也曾出现过星星花主题的绘画，但那属于20世纪30年代，而不是后来写作《小王子》的美国时期……由此可以猜想，这幅画可能比构思《小王子》的时间还要更早一些，但这一假设并没有解开这个谜团。

《穿皇家大衣的小王子》
带水彩痕迹的墨水、铅笔画
1942年，纽约
特别收藏

《长着翅膀的人物叼着烟斗》
铅笔和擦笔画
1942 年，纽约
特别收藏

《长着翅膀的小王子》
墨水画
1942 年，纽约
圣－埃克苏佩里－达盖遗产管理委员会收藏

背上的翅膀

在安托万·圣－埃克苏佩里的画中，飞行员常常被描绘为长着翅膀的人物，他们栖息在云层之上，而不是坐在真实的机舱中；作家大概在某个时刻也曾考虑过给小王子添上一对翅膀，正如这张草图所展示的那样。

至于前页那个叼着烟斗、仰望天空的神秘家伙，他究竟是来自作家的纯粹幻想，还是某个纽约熟人的亲切肖像呢？我们不得而知。然而，这为我们打开了想象之路。如果小王子没有年龄呢？如果他叼着烟斗呢？作家似乎没有任何犹豫，赋予了书中角色孩子的容貌和体型。其实，他应该是在一番思考后才做出了这样的决定；同样，他最终没有给小王子添上翅膀，因为只有这样，小王子才能借助野鸟的迁徙逃离他的星球……

仔细想想，这种由年龄、性别（因为有时很难辨别出，这个小家伙到底是男孩还是女孩）所带来的困惑，并没有让人感到十分惊讶。小王子是年轻的，源于他始终以一种孩子的眼光看待这个世界王国。小王子是孩子的象征，但他并不代表某个年龄段的孩子。所以，他以一个神采奕奕的孩子的形象出现时，远比叼着烟斗或香烟的样子更能打动我们——尽管后者并不缺乏魅力。

垂死的小王子

下页这幅极为震撼的画作，属于西尔维娅·汉密尔顿。她是作家的英文翻译刘易斯·加兰蒂埃的朋友，1942年初，作家与这位美国女记者相识；他们一见如故，一直保持着非常亲密的关系，直至作家次年离开纽约前往北非。西尔维娅的住所位于纽约公园大道969号（969 Park Avenue），这里是作家第二次在美国流亡时期一处非常特别的避风港，他在这里找到了久违的专注、平静以及女性的柔情，这样舒适的环境极大地促进了他的工作。那里的一切都很简单。1942年夏天，就是在这间公寓里，作家推进了《小王子》的写作，还特别练习了对书中插图的创作。然而，这份调和了他婚姻生活的感情并非风平浪静。面对作家对妻子始终如一的依恋，西尔维娅势必表现出自己的不解。对此，作家回答说："我对爱情的命运一无所知。身处爱情时，我的头脑会变得混乱。我在爱情中是多么令人失望啊，我是如此矛盾。但是，温柔或友谊的情愫一旦在我心中萌芽，就永不会停止在爱里生长。[……] 你对我所有的责备，我全部欣然接受，绝无反驳。然而，我拥有极致的温柔。当我把手放在你的额头，我希望手中捧满星星，让你的思绪如在大海上一般平静。作为恋人，我无比糟糕，但我是好牧人[①]，我是忠实的朋友。"（给西尔维娅·汉密尔顿的信，纽约，1943年）。事实确实如此。

这幅画中，小王子身处地球（而不是在他的小行星上），悬吊在绞刑架上，与此同时，一对夫妇却在旁边一个名为Fox-MGM的星球上相互拥抱（星球的名字源于两家著名的好莱坞电影公司）[②]。这幅画在巴黎拍卖时〔德鲁奥拍卖行，左岸（*Drouot Rive-Gauche*），1976年5月20日〕，西尔维亚·汉密尔顿本人曾借用画中这一令人震惊的场景映射作家和米高梅公司（MGM）之间的纠纷，正是这场纠纷导致了《夜航》（*Night Flight*，1933年）电影改编项目终止。1941年，作家的身心同样备受摧残，好莱坞放弃了原定由让·雷诺阿指导的《人的大地》的电影改编计划。1940年12月底，在与让·雷诺相伴横渡大西洋抵美的轮船上，他们一同构思了这个计划，作家为此付出了极大的心血，除了痛苦，他一无所获……达里尔·F.扎努克[③]所在的福克斯公司（Fox）与这位法国电影人签有合同，却最终反悔。这次失望的经历显然加深了作家对好莱坞电影工业的恶劣印象，"比起要在扎努克先生的三部电影中做出抉择，还是在修道院里要自由得多"。

因此，把两个迥然不同的世界置于同一画面中，由此构建出一种强烈的对比意向，一边是人世间的绞刑，一边是美式爱情故事片。在这个万分沮丧的时刻，安托万·德·圣－埃克苏佩里想通过这幅画表达什么呢？他想说，在好莱坞式的影像面前，小王子所代表的感性力量没有前途，只能吸引多愁善感的人群吗？如果这样以为，那他就错了；《小王子》必将在世界上找到属于它自己的位置！奥森·威尔斯[④]和

① 这里提供一种解读思路，供参考。《圣经》有言，"我是好牧人，好牧人为羊舍命"（《约翰福音》10:11），不知道安托万·德·圣－埃克苏佩里是否在这里借用了这句经文，表达同样的含义。

② 星球的名字Fox-MGM，指"二十世纪福克斯电影公司"（20th Century Fox Film Corporation）和"米高梅电影公司"（Metro-Goldwyn-Mayer，MGM）。

③ 达里尔·F.扎努克（Darryl F. Zanuck，1902—1979），全名达里尔·弗朗西斯·扎努克（Darryl Francis Zanuck），著名电影制片人。1933年与人联合创立二十世纪电影公司，两年后该公司与福克斯公司合并。

④ 奥森·威尔斯（Orson Welles，1915—1985），美国电影导演、编剧、演员、制片人，代表作有《公民凯恩》《第三人》《历劫佳人》等。他曾将《小王子》改编为电影剧本，考虑让真人演绎并辅以动画场景，后因与迪士尼公司的合作未能达成而放弃。

《悬吊的小王子》
墨水和水彩画
1942—1943 年，纽约
特别收藏

詹姆斯·迪恩[①] 都对这部作品青睐有加，他们甚至分别计划将《小王子》改编为电影。这场不同寻常的激烈对抗，为这幅画留出了更为深刻的解读空间。然而，画面中一针见血的暗示是人们的解读永远无法超越的：当我们在好莱坞激情拥吻时，小王子濒临死亡。

① 詹姆斯·迪恩（James Dean，1931—1955），美国传奇男演员，代表作有《伊甸园之东》《无因的反叛》等。他非常喜爱小王子，自称在这个人物中找到了自己。可惜的是，他尚未来得及实现自己的改编计划，就在一场车祸中去世，年仅 24 岁。

《小王子》
给赫达·斯特恩的画
墨水画
1942—1943 年，纽约
华盛顿，史密森学会，美国艺术档案馆

《小王子》
给玛丽－西涅·克洛岱尔的画
铅笔画
1942—1943 年，纽约
特别收藏

如他本身，终将成为永恒

从一幅草图到另一幅草图，小王子终将拥有他独特的面孔和身影，并成为永恒。自 1943 年[①]以来，美国和加拿大的读者便喜爱上这个忧郁的小人物；自 1946 年以来，法国和欧洲其他国家的读者也将牢牢记住他的样子。他“从不离身的金色围巾”再也不会离开他了——或者说几乎不会，因为有一次，他曾以佩戴领结的形象出现在我们面前。小王子是一个永恒的孩子，因此，作家在创作时特别注意了小王子身材比例的和谐，摒弃了他一贯带点古怪、讽刺或滑稽的绘画方式——在小王子诞生之前，作家笔下的小家伙都是这种画风，从那些尚不完美的修改中，一个令人期待的人物已经迫不及待呼之欲出了。

① 指 1943 年 4 月，《小王子》美国版以英、法双语出版，随后加拿大版出版，这是安托万·德·圣－埃克苏佩里生前唯一出版的三个版本；下文指 1946 年，《小王子》法国版出版，随后覆盖整个欧洲。

《小王子》
铅笔画
1943 年，纽约
巴黎，法国国家图书馆

《人的大地》（1939 年）
附有写给德尼 · 德 · 鲁热蒙的赠言并配图
墨水和水彩画
1942—1943 年，纽约
手稿真迹
纳沙泰尔*，公共和大学图书馆

---

* 纳沙泰尔（Neuchâtel），德语称“诺恩堡”，瑞士西部城市，纳沙泰尔州首府。

给朋友们的画

《爱情与西方世界》(*L'Amour et l'Occident*, 1939)的作者、瑞士散文家和哲学家德尼·德·鲁热蒙,是圣-埃克苏佩里夫妇在纽约最亲密的朋友之一。在结束美国国家广播电台(美国战时情报局)法语部忙碌的日子后,他和作家一盘一盘无休止地下着国际象棋,进行"高深且严肃的"讨论,加入作家正在创作中的作品的高声朗读会。1942 年夏天,他在贝文之家住了许久。美国艺术家约瑟夫·康奈尔与法国超现实主义圈子关系密切,他曾到访长岛,并在记忆中留下了许多与作家的动人往事。他珍藏着安托万·德·圣-埃克苏佩里的一些珍贵画作,这些画证实了作家那段时期确实正在为《小王子》创作插图。其中一幅画上出现了一个长着翅膀的女性形象,她站在她的小行星上,面貌既不亲切,也算不上气势汹汹。关于这幅画的寓意,我们已无从确切考证。

作家在纽约时有许多艺术家朋友:罗马尼亚流亡艺术家赫达·斯特恩〔绰号斯特恩娜(Sterne)〕、佩姬·古根海姆[①]、马克斯·恩斯特[②]等等,马塞尔·杜尚[③]和安德烈·布勒东也曾邀请他出席他们战争期间在纽约策划的展览。作家与斯特恩相处尤为愉悦,之后,他把《给一位人质的信》的校样和原始手稿件托付于她,这本书是作家献给他的朋友莱昂·韦尔特的伟大篇章,讲述了友谊、博爱和流亡。1943 年 6 月,在《小王子》出版两个月后,《给一位人质的信》在纽约出版。赫达·斯特恩的工作室(东 50 街 410 号,410 East 50th Street)是作家在纽约的一处和平避风港,他会在那里写作,高声朗读《酋长》中的段落,这本"伟大的书"后来更名为《堡垒》,他已默默创作了许多年。

---

① 佩姬·古根海姆(Peggy Guggenheim,1898—1979),美国艺术收藏家,被誉为"20 世纪西方现代艺术收藏史里最重要的女人"。她的叔叔所罗门·R. 古根海姆(Solomon R. Guggenheim)是纽约古根海姆博物馆的创始人。文中所提时期,她和下文提到的马克斯·恩斯特为夫妻关系。

② 马克斯·恩斯特(Max Ernst,1891—1976),德裔法国画家、雕塑家、诗人,被誉为"超现实主义的达·芬奇",达达主义和超现实主义的代表人物。

③ 马塞尔·杜尚(Marcel Duchamp,1887—1968),法国艺术家、画家、雕塑家、20 世纪实验艺术的先锋,被誉为"现代艺术的守护神",达达主义和超现实主义的代表人物和创始人之一。

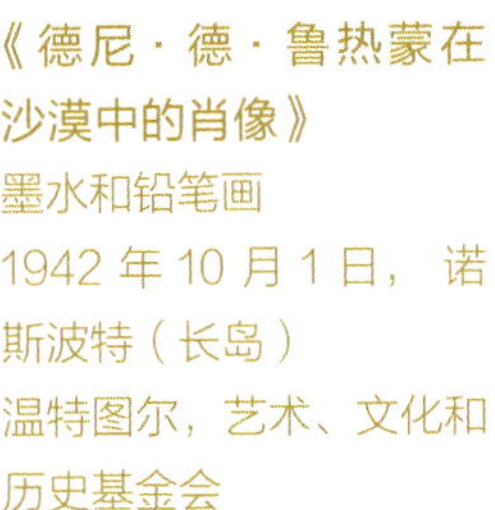
《德尼·德·鲁热蒙在沙漠中的肖像》
墨水和铅笔画
1942 年 10 月 1 日,诺斯波特(长岛)
温特图尔,艺术、文化和历史基金会

《站在悬崖边上的小王子》
《小王子》第三章
墨水画
1942—1943 年，纽约 / 阿舍罗肯（长岛）
纽约，摩根图书馆与博物馆

《长着翅膀的人物在她的小行星上》
墨水画
1942—1943 年，纽约 / 阿舍罗肯（长岛）
纽约，摩根图书馆与博物馆

214—215页

给赫达·斯特恩的三封信

墨水

1942—1943年，纽约

华盛顿，史密森学会，美国艺术档案馆

完美错过。整个下午，我都在（电话）等您回家。

遗憾的是，还是和您错过了。

我想感谢您所做的一切，感谢您在《酋长》的写作中给予我的精神支持。

如果我知道如何写信，我必将为您写一封长信，可是最近四五年来，我似乎已经变成了一个白痴，再也不知道该怎样表达自己。我恨我自己。

您给予我的帮助，远超乎您的想象。

谢谢您。

您的朋友

安托万

创造、暴行、苦痛，四处找寻，却无处可逃。承受了太多太多，自己却愤怒地蜷缩起来。毁灭那些阻碍或反对他的东西，彻底决裂。在（难以辨认的词）的时候，不为自己骄傲，却由内而外地充满自豪。在那场争吵中，他能够扭断一个女人的手腕，却慷慨地突然收回——然而，这种行为与慷慨毫无关系，因为他付出的东西都不曾失去。他殖民，他侵占。确切地说，他留下累累伤痕，未曾见到任何的社会努力。人们若以他为榜样，将会自取灭亡。

Parfaitement. J'ai guetté (au téléphone) tout l'après-midi votre retour à la maison.

Je regrette bien de vous avoir manqué.

Je voulais vous remercier de tout cœur pour l'aide spirituelle que vous apporter au Caïd.

Si je savais écrire une lettre je vous écrirais une longue lettre mais il y a quatre ou cinq ans que je suis devenu idiot et ne sais plus très bien communiquer. Je me déteste.

Vous m'avez aidé plus que vous ne pensez.

Merci.

Votre ami

Antoine

我刚刚才到。

您有空一起吃晚饭吗？请回电。

谢谢。

A.

注：由于某个耽搁，这封信迟了些时日寄出，但是——为了表达足够的真诚——我为自己的杰作感到无比自豪，所以，仍然把它一起寄给您。

从手稿到出版

"这朵花，就这样盛开了……"

Du manuscrit à la publication

《小王子》的手稿现存于位于纽约麦迪逊大道（Madison Avenue）的摩根图书馆与博物馆，与那些久负盛名的文学作品一同收藏于此。1943 年 4 月 2 日，作家在公园大道 969 号公寓把它们交给自己的美国朋友西尔维娅·汉密尔顿，几个小时后，他将搭乘军舰奔赴阿尔及利亚。在他离开纽约四天后，《小王子》首版问世，以英、法两个语种同时出版，在书店售卖，出版商为雷纳尔和希区柯克公司。连同后来的加拿大版，它们是作者生前唯一出版的三个版本。

这份手稿包含 141 张文本，用墨水和铅笔在洋葱纸上书写完成，极其珍贵而易碎；附有一整套图画的准备稿件，共计 35 幅，其中大部分是水彩画。与已出版的版本相比，它所展示的内容十分有趣却不尽相同，但依旧是一份非常接近誊清稿本的手稿，只存在少量的修改。从这些修改中看得出作家对于对话文本的表达以及用词的严谨有着执着的追求，尤其是几个关键语句的表述，它们成就了《小王子》，使这部作品至今仍风靡全球。作为职业飞行员，安托万·德·圣-埃克苏佩里在航空业留下了属于他的传奇，并因此享誉欧美。但我们注意到，他在故事中减轻了带有强烈自传色彩的符号，同时避免任何语言上的浮夸，因为这有悖于他力求达到的文学上的诗意风格和精神上的普世价值。最后，我们从手稿中也能感受到，作家对于这则寓言的整体结构以及未被保留的场景和人物曾有过一些踌躇。

这份手稿曾以真迹复制稿的形式全记录出版（伽利玛出版社，2013 年），本章中汇集的各种资料则为这份已为大众熟知的手稿带来了绝妙的补充，使它更加完整。我们加入了一些从未发表过的页面，它们之前或保存在私人收藏中，或新近被拍卖出售，这些页面见证了这个文学方案的诞生，以及它在诞生前几周或几个月时的样貌。就这样，我们顺着一条线索觅得另一条线索，猜测着这条文学创作之路上种种令人意想不到的走向，跟随着它，最终通往一种美妙的简洁。

最特别的是，本章中不仅汇集了这些真迹页面的复制稿，还将展示作家创作的一些原始插图，它们正是《小王子》美国首版印刷时所使用的插图，康苏爱萝·德-圣埃克苏佩里战后从纽约将其带回。这是第一次，我们将这些宝贵的资料重新汇集整理，并另外带来一个巨大的惊喜：手稿中一些出版时未被保留的场景，是由作家亲手绘制的。一切的一切都将在此揭开面纱！

《坐着的小王子》
《小王子》第二十六章图画准备稿
墨水和水彩画
1942年，纽约／阿舍罗肯（长岛）
纽约，摩根图书馆与博物馆

在“金纸”上创作的图画

在对创作于同款黄色美国薄型书写纸（康苏爱萝·德·圣－埃克苏佩里将其命名为“金纸”）上的图画进行研究时，我们从人物的姿态中隐约看到一个未来的小王子：他在与一朵花对话（还有一只蝴蝶在场），他发现了大量的玫瑰，他站在悬崖边上眺望远处的风景……对安托万·德·圣－埃克苏佩里的读者来说，这些都是故事中非常熟悉的场景。然而，如果画面中描绘的是其他情形呢？人物站在一只鸟儿身边，鸟儿栖息在一朵高高的花上；或者人物与一只蜗牛为伴，甚至牵着一条狗散步，这样的场景实在令人惊讶。它们的意义和目的也让人生疑。瞧，还有那个举起手臂的小王子，脸上带着某种威胁的神情；或者另一个摇摇晃晃的小王子，正站在一个音乐节拍上弹奏大七和弦琶音[①]。若不是因为已经完成创作，作家恐怕也会在书中考虑宏伟的场景。

① 琶音，指一串和弦音从低到高或从高到低依次连续奏出。大七和弦，“大大七和弦”的简称，是在大三和弦基础上再加大三度，根音与七音构成大七度音程，如 DO，MI，SOL，SI（1357）。

在这些基础的绘画练习中，山丘和开满鲜花的草地依旧是作家优先选择的环境。小王子很快就会拥有自己的星球，来庇护他和他的玫瑰了，然而此时，星球的轮廓尚未显现。星球非常重要，它将创造出一种图形上的统一，使小王子旅行的背景充满迷人而独特的吸引力。在这种背景中，作家构建出一个完整的象征性空间。对安托万·德·圣－埃克苏佩里来说，没有什么真正的辽阔，在他的笔下，星球的尺寸与人物的大小并不相符。小王子之所以觉得需要逃离他那颗太小太小的星球，是因为他产生了一种地理幻觉，这种幻觉使别处本身就具有了某种价值。作家打破人与世界间的常规比例，他所描绘的人物尺寸与庇护他们的小行星相比滑稽可笑。他并没有把人类的冒险置于中心位置（“我们生活在一颗漂泊的星球上”），而是突出了那些小岛人的孤独：他们陷入巨大的精神错乱，放弃了人与人之间的关系；更为重要的是，通过图画，作家暗示出另一种在世界上生活的方式，并将他所理解的人性融入其中。

221—225 页

为《小王子》所作的草图
墨水画
1942 年，纽约
特别收藏

开篇语

文学作品中有许多著名的开篇语，比如马塞尔·普鲁斯特的“在很长一段时间里，我都是早早就躺下了”[①]，阿尔贝·加缪[②]的“今天，妈妈死了。也可能是昨天，我不知道”，抑或路易－费迪南·塞利纳[③]的“它就这样开始了”。而《小王子》的开篇语，本可能是这句“我不会画画”——这张用反语开启的页面从未发表，它不属于珍藏在摩根图书馆中的卷宗，而是来自《小王子》第一章最初的手稿。

有人问，什么是绘画的核心？是用镜像如实地表现实体世界，还是用诗意的形象表达与世界之间的关系？这两者间存在一条清晰的分界线。在前者中，绘画与实物的相似性占据着绝对的主导地位；而对于后者，首先要考虑人们想要通过绘画来表达什么，这种思考是人类的意识在对世界的体验和感知中产生的。在安托万·德·圣－埃克苏佩里的认知体系中，第一个领域属于专家和成年人，在他们的内心深处，已经不再能感受到人与物、人与生命之间的强烈联系；在这个领域，他觉得自己是个外行：“我不会画画。”第二个领域涉及的是情感表达，他恰恰属于这里。需要注意的是，说出这句话的人并不是安托万·德·圣－埃克苏佩里，而是故事的叙述者，即飞行员；他与小王子相遇也将被安排在这样的预兆下，在“真正的画图”中，辨别出我们用心才能看到的东西：地球上至少有两个人能猜到，蟒蛇的肚子里藏着一头大象，而带孔的箱子中有一只绵羊，那就是小王子和飞行员。

这个片段的最后一段文字非常动人，但没有被保留在最终的作品中。它讲到孩子长大后成为飞行员，可他的朋友们却无法辨认出他画的飞机。这真是莫大的误解，莫大的不幸！因为这里需要明白，同样地，一架飞机可能看起来并不像一架飞机，一名飞行员可能会遮住另一名飞行员……现实生活中的一些人无法理解作家，他们只会处心积虑地讥讽他为摩登时代的英雄，歪曲他是通过贩卖情感生活和虚构故事从而对世界产生影响，并以此成为航空业的代表。这显然是一个残酷的误解，因为安托万·德·圣－埃克苏佩里绝不会和他们同流合污。

① 这句开篇语出自《追忆逝水年华》第一卷《去斯万家那边》。

② 阿尔贝·加缪（Albert Camus，1913—1960），法国作家、哲学家，存在主义文学、“荒诞哲学”的代表人物，1957 年获得诺贝尔文学奖，代表作有《局外人》《鼠疫》等。文中这句开篇语出自《局外人》。

③ 路易－费迪南·塞利纳（Louis-Ferdinand Céline，1894—1961），真名为路易－费迪南·德图什（Louis-Ferdinand Destouches），法国天才小说家、医生，20 世纪最有影响的作家之一，代表作有《茫茫黑夜漫游》《死缓》等。文中这句开篇语出自《茫茫黑夜漫游》。

《小王子》第一章手稿
1942 年，纽约
手稿真迹
温特图尔，艺术、文化和
历史基金会

我不会画画。

我曾尝试画一条船，一个朋友问我，这是否是一个土豆。

我也曾尝试画一条蟒蛇吞食一头大象（蟒蛇会把［野兽］整个吞下，再慢慢消化）。另一个朋友问我，我是否想画一顶帽子。

有一天，我想画一架飞机，朋友却一脸疑惑地问我到底在画什么。于是，我在纸上写下“飞机”，从此，我再也没有谈论过我的画。

我们在地球上充满了悲伤

“小王子，赶快回来吧。我们在地球上充满了悲伤。”在这些难以辨认、誊写的准备笔记中（它们不属于摩根图书馆的手稿），安托万·德·圣-埃克苏佩里勾勒出小王子和飞行员相遇的著名场景：“给我画一只绵羊吧。/为什么？/因为！/生气的/这就是装绵羊的箱子。”作家纸页上的寥寥数笔奠定了这则寓言的底色，就像画家在画布上留下的那些细腻笔触：一口井、一朵花……以及一个小王子，有人在召唤他，去拯救一个因为他的离开而充满了悲伤的星球。我们正处于这则神话的萌芽时期。

[……]
小王子，赶快回来吧。我们在地球上充满了悲伤。
“给我画一只绵羊吧。”
“为什么？”
“因为！”
生气的
这就是装绵羊的箱子。

沙[或刀？]之花。
井。

它吃了绵羊。

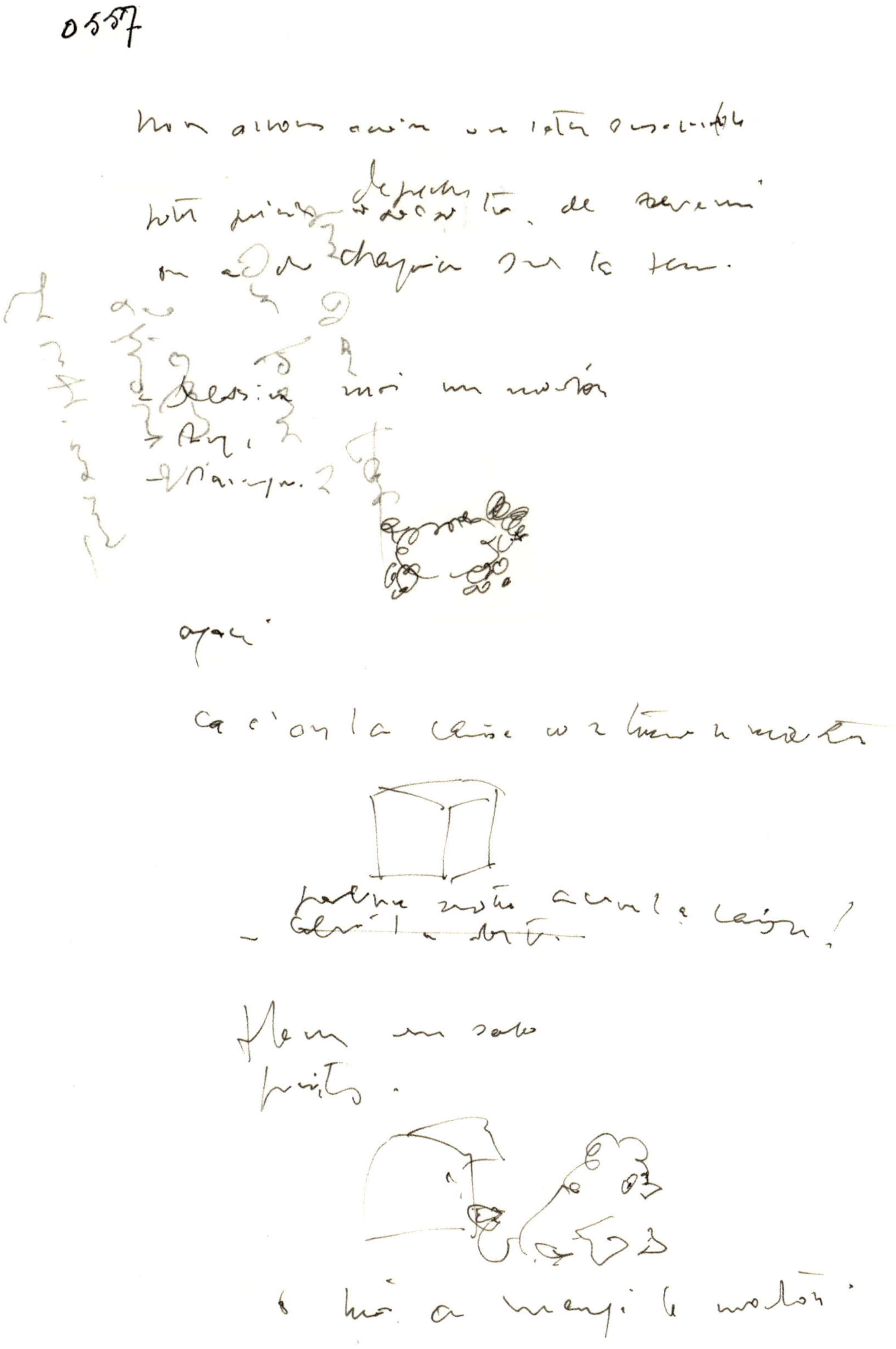

0557

为《小王子》第二章而作的配图准备笔记
1942 年，纽约
手稿真迹
特别收藏

就这样，我认识了小王子

在《小王子》的开篇，叙述者讲述了自己的童年往事和成年生活，安托万·德·圣－埃克苏佩里以一种方法论的角度开启了这则寓言故事。许多成年人无法理解孩子们的想象，正如孩子们在画中所表达的那样——然而，其中蕴含着被社会忽视的宝贵真理，它不会随童年的离去而消失。在故事的开端，飞行员被描述为一个孤独的人，他远离尘世，飞机在沙漠中遇到故障，这样的处境正是他在人群中的真实写照。由此，一个矛盾在我们面前缓缓铺开："我就这样孤独地生活着，没有一个可以真正交谈的人，直到六年前，我的飞机在撒哈拉沙漠遇到了故障。"沙漠成为摆脱孤独的出路……而正是通过一幅图画，小王子和飞行员建立起联系，他们可以理解（圣－埃克苏佩里式用语）彼此。

虽然这份手稿与最终文本几乎相差无几，却展示出作者丰富的思考。比如，为了减轻故事的自传色彩，作家后来删除了这句过于明显的细节描述："我也写过书，上过战场。"相反，他在最终文本中加入了一些飞行员的往事，让飞行员讲起他那些笨拙却用心创作的图画（"我买了一盒颜料，还有铅笔"），以及这个故事在他眼中的重要意义。他很担心，不知该如何讲述这场相遇，如何讲述他从小王子的分享中领会的人生真谛——他也害怕自己离童年已经太远了，再也无法成为童年的使者。

同样，手稿第 2 页上的这句"请您给我画一只绵羊吧"，也是分两个阶段确定下来的：作者在初稿中添上了礼貌用语"请您"。在使用"用您来称呼[①]"后，紧接着下一句"用你来称呼"，如此绝妙的神来之笔，确实值得这样的修改。

从删减到添加，作家对用词的精准和句子的平衡有着某种执着的追求。比如：为了让读者更准确地理解他的意图，飞行员最信任的那类人最初被定性为"亲切的"（gentilles），后来被改为"机灵的"（d'éveillées）（手稿第 3 页），最后定稿为"清醒的"（lucides）……随着这个形容词的变化，作家对人物的描述也从外在的气质转向内心的意识。最后想指出的是，在这份手稿中，飞行员把他与小王子在沙漠中相遇的时间追溯到四年前；而在最终文本中，这个时间被改为了六年前。这也许是解开谜团的一条线索：六年，这是 1942 年（故事可能的书写年份）与 1936 年（作家在利比亚沙漠中发生坠机事故的年份）间隔的时间。

---

① 法文中，在和对方交谈时有，"您"和"你"两种称谓。和中文一样，"您"表示一种尊敬，比"你"更正式；"您"常用于长辈，或第一次见面。"你"常用于同辈，或比较熟悉的朋友之间。小王子和飞行员第一次交谈，小王子先用了"您"："请您"，紧接着下一句用"你"："给我画一只绵羊吧"（"你"虽然没有出现在文字表述中，但从原文的动词变位可以看出这里用了第二人称单数"你"）。

231—234 页

《小王子》第一、二、五章配图手稿（手稿第 2、3、4、5、6 页）
铅笔画
1942 年，纽约
手稿真迹
纽约，摩根图书馆与博物馆

六岁那年，我曾见过一幅宏伟的绘画，画的是一条蟒蛇吞食一头野兽，差不多就是这个样子。

但我不会画画。[我曾] 画过这个场景。这是我人生中的第一幅画。

图画：闭合的蟒蛇

然后，我拿着它去问大人：这是什么？

他们回答我说，这是一顶帽子。

这不是一顶帽子。这是一条蟒蛇在消化一头大象。蟒蛇会将它的猎物整个吞下，而不咀嚼。然后，它会足足睡上六个月。它一年只吃两顿饭。六个月后，蟒蛇会重新变得细长。

图画：细长的蟒蛇

我画了一张图画，来向大人解释这一点。我画了蟒蛇的肚子内部。

图画：开放的蟒蛇，可看见蟒蛇肚子的内部

这是我的第二幅画。

大人建议我不要再画什么蟒蛇了，还不如去学习历史、算术和语法。

我在学习历史、算术和语法的时候很不开心，我再也没有碰过画笔。大人总是需要太多的解释。这是因为他们学习了太多的历史、算数和语法。如果他们理解得慢，那不是他们的错。但是，孩子们要一直一直给他们解释，真是太累了。

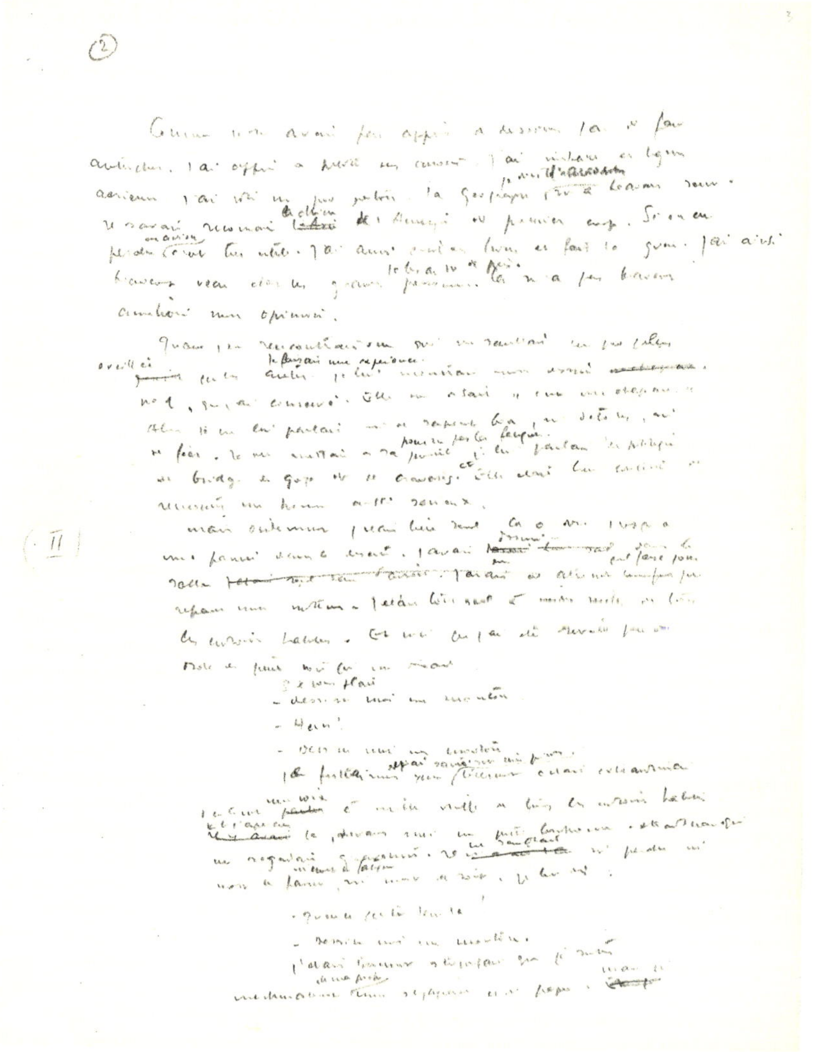

由于我没有学过画画，我不得不选择其他职业。我学会了驾驶飞机，创立了航空公司，几乎飞遍了全世界。必须承认的是，地理的确给予我许多帮助。我能一眼就分辨出哪里是中国，哪里是美国。如果在飞机上迷失了方向，这项本领将非常受用。我还写过书，上过战场。我就这样在大人中间生活了许多年。我近距离观察过他们，但对他们的看法没有太大改观。

我遇到一个似乎比其他人更机灵的大人时，便会做一个实验。我会拿出一直保存的绘画作品1号，看他是否能够理解。他告诉我："这是一顶帽子。"每当这时，我便不会和他谈论蟒蛇，更不会谈论星星和仙女。我会试着聊些他能听懂的话题，以免他感到厌倦……我会和他谈论政治，谈论桥牌，谈论高尔夫和领带。能遇到一个我这么可靠的人，这个大人非常高兴。

（II）

但是，我就这么孤独地生活着。周而复始，直到我的飞机在沙漠中遇到了故障。我迫降在沙地上，不得不等到天亮，再想办法修理毁坏的引擎。我独自一人，置身于这个远离人烟的荒漠中。然而，我却被一个古怪细小的声音吵醒了，那个声音对我说道：

"请您给我画一只绵羊吧。"

"咦！"

"给我画一只绵羊吧。"

我揉了揉眼睛，一下子跳了起来。在这里听到一个声音，真是太奇怪了。在这个远离人烟的荒漠中，竟然听到了一个声音。然后，我发现一个奇特的小家伙站在我的面前，一动不动地凝视着我。他看上去既不像迷了路，也不像遭受了饥饿、疲劳或口渴之苦。于是，我问他：

"你在这里做什么？"

"给我画一只绵羊吧……"

我实在是吃惊，但仍机械地从口袋里掏出笔和纸。可是，我马上想起来，我主要学过地理、历史、算术和语法。

“我不会画画。”

“没关系。给我画一只绵羊吧。”

因为我从未画过绵羊，所以我画了唯一会的那张图画。然后，我深感意外地听到小家伙说：

图画：闭合的蟒蛇

“这个不对，我不想要一头在蟒蛇肚子里的大象。我对蟒蛇不感兴趣。它们太危险了。大象要好一些，可是它又过于庞大。我想要的是一只绵羊。我就需要一只绵羊。我住的地方非常非常小。”

于是我画了一只：

图画：第一只绵羊

他仔细看了看，随后说：

“这只绵羊生病了，再给我画一只吧。”

我又重新画了一只：

图画：第二只绵羊

“这不是绵羊，它是只山羊。它的头上有犄角呢。”

于是，我又画了一只：

图画：第三只绵羊

“这只羊太老了。我想要一只能活很久很久的绵羊。”

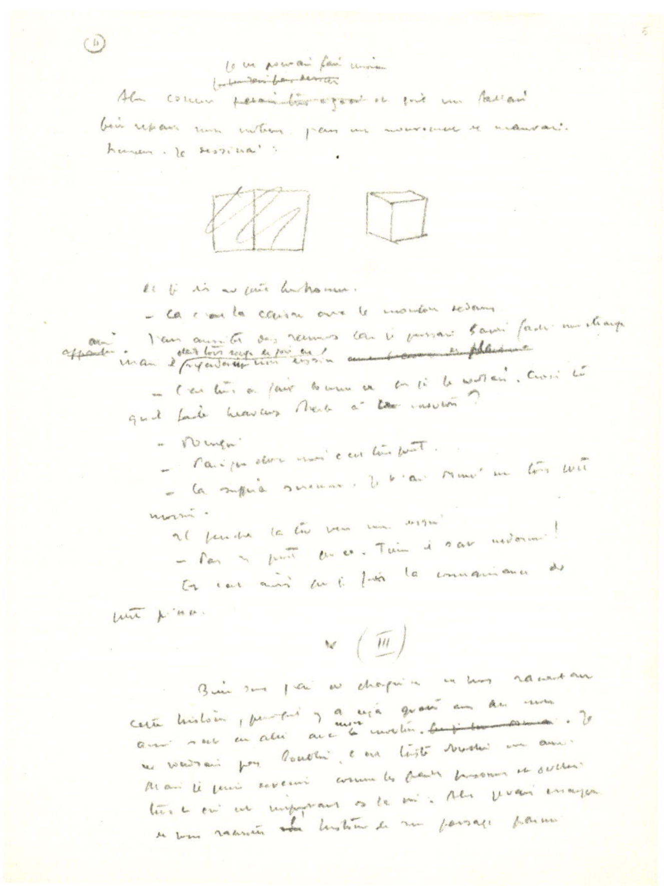

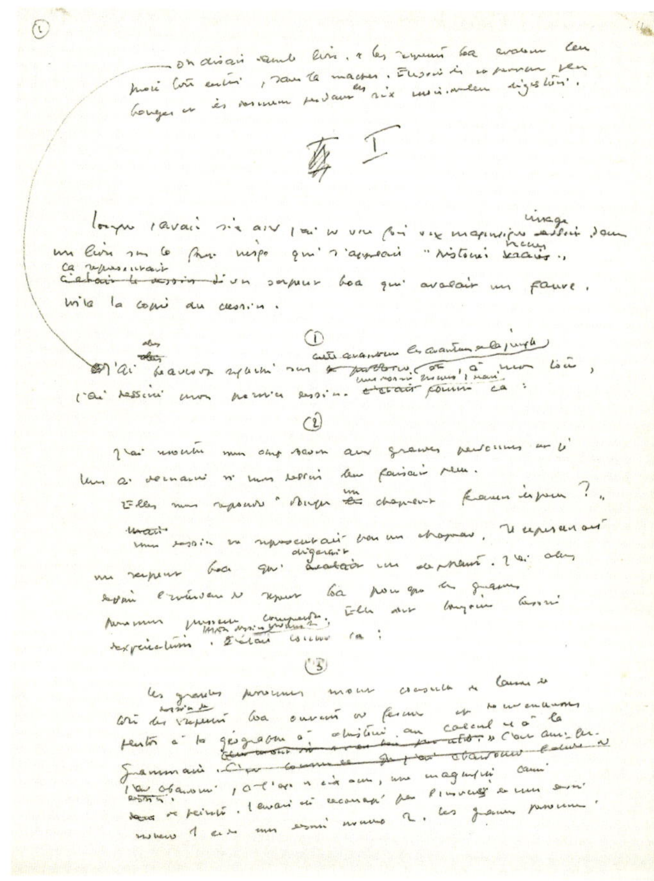

由于我无法画得更好，又需要专心修理引擎，这让我的心情有些烦躁。于是，我随便画了一张：

图画：两个箱子

然后，我对小家伙说：

“好了，你要的绵羊就装在这只箱子里。”

我立刻有些自责，我觉得这个奇特的朋友要生气了。然而，他看着我的画，高兴得满脸通红：

“这和我想要的绵羊一模一样。你觉得，一只绵羊需要很多草吗？”

“为什么会这样问？”

“因为我住的地方非常非常小。”

“肯定够了。我给你画的这只绵羊也非常非常小。”

他歪着头，看着那幅画：

“其实它也不是真的那么小。咦，它睡着了！”

就这样，我认识了小王子。

（III）

当然，在给你们讲述这个故事时，我的内心充满了悲伤，因为我的朋友带着那只绵羊离开我已经四年了。我不想忘记他，忘记朋友是件让人伤心的事。然而，我也可以变得像大人一样，忘记生活中一切重要的事情。所以，我会试着向你们讲述我和小王子的故事。

摩根图书馆手稿的下一页

可惜的是，这个故事太过短暂。我试着把小王子画得尽量像他本人。但是，我没有十足的把握。一幅肖像画得还可以，另一幅就不太像了。对于他的衣服颜色，我也常常记不清楚。于是，我只能慢慢摸索，这样试试，那样改改。也许还有许多细节也会存在差池。小王子从未给过我任何解释。他一定以为，我和他是一样的。可惜的是，我不知道如何透过箱子看到里面的绵羊。也许，我已经是个大人了吧。我一定是在不知不觉中有点儿变老了。

如果您不介意的话，我将像讲述童话那样来开启这个故事。我希望我生命中最美丽的相遇，宛若一个童话。如果您不介意的话，我将这样开始：

“从前，有一个小王子……”

从前，有一个小王子，他住在一个很小很小的星球上，他对此感到十分厌倦。

“从前，有一个小王子，他住在一个很小很小的星球上，他对此感到十分厌倦。”

褪色铅笔画
1942 年，纽约 / 阿舍罗肯（长岛）
手稿真迹
特别收藏

这些画，都是回忆

下一页的手稿讲述的是一个压缩版的故事开端，它从飞行员的画作逸事直接跳到小王子在他星球上的日常事务。这种高度提炼的描述并没有使故事失去诗意和想象的美感：早晨打扫星球时飞扬的星尘、小王子在大海中的浴缸、他辛勤劳作的菜园……作家娓娓道来，尤其当这个成熟的男人写下这句意味深长但未能保留在最终文本中的句子“这些画，都是回忆”，他承认自己的“心底一直只有五六岁”。这与《战斗飞行员》中“我来自我的童年”形成呼应，我们仿佛听到了它的回声。《小王子》正是这样一部非常圣 - 埃克苏佩里式的作品。作家无法接受自己的曾经逐渐远去，至少不能忍受那些与往事相连的情感正在慢慢消失。他的画作中藏着一种永恒的味道。下面这幅未发表的图画，直接呼应了手稿中的内容：小王子在他的星球上感到厌倦，在他看来，他的星球实在是太小太小了！画面中，一根细线连接起小王子和一个遥远的星球，好似他手中握着一只气球。这种描绘的象征意义可能太过晦涩，这张插图最终未被作家保留下来。它的含义是什么呢？它也许想表达我们与童年之间的联系只由一根细线相连——一根圣母之线，这是圣 - 埃克苏佩里无比珍视的形象——因此，一切都没有失去。作家以这样一种方式来回应书中飞行员的担忧：“我的朋友从未给过我任何解释。他也许以为，我和他是一样的。可惜的是，我不知道如何透过箱子看到里面的绵羊。也许，我有点儿像那些大人了吧。我一定是老了。”

《小王子》第一、二、四章的配图手稿
（手稿第 141 页）
铅笔画
1942 年，纽约
手稿真迹
纽约，摩根图书馆与博物馆

我很宽容，从未告诉过大人我和他们并不是一伙儿。我向他们隐瞒了我的心底一直只有五六岁的真相。同样，我也把自己的画作藏了起来，不和他们分享。但我很愿意把它们展示给一个朋友。这些画，都是回忆。

从前，有一个小王子，他住在一个很小很小的星球上，他对此感到非常厌倦。

每天早晨起床后，他就开始打扫星球。每当尘土飞扬时，就如同划过千千万万颗流星。

图画：小王子扫地

随后，他搬来浴缸，放入海中。

图画：小王子洗澡

他会因为两 [或] 三座火山感到不快，因为它们把星球上的一切都弄脏了。他也会为种子徒增烦恼。因为他开垦了一个可以自给自足的菜园。他有许多种子：萝卜、西红柿、土豆，还有四季豆。然而，小王子吃不到水果。果树过于高大。它们会破坏他的星球。可怕的是，在他的种子包里，也有猴面包树的种子。从来就没有什么是完美的。猴面包树一周大概长达十 [米]。它们会把他的星球撑爆。可是，小王子不知道如何辨认猴面包树的种子。他只能放任所有的种子自由生长。一旦发现那些坏草，就立刻把它们拔掉。

《小王子和飞行员》
为《小王子》第二章或第七章一幅未被保留的插图所作的水彩画准备稿
水彩和墨水画
1942 年，纽约 / 阿舍罗肯（长岛）
纽约，摩根图书馆与博物馆

被删去的手

这幅水彩画的准备稿与上文提到过的几幅水彩画的复制稿相关。从画中可以看出，作家一度想在他的作品中描绘出飞行员的形象，哪怕只是通过这只拿着锤子的手。然而，最后他还是放弃了，把叙述者呈现在插图中，对表现这个故事没有任何贡献。这幅水彩画对应的可能是最初相遇的场景或是之后的某个场景，比如在第五天，飞行员了解到玫瑰的存在："第五天，还是多亏了那只绵羊，小王子向我揭开了他生命中的另外一个秘密。[……] 我当时非常忙碌，正试着把一个被转得太紧的螺丝从引擎上拧下来。我心事重重，因为我开始意识到那个故障似乎极为严重，而饮用水所剩不多，我担心最糟糕的结果即将到来。[……] 他看到我时，我正拿着锤子，手指上沾满了油污，俯身摆弄着一个在他看来非常丑陋的东西。"

庄严的肖像

对于安托万·德·圣-埃克苏佩里这部作品的爱好者和专家来说，这幅水彩画原稿无疑是他们眼中的《蒙娜丽莎》。《小王子》美国版首版印刷时曾采用这幅画稿。1943年以来，它一直被秘密存放在作家的档案卷宗中。时至今日，它仅以复制稿的形式出现在书中或其他载体上，传播数量高达数亿次。工作人员复原了这幅水彩画的原始色彩，由于未曾暴露在光线下，画稿几乎保存完好；它被汇入《小王子》的手稿资料中予以珍藏。在这幅水彩画中，小王子的斗篷呈现出湖绿色和红色两种色调，这在后来的版画中略有调整。一个有趣的发现是，作家可能忘记给两只靴子之间的空隙上色，这个小小的瑕疵已在版画中予以完善。

安托万·德·圣-埃克苏佩里曾将这幅水彩画原稿放入相框衬纸，画稿上覆有一层透明薄膜，衬纸上留有亲笔签名；如今，出于保护画稿的考虑，薄膜已被撤掉。这种使用相框衬纸保存画稿的方式仅限于水彩画终稿，不包括准备阶段的研究笔记和草图；近年来，一些拍卖售出的水彩画采用的同样是这种保护方式，比如那张描绘1920年土耳其天文学家的水彩画。在同一相框衬纸下，往往收集了作者的好几幅画稿。这份执着充分表明了这些作品在他心中的特殊地位；为了呈现最佳效果，他一遍遍地尝试着。“我当然会试着把小王子画得尽量像他本人。但是，我对成功没有十足的把握。一幅肖像画得还可以，另一幅就不太像了。身高上似乎也有出入。这幅上的小王子太过高大。另一幅上，他又似乎过于矮小。对于他的衣服颜色，我也常常迟疑不决。于是，我只能慢慢摸索，这样试试，那样改改，画个大概。”

“这就是后来我为他画过的最好的一幅肖像。”

《庄严的小王子》
为《小王子》第二章所作的水彩画终稿
相框衬纸上附有亲笔签名
装入相框衬纸的墨水和水彩画
1942年，纽约/阿舍罗肯（长岛）
特别收藏

封面插图

这幅水彩画曾被选作《小王子》首版的护封插图，用于《小王子》美国版（1943 年）和法国版（1946 年）的印刷。同时，亚麻布封面上的烫金压模也采用这张小王子的剪影。小王子戴着领结，他的眼神似乎非常忧郁，充满了巨大的困惑。

《小王子在 B612 小行星上》
为《小王子》护封和第三章所作的水彩画终稿
墨水和水彩画
特别收藏

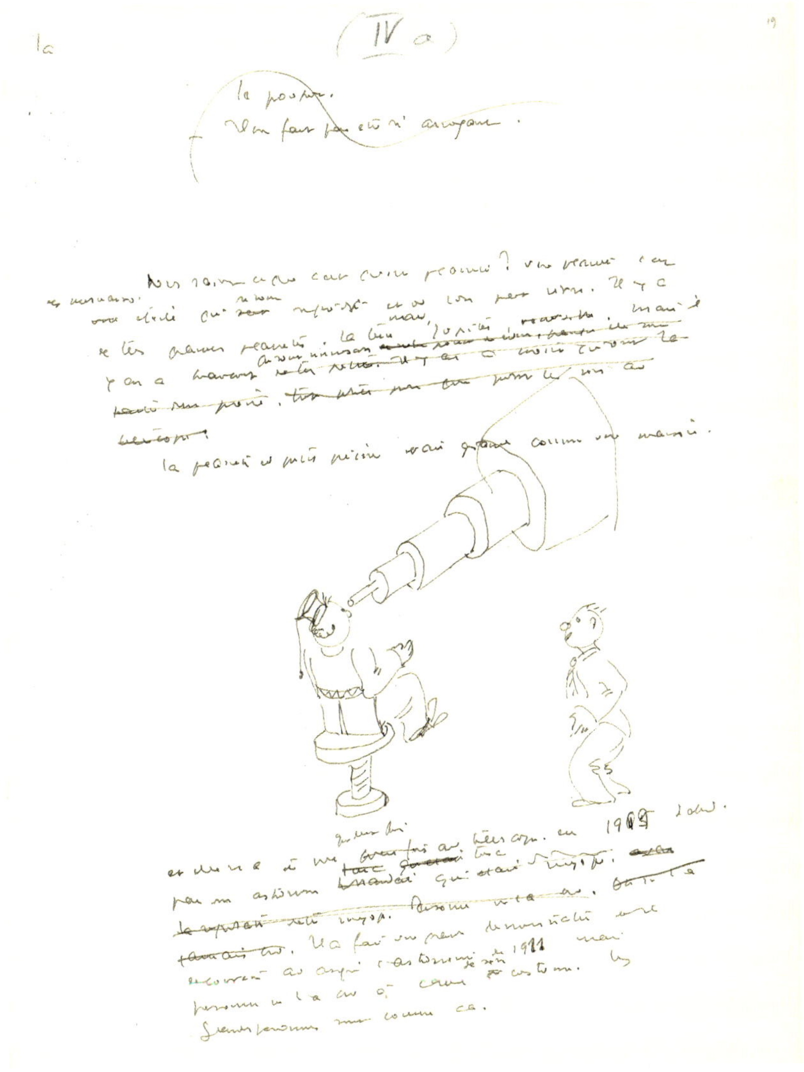

《小王子》第四章配图手稿（手稿第 19 页）
墨水
1942 年，纽约，
手稿真迹
纽约，摩根图书馆与博物馆

你知道行星是什么吗？行星是已经冷却的恒星碎片，是我们可以生活的地方。有些行星非常大，比如地球、火星、木星。此外，还有许多行星非常非常微小。

小王子所在的行星，就像一栋房子那么大。

图画：天文学家和一个人物

这颗小行星，总共只被人们通过望远镜观测到两次。1909 年，一位土耳其天文学家首先发现了它的存在。于是，他在 1911 年的国际天文学大会上，详细介绍了他的发现，然而，由于他一身土耳其装束，没有人相信他的发言。大人们一向如此。

我们发现
土耳其天文学家可能是
荷兰人，而且还是近视眼

我们从手稿中注意到，安托万·德·圣－埃克苏佩里对首次观测到 B612 小行星的天文学家的国籍曾有过犹豫（这是一处重要细节，与叙述者讲述的可信度紧密相连），同时，他还调整了观测年份，把 1915 年改为 1909 年。这处修改非常合乎逻辑，因为后续故事中提到，这个重大发现是在 1911 年一次国际天文学大会上由上述土耳其天文学家提出来的。遗憾的是，由于他一身土耳其装束，没有人认真对待他的研究成果。手稿上继续写道，这个行星后来被一位“可信赖的”（意思是“无聊到让人相信的”）科学家重新观测到，并命名为 ACB316。讲述这部分内容的版本没有被保留在最终文本中，圣－埃克苏佩里在终稿中将其改为：1920 年，这位土耳其天文学家提交了新的学术报告。这一次，他身穿西方礼服，B612 小行星终于得到科学界的认可。

这个年份的变化，也可能缘于作家联想到 1911 年 10 月 23 日至 26 日在巴黎天文台召开的一次重要的国际天文历大会。他那时只有 11 岁。然而，正是在这次大会上，全球天文星历表[①]的制作才趋于合理，大会决定将天体位置的计算工作分配给不同的部门，协同制作天文年历。

① 天文星历表，简称星历表、星表，源自希腊文“ἐφήμερος”（ephemeros），指记载一个或多个天体每天特定时刻运行位置的图表，能快速查出天体的精确位置。

《小王子》第五章配图手稿

墨水和水彩画

1942 年，纽约

手稿真迹页面

特别收藏

[……] 猴面包树必须及时连根拔掉。
否则，等它们长大了，就再也别想除掉它们了。

猴面包树惨剧

1972 年 12 月 7 日，“阿波罗 17 号”的宇航员拍摄了第一张完整的地球照片（“蓝色大理石”照片，The Blue Marble Shot），距离《小王子》出版已过去 30 年；1990 年 2 月 14 日，“旅行者 1 号”在距离地球 64 亿公里的位置，带来另一张著名的太空快照，命名为“暗淡蓝点”（Pale Blue Dot）：在浩瀚无垠的宇宙中“一个淡蓝色的点”，此时《小王子》出版已将近 50 年。这些照片深刻地改变了人类与地球的关系，展示了是什么让地球成为我们共同的家园，它们让人类对自己“无所不能”拥有正确的认知，同时在全球范围内唤起真实的脆弱感和集体责任感，并引发绝大多数人的共鸣。作为一名职业飞行员，安托万·德·圣－埃克苏佩里曾亲睹地球的轮廓（我们在他的画中也见过无数次），因此，他对这一点感受得更为强烈——如同一种预感。《小王子》的写作也受此影响，作家既表达了对亲密关系和人类情感的反思，也对我们这个星球的共同未来提出了强烈的质疑。故事的第五章对此有所展现。在这一章中，小王子和飞行员讨论了要在日常生活中留心观察我们周围事物的重要性：每天都必须连根拔起猴面包树的嫩芽，否则，它们将占据小王子的星球。作家语气严肃，以一种近乎呼吁的口吻讲述着：“看，小王子在试图连根拔起一棵年轻的猴面包树。这种做法是错误的。只有任由树木肆意生长的懒鬼才会这样。现在，这棵树有撑爆整个星球的危险了。所以，试想一下，如果不是一两棵猴面包树，而是放任二十多棵猴面包树疯狂生长，会发生什么呢？按照朋友的指示，我创作了两幅图画。他对我说：请务必给住在你的星球上的孩子们郑重地解释这种危险。如果有一天他们去旅行，这将帮助到他们。给他们画一幅图画吧。”（《小王子》手稿）他在最终文本中又补充写道：“于是，按照小王子的指示，我画出了那个被猴面包树困扰的星球。我一点也不喜欢用说教的口吻讲话，可是，大家对于猴面包树的危险了解得太少，若是一个人在小行星上迷了路，他所冒的风险又是如此之大，所以，这次我破例放下自己的矜持。我要大声疾呼：‘孩子们！要当心猴面包树啊！’”

安托万·德·圣－埃克苏佩里是否在这里特意探讨了环保问题，并提前拉响了今日气候问题的紧急预警呢？我们没有确切答案。当然，我们无法阻止人们对这种解读的坚持，尽管在作者的其他文章中并没有找到真正的依据。这种对植物的隐喻（猴面包树）并不会使他成为环保活动家，就像他画下一颗星星，也不会因此成为天体物理学家；然而，从书中不难发现作家对整个人类集体的担忧，既要反对那些野蛮的政治思潮（纳粹主义和极权主义的诞生），也要警觉富裕社会对这颗蓝色星球的破坏，人类正在技术化、消费化和工业化社会的轨道上大步偏移。

《小王子在他的星球上除掉猴面包树嫩苗》
《小王子》第五章图画准备稿
墨水和水彩画
1942 年，纽约 / 阿舍罗肯（长岛）
纽约，摩根图书馆与博物馆

《小王子和他被猴面包树占领的星球》
《小王子》第五章图画准备稿
墨水和水彩画
1942 年，纽约 / 阿舍罗肯（长岛）
纽约，摩根图书馆与博物馆

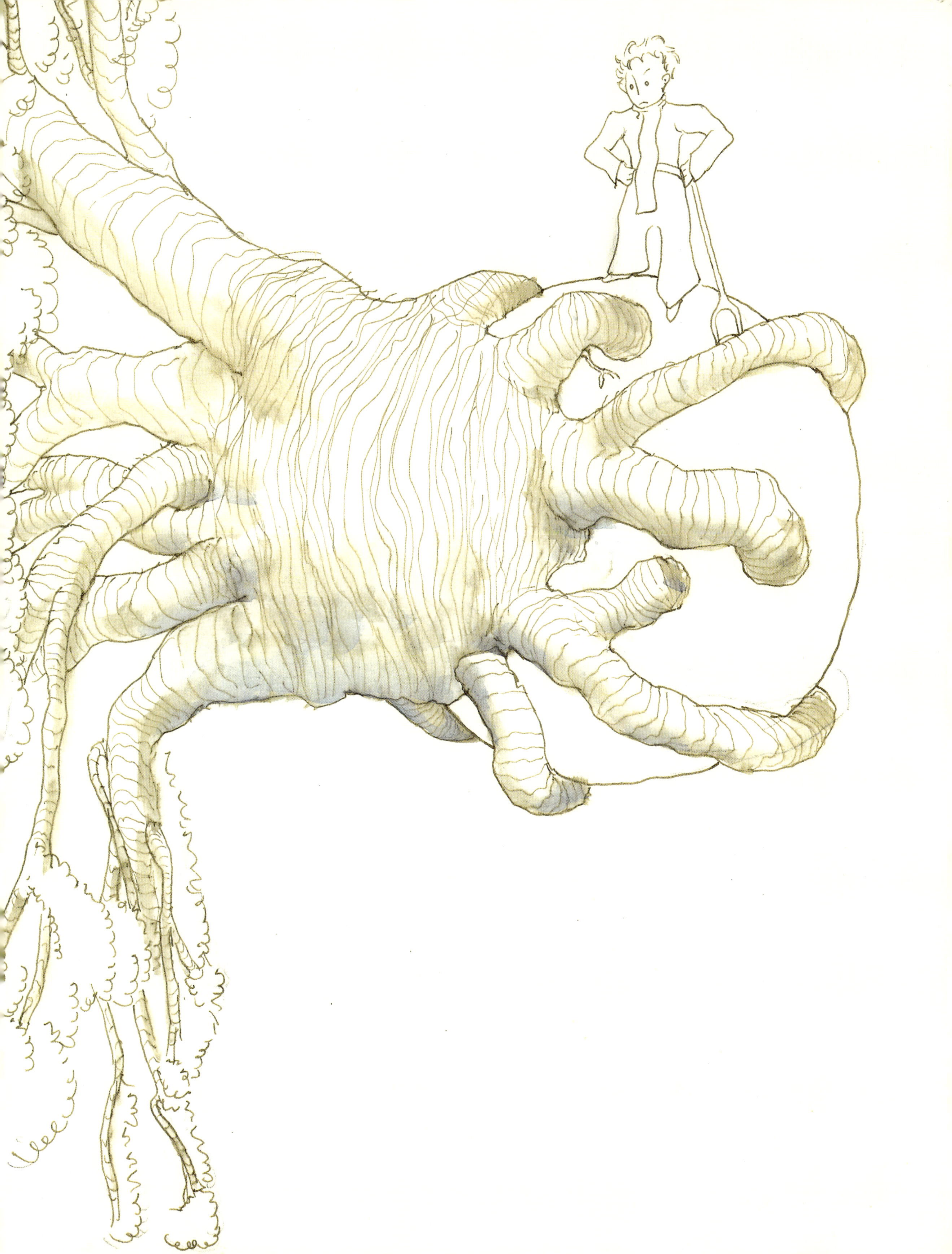

忧郁

在《小王子》的书中，这幅美轮美奂的水彩画仅以黑白复制稿的形式出现，人们将文本印刷在星球表面，与星球融为一体。我们在此复原了它的原始色彩，太阳的暖红色逐渐消失在芦苇荡和花丛中。整个星际空间与小行星的主体采用了相同的洁白，深深地打动着人们。小王子的孤独世界并不是一个抽象的空间，它的背景中充满了美好的装饰之物；然而，小王子创造出这种存在的感受，却把自己留给了空白与寂静。我们将这幅画的终稿与附在摩根图书馆馆藏资料中的水彩画准备稿进行比较时，便能发现这种对纯粹和简单的追求。这里展示的是手稿第 27 页的复制稿。

啊！小王子，我渐渐明白了你小小的生命为何如此忧郁。很久以来，只有落日的温柔能让你感到欢愉。我是在第四天的早上，当你对我说出这些话时了解到的：

“我特别喜欢落日。我们去看落日吧……”

“需要再等一等……”

“等什么？”

“等太阳落山。”

一开始，你看起来十分惊讶，随后自己也笑了起来。然后，你说：

“是啊。我一直以为，还在自己的星球上呢！”

当美国还是正午时分，太阳已经开始在法国落下。这个时候，只需要在一分钟内赶去法国，就能欣赏夕阳。可惜的是，法国离美国那么遥远。但在你小小的星球上，你只需要拉着椅子挪动几步。每当你渴望黄昏的时候，随时都能看到落日……

“有一天，我看了四十四次落日。”

过了一会儿，他又补充道：

“你知道……当人们非常伤心的时候，就喜欢看落日……”

“所以，你那天是不是特别伤心？”

然而，小王子没有回答。

“有一天，我看了四十四次落日。”

《小王子在他的星球上看落日》
为《小王子》第六章所作的水彩画终稿
墨水和水彩画
1942 年，纽约 / 阿舍罗肯（长岛）
让 - 马克 · 普罗布斯特收藏

“可是，那些绵羊，”小王子说，“它们也吃花吗?”
“当然了。它们什么都吃。”
“甚至那些带刺的花，它们也吃吗?”
“是的，带刺的花也吃。”
“这样的话，那些刺又有什么用呢?”
“我不知道……”
小王子若有所思地点点头。
“那些花，她们有点天真。”
绵羊贪吃似乎让他有些担心，[我]问他，他的星球上有没有花。
“有许多许多花，她们都很简单……但是……”
“但是什么?”
小王子的脸红得厉害，没有再回答我。

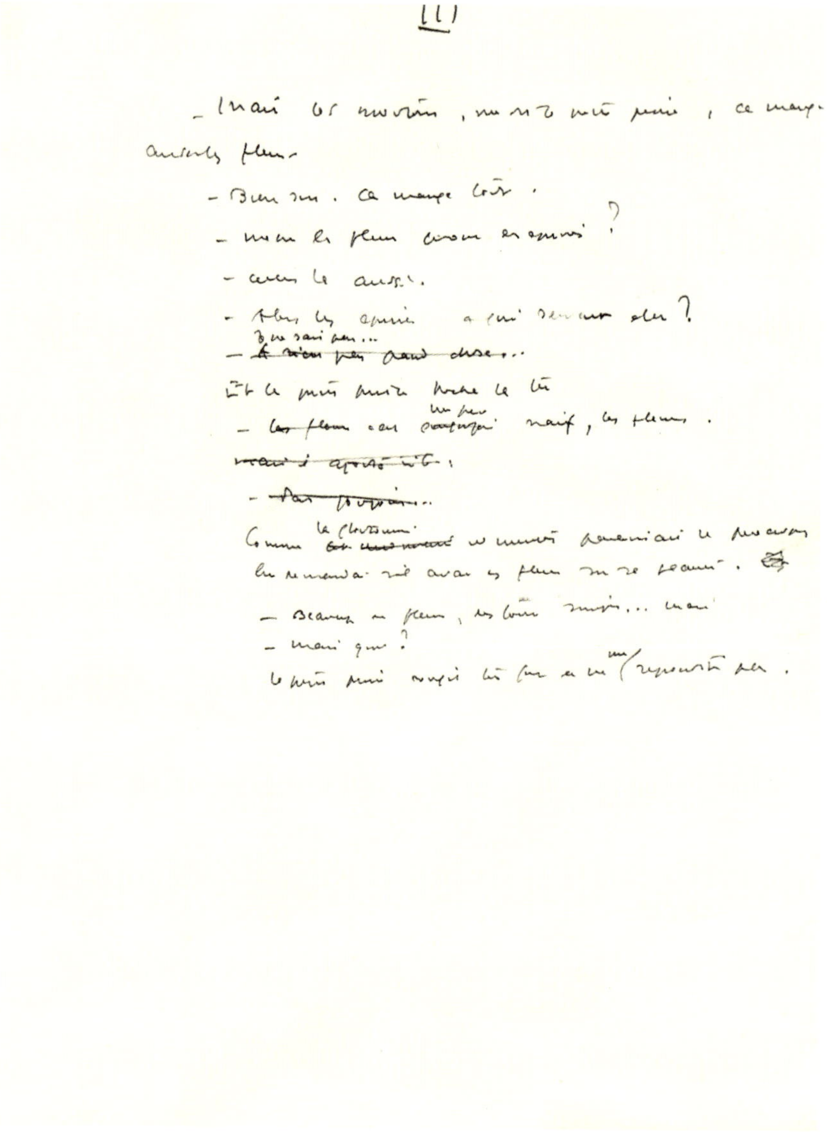

《小王子》第七章手稿
[纽约，1942年]
手稿真迹
特别收藏

小王子的脸红得厉害

这张文稿的创作时间可能比摩根图书馆中的手稿要更早一些。它讲起《小王子》的核心场景之一。在这个过程中，飞行员开始明白，他的拜访者提出的那些问题绝不仅仅在表达他的幻想。相反，它们如同一种带有保留的倾诉，袒露小王子的内心地带，拼凑起一个笼罩在忧伤、遗憾和自责中的私人故事。这个情节与小王子离开他的星球的场景形成呼应，在那个场景中，玫瑰放弃了球形玻璃罩，选择用它四根像爪子一样锋利的刺来保护自己。小王子也会在游历地球的过程中，逐渐意识到自己的错误：“我应该以她的行动而不是她的言语来判断她。她予我芬芳，让我的世界充满光彩。我真不该离她而去！我早就应该猜到她那些拙劣的小伎俩背后隐藏的温柔。花儿们总是那么自相矛盾！可是，我那时太年轻了，还不知道该如何去爱她。”

这朵花，就这样盛开了

从一段倾诉到另一段倾诉，飞行员了解了小王子的秘密。这个在沙漠中和他相处了五天的小家伙，之所以对绵羊和玫瑰的刺的作用都那么好奇——“小王子对任何一个问题的答案，都从不放弃”——那是因为他在他的星球上留下了一朵玫瑰，一朵独一无二的玫瑰，有别于其他那些单瓣花——点缀着他的星球的一日之花（初恋的形象）。

书的第八章描述了玫瑰在世间的出场：“但是有一天，一颗不知道从哪里来的种子发芽了，小王子密切看护着这株与众不同的幼苗［……］小王子目睹细枝上结出一个硕大的花苞，他隐约感觉到会有奇异的景象出现。然而，这朵花还没有准备好，她躲在自己绿色的房间里，精心打扮着。［……］然后，终于在一天早晨，就在太阳升起的时刻，她展露出自己的面容。”这真是一个动人的奇迹，然而，小王子很快就被花儿“有点敏感的虚荣心”折磨得有些难以忍受，……以至于“尽管他真心地喜欢这朵花，也难免很快就对她产生了怀疑”。作家在手稿背面留下这两句精辟的描述，对此做了完美总结……

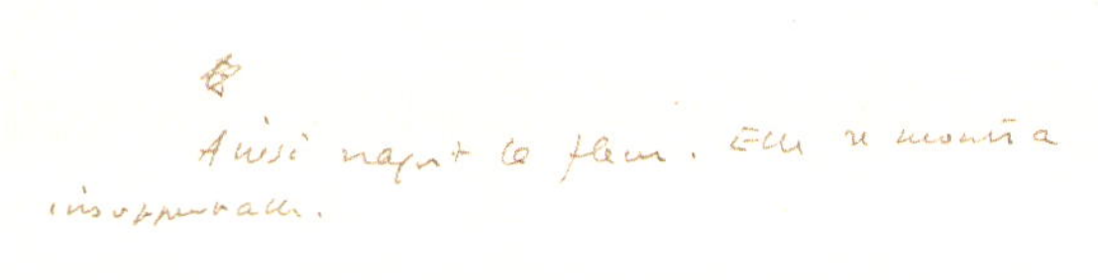

这朵花，就这样盛开了。她可真让人难以忍受。

《小王子》第八章手稿局部
1942 年，纽约
手稿真迹
特别收藏

《小王子和他的玫瑰》
为《小王子》第八章的一幅插图所作的素描草图
墨水画
1942 年，纽约
特别收藏

逃离

在《小王子》第九章中，飞行员讲述了小王子与他的玫瑰告别的场景。下文两幅水彩画原稿便与这个忧郁的场景有关，这个回忆对小王子来说如此痛苦：他怎能就这样离开了呢？抛下一个饱受猴面包树种子威胁的星球，还有一朵没有玻璃罩保护的玫瑰，经受风吹日晒，冒着被野兽吃掉的危险……第二幅画曾用于《小王子》的扉页。

我们从来自摩根图书馆的手稿第 34 页中了解到，作家最开始考虑过让小王子借助野鸭的迁徙逃离他的星球，因为这些野鸭“有时会落在他的星球上休息”，从而停驻下来。

“我想，他是借助一群迁徙的野鸟飞离了他的星球。”

《飞起来的小王子》
为《小王子》第九章所作的水彩画终稿，后用作《小王子》首版扉页
装入相框衬纸的墨水和水彩画
1942 年，纽约 / 阿舍罗肯（长岛）
特别收藏

“他仔细地清扫了活火山。”

《小王子在他的星球上，在他离开的早晨》
为《小王子》第九章所作的水彩画终稿，相框衬纸上附有亲笔签名
装入相框衬纸的墨水和水彩画
1942 年，纽约 / 阿舍罗肯（长岛）
特别收藏

《点灯人和其他人物》
为《小王子》所作的草图
墨水画
1942 年，纽约
手稿真迹
特别收藏

各种职业的星球

这些为《小王子》的写作而诞生的准备笔记，展示了安托万·德·圣－埃克苏佩里的工作状态，我们至今尚未发现同类型的文献资料。综合各种可能，它们的创作时间比保存在摩根图书馆里的手稿要更早一些。从《小王子》的第十章开始，小王子会拜访325至330号小行星上的居民，从这份笔记中可以看出，作家此时尚未做出成熟的路径安排。作家想象出一个充满了各种职业的星球，起初他将这些职业统统定性为"愚蠢的"，后来他改变了主意，给其中几项职业留下希望，期待他们可以摆脱目前所处的可笑境地。在这场小型的职业普查中，首先出场的是司灯员，他在最终作品中被改名为"点灯人"。虽然他的工作极具重复性，类似在一个愚蠢的星球上做着反复的机械性动作，安托万·德·圣－埃克苏佩里仍将这个角色定性为"joli[①]"。在作家笔下，这个词意味着一些令人愉快、讨人喜欢但同时又充满脆弱且容易受伤的东西；点灯人就是这样，他的责任感和慷慨举动拯救了他。作家把他保留下来：你打算为某人照亮世界，即使你在自己的星球上只有孤单一人……女舞者、捕鸟者、水手和捕蝴蝶的人也获得了这个救赎的标签，但这四个角色最后都没有被保留在故事中。相反，银行家起初是被划掉的，作家把商人那些令人厌恶的特征一并叠加在他身上，并像对待点灯人那样赋予了他独自的星球。而火车站站长（扳道工）和（卖解渴药丸的）商贩则被安排在地球上，享有小王子的短暂拜访。这两者代表了现代世界中追求虚荣的人。最后，我们联想到《小王子》的第十六章，安托万·德·圣－埃克苏佩里将整个地球描述为一个充满了各种职业的星球，住着约二十亿大人——这些人便是上述故事中的国王、地理学家、商人、酒鬼和爱慕虚荣的人。谁来拯救这个世界呢？如此看来，谁来拯救我们其他人类呢？

① 法文单词"joli"有许多含义，常用意思有：漂亮的、好听的、有趣的等。

"各种职业的星球"

为《小王子》所作的配图笔记
墨水画
1942年，纽约
手稿真迹
特别收藏

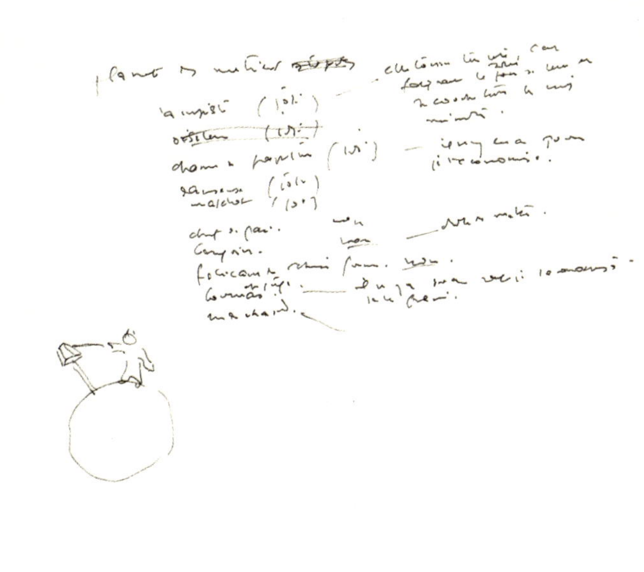

各种（删掉：愚蠢的）职业的星球

司灯员（joli）。它*转得很快，每隔五分钟就要起床，再睡下，实在是很累人。

（删掉：捕鸟者（joli））

捕蝴蝶的人（joli）。只有一只，我要把它留下来。

女舞者（joli）

水手（joli）

火车站站长。不要

银行家。不要。古怪的职业

[……]的制造商。不要

刽子手和法官。只有[……]，我要把它留下来。

我提醒他。

商贩。

* 指司灯员所在的星球。

捕蝴蝶的人

捕蝴蝶的人这个人物既没有出现在《小王子》的书中，也没有出现在摩根图书馆的手稿中。然而，安托万·德·圣－埃克苏佩里确实曾考虑过，在他的主人公的旅行中为这个人物安排一个位置，下页这幅未被留用的水彩画便证实了这一点。1943年4月2日，作家在离开纽约前，将一捆包裹交付给他的纽约朋友西尔维娅·汉密尔顿，其中便包含了这幅水彩画。这张插图与作家准备笔记中的内容形成呼应，他让这个“joli”的角色（捕蝴蝶的人）对自己唯一的蝴蝶说：“只有一只，我要把它留下来。”（在拜访国王的场景中，我们也见过相同的概念。）这幅画中则包含了更多的信息：捕蝴蝶的人的星球上也种了四朵花，其中三朵有那些有前途的毛毛虫陪伴。第四朵花，为了避免它受到任何外部伤害，如同玫瑰被保护在球形玻璃罩一样，它也被保护在一个既简单又巧妙的装置中。因此，这个星球呈现出小王子所在星球的特定属性，正如故事的第九章小王子离开的场景中所描述的那样：“如果我想认识蝴蝶，就必须忍受两三只毛毛虫。有蝴蝶围绕，似乎是件很美好的事。否则，谁会来拜访我呢？”所以，玫瑰下定决心在她的小王子离开之后，她要在没有玻璃罩的保护下生活，即便清凉的夜风掠过，以及面对偶尔出现的野兽。她不怕，她有四根刺作为“爪子”，以及她的“感冒也没有那么严重”……在后面的故事中，小王子会提醒花园中的五千朵玫瑰，他的玫瑰之所以拥有无与伦比的独特性，也是因为他曾为她杀死过毛毛虫，“除了给蝴蝶留下的两三只”。由此，我们大概能够懂得，尽管这个人物性格可爱，安托万·德·圣－埃克苏佩里却没有将他保留：作家更愿意着墨于小王子和他星球上那朵唯一的玫瑰，在讲述他们的关系过程中，使小王子的形象更加饱满。

最后，我们注意到，对圣－埃克苏佩里来说，这个蝴蝶收集者是个正面形象，他的身上具有“真实”的品质。我们在《小王子》手稿的第17页读到了这个意味深长的段落，虽然它最终未被完整地保留在第四章中：“大人们非常喜欢数字。当你和他们谈起一个新朋友时，他们从来不会问你那些真正重要的问题：‘他的嗓音是怎样的？[……]他收集蝴蝶吗？’他们只会问你：‘他几岁了？他有几个兄弟？他体重有多少？他爸爸挣多少钱？’他们认为只有弄清了这些数字，才算了解了这个人。如果你对大人们说，我喜欢上一栋漂亮的房子，它用粉红的砖头砌成，窗边摆着天竺葵，屋顶上栖息着鸽子，他们将无法想象这栋房子的样子。你得对他们说：‘我看到了一栋房子，价值两万美元。’这样，大人们就会惊呼起来：‘多漂亮的房子啊！’”

《捕蝴蝶的人》
为《小王子》所作的图画
铅笔和水彩画
[1942年，纽约]
纽约，摩根图书馆与博物馆

《捕蝴蝶的人、点灯人和小王子》

《小王子》图画准备稿

墨水画

1942 年，纽约

特别收藏

《商人、蟒蛇、大象及其他人物》
《小王子》图画准备稿，上一张纸的反面
墨水画
[1942 年，纽约]
特别收藏

人物画廊

在 256 页这张纸的正面，安托万·德·圣-埃克苏佩里留下了三幅人物草图，他在这些人物身上表达出一种强烈的温柔，而对于点灯人和捕蝴蝶的人来说，还带有几分宽容。两个行星，一座开满鲜花的山丘，两朵花，一只蝴蝶，故事的环境就设置好了。不知道在作者的心中，捕蝴蝶的人是否还算一个完全区别于小王子的人物……

在这张纸的背面，这个人物画廊也变得更加完整。在画着蟒蛇消化大象的同时，作家似乎也在创作商人（据摩根图书馆手稿的所有者说）的肖像草图。当然，他的身份也有更多的可能性，比如通过他的单片眼镜和手杖。我们推测，他可能是第一个版本中那个穿着讲究、爱慕虚荣的人。

从一个小行星到另一个小行星

小王子在旅行中拜访了六个小行星（325至330号），“希望能在那里找些事情做，并有所收获”。他当然会有所收获！他会深深感受到人们行事荒唐，这些应当反省的人沉浸在自己用权力、欢愉、荣耀和占有堆积起来的幻觉之中，却对真正的财富视而不见，对小王子眼中重要的事物视而不见。在这场令人沮丧的旅行中，小王子经历了接连不断的惊讶与慌乱，只有点灯人能给予他安慰，他日日重复的工作值得尊敬。

我们从摩根图书馆的手稿中看到，最初，安托万·德·圣-埃克苏佩里只打算让小王子拜访四个星球（325至328号），即国王、爱慕虚荣的人、酒鬼和地产商所在的星球。手稿这一页显示出小王子对国王的拜访原本十分短暂；在第二阶段修改时，作家扩写了这次拜访。如同对话在整个故事中所占的重要位置，在这些场景中，对话依旧发挥了主导作用。通过人物之间的交流，小王子继续着他的冒险，与不同的人相遇，学习到不同的东西；从一场对话到另一场对话，叙述者把小王子讲给他的故事再转述给读者。表面上，采用这种生动渐进的方式来构建故事，似乎只给文字描写部分留下了相对有限的空间；然而，借助水彩画的展现，读者可以确切地想象出这则寓言发生的虚构环境，同时不会减慢对话的进程。在后文收录的比纽约手稿更早创作的页面上，我们看到作家勾勒出他的主人公和酒鬼、国王的对话片段。在他写下这些文字的同时，小王子的宇宙在他眼前徐徐展开……一个星球、一张桌子、一个箱子，刚刚勾勒出草图，整个世界就被创造出来了。

《国王》
《小王子》第十章图画准备稿
墨水和水彩画
1942 年，纽约 / 阿舍罗肯（长岛）
巴黎，法航博物馆

“你在这里做什么？”
“我在喝酒。”
“因为口渴吗？”
“不是。”
“那你为什么要喝酒呢？”
“为了忘却。”
“为了忘却什么？”
“忘却我喝酒。”
“为什么要忘却你喝酒呢？”
“因为我因喝酒而羞愧。”

“国王从来不去那里。”
“为什么呢？”
“因为他害怕会大头朝下。”
“这不是真正的原因，到底是为什么呢？”
“为什么？”
“因为在星球的另一端，有一只老鼠。”

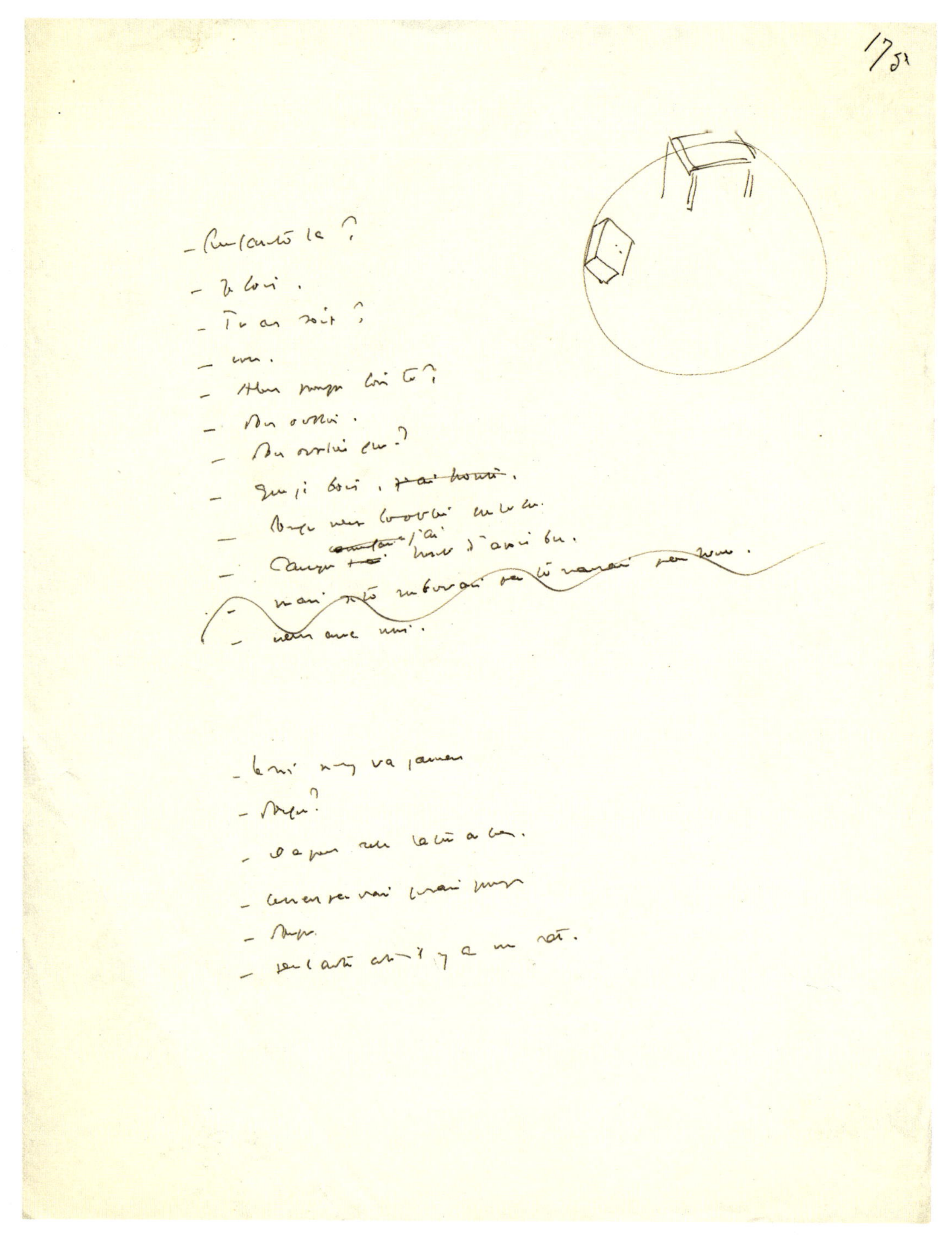

《小王子》第十章和第十二章配图手稿
墨水画
1942年，纽约
手稿真迹
特别收藏

《小王子》第十章配图手稿（手稿第 41 页）
墨水画
1942 年，纽约
手稿真迹
纽约，摩根图书馆与博物馆

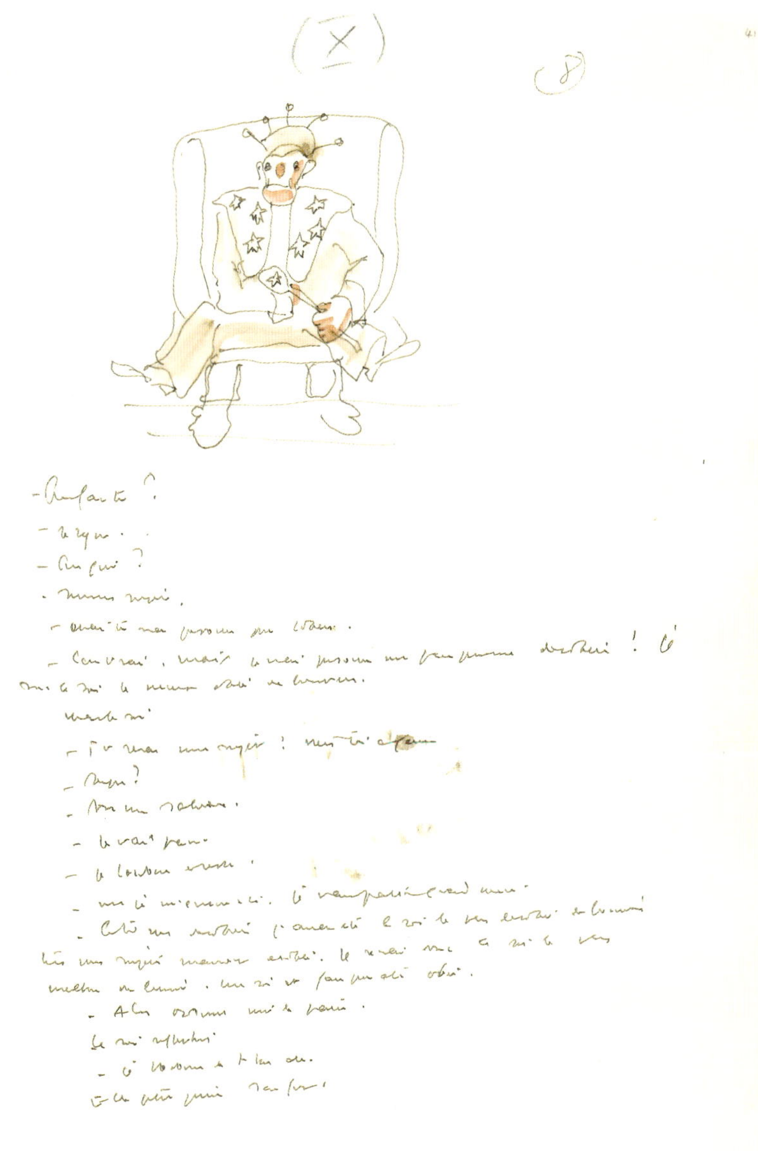

图画：老国王坐在他的宝座上

“你在这里做什么？”

“我在统治。”

“你在统治谁呢？”

“统治我的臣民。”

“但是，这里根本没有人服从你。”

“说得没错。但是，也没有人不服从我！我是全宇宙最被服从的国王。

这就是国王。

“你将成为我的子民！孩子，到这里来。”

“为什么？”

“过来向我致敬。”

“我要走了。”

“我命令你留下来。”

“我在这里感到厌倦。不管怎样，我还是会离开的。”

“如果你不服从我，我就会成为全宇宙最不被服从的国王，我所有的子民都不服从我。那么，我将成为全宇宙最可怜的国王。国王生来就是要被服从的。”

“那么，你就命令我离开吧。”

国王思考了一会儿。

“我命令你离开。”

于是，小王子就走了。

《酒鬼》
《小王子》第十二章图画准备稿
墨水和水彩画
1942 年，纽约 / 阿舍罗肯（长岛）
纽约，摩根图书馆与博物馆

《商人》
《小王子》第十三章图画准备稿
墨水和水彩画
1942 年，纽约 / 阿舍罗肯（长岛）
纽约，摩根图书馆与博物馆

《国王》
《小王子》第十章图画准备稿
墨水和水彩画
1942 年，纽约 / 阿舍罗肯（长岛）
巴黎，法航博物馆

他们是谁

后页两幅图画描绘了小王子拜访的人物，但我们无法确定他们的身份。安托万·德·圣－埃克苏佩里在书中并没有纠缠于对人物身份的描述，他只对主角们的装束、配饰和体形给予了寥寥数笔的说明。情节的讲述主要依靠对话进行，对话和水彩画交替推动着故事的发展。

第一个人物穿着优雅，但并不讨人喜欢。我们很自然地想到手稿中的地产商，作家最后给这个角色命名为“商人”。如果给这个人物加上一顶帽子，他也可能是爱慕虚荣的人（帽子是爱慕虚荣的人的首要特征）。这个男人穿着赭色套装，有些缩颈耸肩，看起来悠闲自在，时刻在意自己圆润的体形是否完美；他似乎很孤独，他的星球上没有任何陪伴，也没有任何装饰。这些人物并非特指，他们的存在旨在强调小王子所遇之人笼统的粗糙形象（圆圆的大红鼻子，竖立的头发，凹陷的五官和有些不成比例的脸），与小王子精致和谐的五官形成鲜明对比。它们延续了圣－埃克苏佩里青年时期的绘画中所特有的讽刺、戏谑的风格，以及他在纽约或别处有时给好友画像时过度夸张的表达方式。

第二个人物（第266页）可能是酒鬼，在《小王子》的书中，作家对他的形象描绘要比这幅草图可悲得多。这幅草图中的人物故作风雅，似乎对自己颇为满意。但是，他和酒鬼一样戴着一顶帽子，坐在桌前喝着东西。对于这种近乎侧面视角的绘画，作家似乎没有完全的把握，因为这样的人物轮廓处理起来更为复杂，尤其是坐着时交叉的双腿——为了描绘出书中的另一幅插图（小王子独坐在石墙上），他只能努力地掌握这一姿势的画法。

《人物在他的小行星上》
《小王子》水彩画准备稿
墨水和水彩画
1942年，纽约／阿舍罗肯（长岛）
特别收藏

《人物在他的小行星上》

《小王子》草图准备稿

墨水和水彩画

[1942 年，纽约]

温特图尔，艺术、文化和历史基金会

《长着翅膀的小王子飞过地球上空》
《小王子》第十章图画准备稿
墨水和水彩画
1942 年，纽约 / 阿舍罗肯（长岛）
纽约，摩根图书馆与博物馆

第七个星球，就是地球了

作为文学作品和飞行员职业的延伸，“在地球上空飞行”是圣 – 埃克苏佩里自 20 世纪 30 年代以来一直持续表达的绘画主题，这一点在摩根图书馆手稿所附的《小王子》水彩画的准备稿中也有体现。这些图画并没有被作家保留在最终作品中，因此我们对小王子接近地球或在地球上空飞行时所采取的实际方法无从考证。然而，即使不考虑这些图画，从目前所知的描述中，也能证实小王子在探索过这个新发现的星球后留下的第一印象：一望无垠，与世隔绝，干旱贫瘠，几乎荒无人烟。可是，人都在哪里呢？在烟囱冒着烟的房子里吗？

小王子在到达地球的那一刻（手稿中明确指出是在非洲的沙漠里），是没有机会遇到人类的……展现在他眼前的是一幅由沙子、仙人掌、鹅卵石和尸骨组成的景象，满目荒凉，最开始这里只有一个神秘的对话者——蛇。安托万·德·圣 – 埃克苏佩里是否在某一刻曾设想过，安排小王子和一只蜗牛（1936 年，他在沙漠中曾见过一只）进行一场对话呢？某些草图让我们萌生出这样的联想，虽然并不能确定。

《小王子与蜗牛》
《小王子》图画准备稿
墨水和水彩画
1942 年，纽约 / 阿舍罗肯（长岛）
纽约，摩根图书馆与博物馆

《小王子飞过地球上空》
《小王子》第十二章图画准备稿
墨水和水彩画
1942 年，纽约 / 阿舍罗肯（长岛）
纽约，摩根图书馆与博物馆

“你真是个奇怪的动物，”他最后说，“细得就像一根手指……”

《小王子和蛇》
为《小王子》第十七章所作的水彩画终稿
墨水和水彩画
1942 年，纽约 / 阿舍罗肯（长岛）
特别收藏

《小王子在沙漠里》
《小王子》第十六章图画准备稿
墨水和水彩画
1942 年，纽约 / 阿舍罗肯（长岛）
纽约，摩根图书馆与博物馆

攀登最高峰

“当我攀登喜马拉雅山时，我在雪地里走了很长时间，一周接着一周。”

《小王子》的手稿中多次提到小王子穿越喜马拉雅山的片段，尽管飞行员坦言，关于地球之旅，他的朋友并没有告诉他太多，“比起在世界上其他地方的旅行，他在这个话题上几乎守口如瓶”。但当他和小王子聊起时，很快就明白了“距离并没有给他带来多大困扰”：“他和我讲到喜马拉雅山。然后，讲到欧洲的一个城市。后来，又讲到太平洋，仿佛没有什么将这些地方分开。”然而，多年的写作经验提醒他：不可以说得太多或展示太多，要让读者在自己的想象中遨游。因此，他在最后的文本中删去了这些过于细致的描写。

也许正因为这场喜马拉雅山之旅，作家才留下了本页这幅不曾发表的水彩画：小王子爬上一条陡峭的小路，那条路从令人眩晕的绝壁上延伸出来。他为了凝视一颗星星，在攀登途中停下脚步。这不禁让我们想到“汉密尔顿系列”画作中的一幅，但是，那条从深渊中冒出来、准备把小王子一口吞掉的巨蛇却没有出现在这幅画上。

在摩根图书馆手稿所附的另一幅水彩画中，小王子站在山坡上，一直背对着我们，这一次，他不再只是凝视一颗星星，而是眺望在暮色中、太阳余晖下地球的沙漠景观。这幅画的描绘与故事第十九章的插图有着更为直接的联系。在那张插图中，小王子栖息在地球最高峰的尖顶：“这个星球这么干燥，到处都是尖利的山峰，四周还充满了咸味。”站在上面望下去，似乎并不比站在地面上看到的人更多；它唯一的对话者，是自己的回声。

《小王子站在山坡上看风景》
《小王子》第十九章水彩画准备稿
墨水和水彩画
1942 年，纽约 / 阿舍罗肯（长岛）
纽约，摩根图书馆与博物馆

《小王子站在悬崖边上看星星》
《小王子》水彩画准备稿
1942 年
特别收藏

五千朵玫瑰献给唯一的王子

穿越沙漠和喜马拉雅山后，小王子“偶然地”在欧洲某处发现了一座小山丘：“山丘的背面真舒服。这甚至是我们那里最为舒服的地方。山丘上总是散落着许多像玩具一样的宝贝，开花的苹果树，羊群，为圣诞节准备的冷杉。”（摩根图书馆手稿）。然而，这座山丘（在小王子与狐狸相遇的插图中，我们仍可以看出它的痕迹）后来被删掉了，作家用一座花园代替了它，五千朵玫瑰在花园里以同样的声音炫耀着自己。我们将在这里展示这幅附有作者签名的水彩画原稿。

花园这样的环境表面上令人如此愉悦，小王子却在这里得到一个可怕的启示。出于人类的意愿或者自然法则，世界上会存在无数朵相似的玫瑰，那么，他的玫瑰怎么可能是独一无二的呢？真正的眩晕就在这里，它不在世界的沙漠中，而在万物众生呆板的无差别中：“他感到伤心极了。他的花儿曾告诉他，她是宇宙中唯一的一朵玫瑰。看呐，仅仅是在一座花园里，就有五千朵一模一样的玫瑰！”

在手稿最初的版本中，作家把这次对花园的拜访视为故事的关键时刻。小王子在一阵巨大的悲伤后恢复了平静，没有依靠任何人的帮助，他自己明白了他的玫瑰的独特之处：“我坐在草地上，坐在那些看起来一模一样的花朵中，她们，她们至少没有自命不凡……我太失望了……然后，我就明白了。”（手稿第 121 页）

最终，安托万·德·圣－埃克苏佩里决定在故事中引入另一个角色，由它把这个真理埋进小王子的心中：狐狸就要登场了。

《小王子在树林旁》
《小王子》水彩画准备稿
墨水和水彩画
1942 年，纽约 / 阿舍罗肯（长岛）
特别收藏

《五千朵玫瑰的花园》
为《小王子》第二十章所作的水彩画终稿
相框衬纸上附有亲笔签名
装入相框衬纸的墨水和水彩画
1942 年，纽约 / 阿舍罗肯（长岛）
温特图尔，艺术、文化和历史基金会

《背靠树干坐着的小王子》
《小王子》图画准备稿
墨水和水彩画
1942 年，纽约 / 阿舍罗肯（长岛）
特别收藏

“于是，他扑在草地上，哭了起来。”

《小王子》第二十章水彩画准备稿
墨水和水彩画
1942 年，纽约 / 阿舍罗肯（长岛）
纽约，摩根图书馆与博物馆

“于是，他扑在草地上，哭了起来。”

为《小王子》第二十章所作的草图
墨水和水彩画
1942 年，纽约 / 阿舍罗肯（长岛）
纽约，摩根图书馆与博物馆

“看来，在你住的地方，是有朋友的。”
“什么是朋友？”
“某个像你我这样的人。”
“我们能成为朋友吗？”
“不能。”
“为什么？”
“敌人有朋友吗？”
“有的。”
“朋友有敌人吗？”
“有的。”
“敌人的朋友就是朋友的敌人吗？”
“您觉得呢？”
“哦，是这样的！”

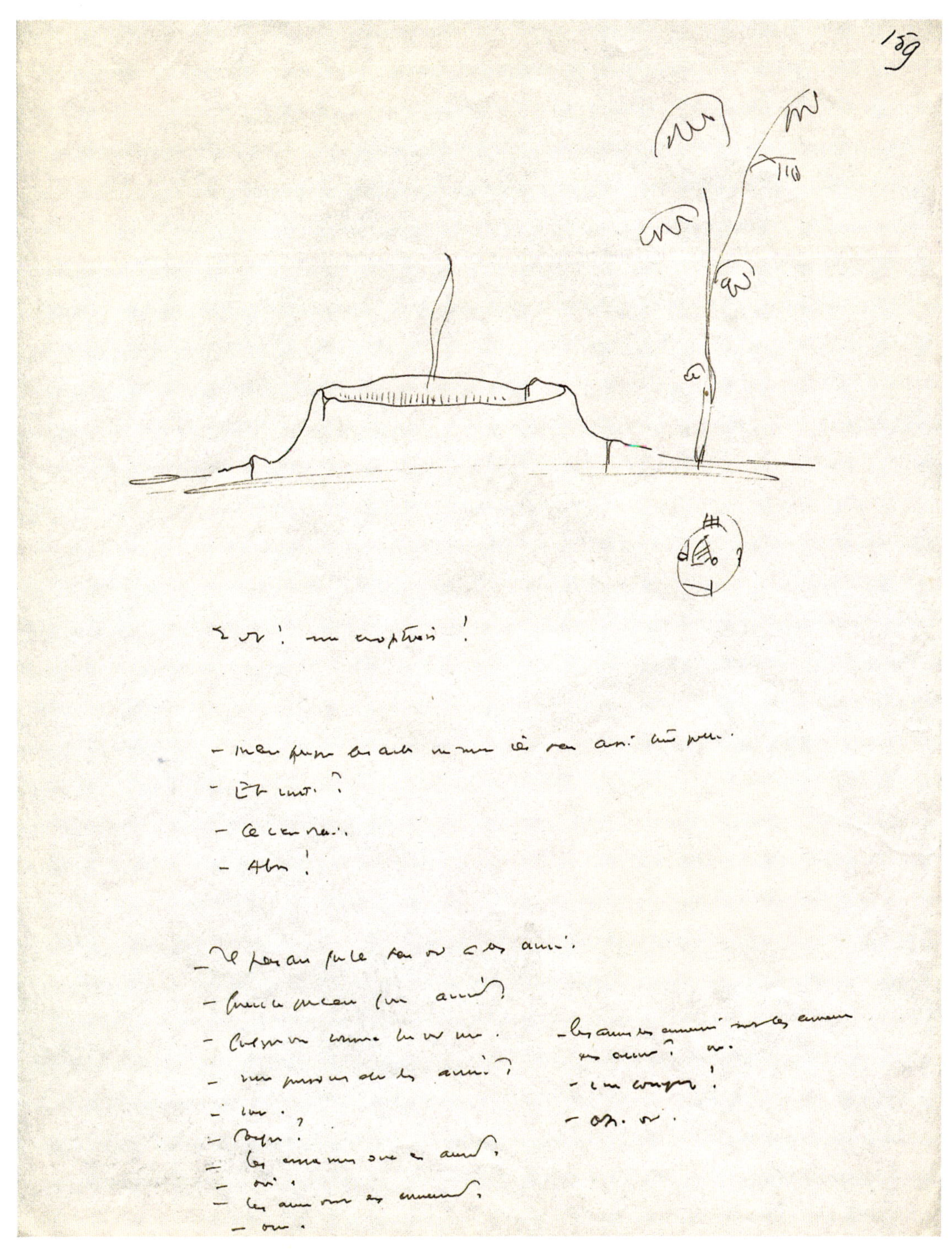

《小王子》第二十一章配图手稿
绘有一座喷发的火山和一棵树
1942 年，纽约
手稿真迹
特别收藏

《小王子牵着狐狸》
《小王子》第二十一章图画准备稿
铅笔画
1942年，纽约/阿舍罗肯（长岛）
纽约，摩根图书馆与博物馆

建立联系：狐狸的智慧

安托万·德·圣-埃克苏佩里打破人们的习惯认知，把一只狐狸带进了他的童话。这个传统意义上与奉承、谎言、狡猾联系在一起的动物，将化身为智慧大师和传递真理的使者。这个猎鸡、淘气、野生的动物，将向人们揭示世间最重要的秘密，它教给人们要建立起真正的关系，要有耐心，要有仪式感，要让时间过得丰富而充实……这个无法被驯化的动物，却甘愿被这个从天而降的新伙伴驯养。它不同于人们通常印象中的洞穴居民，它有着独特的思想和内心："比如，你可以傍晚来。你会发出和别人不一样的声响。那是你特有的脚步声。太多太多的脚步声，只会让我躲进洞中。而你的脚步声不同，它会让我心跳加速，我很愿意去辨认你的脚步声。你有一头金色的头发。如果我能被你驯养，将是多么美妙的事啊。"

在狐狸的陪伴下，小王子非常快乐。"我们去散散步吧，"小王子说，"我会保护你的。我会告诉猎人，你是我的狗！"这句话并没有保留在书中，只有安托万·德·圣-埃克苏佩里的几幅草图可以佐证，画面上描绘了牵着狐狸的小王子。

通过这种近乎苏格拉底式的对话，狐狸会教给小王子许多关于人的道理，真理也将逐渐浮出水面："他们很奇怪，"狐狸说，"一部分和你年纪相仿的大人，他们还能理解一些东西，也能理解孩子。但是其他人已经忘记自己在寻找什么了。[……]他们不驯养任何东西，也没有什么能将他们驯养。他们只购买东西。"

《小王子牵着狐狸，遇到另一种动物》

《小王子》第二十一章图画准备稿

褪色铅笔画

1942 年，纽约 / 阿舍罗肯（长岛）

特别收藏

《小王子和狐狸相遇》

《小王子》第二十一章水彩画准备稿

1942 年，纽约 / 阿舍罗肯（长岛）

温特图尔，艺术、文化和历史基金会

《小王子在路上》
《小王子》第二十一章图画准备稿
褪色铅笔画
1942 年，纽约 / 阿舍罗肯（长岛）
特别收藏

《小王子和狐狸相遇》
《小王子》第二十一章图画准备稿
1942 年，纽约 / 阿舍罗肯（长岛）
温特图尔，艺术、文化和历史基金会

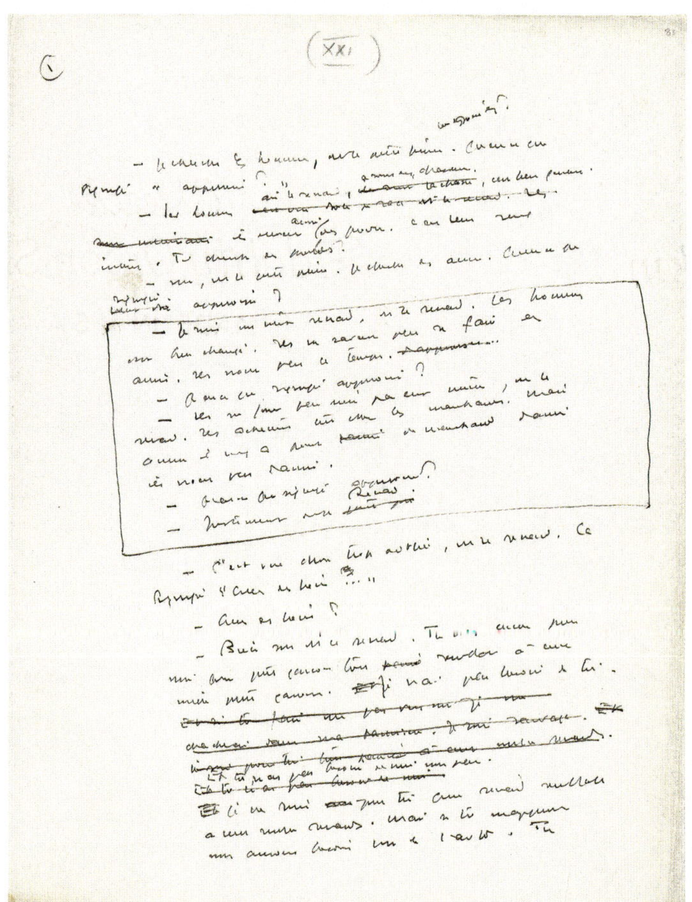

《小王子》第二十一章手稿
1942 年，纽约
手稿真迹
纽约，摩根图书馆与博物馆

“我在找人，”小王子回答，“他们在哪里呢？‘驯养’是什么意思？”

“人嘛，”狐狸说，“他们是猎人。打猎是他们的战斗。但是，他们也养鸡。这是他们做的唯一有意义的事。你是要找鸡吗？”

“不是，”小王子回答，“我在寻找朋友。‘驯养’是什么意思？”

“我是一只老狐狸，”狐狸说。“人改变了很多。他们不再知道如何交朋友。他们再也没有时间去认识什么。”

“‘驯养’是什么意思？”

“他们不再自己做任何事情。”狐狸说，“他们从商人那里购买一切。但是，由于世界上不存在售卖朋友的商人，所以，人们就没有朋友。”

“‘驯养’到底是什么意思呢？”

“是这样的。”狐狸说。

“这是一件几乎被人彻底遗忘的事，”狐狸说，“它的意思是‘建立联系’……”

“建立联系？”

“是的，”狐狸说，“对我来说，你只是一个小男孩，像其他千千万万个相似的小男孩一样。我不需要你。你也不需要我。对你来说，我也只不过是一只狐狸，和其他千千万万只相似的狐狸没有区别。但是，如果你驯养了我，我们就彼此依赖了。”

“是的，我很愿意，”小王子说，“但是，你为什么想被驯养？”

“我有些厌倦，”狐狸说，“我没有一个朋友。确实，我很可恶：我猎杀鸡，人们又猎杀我。但是，一切看起来都差不多。”

在页面底部：完全失音的／极度无礼的／我很愿意。小王子说。

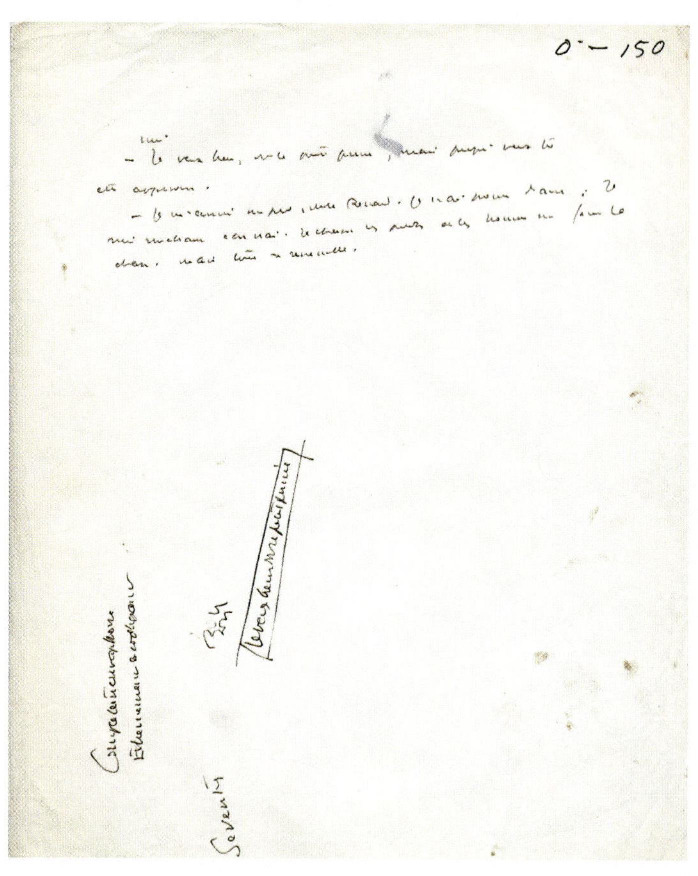

《小王子》第二十一章手稿
1942 年，纽约
手稿真迹
特别收藏

"狐狸，永远永远都不会回来了！"

《小王子》第二十一章手稿
1942 年，纽约
手稿真迹
特别收藏

真正重要的东西，眼睛是看不见的

我们研究《小王子》的手稿后发现，安托万·德·圣－埃克苏佩里书中这句最具标志性的箴言并不是他一时灵光乍现，而是反复斟酌后的结果。在最初的文本中，它曾被表述为“最重要的东西，恰恰是看不见的”；在其他页面上，也留有各种版本：“重要的东西，是看不见的”（手稿第 78 页）；“真正重要的东西，往往是看不见的”（手稿第 81 页）；“重要的东西，往往是看不见的”（手稿第 87 页，手稿第 116 页）；“最重要的东西，始终是看不见的”（手稿第 102 页）；“要用心，才能看清”（手稿第 108 页）。而这句话最终的完整版——“只有用心，才能看清楚。真正重要的东西，眼睛是看不见的。”——在后来的誊清稿本中，才被真正确定下来。

《小王子》第二十一章手稿（手稿第 81 页）
1942 年，纽约
手稿真迹
纽约，摩根图书馆与博物馆

他回到狐狸身边。

“再见了。”他说……

“再见了，”狐狸说，“这就是我的秘密，它很简单。真正重要的东西，往往是看不见的。”

“真正重要的东西，往往是看不见的。”小王子重复着，为了把它牢牢记住。

“是你为你的玫瑰付出的时间，才让她变得如此重要。”

“是我为我的玫瑰付出的时间……”小王子重复着，为了把它牢牢记住。

“人们已经忘记了这个真理。”狐狸说，“你最好还是回家吧。”

“我最好……”小王子说道，为了把它牢牢记住。

“但你一定不要忘记它。当你驯养了某件东西或某个人，你就要对它负责。”

“我就要对它负责。”小王子重复着，为了把它牢牢记住。

“你驯养了一朵玫瑰，你就要对你的玫瑰负责。”

“也许，是她驯养了我。”小王子说。

“这完全是一回事。”

“我要对我的玫瑰负责。”小王子重复着，为了把它牢记于心。

“你最好还是回家吧。”

“我最好还是回家吧。”小王子重复着……“可是，我也要对你负责。”

“哦！不，”狐狸说，“我有可怕的牙齿和利爪。”

“我们永远不知道究竟是谁驯养了谁，”狐狸说，“那些真正的关系值得双方去付出……”

Et il revint vers le renard

— Adieu dit-il..

— Adieu, dit le renard. ~~Le voici~~ voici mon secret. Il est très simple. Ce qui ~~compte~~ le plus important c'est ce qui ne se voit jamais.

— Ce qui est important ne se voit pas, répéta le petit prince afin de se souvenir.

— C'est le temps que tu as perdu pour ta rose qui fait ta rose si importante.

— C'est le temps que j'ai perdu pour ~~[illegible]~~ ma rose... fit le petit prince afin de se souvenir.

— Les hommes ont oublié ~~[illegible]~~ cette vérité, dit le renard. Et tu feras mieux de rester chez toi.

— Je ferai mieux, dit le petit prince afin de se souvenir.

Mais tu ne dois pas l'oublier. Tu deviens responsable pour toujours de ce que tu as apprivoisé.

— J'en suis responsable, dit le petit prince pour se souvenir.

— Tu as apprivoisé une rose, tu es responsable de ta rose!

— [illegible], [illegible], [illegible] apprivoisé [illegible]

— [illegible] [illegible]

— Je suis responsable d'une rose fit le petit prince pour se souvenir.

— Et tu ferais mieux de rester chez toi.

— Et je ferai mieux de rester chez moi, fit le petit prince... mais je suis responsable de [illegible]

— Oh! oui, dit le renard! [illegible]

[illegible].

— On ne connaît jamais les [illegible], dit le renard.

~~[illegible]~~. Les relations [illegible] valent toutes seules...

《麦田上的风景》
《小王子》图画准备稿
墨水和水彩画
1942 年
特别收藏

“总之，她感到非常厌倦。”

《沙漠中的女人》
墨水画
无日期
圣－埃克苏佩里－达盖遗产管理委员会收藏

缺少人物的风景

“你看到那边的麦田了吗？我不吃面包。小麦对我来说一点用也没有。麦田也不会让我想起任何事情。这真让人伤心！可是，你的头发是金色的。如果你驯养了我，那该多美好啊！金灿灿的小麦会让我想起你。我会爱上风吹麦浪的声音……”（小王子与狐狸，第二十一章）

安托万·德·圣－埃克苏佩里很喜欢用水彩画描绘荒漠和高山，并用这样的环境来表现小王子的地球之旅。除去那片遇到狐狸和玫瑰园时的绿色草地，小王子全程被置于一个干燥、荒凉、人迹罕至的世界，甚至还有潜在威胁（蛇）。

尽管作家并没有真正试图用图画描绘出小王子地球之旅的行程路线（而且也没有文字描写），我们推断，他最初大概有这样的打算，正如前页风景草图所展示的那样。这是一个在他的铅笔或钢笔下经常出现的主题：丘陵地带起伏的地平线上，一条消失在远方的小路。但是，在这幅不曾发表的水彩画复制稿上，却没有出现任何人物，仅仅描绘了典型的麦田风光。《小王子》的读者对这个画面应该非常敏感。因为，这个环境在这则寓言中至关重要：起初，麦田对狐狸毫无意义；后来，它甚至代表了小王子的形象，在狐狸的记忆中闪闪发光，沙沙作响——金灿灿的麦田象征了小王子金色的头发。而这样的地球对人类来说，可能只是一片荒凉无聊的土地（这幅为内莉·德·沃盖创作的图画更加说明了这一点，画面上是一些《小王子》中提到的死亡象征），人口也越来越多。人物的情绪在这段故事的尾声达到最高潮，作家用这种缺失表达出某种存在。

第一次面对分离的时刻，被小王子驯服的狐狸伤心地哭了，小王子为狐狸担忧起来：在这场相遇中，除了泪水和伤感，它还能得到什么呢？狐狸会给出这个神秘的答案，小王子也会因此而得到安慰：“因为小麦的颜色，我得到了无比宝贵的东西。”这处环境的重要性不言而喻，风吹麦浪的声音，就像夜空中无数颗星星的铃铛声。

《小王子》第二十二章手稿

1942 年，纽约

手稿真迹

特别收藏

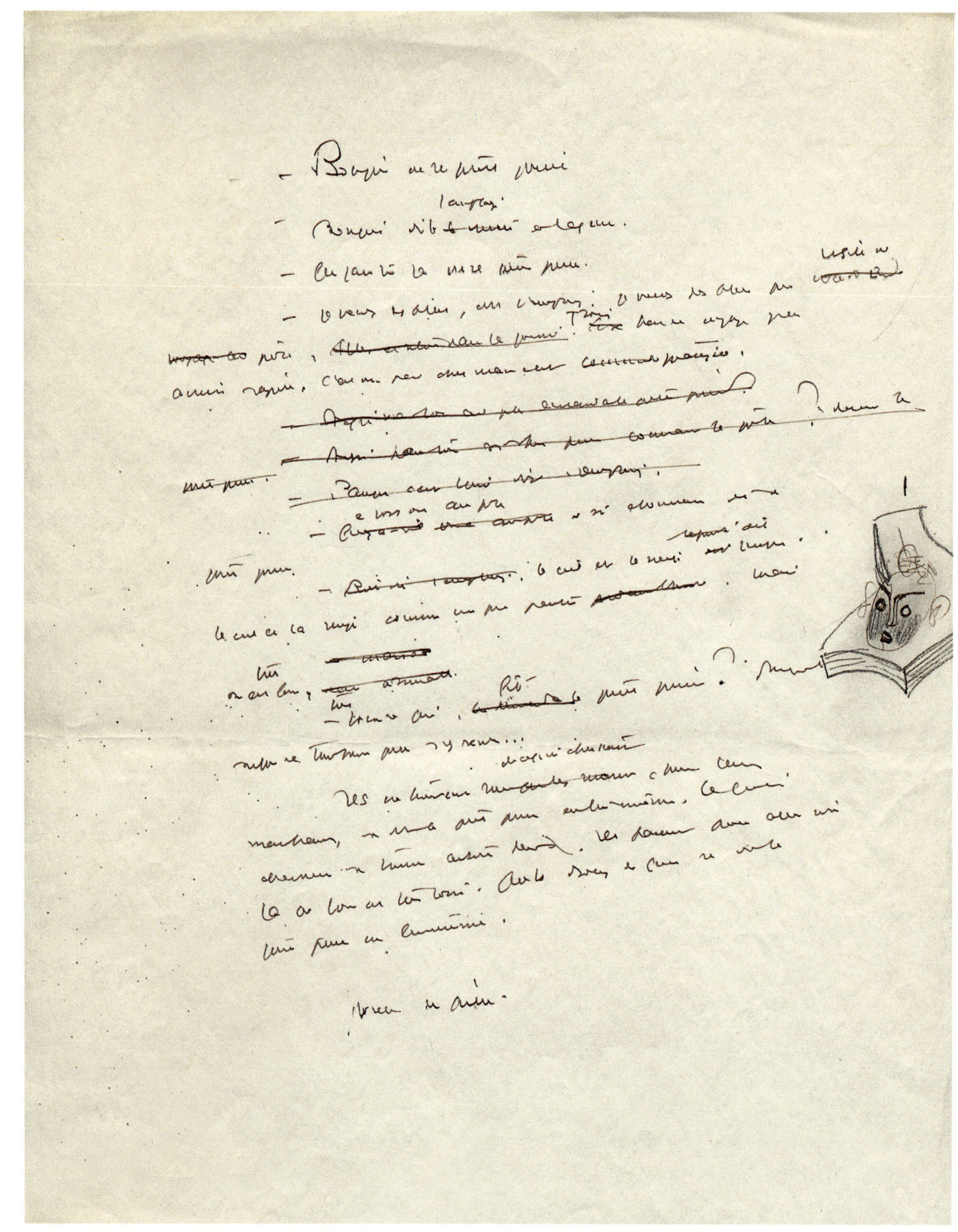

旅行：不曾发表的场景

到达地球后，小王子遇到两个人物：火车调度员和商贩。在第二十二章和第二十三章中，作家分别用几段对话讲述了这两次简短的会面。在摩根图书馆的手稿中，与火车调度员的相遇存在好几个版本。我们把这个不曾发表的版本补充于此，它更直接地探讨了旅行的虚荣和距离的遥远（在西方人的想象中，哪里能比地球的两极更遥远呢），并将这两个问题与真实的离开故土和真正的冒险加以比较，借此告诉人们，后者才是一种向内的追求。安托万·德·圣-埃克苏佩里所处的时代，科技进步带来了交通工具的巨大变革，身为飞行员的他对此也颇有感触；世界上仿佛不再有异国情调，这样的意识在同时代人们的思想中逐渐加深。世界看上去越是触手可及，人类就越难找到某个完全陌生的地域来满足他们的猎奇心，这样的设想变得遥不可及。因此，在这种先决条件下，征服的精神无法达成，关于自我满足的希望也只能落空。面对这样的矛盾，人类只有一个答案，也是他们唯一的慰藉：返璞归真，不再沉迷于外部的花花世界，而是回归自己的内心。

最后，我们在保存于美国的《小王子》手稿中注意到这样一个片段，它讲述了小王子和一个发明家相遇后的故事：发明家制造了一台机器，可以降温，可以玩保龄球，可以吸烟……还可以去极地旅行。（手稿第 139 页）

“你好，”小王子说。

“你好，”火车站工作人员说。

“你在那里做什么？”小王子问道。

“我在卖票，”工作人员回答，“我在卖参观极地的门票。乘坐快车的话，三个小时就可以到了。虽然有一点贵，却非常方便。”

“在那么奇妙的极地，人们能看到什么呢？”小王子问。

“天空和雪，”工作人员说，“极地的天空和雪看起来就像倾斜的草地。可是，我们离那里非常遥远。”

“为什么说离那里非常遥远呢？”小王子问，“既然只需要坐上火车，就可以到达那里……”

“他们正在寻找的东西是永远找不到的，这是他们的不幸，”小王子心想。“他们正在寻找的东西其实就在身边，他们却要花钱去那么遥远的地方看看。人是多么奇怪啊。”小王子在心底自言自语。

万物皆可卖，万物皆可买

在《小王子》第二十三章中，确实讲到了一个商贩，但他生活在地球上，售卖可以节省时间的药丸——在小王子眼中，这是一个愚蠢而枯燥的工作，享受闲暇时光的乐趣是他发自内心的追求，人类却要和它构成一种关系。

安托万·德·圣-埃克苏佩里的笔下有过另外一个商贩形象，这个形象只存在于《小王子》纽约手稿的第94页，他独自拥有一个星球，我们第一次将这幅画在此展示。他在售卖一种手摇装置，它的使用价值令人生疑；作家想通过这个形象来表达他对富足社会的批判：制造出越来越多的商品和欲望，通过广告来扭曲人们的思想。这个厚颜无耻的商贩，态度极其放肆，竟敢强迫这位年轻的拜访者接受他近乎奥威尔式[①]的信条："我们提供给你的东西，只有当你真心想要的时候，才有购买的自由。"

① 奥威尔式，常用来形容极权主义的恐怖和篡改历史等。源于英国小说家、记者和社会评论家乔治·奥威尔（George Orwell，1903—1950），他的代表作《动物庄园》《一九八四》都是反极权主义的经典名著。

《小王子》第二十一章手稿（手稿第94页）
1942年，纽约
手稿真迹
纽约，摩根图书馆与博物馆

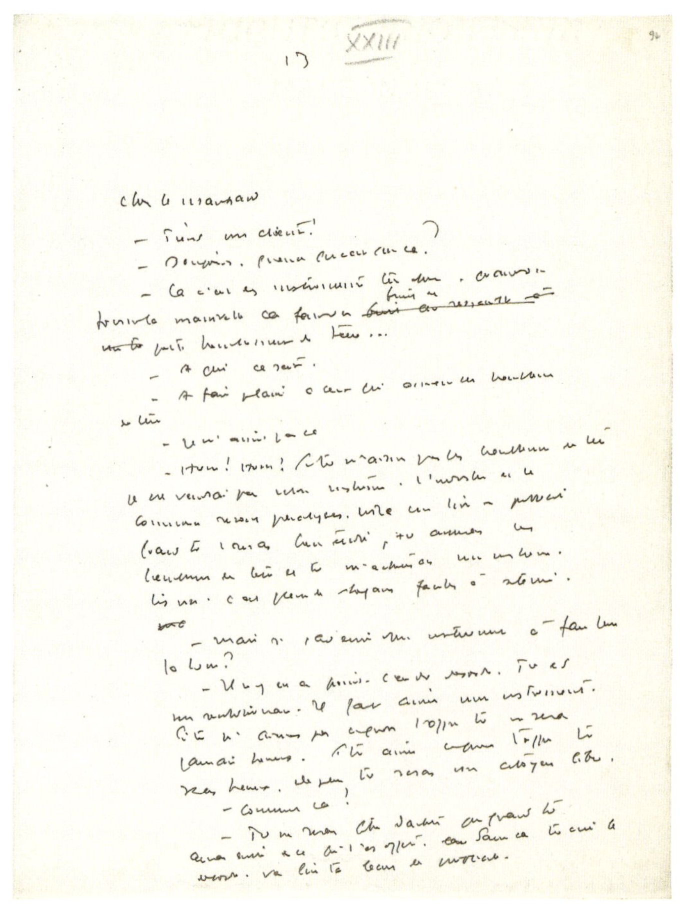

在商贩的星球。

"瞧，来了个顾客！"

"你好。请问，这是什么？"

"啊，这可是非常昂贵的工具。当你转动手柄时，它会发出小型地震的声音……"

"这有什么用呢？"

"它可以让喜欢地震的人开心。"

"可是，我不喜欢地震。"

"哼！哼！如果你不喜欢地震，我就不能把它售卖给你。工业和商业就会因此陷入瘫痪。这里有本广告学的书。等你认真学习过它，你就会爱上地震，很快就会来我这里买一本。书里有许多朗朗上口的广告语。"

"可是，如果我想要一个能阅读这本书的工具呢？"

"怎么会有这种东西？这样会让一切陷入混乱。你是一个变革者，必须喜欢工具。如果你不喜欢我们为你提供的工具，你将永远不会幸福。如果你喜欢我们为你提供的工具，你就会无比幸福。而且，你还将成为一个自由公民。"

"怎么会这样呢？"

"我们提供给你的东西，只有当你真心想要的时候，才有购买的自由。如果不是这样，就会引起混乱。好好读读那本广告学上的忠告吧。"

《商贩》
《小王子》水彩画准备稿
墨水和水彩画
1942 年，纽约 / 阿舍罗肯（长岛）
特别收藏

《在人类家中拜访》
为《小王子》所作的水彩画
铅笔和水彩画
1942 年，纽约 / 阿舍罗肯（长岛）
特别收藏

望着一排一模一样的房子，他从中选了一栋，微笑着站在饭厅门口。男人和女人转过身来。

“你好，”小王子说。
“您是谁？”男人问，“您在寻找什么？”
“我可以坐下吗？”小王子回答。
“我们互相并不认识。您还是回自己家吧。”
“我的家离这里很远。”小王子说。
“您真没有礼貌。”女人说，“我们要吃晚饭了，您不能这样打扰别人！”
“我也好像该吃晚饭了。”小王子喃喃道。
“您不能这样不请自来，进入别人家中。”
“啊。”小王子回答。

于是，他就离开了。
“他们甚至不知道自己在寻找什么东西。”小王子心想。

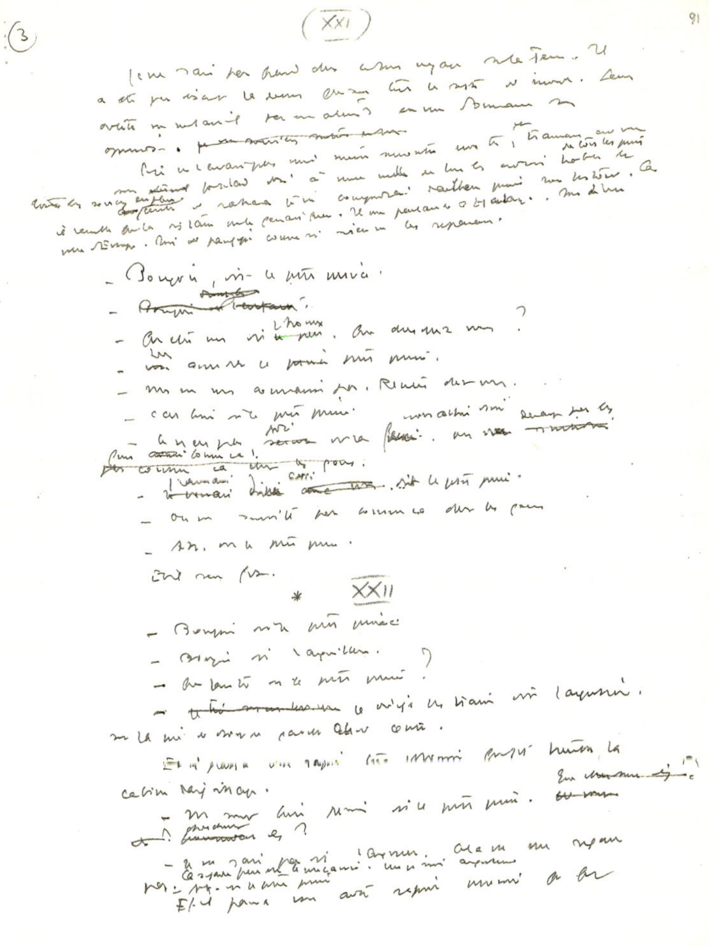

《小王子》第二十一章手稿（手稿第 91 页）
1942 年，纽约
手稿真迹
纽约，摩根图书馆与博物馆

在人类家中

在书中，小王子从未和其他人同框出现在一幅画中。飞行员没有出现（这个比较正常，因为他被认为是作画者）；旅行中遇到的各种人物也没有出现，他们都是单人画，就好像小王子面对面看见的那样。而这幅未被保留的水彩画却是个例外，它真的非常特别！小王子走进一户人家，就像其他无数户相似的人家。一对夫妇正在吃晚饭，他们没有孩子。对他们而言，小王子的到来是一种打扰，于是他们对小王子非常冷淡。这段对话的最后以小王子不被接待结束：在这栋房子里，没有留给陌生人的位置；对小王子来说，这栋房子是冷漠的。他只能继续他的旅行，去寻找另一户人家，寻找一个朋友。这一幕出现在纽约手稿的第 91 页，对应故事的第二十二章：“我对你的地球之旅知之甚少。比起在世界上其他地方的旅行，他在这个话题上几乎守口如瓶。”

第九天

飞行员和小王子走了整整一天，终于发现了一口井，他们一起转动轱辘，轱辘吱呀吱呀地唱起歌来；飞行员惊讶地发现，他的朋友坐在一堵古老的石墙上，正与“一条在30秒内就能让人送命的黄色毒蛇”交谈。摩根图书馆手稿所附的水彩画准备稿描绘了小王子独自坐在石墙上，害怕在他来到地球一周年纪念日前夕被毒蛇咬伤的场景……他必须等到后天：“我的星星，将出现在我去年降落之处的正上方。”

飞行员讲述这一幕时感人至深：“我及时赶到墙边，把我的小小人抱在怀里，小王子的脸色苍白如雪。我解开他一直戴在脖子上的金色围巾，沾湿他的太阳穴，让他喝点水。现在，我什么都不敢再问他了。他凝重地望着我，双臂搂住我的脖子。我能感觉到他的心跳，如同一只垂死的小鸟。”飞行员于是明白了自己对这个同伴深深的依恋。而小王子为了平复飞行员的悲伤，将狐狸的礼物转赠予他：“以后，当你在夜晚仰望星空时，因为我住在其中的一颗星星上，因为我会在其中的一颗星星上微笑，因此对你来说，就好像所有的星星都在对你微笑。而你，就会拥有无数颗会笑的星星。[……]这也挺好的，你知道的。我也会仰望星空。所有的星星都仿佛是带有生锈轱辘的井。所有的星星都会给予我清澈的井水[……]”

“现在，你可以走了。”他说，“我要下来了！”

《小王子》第二十六章水彩画准备稿

墨水、铅笔和水彩画

1942年，纽约/阿舍罗肯（长岛）

纽约，摩根图书馆与博物馆

“现在，你可以走了。”他说，“我要下来了！”

为《小王子》第二十六章所作的水彩画终稿
墨水、铅笔和水彩画
1942 年，纽约 / 阿舍罗肯（长岛）
特别收藏

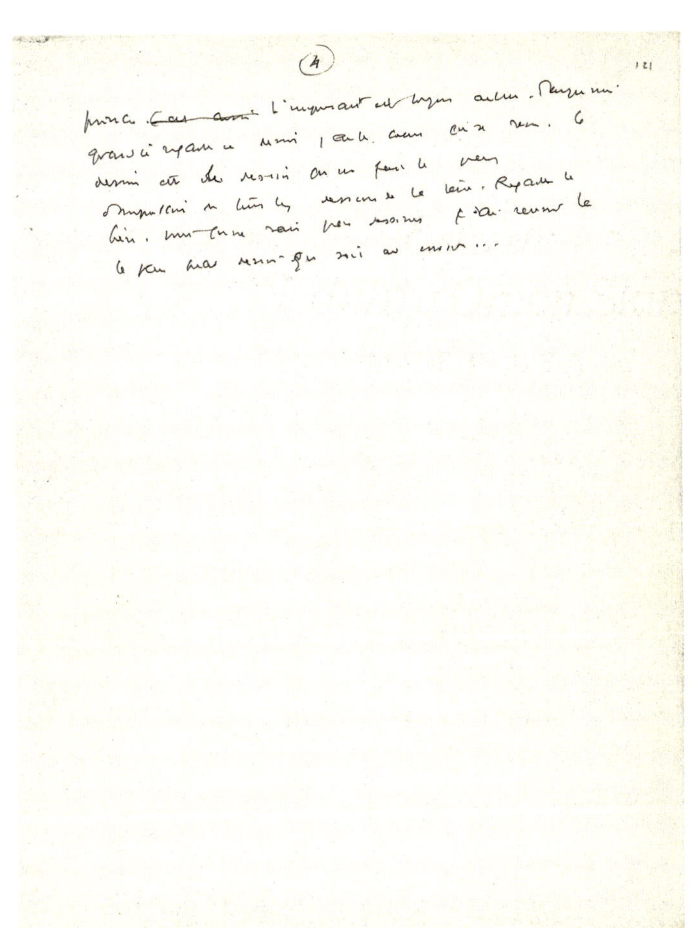

[……] 有时，我会去长途旅行。我会回到他消失的地方。我总以为，他是从那里离开的，所以，或许也能从那里再次归来吧？我很少前往，因为那是一段无比艰难的旅程。但是，当我到达那里，一下子就认出了那道风景。是的，我看到了那幅画，和他被星星杀死的那幅画一模一样，只是那幅画中已经没有他了。你们所看到的，正是这个世界上最可怕的风景。他是对的，我的小王子。重要的事总在别处。因为我注视着这幅画时，心如刀割。地球上所有的画中，这一幅给了我最深的震撼。好好看看它吧。不会画画的我，却画出了世界上最美丽的画作……

《小王子》第二十一章手稿（手稿第 130 页和第 131 页）

纽约，1942 年

手稿真迹

纽约，摩根图书馆与博物馆

“然后，他不作声了，因为他哭了起来。”

《小王子，在离开地球的那一晚》

为《小王子》第二十六章所作的水彩画终稿

装入相框衬纸的墨水和水彩画，相框衬纸上附有亲笔签名

1942 年，纽约 / 阿舍罗肯（长岛）

特别收藏

《坐着的小王子》

《小王子》第二十六章图画准备稿

墨水和水彩画

1942 年，纽约 / 阿舍罗肯（长岛）

特别收藏

受献辞的朋友——莱昂·韦尔特

“时间和空间，表面上似乎将我们分离，却让我感到与你如此靠近。”

《小王子》是献给莱昂·韦尔特的。这份题献既没有出现在《小王子》美国版、法文版的手稿中，也没有出现在法文版长文本校样中。我们猜想，作家很可能是在最后一刻才将题献交给出版社的——当年他把《夜航》献给迪迪埃·多拉时，也是同样的情形。这是一个非常特殊的开场白，表达出作家某种隐隐的顾虑，在一本“给孩子们的书”（他最初写道：“给孩子们的书”，他说漏嘴了！）的开端，写下这样似乎有点不合时宜的文字，这让他有些忐忑……然而，请注意作家在这里采用的文学创作手段：安托万·德·圣－埃克苏佩里写道，这本书是献给他的朋友“当他还是个小男孩的时候”，通过这样一种巧妙的方式，他让人们明白这本给孩子们的书其实是献给所有人的：“所有的大人在成为大人之前，首先都是孩子。但很少有人记得。”以此来提醒成年读者，他们被邀请阅读的这本书并不是献给他们的，但同时又感到它与自己息息相关，甚至被殷殷垂念！于是他们便会明白，这份题献不仅是讲给孩子们……题献中的文字一下子切中了故事的关键问题之一：在人性的驱使下，我们都做了什么？

安托万·德·圣－埃克苏佩里与莱昂·韦尔特拥有非常深厚的友谊。莱昂·韦尔特是犹太裔法国人，两次世界大战期间的作家、散文家和艺术评论家，他因反殖民主义、反军国主义的自由意志言论和撰写的艺术编年史而为大众所知。1940 年 6 月，法国被德国占领，莱昂·韦尔特受到严重的人身威胁，他带着全家离开巴黎，一路逃亡，路途异常艰辛，最终花了 33 天抵达靠近瑞士边境汝拉（Jura）的小山村圣阿穆尔（Saint-Amour），在此避难度日。后来，他把这段艰难的历程写成一本回忆录，讲述 1940 年 6 月法国大逃亡的故事，书名就叫《三十三天》。圣－埃克苏佩里当时身在纽约，他非常担心朋友的处境，也同样挂念朋友的妻子苏珊娜（Suzanne）和儿子克劳德（Claude）。《三十三天》在法国出版无望，于是，圣－埃克苏佩里积极寻求在美国出版此书，并答应纽约出版商布伦塔诺（Brentano's）的法语部为《三十三天》撰写序言。1943 年初，安托万·德·圣－埃克苏佩里开始创作，写下“给莱昂·韦尔特的信”，并将它的手稿和校样交给了赫达·斯特恩。遗憾的是，《三十三天》最终未能在美国出版；也许是出于对莱昂·韦尔特在法国人身安全的考虑吧。

安托万·德·圣－埃克苏佩里决定修改他的序言，以《给一位人质的信》为名，独立成册，与韦尔特的文本分开出版。他做了大量的修改，删除了文中所有对朋友的提及，以此来保护他。1943 年 3 月，该作品在加拿大部分地区预出版；圣－埃克苏佩里前往阿尔及利亚后，1943 年 6 月，《给一位人质的信》在书店正式发行售卖。这是作家最优秀的作品之一，他为此不遗余力，倾注了巨大心血：“一本关于友谊和文明 [……] 的**重要**[①] 书籍”（安托万给康苏爱萝·德·圣－埃克苏佩里的信，1943 年初）。

将《小王子》题献给莱昂·韦尔特，可能是在美国版《三十三天》被宣告无法出版的那一刻做出的决定，作为一种补偿。一根无形的线将这两本书联系在一起，它们共同歌颂了人类的伟大情谊，文明中人与人关系的珍贵——一本更关注友谊和归属感，另一本更关注爱情——以及情感生活的重要。安托万·德·圣－埃克苏佩里将这本书献给他的犹太朋友莱昂·韦尔特，把他的名字郑重地留在扉页上，把这个童话镌刻在那段苦难的历史岁月中：在全球文明的危机时期，这本书给予了人们极大的安慰。

① 原文“重要”全大写字母拼写，此处用加粗字体表示。

《小王子》的题献——献给莱昂 · 韦尔特

附有修改的打字稿

手稿真迹

特别收藏

Dédicace à imprimer de préférence en hauteur dans un cadre étroit.

A LEON WERTH

Je demande pardon aux enfants d'avoir dédié ce livre à une grande personne. J'ai une excuse sérieuse : cette grande personne est le meilleur ami que j'aie au monde. J'ai une autre excuse : cette grande personne peut tout comprendre, même les livres ~~d'~~pour enfants. J'ai une troisième excuse : cette grande personne habite la France où elle a faim et froid. Elle a bien besoin d'être consolée. Si toutes ces excuses ne suffisent pas, je veux bien dédier ce livre à l'enfant qu'a été autrefois cette grande personne. Toutes les grandes personnes ont d'abord été des enfants. Mais peu d'entre elles s'en souviennent. Je corrige donc ma dédicace :

<u>A LEON WERTH QUAND IL ETAIT PETIT GARCON.</u>

莱昂 · 韦尔特

"给莱昂·韦尔特的信"校样

未能出版的美国版《三十三天》（莱昂·韦尔特著）的序言，附有作者写给赫达·斯特恩的留言

1943 年，纽约

附有批注的校样，手稿真迹

华盛顿，史密森学会，美国艺术档案馆

Pour Hedda Stern
Avec ma profonde et fidèle amitié
Saint Exupéry

537 TRENTE-TROIS JOURS GAL. 57

LETTRE A LEON WERTH

par

Antoine de Saint Exupéry

I

Quand en Décembre 1940 j'ai traversé le Portugal pour me rendre aux Etats-Unis, Lisbonne m'est apparue comme une sorte de paradis clair et triste. On y parlait alors beaucoup d'une invasion imminente, et le Portugal se cramponnait à l'illusion de son bonheur. Lisbonne, qui avait bâti la plus ravissante exposition qui fût au monde, souriait d'un sourire un peu pâle, comme celui de ces mères qui n'ont point de nouvelles d'un fils en guerre et s'efforcent de le sauver par leur confiance : « Mon fils est vivant puisque je souris... » « Regardez, disait ainsi Lisbonne, combien je suis heureuse et paisible et bien éclairée... » Le continent entier pesait contre le Portugal à la façon d'une montagne sauvage, lourde de ses tribus de proie : Lisbonne en fête défiait l'Europe : « Peut-on me prendre pour cible quand je mets tant de soin à ne point me cacher ! Quand je suis tellement vulnérable !... »

Les villes de chez moi étaient, la nuit, couleur de cendre. Je m'y étais déshabitué de toute lueur et cette capitale rayonnante me causait un vague malaise. Si le faubourg d'alentour est sombre, les diamants d'une vitrine trop éclairée attirent les rôdeurs. On les sent qui circulent. Contre Lisbonne je sentais peser la nuit d'Europe habitée par des groupes errants de bombardiers, comme s'ils eussent de loin flairé ce trésor.

Mais le Portugal ignorait l'appétit du monstre. Il refusait de croire aux mauvais signes. Le Portugal parlait sur l'art avec une confiance désespérée. Oserait-on l'écraser dans son culte de l'art ? Il avait sorti toutes ses merveilles. Oserait-on l'écraser dans ses merveilles ? Il montrait ses grands hommes. Faute d'une armée, faute de canons, il avait dressé contre la ferraille de l'envahisseur toutes ses sentinelles de pierre : les poètes, les explorateurs, les conquistadors. Tout le passé du Portugal, faute d'armée et de canons, barrait la route. Oserait-on l'écraser dans son héritage d'un passé grandiose ?

J'errais ainsi chaque soir avec mélancolie à travers les réussites de cette exposition d'un goût extrême, où tout frôlait la perfection, jusqu'à la musique si discrète, choisie avec tant de tact, et qui, sur les jardins, coulait doucement, sans éclat, comme un simple chant de fontaine. Allait-on détruire dans le monde ce goût merveilleux de la mesure ?

29

Dictaphone
5 exemplaires

~~C'est peut-être pourquoi, Léon Werth, j'ai tellement besoin de~~ ton amitié. J'ai soif d'un compagnon qui, au-dessus des litiges de la raison, respecte en moi le pèlerin d'une même ~~patrie~~. J'ai besoin de goûter par avance la chaleur promise, et de me reposer, ~~quelquefois~~, un peu ~~au-dessus~~ de moi-même, en le ~~point de vue qui est~~ nôtre.

Je puis entrer chez toi sans m'habiller d'un uniforme, sans me soumettre à la récitation d'un Coran, sans renoncer ~~à rien de ma liberté~~. Auprès de toi je n'ai pas à me disculper, je n'ai pas à plaider, je trouve la paix, comme à Tournus. Au-dessus ~~des mots~~ maladroits, au-dessus des raisonnements qui me peuvent tromper, tu considères en moi simplement l'Homme. ~~Je suis accepté tel que je suis.~~ Tu honores en moi l'ambassadeur ~~d'une patrie intérieure~~, de ~~ses~~ croyances, de ~~ses~~ coutumes, ~~de ses~~ amours particulières. Si je diffère de toi, loin de te léser, je t'augmente. Tu m'interroges comme l'on interroge le voyageur. ~~Nous sommes alors comme deux sages. Il nous suffit, pour nous entendre, de connaître que nous recherchons par des voies diverses la même vérité.~~

~~J'ai besoin, Léon Werth, d'être accepté tel que je suis. Je me sens pur en toi.~~ J'ai besoin d'aller là où je suis pur. Ce ne sont point mes formules ni mes démarches qui t'ont jamais

"给莱昂·韦尔特的信"附有修改的打字稿
未能出版的美国版《三十三天》（莱昂·韦尔特著）的序言
打字稿
1943 年，纽约
手稿真迹
华盛顿，史密森学会，美国艺术档案馆

《给一位人质的信》
1943 年 6 月，纽约，布伦塔诺出版社

《小王子》编辑简史

柯蒂斯·希区柯克是安托万·德·圣-埃克苏佩里的美国出版人，他的妻子佩吉（Peggy）曾经证实，这个经常出现在作家笔下蓬头乱发的小人儿深得他们的喜爱，于是，她的丈夫建议作家将它塑造成一个儿童故事的主人公。似乎从1942年夏天起，作家接受了这个提议，并着手创作。然而，作家的朋友西尔维娅·汉密尔顿对此提供了另外的说法：圣-埃克苏佩里是在她位于公园大道的公寓里写出了这个故事，也是她建议作家自己为故事配上插图。

1943年1月26日，安托万·德·圣-埃克苏佩里与雷纳尔和希区柯克出版社签署了最终的出版合同。合同中提到，作者正是在这一天将本书的手稿和插图交付于出版社。

在写给出版人的一封信中（可惜未注明日期），作家遗憾地指出，将画稿交给他的经纪人马克西米利安·贝克尔的三个月里，他仍旧无法确定书中插图的所有布局。这大概表明，1942年10月底，在圣-埃克苏佩里从长岛返回纽约时，他便将《小王子》文本和插图的完整资料交给了出版社；而在1943年1月，对于本书的版面设计，出版社尚未进行任何操作。作者对《小王子》的图文布局具有极为精确的构思，这大概是他略显焦虑的源头。

在一套只印有彩色插图页的英文版平装校样中，作者用铅笔在赠言中写道："之所以晚了这么久，是因为我不能容忍把没有配图的文稿寄给你，出版社花了整整四个月的时间制作印刷（这些画真是太漂亮了……）。"我们从中了解到一个重要信息：它证实了故事的写作早于插图；从这个假设出发，这些校样最迟应在1943年2月或3月初才能安排印刷，因此，手稿的交付日期可以追溯到上一年的秋天。

将作品翻译成英文当然也需花费数周，圣-埃克苏佩里的专属翻译刘易斯·加兰蒂埃不巧当时在一场飞机失事中受伤，无法胜任这项工作；最终，《小王子》的英文版翻译由凯瑟琳·伍兹（Katherine Woods）完成。

另有一套用于排版的法文版长文本校样，为了便于仔细校对和最终的版面设计，它只保留了文本，未配插图。这两套校样都是安托万·德·圣-埃克苏佩里为他的密友即法国女演员安娜贝拉·鲍尔准备的。安娜贝拉·鲍尔，原名苏珊娜·夏彭蒂埃（Suzanne Charpentier），她在好莱坞崭露头角，开启了自己的职业生涯，并于1939年和著名男演员蒂龙·鲍尔结为夫妻。1941年夏天，作家在加利福尼亚疗养期间，两人建立起非常亲密的关系。安娜贝拉常在电话上追踪故事的写作进展，作家也会在夜里无论几点随时拨通她的电话，为她朗读刚刚写好的段落——上面的墨水甚至还没有干透！

这套法文版长文本校样在文本上非常忠于最终版本，它为我们提供了两个宝贵信息：当时书中还没有献给莱昂·韦尔特的题献；也尚未采用带有童趣风格的标题字体（这无疑能帮助这本书提高国际知名度）。这个标题字体大概是由封面设计师温德尔·鲁斯（Wendel Roos）后来亲自绘制的，并被用于扉页。这本书在新泽西州泽西市（Jersey City）进行胶版印刷，在纽约州康沃尔镇（Cornwall）完成装订。

1943年4月6日，《小王子》在纽约问世，以英、法两个语种同时出版，在书店售卖。首版第一次印刷的版本，均附有手写编号和作者的亲笔签名（英文版525份，法文版260份）。该版本采用硬皮精装，浅栗色[①]亚麻布封面，上面烫印有小王子的图案，并配有彩色印刷的翻折护封加以保护。在当时的流通版本中，也同时发行了平装版。《小王子》取得了举世瞩目的成功，遗憾的是，它的作者未能亲自见证。现有的流通版本中，若是采用首版印刷的后续版本，版权页会加注特别说明。

① 据小王子专业藏家，这个颜色应是"鲑鱼色"。

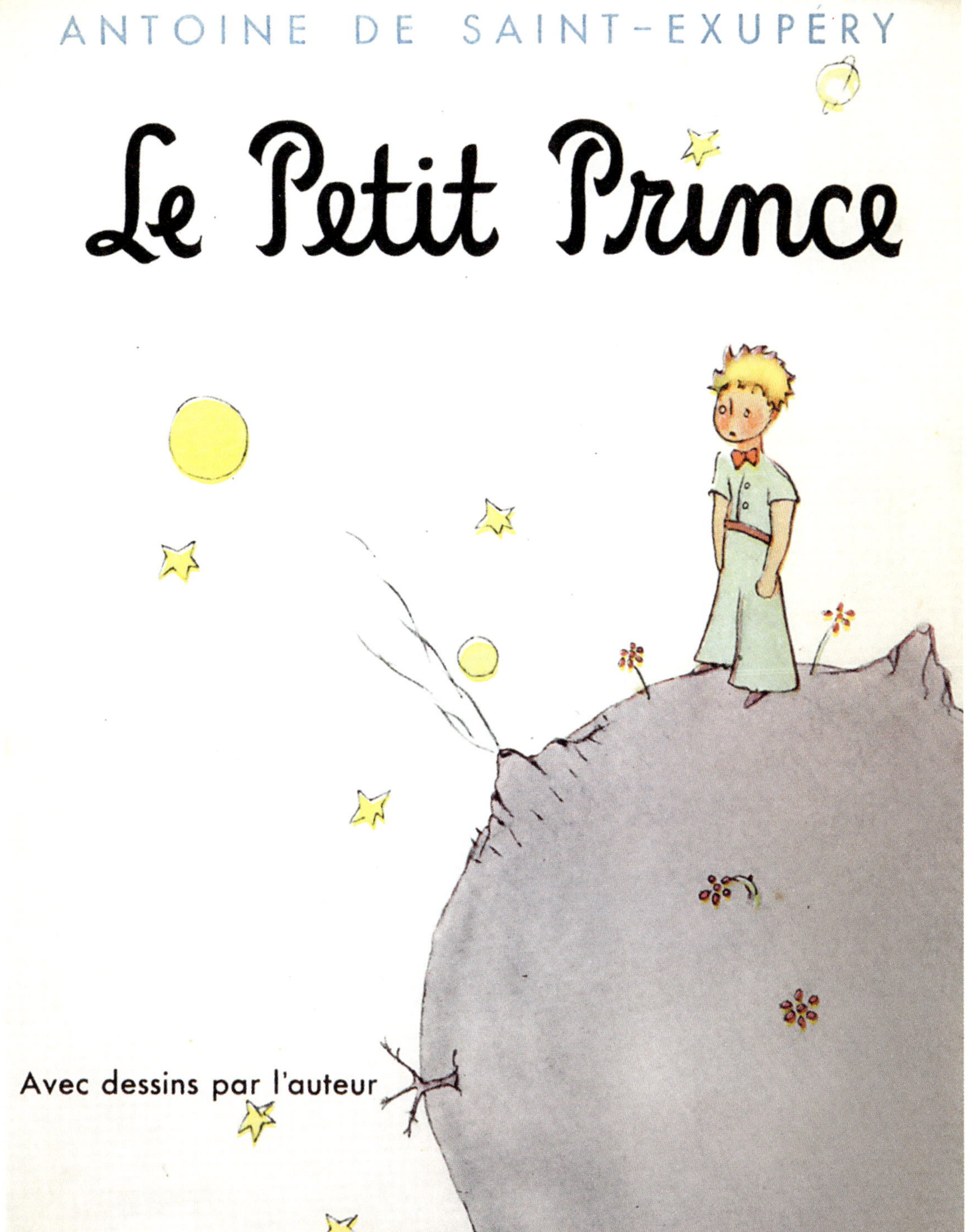

《小王子》美国首版法文版护封

1943 年，纽约，雷纳尔和希区柯克出版社

《小王子》一经推出便在书店大受欢迎，美国媒体也不吝赞美之词，《欢乐满人间》的作者帕梅拉·L. 特拉弗斯[①]还特别为它撰写了一篇极为精彩的书评："《小王子》一书无疑将儿童读物必备的三个基本特质展现得淋漓尽致：最深意义上的真实；不去解释；具有寓意。尽管这个寓意非常特别，它带给成年人的启发远胜于对孩子们的教育。只有经受过痛苦与爱的洗礼，超越自我的心灵，才能理解它的深意。"

① 帕梅拉·L. 特拉弗斯（Pamela L. Travers，1899—1996），全名帕梅拉·林登·特拉弗斯（Pamela Lyndon Travers），来自澳大利亚的英国作家，代表作为《玛丽·波平丝》（*Mary Poppins*）。1964 年，该小说被改编为迪士尼音乐剧电影《欢乐满人间》。

美国版《小王子》英文版彩色印刷页校样
雷纳尔和希区柯克出版社，作者样书
五本印刷并装订的书帖*（只印刷了含彩色插图的页面）
1943年初，纽约
特别收藏

* 书帖，印刷术语，指将印刷好的页张（切开或不切开），按页码及版面顺序，折成数折后，成为多张页的一沓，称为书帖。

Cher ami

Je ne comprends absolument rien aux explications que me donne Becker et je crois qu'il ne comprends absolument rien à ce qu je lui demande depuis trois mois.

Lorsque je lui ai remis mes dessins je lui ai dit:

"Je desire absolument avant que tout travail soit entrepris décider moi meme a) les emplacements des dessins

b) leur taille relative

c) le choix de ceux a tirer en couleur

d) les textes a joindre aux dessins

Lorsque j'ecris par exemple :"Voila le plus joli dessin que j'ai reussi a faire de lui..." Je sais parfaitement quel dessin je désire placer là , si je le désire grand ou petit , en noir ou en co couleur,confondu avec le texte ou distinct. Je crois qu'il est tres important pour ne pas perdre trop de temps par des cOrrections laborieuses d'etre d'abord parfaitement d'accord sur la future maquette du livre."

Je n'ai jamais reussi a me faire clairement entendre de lui et n'ai jamais eu l'occasion de numeroter mes dessins .pour specifie: leur role.

为了探讨《小王子》的版本问题，安托万·德·圣－埃克苏佩里写给美国出版人的信
打字稿
1943年1月，纽约
特别收藏

《小王子》美国首版，部分英文版的校样

附有作者写给他的女演员朋友安娜贝拉 · 鲍尔的赠言
1943 年，纽约，雷纳尔和希区柯克出版社
手稿真迹

"这本小书，我只是为了写给像安娜贝拉这样能读懂它的朋友，如果这不能让她开心，我会看上去比这张照片还要难过…… / 以我所有深厚而真挚的友谊，拥抱她。圣 – 埃克斯。"

Le Petit Prince

ANTOINE DE SAINT EXUPÉRY

Le Petit Prince

Avec dessins par l'auteur

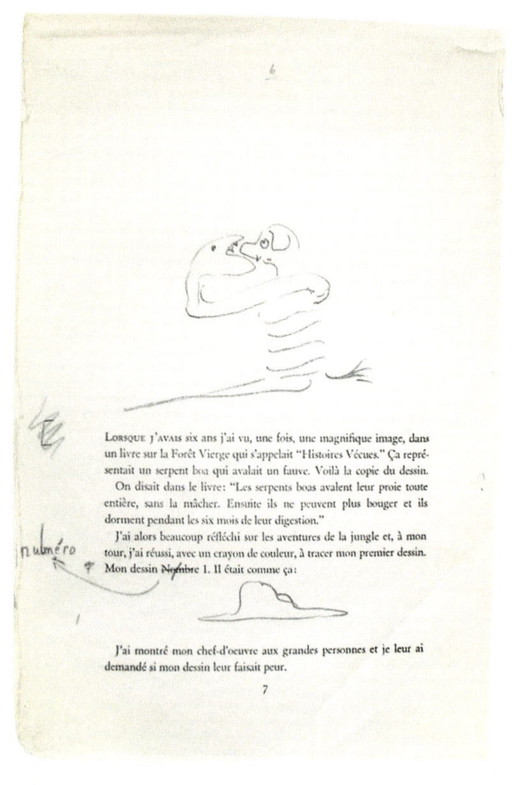

Lorsque j'avais six ans j'ai vu, une fois, une magnifique image, dans un livre sur la Forêt Vierge qui s'appelait "Histoires Vécues." Ça représentait un serpent boa qui avalait un fauve. Voilà la copie du dessin.

On disait dans le livre: "Les serpents boas avalent leur proie toute entière, sans la mâcher. Ensuite ils ne peuvent plus bouger et ils dorment pendant les six mois de leur digestion."

J'ai alors beaucoup réfléchi sur les aventures de la jungle et, à mon tour, j'ai réussi, avec un crayon de couleur, à tracer mon premier dessin. Mon dessin ~~Nombre~~ 1. Il était comme ça:

J'ai montré mon chef-d'oeuvre aux grandes personnes et je leur ai demandé si mon dessin leur faisait peur.

7

《小王子》美国首版，法文版长文本校样

附有作者写给安娜贝拉 · 鲍尔的赠言及配图的校样
1943 年，纽约
手稿真迹
特别收藏

《小王子》美国首版
英文版和法文版
1943 年，纽约，雷纳尔和希区柯克出版社

美国版《小王子》的广告
1943 年
特别收藏

ANTOINE DE SAINT-EXUPÉRY
begins his new book:–

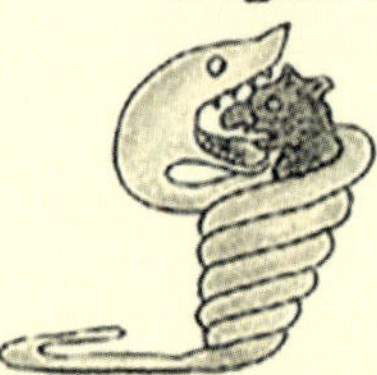

ONCE when I was six years old I saw a magnificent picture in a book, called *True Stories from Nature*, about the primeval forest. It was a picture of a boa constrictor in the act of swallowing an animal. In the book it said: "Boa constrictors swallow their prey whole, without chewing it. After that they are not able to move, and they sleep through the six months that they need for digestion."

I pondered deeply, then, over the adventures of the jungle. And after some work with a colored pencil I succeeded in making my first drawing. My Drawing Number One. It looked like this:

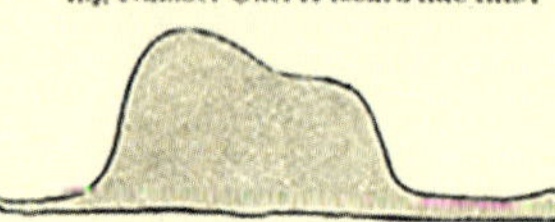

I showed my masterpiece to the grown-ups, and asked them whether the drawing frightened them.

But they answered: "Frighten? Why should any one be frightened by a hat?"

My drawing was not a picture of a hat. It was a picture of a boa constrictor digesting an elephant. But since the grown-ups were not able to understand it, I made another drawing: I drew the inside of the boa constrictor, so that the grown-ups could see it clearly. They always need to have things explained. My Drawing Number Two looked like this:

The grown-ups' response, this time, was to advise me to lay aside my drawings of boa constrictors, whether from the inside or the outside, and devote myself instead to geography, history, arithmetic and grammar. That is why, at the age of six, I gave up what might have been a magnificent career as a painter. I had been disheartened by the failure of my Drawing Number One and my Drawing Number Two. Grown-ups never understand anything by themselves, and it is tiresome for children to be always and forever explaining things to them.

So then I chose another profession, and learned to pilot airplanes . . .

I LIVED my life alone, without anyone that I could really talk to, until I had an accident with my plane in the Desert of Sahara, six years ago. Something was broken in my engine. And as I had with me neither a mechanic nor any passengers, I set myself to attempt the difficult repairs all alone. It was a question of life or death for me: I had scarcely enough drinking water to last a week.

The first night, then, I went to sleep on the sand, a thousand miles from any human habitation. I was more isolated than a shipwrecked sailor on a raft in the middle of the ocean. Thus you can imagine my amazement, at sunrise, when I was awakened by an odd little voice. It said:

"If you please—draw me a sheep!"

"What!"

"Draw me a sheep!"

I jumped to my feet, completely thunderstruck. I blinked my eyes hard. I saw a most extraordinary small person, who stood there examining me with great seriousness. Nothing about him gave any suggestion of a child lost in the middle of the desert. When at last I was able to speak, I said to him:

"But—what are you doing here?"

And in answer he repeated, very slowly, as if he were speaking of a matter of great consequence:

"If you please—draw me a sheep . . ."

ABSURD as it might seem to me, I took out of my pocket a sheet of paper and my fountain-pen. But then I remembered how my studies had been concentrated on geography, history, arithmetic and grammar, and I told the little chap (a little crossly, too) that I did not know how to draw. He answered me:

"That doesn't matter. Draw me a sheep . . ."

I had never drawn a sheep. So I drew for him one of the two pictures I had drawn so often. It was that of the boa constrictor from the outside. And I was astounded to hear the little fellow greet it with, "No, no, no! I do not want an elephant inside a boa constrictor. A boa constrictor is a very dangerous creature, and an elephant is very cumbersome. Where I live, everything is very small. What I need is a sheep. Draw me a sheep."

. . . And that is how I made the acquaintance of the little prince.

To preserve his memories of the little prince, Saint-Exupéry made some forty watercolors. These are reproduced in the book; some in black and white, but most of them in full color.

By ANTOINE DE SAINT-EXUPÉRY

Translation by Katherine Woods

The Little Prince

REYNAL & HITCHCOCK

Published in English and in French in identical editions. $2.00

NEW YORK HERALD TRIBUNE WEEKLY BOOK REVIEW, APRIL 11, 1943 VIII 5

Across the Sand Dunes to the Prince's Star

The Author of "Wind, Sand and Stars" writes a Fairy Tale for Grown-Ups and Children

THE LITTLE PRINCE. By Antoine de Saint-Exupery. Translated by Katherine Woods. . . . *91 pp. . . . New York: Reynal and Hitchcock. . . . $2.*

Reviewed by
P. L. TRAVERS
Author of "Mary Poppins"

IN ALL fairy tales—and I mean fairy tales and not tarradiddles—the writer sooner or later gives away his secret. Sometimes he does it deliberately, sometimes unconsciously. But give it away he must, for that is a law of the fairy tale's being—you must provide the key. Antoine de St. Exupery, in his new book "The Little Prince," has honorably obeyed the law. He makes us wait for the secret no longer than the second chapter.

"So I lived my life alone," he says, "without any one I could really talk to." There it is. A clear and unequivocal statement, a confession as bitter as aloes and familiar as the day. Most of us live our lives alone without anybody we can really talk to. We eat the indigestible stuff of our own hearts in silence, for we have not learnt to find the hidden companion within ourselves. Poets, and writers of fairy tales, are luckier. It may be that the substance of their minds is less dense than that of other men. Or perhaps they are more willing to slough its protective outer husk in order to get down to the essential bone. I don't know. I am only sure that you have to be bare and naked in some ultimate sense before you can hear the secret princely voice. Moreover, it is imperative that the prince should speak first. The etiquette of fairy tales and the court circles of the heart demand it. You may not command that voice. It will speak only to the ear that is humbly tuned to listen.

"Draw me a sheep'!" cried St. Exupery's prince in the silence of the desert. And so the friendship began.

Yet for us, if not for the author, there had been earlier intimations of his coming acquaintance with that royal boy. Was there not "The Wild Garden" with its proud delicate princesses and the snakes beneath the dinner table? And the sleeping child in the last chapter of "Wind, Sand and Stars," that small Mozart indwelling in all men, whom all men consistently murder. Here, surely, were the first seeds of "The Little Prince." Indeed, it seems to me that each of his books has been a path leading across the sand dunes to the prince's citadel. Whatever happens hereafter in St. Euxpéry's external world will be clarified and sweetened for him by the memory of this desert meeting.

I cannot tell whether it is a book for children. Not that it matters, for children are like sponges. They soak into their pores the essence of any book they read, whether they understand it or not. "The Little Prince" certainly has the three essentials required by children's books. It is true in the most inward sense, it offers no explanations and it has a moral. But this particular moral attaches the book to the grown-up world rather than the nursery. To be understood it needs a heart stretched to the utmost by suffering and love, the kind of a heart that, luckily, is not often found in children. "Tame me," says the little fox to the prince, "so that I may accept the ties of love and be, for one single person, unique in all the world." "Mine," says the fox, "is a very simple secret. It is only with the heart that one can see rightly; what is essential is invisible to the eye." Indeed, yes. But children quite naturally see with the heart, the essential is clearly visible to them. The little fox will move them simply by being a fox. They will not need his secret until they have forgotten it and have to find it again. I think, therefore, that "The Little Prince" will shine upon children with a sidewise gleam. It will strike them in some place that is not the mind and glow there until the time comes for them to comprehend it.

Yet even in saying this I am conscious of drawing a line between grown-ups and children, in the same way that St. Exupéry himself has done. And I do not believe that line exists. It is as imaginary as the equator. Yet separate camps are here declared and the author stands with the children. He leans upon the barricades, gently and ironically sniping at the grown-ups, confident that the children are standing by to pass the ammunition. Yet children themselves draw no such line. They are too wise. They do not feel any more derisive toward growns-ups than they do toward animals. The child very seldom sits in judgment. To him the grown-ups are objects of wonder, often, even, of pity. He sees them as creatures not deliberately guilty but trapped, rather, by fatal circumstance. "When I am older," he thinks to himself, "I shall be much wiser than they. It is astonishing to me and not a little sad that they have been through so much and yet know so little. I shall deal better with life."

We cannot go back to the world of childhood. We are too tall now and must stay with our own kind. But perhaps there is a way of going forward to it. Or better still, of bearing it along with us; carrying the lost child in our arms so that we may measure all things in terms of that innocence. Everything St. Exupéry writes has that sense of heightened life that can be achieved only when the child is still held by the hand. In "The Little Prince" he has given the boy a habitation—Asteroid B-612—and a title. But the burning, freezing, golden face must have been with him as long as memory.

Delicately, with impish irony, the prince's journey is traced from star to star; his universe is mapped by St. Exupéry's own charming illustrations. He seeks his dream among the meteors but it is not until he arrives upon the planet, Earth, that his heart begins to glow. As he wanders in the empty desert there come to him the things he sought—the man, the fox and the serpent. Each of them out of his own nature brings him a gift—the man a drawing of a sheep, the fox a tamed and faithful heart, and the serpent the cruel loving stroke that frees him from mortality and returns him to his star. That is all. The gentle allegory is compressed into a few clear, colored pages. A short book, but long enough to remind us that we are all involved in its meaning. We, too, like the fox, have need to be tamed by love; we, too, must return to the desert to find our lonely princes. All fairy tales are portents, and life continually renews them in us. We have no need to mourn for the Brothers Grimm when fairy tales like "The Little Prince" may still be heard from the lips of airmen and all who steer by the stars.

Illustrations by Antoine de Saint-Exupery
From "The Little Prince"

《穿过沙丘，来到王子的星星》
《纽约先驱论坛报》《书评周刊》副刊（*Books Review Weekly*）
帕梅拉·林登·特拉弗斯
剪报
1943年4月11日
特别收藏

安托万·德·圣－埃克苏佩里赠送给娜迪亚·布朗热的《小王子》排版打字文稿上的图画原稿
附有批注的排版打字文稿
[1943 年，纽约]
手稿真迹
巴黎，法国国家图书馆

Veuillez bien excuser ce griffonnage que j'ai pris au téléphone. Madame Boulanger sera demain à l'adresse ci-dessus, Boston. Jusqu'à 9h30 ce soir, veuillez lui téléphoner Bu-8-5873 chez Madame Maturet (qui aurait grand plaisir à vous rencontrer). Madame Boulanger voudrait vous parler au sujet de votre nouveau livre à mettre en musique et récitatif : elle a le compositeur et parait enthousiasmée. Après 9h30 ce sera trop tard, elle sera dans le train pour Boston.

L'avant dernier et dernier rouleau n'étaient pas très clairs ...
aussi la ponctuation.

安托万·德·圣－埃克苏佩里的秘书给作家的注释
手稿，打字稿
[1943 年，纽约]
特别收藏

第一个音乐设想

音乐家娜迪亚·布朗热（1887—1979）是作家在纽约时的法国好友之一。20 世纪 30 年代，她在美国多个管弦乐团担任指挥，在业界闻名遐迩。1940 年 11 月 6 日，她再次抵美，继续耕耘她伟大的音乐事业；作为指挥家的同时，她也在大学执教，投身于音乐教育。安托万·德·圣－埃克苏佩里曾赠送给她一份《小王子》的排版打字文稿，现存于法国国家图书馆，布朗热被这个故事深深打动，建议作家在前往阿尔及利亚前为这个故事配上音乐。遗憾的是，这个音乐设想后来未能落地。

Exemplaire à
remettre à madame
Maria Boulanger qui
vous téléphonera

小王子背后的肖像画

"这是本书的作者为自己画的肖像。"

Portrait de l'auteur en petit prince

1943年4月20日前后，安托万·德·圣-埃克苏佩里抵达阿尔及尔，虽然几乎可以肯定他将加入盟军空军再次投身战斗，但他仍旧无法在这座自由的城市找到些许慰藉来缓解他的焦虑，平衡他日益增长的怀疑。因为一次意外的飞行事故，同时出于对他的健康和年龄的考虑，他很有可能会失去飞行许可[①]。尽管与阿尔及尔的戴高乐派有矛盾，他仍四处奔走，竭尽所能，终于在1944年5月重新获得委任，返回空军II/33中队，负责对撒丁岛和科西嘉岛[②]的空中侦察，这是他在法国大陆上空执行的最后的飞行任务，法国即将解放。1944年7月31日，安托万·德·圣-埃克苏佩里在执飞时丧生，在马赛公海海域失踪。在那18个月巨大的身心痛苦中，小王子将成为作家珍贵的陪伴。乘坐军舰穿越大西洋期间，他的行李中有一本随身携带的《小王子》。刚抵达阿尔及尔，他就把这本作者样书赠送给了在巴黎俱乐部[③]遇到的一位法国外交官的妻子伊冯娜·德·罗斯（Yvonne de Rose）。“昨天晚上，在阅读圣-埃克苏佩里的童话故事《小王子》时，”她在私人日记中写道，“我感动得热泪盈眶……这个童话宛如清澈澄净的水，水中盛满了天然的金块和深刻的人性。今天早上，我在电话中向圣-埃克斯讲述了我在阅读时的所有情绪。”她能猜到自己是美洲大陆以外这本书的第一个读者吗？她能猜到几周前，著名飞行员的妻子安娜·莫罗·林德伯格在读完《小王子》后也同样被深深打动了吗？可以说，小王子几乎成了它的作者的文学替身，它频频出现在他的信件中，代替他说出心中的一切——对他的妻子、对他的女性密友、对他的战友。

由于切断了与美国文化生活之间的联系，他一直担心纽约的读者对这本书的接受度，也因无法收到样书来赠予朋友

---

① 1943年8月1日，安托万·德·圣-埃克苏佩里遭遇飞行事故，之后被取消了飞行许可。

② 科西嘉岛（Corse），法国本土最大岛屿，位于地中海中部，距法国大陆170千米，为拿破仑的故乡。

③ 巴黎俱乐部（Cercle Interallié），亦称“行际盟友联盟俱乐部”，成立于1917年，第一次世界大战期间向协约国军官开放，是与法国并肩作战的盟友聚集地。现为巴黎最尊贵的私人俱乐部之一，会员多是大企业经理、政界显要、外交官、法官、律师等。

而难过。几本最终到达他手中的《小王子》，都被他写好赠言送给了最亲密的朋友，他以这种方式告诉他们这本书在他心中无与伦比的意义。

安托万·德·圣-埃克苏佩里，即使他非常真诚地希望有一天可以在纽约与康苏爱萝重逢，可以再次见到他在法国的家人和朋友，他也清楚地知道，“自己的生命就要走到尽头了”。很快，就会迎来最后一次任务。1943 年 4 月，在他计划离开纽约之际，一个令人欣慰的巧合成就了《小王子》的出版，如此一来，他便可以放心离去，把他们的爱情故事原原本本地留给他的妻子，或许同时以这样诗意的方式，让他们的爱可以超越时代，超越泪水，与世长存。我们恐怕很难将其视为一种巧合。或许称作他对她的爱更为合适。

18 个月后，作家仍旧怀揣着同样的感情。这部作品带有的遗嘱价值远远超出内心表达的范畴。作家感觉就要结束了，他在世上只剩下太少太少的时间，来告诉人们这本书在他心中是多么重要，告诉人们这本书是多么诚恳，告诉人们书中的故事是多么真实，以及作为故事主人公的小王子不是别人，正是他自己……作家在向他的人物挥手告别：就让小王子来代替他，长久地扮演这个角色吧。

为皮乌·夏森（Piou Chassin）创作的图画
墨水和水彩画
[1943 年]
特别收藏

作者为自己画的肖像

这本美国首版法文版第二次印刷的《小王子》于2016年公之于众（法国Cazo拍卖行，2016年12月3日），它在诸多方面颇为特别。一方面，它再次证明了安托万·德·圣－埃克苏佩里在北非时手中确实有几本《小王子》的样书。我们不知道这本书是如何到达作家手中的，但他的确在书中留下了真实而鼓舞人心的笔迹。另一方面，它见证了莱昂内尔－马克斯·夏森上校（Lionel-Max Chassin，1902—1970）与作家深厚的友谊，从1929年作家在布雷斯特[①]海军部进修高级空中航运课程开始，那时作家已担任法国邮政航空公司的飞行员，不久后将出版他的第一部小说《南方邮航》。1944年，莱昂内尔－马克斯·夏森被授予空军上校军衔。这位对航空和跳伞都充满热情的前海军军官于1935年离开海军加入空军，他将在空军作战总参谋部开启辉煌的职业生涯。他于1942年底抵达北非，1943年被任命为空军军职人员部主任，1944年4月奉命指挥空军第31轰炸机联队，包括在意大利撒丁岛维拉奇德罗（Villacidro）驻守意大利前线的摩洛哥军团，他们在敌方领土上已完成多项作战任务。这让我们联想到作家在这本《小王子》开头部分的配图，其中一幅明确提到夏森上校在执行某项任务。这幅画创作于1944年春，那时，杜杜·夏森和皮乌·夏森〔马克斯和皮埃尔，Doudou Chassin（Max），Piou Chassin（Pierre）〕的父亲正在前方指挥作战。实际上，正是由于这位上校朋友的帮助，安托万·德·圣－埃克苏佩里才得以来到撒丁岛，之前他一直被盟军排除在所有军事行动之外，在阿尔及利亚苦苦等待；在夏森上校与其他人的共同努力下，他终于重返空军II/33中队，并自1944年5月16日起重新执行空中侦察任务，而其中的一项任务对他来说是致命的。

此外，作家在给朋友的长子杜杜的赠言中所使用的措辞引起了我们的好奇。作者与他的人物合为一体，甚至在这则给孩子的赠言中透露出小王子式的俏皮和温柔。对于这种对人物身份的自我认同，我们在纽约的一些文献资料中也略有察觉，从圣－埃克苏佩里离开美洲大陆一直到他生命的最后几个月，这样的表达方式始终如一。这是他灵魂的镜子，小王子不再只是路上的一个陪伴，而正是他诗意的内心，把想象与现实生活连接在一起。这则赠言也让我们了解到更多：作家罕见地定义了自己的作品，指出它是一个“真实的故事”，如同呈堂证供。由此，这则寓言跨入真实故事的范畴。不仅“小王子，是我”，更重要的是，“是我，是真实的我”，这种真实远远超出日常生活中道听途说的琐事与误解，那些只会带来虚假的真实。虽然我们不知道作家在此所讲的真实是指故事的寓意还是他本人的经历，但有一件事毋庸置疑，这种真实会给读者带来启示。

最后值得注意的是，安托万·德·圣－埃克苏佩里在画中不假思索地借用了小王子的形象，来描绘在执行空中任务的上校朋友。他把朋友置于云层之上，为他添上翅膀，他一直更喜欢以这样的方式来描绘他的飞行员朋友，而不是让他们坐在机舱里驾驶真正的飞机。飞机代表一个人在飞翔，而不是一台飞行机器。小王子是他心灵的摇篮，也是他内心最亲密之物的摇篮，作家自然会借用小王子来代表他人。这是他无尽的慷慨。

① 布雷斯特（Brest），法国西北部海港城市，隶属布列塔尼大区菲尼斯泰尔省（Finistère），法国西部最大的海军基地。

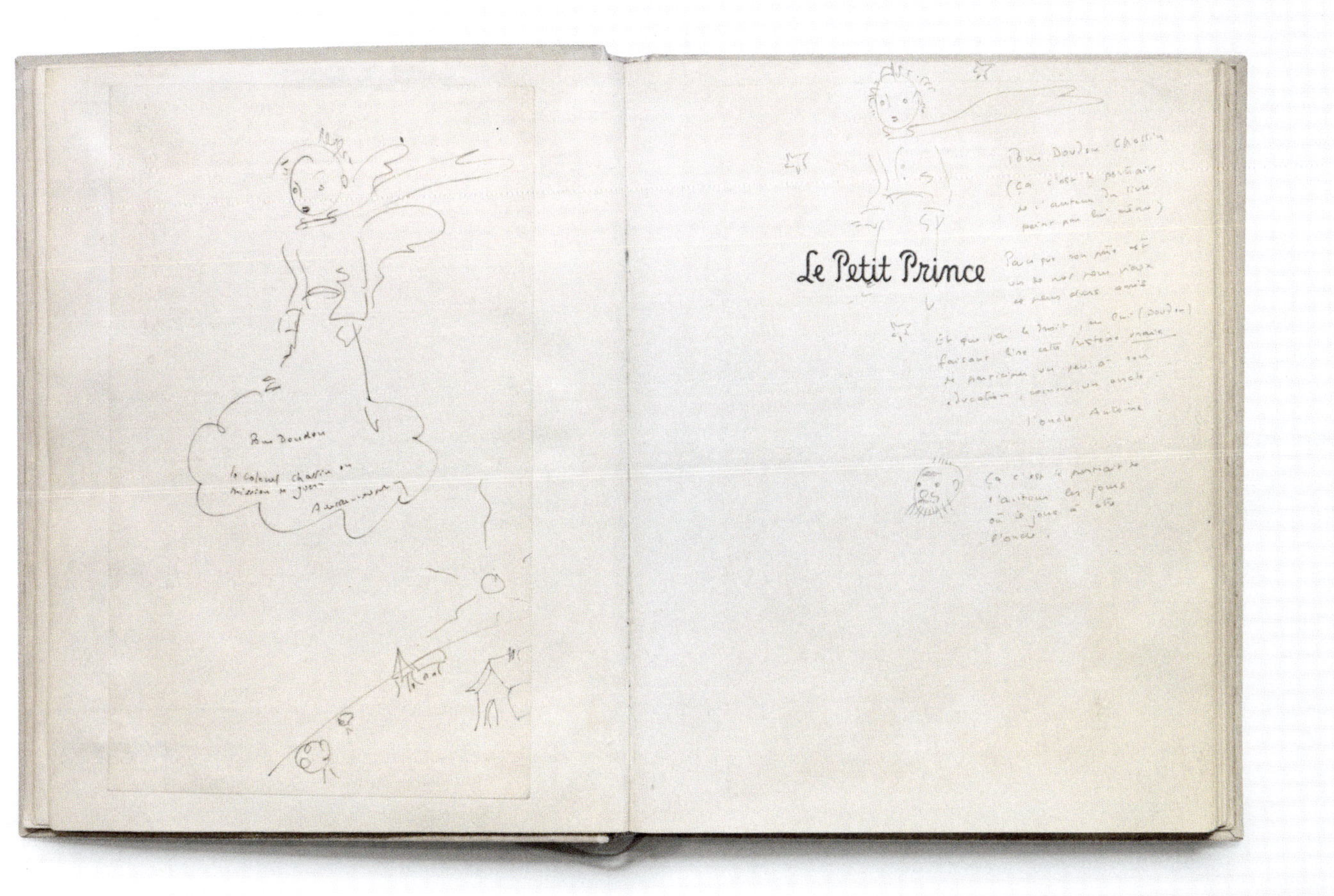

《小王子》（纽约，雷纳尔和希区柯克出版社，1943 年 4 月）
书的开头部分附有作者写给杜杜·夏森的赠言，以及分别献给皮乌·夏森和杜杜·夏森的两幅图画
首版，第二次印刷
[1943 年]
特别收藏

献给杜杜·夏森：

（这是本书的作者为自己画的肖像）。因为杜杜的父亲是我们当中最年长、最亲爱的朋友之一。因此，我有权让他（杜杜）读到这个真实的故事，并像叔叔一样参与一点对他的成长教育。

安托万叔叔

在需要做叔叔的日子里，作者的肖像就是这个样子。

图画：小王子在他的星球上

献给皮乌·夏森：

亲切的问候

圣－埃克苏佩里

图画：云上长着翅膀的小王子

献给杜杜：

在执行作战任务的夏森上校

安托万·德·圣－埃克苏佩里

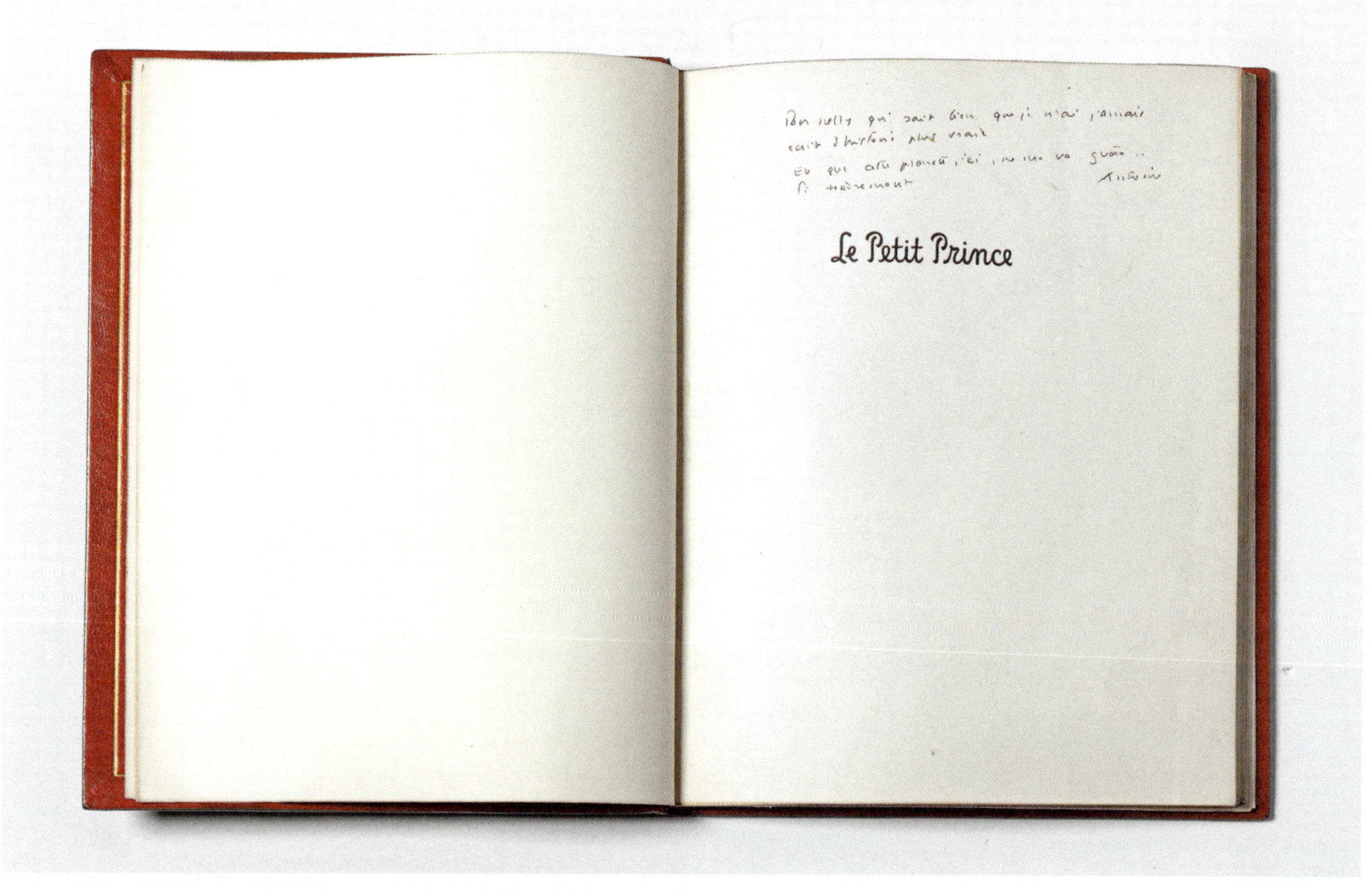

《小王子》（纽约，雷纳尔和希区柯克出版社，1943 年 4 月）
附有作者写给内莉 · 德 · 沃盖的赠言
首版，第三次印刷
[1943 年或 1944 年，阿尔及尔]
特别收藏

献给内莉：

她非常清楚，我从未写过比这更真实的故事。
而这个星球，这里，几乎不适合我……
如此温柔。

安托万

内莉 · 德 · 沃盖在圣 – 埃克苏佩里公寓的露台上
巴黎沃邦广场 15 号（15，Place Vauban）
1937 年前后

最真实的故事

这本在美国出版的法文版第三次印刷的《小王子》颇为特殊，上面附有安托万·德·圣-埃克苏佩里在北非时的亲笔签名。这本书是如何送到作家手中的呢？安托万·德·圣-埃克苏佩里是当面把它交给内莉·德·沃盖的吗？我们并没有答案。1943年8月至11月初，内莉·德·沃盖在阿尔及尔逗留，她是作家的红颜知己，也为他的文学事业提供必要的帮助。

这本书之所以重要，既源于受赠者的身份，也源于他献给她的赠言。安托万·德·圣-埃克苏佩里与内莉·德·沃盖的通信只以非常零散的片段为人们所知，1994年[①]内莉以皮埃尔·谢弗里埃（Pierre Chevrier）为笔名出版的精选集《战时札记》中有部分体现。文集显示，自1943年11月起，他们保持着密切的交流，作者化身小王子的形象不时出现在信件的配图中。

作家的孤独感似乎已经到达“临界点”。他与阿尔及尔的戴高乐派产生争执，他们指责他在纽约时没有寻求美国当局的帮助来支持他们，这让他陷入思考：“在这个星球上，什么是我必须做的事？”“我不被需要吗？”（《作品全集》第二卷，第963页）。这种感觉的产生也源于他无法在这个世界上找到一种平静的情感氛围，无论是在爱中还是在人类所有的事物中——即使曾经有过，也是“一闪而过”，刚一出现就消失了。在任何地域，作家都会经历人与人之间的冲突，无法沟通、遭受误解、被人辜负。对于这个也许太想把事情做好并用人类的崇高理想持续要求自己的人来说，地球已经变得无法生存，于是，他得出了这个可怕的结论：“我只对那个看不到的未来拥有热情。”（《作品全集》第二卷，第977页）

这种持续的不满随着作家对他同类的迫切担心与日俱增（“那些精神上的极度痛苦”，无论是对同胞还是对他“有四根毫无用处的刺”的妻子），这让他在社会生活中备受折磨。“无法同时游向所有的信号”，作家认为除了自我牺牲，别无出路，只有这种特殊的方式才能承受世界的不幸，直至死亡。只有这样，他才能安息；只有这样，才能平息一切痛苦——康苏爱萝的痛苦，亲爱的朋友们的痛苦；只有这样，才能使人类成为登上这颗漂泊星球的唯一船员。

“在某种程度上，爱比死更甚”，在给内莉的一封信的结尾，安托万·德·圣-埃克苏佩里这样写道，从而阐明了书中最后一章小王子之死的意义。对于这个悲痛欲绝的人来说，他在这种象征性的死亡中找到了救赎，这种象征是另一种无法抵达的生存状态，“没有希望地爱着”，他又写道，“那并不是绝望。那意味着人们只能在无限中与所爱之人相聚。在路上时，这颗星星是坚不可摧的。”（《作品全集》，第959页）

这则写在《小王子》扉页上献给内莉·德·沃盖的赠言，与他们通信中所知的最后时刻暗含的内容相互呼应。作家向她坦白，他从未写过比这更真实的故事，从而最大限度地传递出这本书的传记色彩和遗嘱意义。这是一本写给未来的书，一本了解他在世间经历的书。这并不是一本为他哀悼的书，因为他曾说过，像所有的女人和男人一样，我们只能和所爱之人在一起，我们只能在无限中与他们相聚。“我看起来会很痛苦……我看起来有点像快要死了一样……”

① 疑似笔误，经译者考证，这里的年份应为1949年。

320—323 页

赠送给让·阿姆鲁什的图画，画中描绘了小王子的形象

画在纸上和香烟盒上的墨水画

1943 年，阿尔及尔

手稿真迹

特别收藏

成千上万个小王子

1942 年 11 月，英美盟军登陆北非后，阿尔及尔成为自由法国[①]重要的精神文化生活中心之一。在书商兼出版人爱德蒙·夏洛[②]、作家儒勒·罗伊[③]、马克斯－波尔·富歇[④]以及卡比尔[⑤]诗人让·阿姆鲁什[⑥]等名人的推动下，当地的文化精英与来自法国大都市或美洲大陆的知识分子之间的联系得以加强。让·阿姆鲁什是安德烈·纪德作品的忠实崇拜者，当这位前辈移居北非时，他和纪德重新恢复了联系。（1943 年在他的朋友安妮·赫尔贡[⑦]阿尔及尔的家中，后者的父亲是著名的“蓬蒂尼十日谈”[⑧]的发起者）。1943 年，《背德者》（*L'immoraliste*）的作者[⑨]委托他负责一本新创刊的阿尔及尔文学评论杂志《方舟》[⑩]（*L'Arche*），这本杂志由当地知识分子赞助出版，并在戴高乐主义思潮中发挥作用。后来，安托万·德·圣－埃克苏佩里抵达阿尔及尔并多次逗留〔他住在他的医生朋友乔治·佩利西埃（Georges Pélissier）位于丹费尔－罗什洛街 17 号（17 rue Denfert-Rochereau）的家中〕，由于他与安德烈·纪德的密友关系，让·阿姆鲁什借此与这位声望极高的作家成了朋友。让·阿姆鲁什的电话号码出现在作家在阿尔及尔的个人记事本中，作家还提到 1943 年 11 月 19 日他们共进午餐。这些描绘小王子形象的画作是在

① 自由法国（France Libre），第二次世界大战期间，夏尔·戴高乐领导的抗击纳粹德国侵略的法国抵抗组织（法国抵抗运动）。1940 年 6 月 18 日，戴高乐在英国伦敦发表了著名的抗纳粹宣言《告法国人民书》，标志着“自由法国”运动开始。

② 爱德蒙·夏洛（Edmond Charlot，1915—2004），阿尔及利亚出版人，1936 年创办夏洛出版社，即“真财富书店（Les Vraies Richesses）”。他曾出版了加缪的第一本书及安托万·德·圣－埃克苏佩里的《给一位人质的信》。

③ 儒勒·罗伊（Jules Roy，1907—2000），法国作家，出生在阿尔及利亚，二战时期曾在皇家空军服役，强烈反对法国殖民主义。他是加缪的好友。

④ 马克斯－波尔·富歇（Max-Pol Fouchet，1913—1980），法国诗人、作家、艺术评论家和电视人。年少时随家人定居阿尔及利亚，与北非当地作家均有交往。

⑤ 卡比尔人（Kabyle），指住在阿尔及利亚的柏柏尔人，阿尔及利亚最大的少数民族。他们是穆斯林，多居住在阿尔及利亚北部的半山区地带，以农业为生。

⑥ 让·阿姆鲁什（Jean Amrouche，1906—1962），阿尔及利亚诗人，曾创办《方舟》杂志，是阿尔及利亚第一个用法文写作的诗人。

⑦ 安妮·赫尔贡（Anne Heurgon，1899—1977），法国慈善家。他的父亲是保罗·德雅尔丹（Paul Desjardins，1859—1940）。

⑧ 蓬蒂尼十日谈（Décades de Pontigny），指 1910 至 1914 年、1922 年到第二次世界大战初（1939 年）在法国蓬蒂尼修道院举行的知识分子会议，由保罗·德雅尔丹发起并组织。

⑨ 指安德烈·纪德，《背德者》是他所创作的中篇小说。

⑩ 《方舟》，1944 年 2 月在阿尔及利亚由安德烈·纪德扶持、让·阿姆鲁什主编的一本文学杂志，由阿尔及利亚出版人爱德蒙·夏洛负责刊印，其中发表了纪德的日记片段。

这次午餐中创作的吗？我们不得而知。但有一件事可以肯定，他们趁机探讨了是否要在《方舟》创刊号上发表《给一位人质的信》的话题[①]。当然，这需要说服作家，因为安托万·德·圣-埃克苏佩里对此有些不太情愿，他担心这篇文章会重新点燃那些反对他的戴高乐主义者愚蠢的争吵："我一点也不想听到关于自己的消息，不想让人们谈论我，也不想说话。"（致内莉·德·沃盖的信，《作品全集》第二卷，第963页）1943年11月7日，这位来自阿尔及尔的诗人刚刚读完《小王子》，便给作家写下这封动人的信："您的故事是世界上最美丽的故事之一。小王子或许为您而死，但从今往后，因为这场死亡会诞生成千上万个小王子，他们看起来与他面貌相似，每一个却都是独一无二的，每一个'他'都会有自己的目光和自己的朋友。对人类而言，置身于这片沙地，在一颗星星下与小王子相遇，没有比这更重要的事了。"〔阿德尔拍卖行（Ader Picard Tajan），德鲁奥拍卖行（Drouot），1984年7月6日，拍品编号28-2〕。

① 《给一位人质的信》后来在《方舟》创刊号上刊载。

324—325 页

安托万·德·圣－埃克苏佩里的私人记事本，上面附有描绘小王子形象的图画
墨水画
1943 年 4 月至 1944 年 7 月，阿尔及利亚 / 摩洛哥
手稿真迹
圣－埃克苏佩里－达盖遗产管理委员会收藏

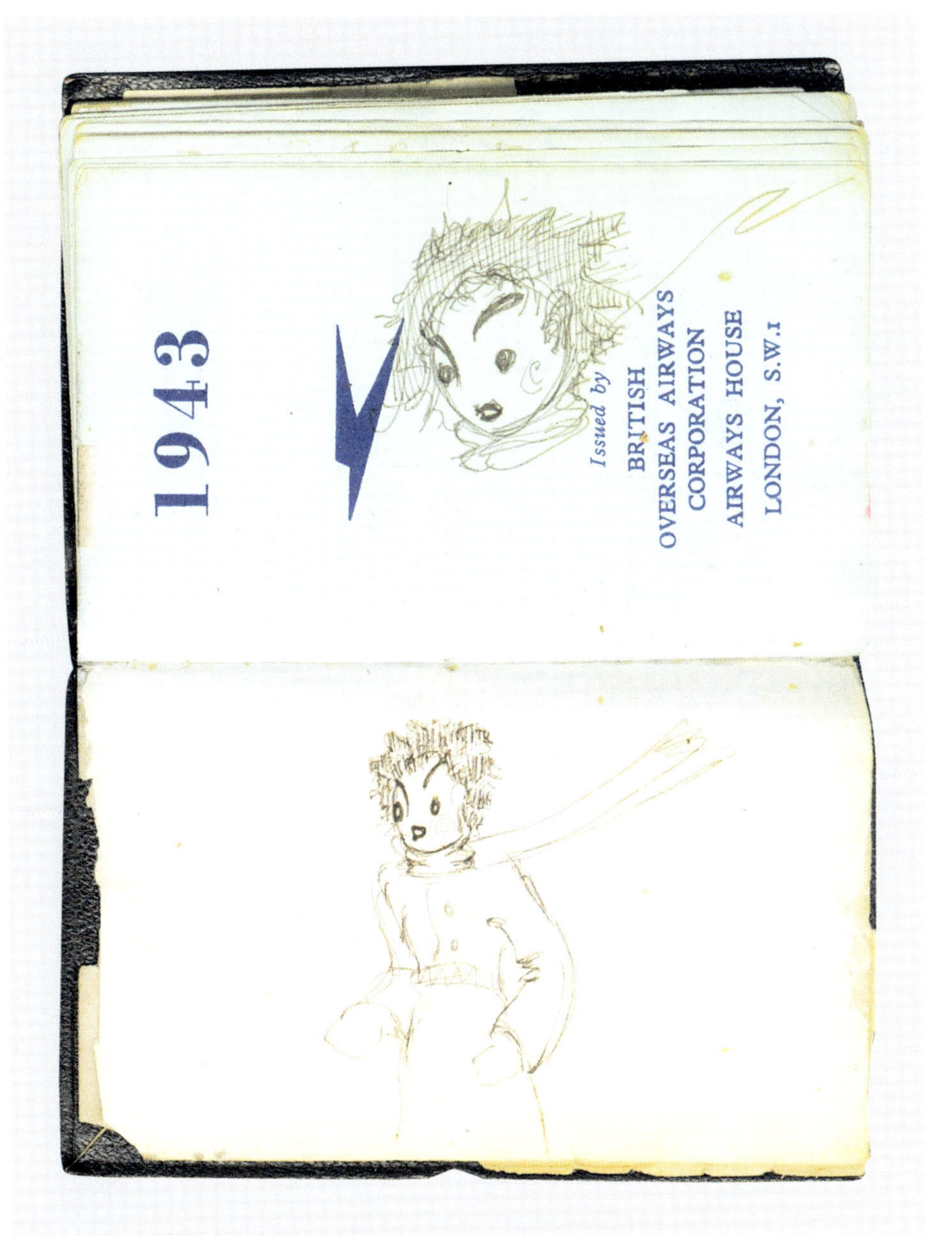

记事本

这些记事本上的内容揭示了作家从1943年4月至1944年7月在北非的社交圈（阿尔及尔的巴黎俱乐部、安德烈·纪德、安妮和雅克·赫尔贡[①]夫妇、让·迦本[②]、约瑟夫·凯塞尔[③]、儒勒·罗伊、马克斯-波尔·富歇、阿贝尔·韦尔迪朗[④]、莱昂内尔-马克斯·夏森、亨利·孔德[⑤]、勒内·莱曼[⑥]、皮埃尔·马森·德·米拉瓦尔[⑦]、迪奥梅德·卡特鲁[⑧]等等），同时，我们也在记事本上发现了四个用铅笔快速勾勒出的小王子形象，对远离家人的作者来说，小王子是他忠实的陪伴。

① 雅克·赫尔贡（Jacques Heurgon，1903—1995），法国伊特鲁里亚学者、拉丁学家，索邦大学拉丁语语言文学教授。

② 让·迦本（Jean Gabin，1904—1976），法国演员，曾与许多法国著名导演合作，两次获得威尼斯电影节最佳男演员奖，两次获得柏林电影节最佳男演员奖。

③ 约瑟夫·凯塞尔（Joseph Kessel，1898—1979），法国作家、记者，1962年当选法兰西学院院士。

④ 阿贝尔·韦尔迪朗（Abel Verdurand，1886—1970），法国工程师。曾作为空军飞行员参加两次世界大战，历任航空联盟（Air Union）、法国邮政航空公司（l'Aéropostale）、法国航空公司（Air France）等高级管理人员。

⑤ 亨利·孔德（Henri Comte），卡萨布兰卡医生，他和太太都是安托万·德·圣-埃克苏佩里夫妇的朋友。圣-埃克苏佩里在法国邮政航空公司工作时，在卡萨布兰卡与他相识，两家来往频繁。

⑥ 勒内·莱曼（René Lehmann，1893—1983），法国小说家、记者。

⑦ 皮埃尔·马森·德·米拉瓦尔（Pierre Massin de Miraval），文中所提时期，他在美国驻北非首席代表罗伯特·墨菲（Robert Murphy）的代表团中负责经济事务。

⑧ 迪奥梅德·卡特鲁（Diomède Catroux，1916—2008），法国政治家。

再见了，玫瑰！

326—330 页

《给陌生女人的信》
墨水和水彩画
1943—1944 年，阿尔及尔
手稿真迹
安妮 – 玛丽 · 斯普林格* 收藏

据说，安托万·德·圣-埃克苏佩里和这位不知名的年轻女人是在一列奥兰开往阿尔及尔的火车上认识的，她当时和丈夫住在奥兰。他给她写过几封信，留下了几张便条和几幅画作。她曾是一名自由法国的军官，两人相识时，她在红十字会担任救护车医务人员。她的身份至今是谜，但这不是最重要的。信纸上雅致的图画装点着这些略带绝望情绪的文字（我们从这些信中感受到作家某种病态的烦躁心理，他不能容忍一个女人或一位朋友杳无音信地离他而去，或对他的要求没有答复）。除此之外，小王子的形象在信中所占据的中心位置让人惊讶，他的面孔甚至可以代替作家的签名。他（作家或小王子，怎样理解都好）不假思索地想象出一个小公主来代替这位朋友，这足以让他在梦境和现实生活中都得以满足——两者合为一体。这个“虚构的小女孩”不禁让我们想起 20 世纪 20 年代他在写给勒内·德·索辛娜的信中提到的那个“虚构的朋友”，那个年轻的圣-埃克苏佩里曾承认，他几乎不知道自己是在给一个真正的朋友写信，还是给一个由他创造出来的朋友——一个他渴望的、为他而生的朋友写信。

由此，作家不再区分梦境和现实。他对于这个按照自己形象创造出来且与他极为相像的人物，完完全全地认同。这位阿尔及尔的小王子，是他在消逝的时间中一个理想的存在，代表他在世界的温柔和生活的喜悦中的经历与承诺：“我们想采摘所有的水果和花朵。我们想在所有的草地上呼吸。我们玩耍嬉戏。这是个游戏吗？我们永远不知道游戏从哪里开始，或在哪里结束。然而我们非常明白，我们是如此温柔，如此幸福。”

但是，这种幸福是多么罕见啊！它正在变得稀有！空气就要耗尽了。尝尽了日复一日的苦涩，在这种“空洞的时间”里，再没有“什么可去梦想”……甚至收不到这位朋友的一个回复，感受不到一丝温柔。这是一个被剥夺了养分的世界，因为人类已经将它抛弃。因此，小王子没有其他解决办法，他只能想象出一个新的朋友来挣脱这种令人陷入忧郁的冷漠循环：“今天，小王子不存在了。小王子死了。或者说，他彻底变得困惑多疑。这样的小王子不再是小王子。我要责怪您，是您毁了它。”

作家伫立在站台上，举起被刺伤的手指，向这位朋友告别：“再见了，玫瑰。”还会出现其他的春天、其他的离别、其他的旅行承诺、其他可以漫步的花园吗？在这个现实世界，还是梦的世界？对于深谙一切的人而言，两者并无差别，正如他给这位朋友写下的那样，“童话讲述的才是生命中唯一的真理”。可以说，对于圣-埃克苏佩里，童话是他在世界上活下去的唯一方式，也是他描述世界的唯一方式。

---

* 安妮-玛丽·斯普林格（Anne-Marie Springer），瑞士收藏家、作家。她收藏了西方诸多艺术家、文化名人的亲密信件、明信片，涵盖了两个世纪以来艺术史上的关键人物，如德加、莫奈、梵高、高更、马蒂斯、弗里达等，也包括左拉、拿破仑、猫王等其他名人。

Il était triste et donc injuste. J'ai barré tout ce qu'il disait... mais j'ai gardé le dessin parce qu'il est tellement ressemblant...

Il n'est pas si méchant que ça, mais il est tellement mélancolique...

A.

VII

Pardon ! J'écris à une amie qui m'a tout à fait oublié...
Alors ta lettre, c'est fini ou non ! Il faut maintenant que j' l'emporte...

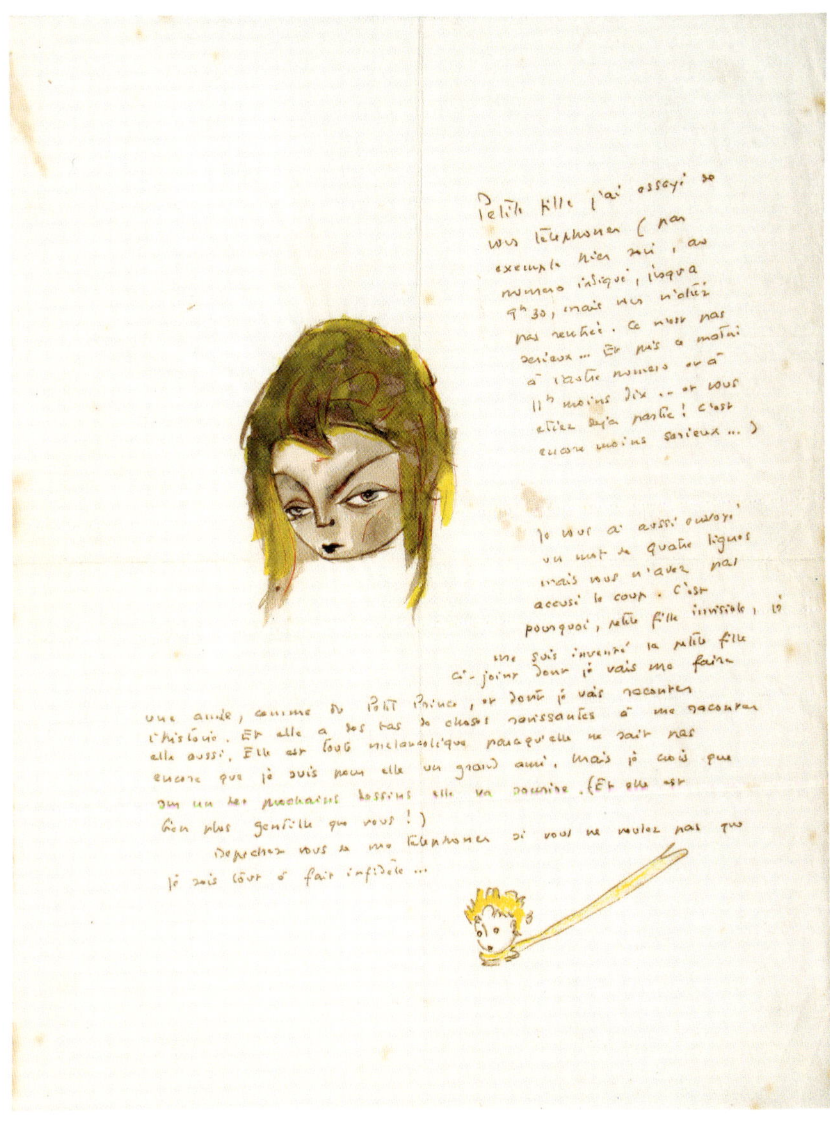

Petite fille j'ai essayé de vous téléphoner (par exemple hier soir, au numéro indiqué, jusqu'à 9h30, mais vous n'étiez pas rentrée. Ce n'est pas sérieux... Et puis ce matin à l'autre numéro et à 11h moins dix... et vous étiez déjà partie! C'est encore moins sérieux...)

Je vous ai aussi envoyé un mot de quatre lignes mais vous n'avez pas accusé le coup. C'est pourquoi, petite fille invisible, je me suis inventé la petite fille ci-jointe dont je vais me faire une amie, comme du Petit Prince, et dont je vais raconter l'histoire. Et elle a des tas de choses ravissantes à me raconter elle aussi. Elle est toute mélancolique parce qu'elle ne sait pas encore que je suis pour elle un grand ami. Mais je crois que dans un des prochains dessins elle va sourire. (Et elle est bien plus gentille que vous!)

Dépêchez vous de me téléphoner si vous ne voulez pas que je sois tout à fait infidèle...

Nous ne savons pas tout, réjouissons nous avec prudence. Le menu sans doute est merveilleux... Ça c'est le dividende. Mais quel est le nombre des invités ? Ça c'est le diviseur.
MENU
AVANT
ici il y a une eclipse totale, c'est pourquoi on ne la voit pas.
eclipse partielle

在朋友们的餐桌上

在阿尔及尔或卡萨布兰卡驻扎时，在两段军事作战时期（1943 年 5 月至 7 月和 1944 年 5 月至 7 月）之间的日子里，安托万·德·圣-埃克苏佩里仍会安排一些日常娱乐活动。尽管他被某些驻阿尔及尔的自由法国的代表刻意孤立，让他为自己在纽约时的无党派态度付出代价（暗示他当时的态度是一种反法国的立场），他仍与一群来自法国和美国的朋友相处甚欢，并在这种欢快而舒缓的陪伴中找到些许乐趣。

右图这份由他绘制的菜单便是很好的证明。充满幽默气息的菜单是在皮埃尔·马森·德·米拉瓦尔组织的聚餐上完成的，皮埃尔当时在驻阿尔及尔的墨非[1]代表团中负责经济事务。

根据作家私人记事本上的记录，这次聚餐可能发生在 1944 年 1 月 13 日，星期四。小王子再次出现在宴会的宾客间，他比往常少了些忧郁，并向客人解释这只猪是被除数，而他们共同构成除数，一起瓜分了它！在左图中，桌边朋友们的面孔采用了作家典型的极具表现力的夸张手法，这些大人的“写实主义”肖像——与小王子拜访的小行星上的居民一脉相承。

① 指当时美国驻北非首席代表罗伯特·墨非（Robert Murphy）。

“猪的菜单”
墨水和水彩画
1943—1944 年，阿尔及尔
手稿真迹
圣-埃克苏佩里-达盖遗产管理委员会收藏

大家都非常非常喜欢《小王子》

1943年4月2日，安托万和康苏爱萝在比克曼广场告别，从那之后，他们再未见过彼此。那句“再见”，便是一场永别的开始。在接下来14个月左右的时间里，他们始终保持通信，直至飞行员被宣布在飞行中失踪的那一天。那些信件令人心碎。在狂乱无序的时间中，一封封飞书吟唱着爱情的赞歌，它们并不只是一种幻想，抑或一场由无法和平相处、一直深爱彼此却不知的两个人彻底虚构出来的梦境。这些文字变得比从前更加强烈、更加动人，也更加神秘。“因为你曾告诉我，如今我便了然于心，明日的我们将合二为一，成为同一具躯体、同一条地平线、同一个星球”，康苏爱萝写道，她决定不再做仙女般的女人——“人们想制成标本、不真实的、迷人的角色”，一些与她亲近的人赋予了她这样的人设。她想成为托尼奥的妻子。当她独自一人留守纽约，目睹《小王子》在书店取得的巨大成功和文艺界的好评如潮时，康苏爱萝更加深刻地意识到她的丈夫留给她、留给现在和未来众多读者的是多么珍贵的东西：“我的丈夫，您会归来继续书写信任与爱的篇章，以此照亮前路，为干渴的人们捧上甘泉。我相信，在你馈赠的力量中，除了你依靠微光、苍穹和爱反复推敲出来的诗歌之外，你同时给予安慰，你令人期待，你培养耐心，正是这种耐心构筑起生命的存在。”小王子和他的玫瑰的故事成为他们关系的催化剂。康苏爱萝在她的信件和画作中，均借用这个故事来描述自己。面对他们难以维系的爱情，她的丈夫把解开这道难题的钥匙交到她的手中，为了他们在分离中度日的今天，为了未来有朝一日迎接他们的“重逢”，抑或他的失踪。安托万·德·圣-埃克苏佩里向他的妻子坦白，他很后悔没有将《小王子》题献给她，这是“他最后悔的事”，他如此写道。他把自己画成小王子的样子，站在小行星上，面对围绕他的茫茫星际不停地追问：“我的康苏爱萝在哪里？”当然，这种用小王子来代表自己的做法并不仅限于和他的妻子；在与其他人的通信以及和朋友们的交流中，他也倾注了诸多温柔，留下许多友谊的印记。渐渐地，从一幅画到另一幅画，作家这个真实的人决心牺牲自己的生命，在这种无私行为的纯粹中结束自己的一生（从而回应那些诋毁他的人，并在他的内心找到平静），也让他的家人和朋友为他一去不返做好准备。他做出这样的选择，并不是要把那片沙漠留在身后，相反，而是试图留下一个因为他的缺席而重新焕发生机的世界。

种种迹象都表明了《小王子》对他无比重要。出版前后，安托万·德·圣-埃克苏佩里确实一直在为这本书的接受度担忧，不知道人们是否会喜欢它。他不断请求身边最亲近的人作为第一批读者，并收集来自他们的感受和建议；然而，他在《小王子》中留给这个世界的东西才是最重要的。由于无法或很难把书递送给在阿尔及利亚、摩洛哥或撒丁岛的朋友们手中，他难过到心碎。他恳求妻子寄给他关于《小王子》的报道和样书，但似乎并未实现。于是，他只能继续一遍一遍地画着小王子。

康苏爱萝从报纸上了解到丈夫失踪的消息[①]。之后几个月的时间里，她一直不确定他是否能够平安归来。圣-埃克苏佩里的朋友、伟大的音乐家娜迪亚·布朗热曾计划在纽约为《小王子》配上音乐，在圣-埃克苏佩里去世几周后，她给康苏爱萝写下这些充满悲悯的文字：“希望您也许愿意相信，我正在倾听那个非常关心您的声音——它理解您的孤独、您的无助，并希望……会有奇迹发生，能为您带来安宁。如果您愿意相信这一切，我将感到无比安慰。”奇迹？康苏爱萝并没有这样的奢求，她在给丈夫的最后一封电报中十分简短地写道：“我想用双手去触摸您。”

---

① 1944年8月10日，康苏爱萝从《纽约时报》上得知了这一消息。

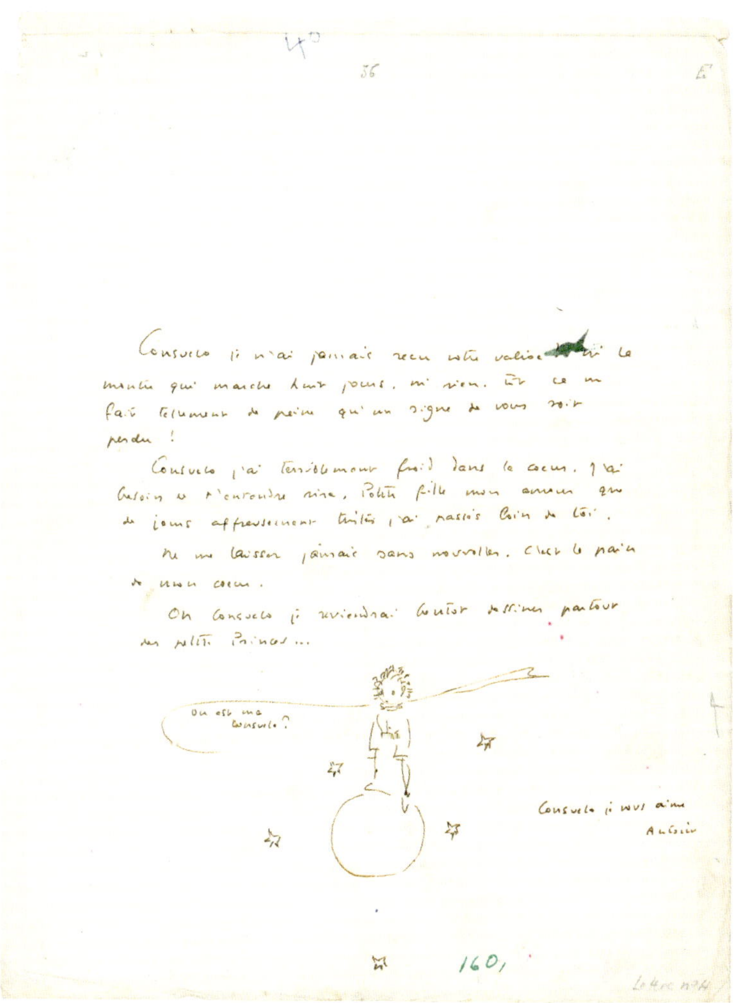

Consuelo je n'ai jamais reçu votre valise ni le moulin qui marche tout seul, ni rien. Et ça me fait tellement de peine qu'un signe de vous soit perdu !

Consuelo j'ai terriblement froid dans le coeur. J'ai besoin de t'entendre rire. Petite fille mon amour que de jours affreusement tristes j'ai passés loin de toi.

Ne me laissez jamais sans nouvelles. C'est le pain de mon coeur.

Oh Consuelo je reviendrai bientôt dessiner partout des petits Princes...

“喔，康苏爱萝，我很快就会回来了，我要到处都画满小王子。”

安托万·德·圣－埃克苏佩里给康苏爱萝附有图画的信
墨水画
1943 年 11 月，阿尔及尔
手稿真迹
特别收藏

“大家都非常非常喜欢《小王子》。”

康苏爱萝给安托万·德·圣－埃克苏佩里的信
1943 年 6 月，华盛顿
手稿真迹
特别收藏

Cable Mayflower　　Telephone District 3000

The Mayflower
CONNECTICUT AVE. AND DE SALES ST.
Washington, D.C.

une petite lettre pour te dire
qu'on aime beaucoup, beaucoup
Le Petit Prince : Que Brentanos
n'a pas encore paru, mais
il me disse cette semaine.
Collevres ici – Tous les amis
et le public très touché.
Et ton Grand Roman ?
Va tu le commencé ?
Mon Tonnio si tu écris un
peu mon Papou cela t'aidera
et les cailloux deviendrons

康苏爱萝，发自内心地感谢你，谢谢你一直作为我的伴侣，并如此不遗余力。如今，我身处战乱，完全迷失在这个巨大的星球，我只剩下一个安慰，我只拥有一颗星星，就是从家中透出的那束光芒。我的小宝贝，请保持它那份纯净吧。

康苏爱萝，发自内心地感谢你，谢谢你成为我的妻子。如果我受伤了，会有人为我医治。如果我被杀害，会有人在永恒中守候。如果我能归来，会有人让我心心念念地向她奔去。康苏爱萝，我们所有的争吵、所有的矛盾都不复存在。我只想化身为一首盛大的感恩赞歌。

三周前，在经过阿尔及尔时，我再次见到了纪德*。我告诉他，我和内莉已经结束了，我爱的人是你。我给他看了你写给我的信（那是我手中唯一一封你的来信。），“分外令人动容。”他对我说，“您对内莉［·德·沃盖］和伊冯娜［·德·莱斯特兰奇］的不满颇有道理……”康苏爱萝，你知道我最后悔的事是什么吗？就是没有把《小王子》题献给你。

安托万·德·圣－埃克苏佩里给康苏爱萝的信

1943年6月15日前后，乌季达*（摩洛哥）

附有唇印痕迹的手稿真迹

特别收藏

* 指安德烈·纪德，1943年5月至1945年5月，他一直在阿尔及利亚居住，与安托万·德·圣－埃克苏佩里多有来往。

* 乌季达（Oujda），摩洛哥东北部城市。1943年6月2日，安托万·德·圣－埃克苏佩里进入当地的美国空军基地，练习驾驶洛克希德公司生产的P-38“闪电”战斗机。

康苏爱萝·德·圣－埃克苏佩里的照片
背面附有手写留言："不要丢下我！不要失去你。不久后见！康苏爱萝"
老式银版照片
1943 年，纽约
手稿真迹
特别收藏

康苏爱萝·德·圣－埃克苏佩里根据照片创作的《自画像》
布面油画
无日期，纽约
特别收藏

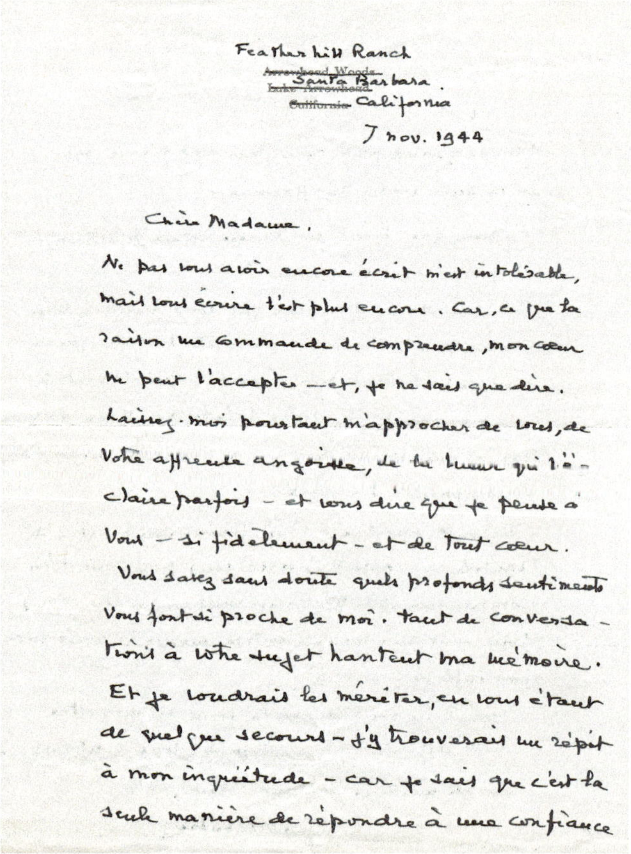

Feather hill Ranch
~~Arrowhead Woods~~ Santa Barbara
~~Lake Arrowhead~~
~~California~~ California

7 nov. 1944

Chère Madame,

Ne pas vous avoir encore écrit m'est intolérable, mais vous écrire l'est plus encore. Car, ce que la raison me commande de comprendre, mon cœur ne peut l'accepter — et, je ne sais que dire.

Laissez-moi pourtant m'approcher de vous, de votre affreuse angoisse, de la lueur qui l'éclaire parfois — et vous dire que je pense à vous — si fidèlement — et de tout cœur.

Vous savez sans doute quels profonds sentiments vous font si proche de moi. Tant de conversations à votre sujet hantent ma mémoire.

Et je voudrais les mériter, en vous étant de quelque secours — j'y trouverais un répit à mon inquiétude — car je sais que c'est la seule manière de répondre à une confiance

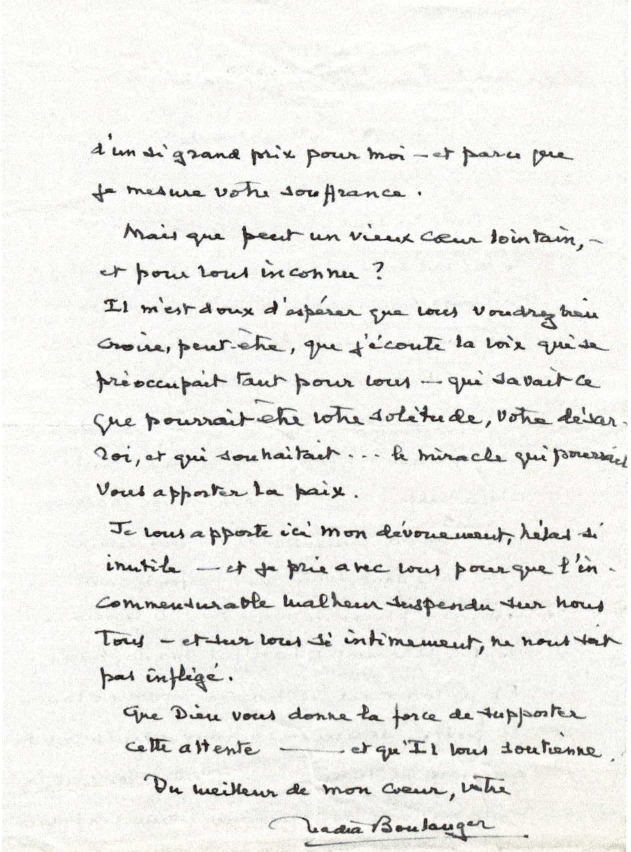

d'un si grand prix pour moi — et parce que je mesure votre souffrance.

Mais que peut un vieux cœur lointain, — et pour vous inconnu ?

Il m'est doux d'espérer que vous voudrez bien croire, peut-être, que j'écoute la voix qui se préoccupait tant pour vous — qui savait ce que pourrait être votre solitude, votre désarroi, et qui souhaitait … le miracle qui pourrait vous apporter la paix.

Je vous apporte ici mon dévouement, hélas si inutile — et je prie avec vous pour que l'incommensurable malheur suspendu sur nous tous — et sur vous si intimement, ne nous soit pas infligé.

Que Dieu vous donne la force de supporter cette attente — et qu'Il vous soutienne.

Du meilleur de mon cœur, votre

Nadia Boulanger

羽毛山牧场（Feather hill Ranch）
圣巴巴拉（Santa Barbara）
加利福尼亚（California）
1944 年 11 月 7 日

亲爱的夫人：

一直未能给您写信，这让我无法忍受，但若要把一切都付诸笔端，则更为残忍。因为理性迫使我去理解的事，我的心却难以接受，以及我不知道该如何表达。让我走近您吧，走近您的惶惶不安，走近那束时而可以照亮苦难的微光，向您诉说我对您的牵挂——如此忠诚地——全心全意的牵挂。您对我而言是如此熟悉，您也许明白是怎样深厚的情感让你我如此靠近。我们一次次谈论着您，我的记忆中萦绕着许多关于您的往事。为了不辜负这份诚挚的友谊，我希望此刻能给予您些许安慰——以便我可以在自己的忧虑中找到一丝喘息的时间——因为我知道，这是我唯一能回应一份对我意义重大的信任的方式，也因为我深知您的痛苦。

然而，一颗苍老而遥远的心能做些什么呢？对您来说，还是一颗陌生的心？

希望您也许愿意相信，我正在倾听那个非常关心您的声音——它理解您的孤独、您的无助，并希望……会有奇迹发生，能为您带来安宁。如果您愿意相信这一切，我将感到无比安慰。

为您献上我的忠诚，可惜它无济于事。我将和您一起祈祷，祈祷笼罩在我们所有人身上无尽的厄运以及您身上深切的不幸都不会降临。

愿上帝赐予您力量，忍受这份等待的痛苦——并愿他给予您支持。

谨上，衷心祝愿。

您的
娜迪亚·布朗热

娜迪亚·布朗热给康苏爱萝·德·圣－埃克苏佩里的信
1944 年 11 月 7 日，圣巴巴拉

《小王子和他的玫瑰》
康苏爱萝·德·圣－埃克苏佩里
木炭画
无日期
特别收藏

FACE

坐在洛克希德 P-38“闪电”战斗机驾驶舱内的飞行员圣 - 埃克苏佩里
摄影：约翰·菲利普斯(John Phillips)
1944 年 5 月，阿尔盖罗*

* 阿尔盖罗（Alghero），意大利城市，位于撒丁岛萨萨里省西北部，临近地中海。安托万·德·圣 - 埃克苏佩里所属的飞行中队在此地驻扎。

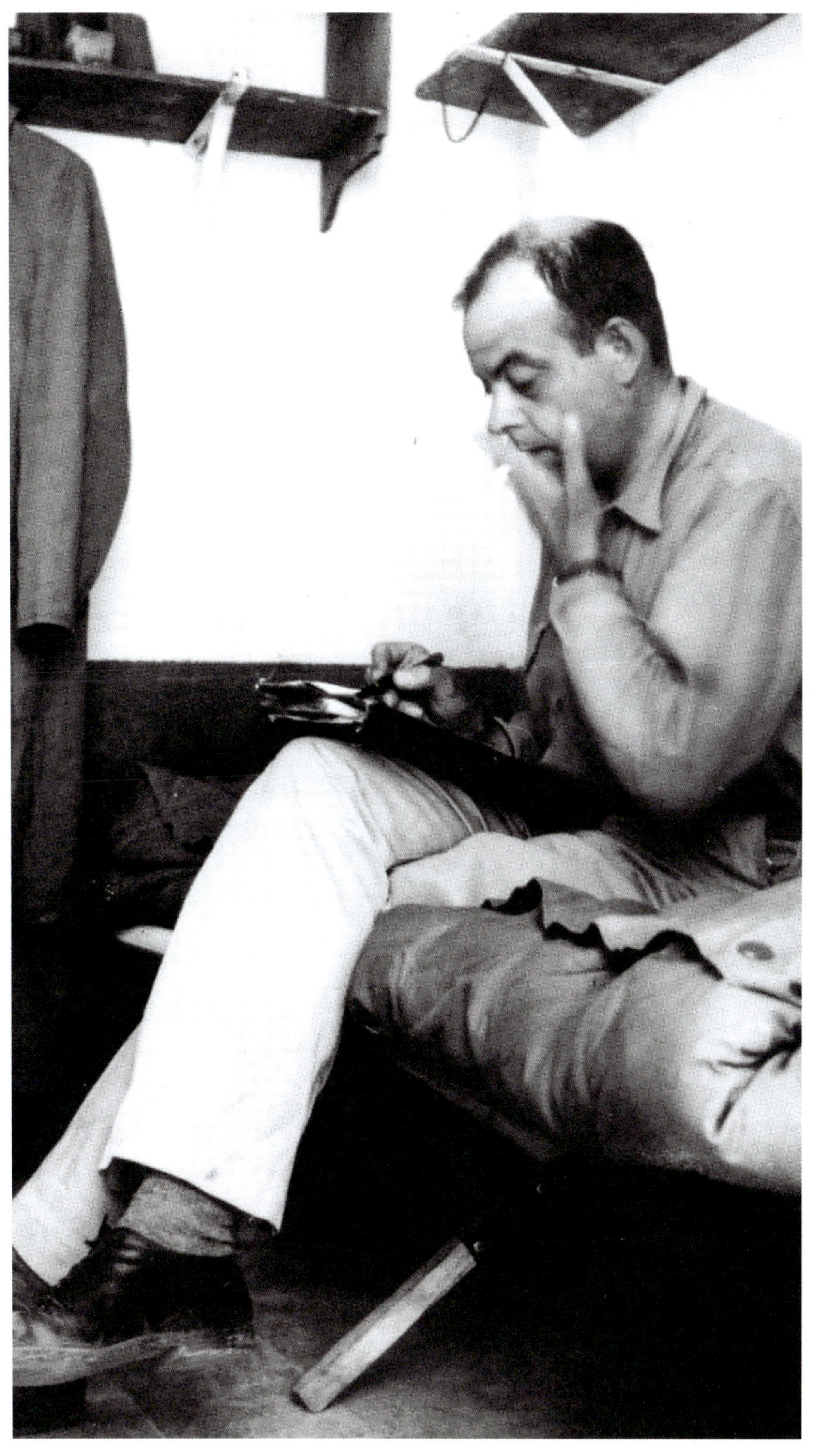

在阿尔盖罗（撒丁岛）兵营寝室里工作的作家圣 - 埃克苏佩里
摄影：约翰 · 菲利普斯
1944 年 5 月，阿尔盖罗

译后记

I.

我很难讲述《小王子》这本书对我可能的意义。

很多年前，在考入南京大学法语系的大一暑假，我和同学们一起回北大附中看望高中老师。惊讶并感动的是在那次聚会上，教授历史的马慨老师送给我一份礼物——一本法文版《小王子》，那是他去法国旅行时特意买回的。马老师不会知道，后来，我在南大外院文化节上把它改编成一出小话剧，还私心地演了自己最喜欢的“狐狸”。他当然更不会知道，在《遇见小王子》的翻译中，依旧是这本书帮助我核准了许多文字与图画细节，并在与书中《小王子》手稿的对照中找到诸多乐趣，深感圣－埃克苏佩里的执着，对词句的反复斟酌，去繁化简，才成就了这个伟大的故事。

后来，收到过不同朋友送的各种版本《小王子》的我也养成一个习惯，在不同国家旅行时，如果可能，去书店买一本当地语言的《小王子》。在一本英文版的扉页上，甚至还贴着当时在哈佛大学书店的购书小票，几十年过去了，字迹依旧清晰。

再后来，是一个更私人的故事。在某次恋爱的越洋视频中，我们一起读《小王子》，他读英文，我读法文，竟然能几乎同时结束。我们用一个月的时间慢慢地读完了整本，那是我们说晚安的方式。

再再后来，2022 年深秋，在一个飘着黄叶的午后，我接到《遇见小王子》的委托翻译。命运仿佛画了一个圆，在少年时期感动过的东西以这样的方式回到我的生命中，产生某种永恒的联结。

II.

它过于严肃了，比我翻译过的任何一本书都要严肃。这明明是关于《小王子》的纪念册，而《小王子》明明是一个童话故事。最初，我是抱着翻译儿童文学的心态来面对它的。不久后便意识到，我大概是在编一本字典——就是一本字典，一本关于《小王子》和圣－埃克苏佩里的字典。从某种意义上，这本《小王子》出版 80 周年纪念册或许是目前关于《小王子》及圣－埃克苏佩里最全面的历史资料汇编之一。

出于敬畏、责任心和爱，全书最终保留了 200 多处译注，刷新了我的个人译注纪录（笑）。于我而言，加入译注的初衷是希望读者在行文中产生好奇或疑问时，可以方便地找到答案。书中提及的所有人物、事件、地点、物品等都在历史中真实存在过，于是，我便希望能为读到它的人画一张地图，串联起圣－埃克苏佩里所有被提及的历史瞬间——让那些他曾经踏过的足迹、珍视过的朋友、生活过的年代、也许有过的思考，都可以在地图上鲜活起来，而不再仅仅是文字。译注的考证可能比翻译本身更加磨人，需要大量搜索、阅读，从繁杂的网络文献、书籍、影像等资料中提取、综述。这有点像解答谜题，这有时带着些未知的不确定。

圣－埃克苏佩里在《小王子》中写道：“我不喜欢人们漫不经心地阅读我这本书。”它本身的确是一本关于严肃事物的书，关于“真正重要的事”。可是，这份严肃背后的温柔让人止不住落泪。正如这本《遇见小王子》，它过于严肃了，像一本严肃的字典，然而，当掠过那些人性的沉重感，剥去层层包裹的坚强，当那个深深眷恋着童年的圣－埃克苏佩里站在面前时，那份严肃背后的温柔常常让我感到哀伤。

严肃与温柔是小王子的特质，是圣－埃克苏佩里的特质，也是《遇见小王子》这本书的特质。或许，这也是人生的特质。

III.

1942 年夏秋之交，圣－埃克苏佩里开始创作《小王子》，当时正逢第二次世界大战。自 1940 年 6 月法军大溃败后不久，圣－埃克苏佩里也从空军飞行大队退役。为了说服美国政府参战，加入反法西斯阵营，他于 1940 年的最后一天抵达纽约，开始了长达 28 个月的流亡生活。《小王子》正是在战争与流亡中诞生的。

在《小王子》的题献中，圣 - 埃克苏佩里把这本书献给他最好的朋友莱昂·韦尔特。韦尔特是犹太裔法国人，比圣 - 埃克苏佩里年长 24 岁，他们之间有着非常动人而伟大的友谊。正是来自韦尔特的鼓励，坚定了圣 - 埃克苏佩里赴美的决心。在这则短短的题献中，我们看得到圣 - 埃克苏佩里对朋友的挂念，对祖国的赤诚，对孩子的尊重，对成年人的期盼，对人类从未放弃的信心。圣 - 埃克苏佩里将这份沉重的集体记忆与他的童话故事永远地联结起来，“童话讲述的才是生命中唯一的真理”。

“1943 年 4 月 6 日，《小王子》首版在纽约问世，以英、法两个语种同时出版。连同后来的加拿大版，它们是圣 - 埃克苏佩里生前出版的仅有的三个版本。”可惜，他未能亲临出版盛况，对读者和媒体的赞誉也不甚了解；4 天前，圣 - 埃克苏佩里搭乘军舰奔赴阿尔及利亚，与战友们会合，重新投入战斗，直至为国捐躯。1944 年 7 月 31 日，圣 - 埃克苏佩里在马赛公海上空执行任务时失踪。25 天后，巴黎解放。

“蒙田应该死在床上，莫里哀应该死在舞台上，拜伦应该死在希腊战场上，而他——圣 - 埃克苏佩里——应该死在空中。”如同传说中的伊卡利亚海，这世间或许也会出现一片“埃克苏佩里海”吧。在那波光粼粼的地中海上，他驾驶着强大的“闪电”战机划过蔚蓝长空，留给我们永不消逝的怀念。也许，有一天我们会在某个地方再次相见。

IV.

小王子今年 80 岁了，自 1943 年它在纽约诞生，或许已经陪伴了这颗星球上的几亿人。最早听过这个故事的孩子，即使那时在牙牙学语，如今也已步入耄耋之年。斗转星移，孩子们都长大了，小王子却依旧保持着最初的模样，跨越几代人，穿越各个大洲，传递着圣 - 埃克苏佩里心底最深沉的理想与温柔。

一个人物的美妙之处在于自他被创造出来，便有了无限的生命，和人类的文明一样长久。一千个孙悟空，一千个哈姆雷特，一千个小王子。

小王子，生日快乐。

很荣幸，以这样的方式陪伴了你的 80 岁。

法小珂

2023 年 8 月 2 日北京暴雨后

参考文献

安托万・德－圣－埃克苏佩里的所有作品、《小王子》的多个版本均可从伽利玛出版社和伽利玛少儿出版社获取。

特别参考书目：

《作品全集》(*Œuvres complètes*)，米歇尔・奥特朗（Michel Autrand）、米歇尔・凯内尔（Michel Quesnel）主编，保尔・布宁（Paule Bounin）、弗朗索瓦丝・格博德（Françoise Gerbod）合著，伽利玛出版社，“Bibliothèque de la Pléiade”（七星文库丛书），1994年（卷一），1999年（卷二）。

《绘画集》(*Dessins*)，德尔菲娜・拉克鲁瓦（Delphine Lacroix）编著，阿尔邦・塞里西埃（Alban Cerisier）合著，宫崎骏作序，伽利玛出版社，2006年。

《战时札记（1939—1944）》〔*Écrits de guerre*（1939-1944）〕，伽利玛出版社，1982年〔重印为“Folio系列”（口袋书系列）〕。

《给陌生女人的信》(*Lettres à l'inconnue*)，伽利玛出版社，2008年〔重印为“Folio系列”（口袋书系列）〕。

《〈小王子〉手稿：摹本和誊本》(*Le Manuscrit du Petit Prince. Fac-similé et transcription*)，阿尔邦・塞里西埃、德尔菲娜・拉克鲁瓦编著，伽利玛出版社，2013年。

《风、沙与星辰，作品集》(*Du vent, du sable et des étoiles, Œuvres*)，阿尔班・塞里西耶权威解读版，伽利玛出版社，“Quarto系列”，2018年（2021年，以套盒装帧重印）。

《安托万・德・圣－埃克苏佩里，康苏爱萝・德・圣－埃克苏佩里：通信集（1930—1944）》[①]〔*Antoine de Saint-Exupéry, Consuelo de Saint-Exupéry. Correspondance*（1930—1944）〕，阿尔邦・塞里西埃编著，伽利玛出版社，2021年，塞维涅奖（Prix Sévigné）。

《给我画幅〈小王子〉吧：向圣－埃克苏佩里的主人公致敬》(*Dessine-moi Le Petit Prince. Hommage au héros de Saint-Exupéry*)，伽利玛出版社，2021年。

《安托万・德・圣－埃克苏佩里照片集》(*Album Antoine de Saint-Exupéry*)，让－达尼埃尔・帕里塞（Jean-Daniel Pariset）、弗雷德里克・达盖（Frédéric d'Agay）精选及注释的肖像集，伽利玛出版社，1994年。

《安托万・德・圣－埃克苏佩里》(*Antoine de Saint-Exupéry*)，展览目录，法国国家档案馆／伽利玛出版社，1984年。

《〈小王子〉的美丽故事》[②](*La Belle Histoire du Petit Prince*)，阿尔邦・塞里西埃、德尔菲娜・拉克鲁瓦编著，伽利玛出版社，2013年。

《从前，有一本安托万・德・圣－埃克苏佩里的〈小王子〉》(*Il était une fois... Le Petit Prince d'Antoine de Saint-Exupéry*)，阿尔邦・塞里西埃编著，伽利玛出版社，“Folio系列”（口袋书系列），2006年。

阿尔邦・塞里西埃〔Cerisier（Alban）〕、雅克・德斯〔Desse（Jacques）〕，《青少年在伽利玛出版社：儿童读物90年》(*De la jeunesse chez Gallimard. 90 ans de livres pour enfants*)，伽利玛出版社／在联合书商出版社（Gallimard / Chez les Libraires associés），2008年。

① 简体中文版为《小王子的情书集》，北京日报出版社，2022年。

② 简体中文版为《小王子（经典珍藏版）》，新世纪出版社，2014年。

皮埃尔·谢弗里埃（Chevrier（Pierre）〔内莉·德·沃盖（Nelly de Vogüé）〕,《安托万·德·圣－埃克苏佩里》（*Antoine de Saint-Exupéry*），伽利玛出版社，1949年。

纳塔莉·德·瓦利埃[①],《圣－埃克苏佩里：大天使与作家》（*Saint-Exupéry.L'archange et l'écrivain*），伽利玛出版社，“Découvertes系列”（发现系列），1998年。

纳塔莉·德·瓦利埃,《圣－埃克苏佩里最美手稿集》[②]（*Les plus beaux manuscrits de Saint-Exupéry*），马蒂尼埃出版社（Éditions de La Martinière），2003年。

菲利普·福雷斯特〔Forest（Philippe）〕,《〈彼得·潘〉和〈小王子〉》（*Peter Pan et le Petit Prince*），收录于《文学的童年》《*L'Enfance de la littérature*》,《新法兰西评论》（*La Nouvelle Revue française*），第605期，2013年六月刊。

福尔·西尔文〔Fort（Sylvain）〕,《圣灵圣－埃克苏佩里》（*Saint-Exupéry Paraclet*），皮埃尔－纪尧姆·德·鲁出版社（Pierre-Guillaume de Roux），2017年。

吉勒·欧雷〔Heuré（Gilles）〕,《莱昂·韦尔特：不屈服的人（1878—1955）》（*Léon Werth. L'Insoumis* 1878-1955），薇薇安·哈米出版社（Viviane Hamy），2006年。

《伊卡洛斯》航空杂志（*Icare*），安托万·德·圣－埃克苏佩里特刊（第69、71、75、78、84和96期），1974—1984年。

斯泰西·德·拉布律耶尔〔La Bruyère（Stacy de）〕〔斯泰西·希夫（Stacy Schiff）〕,《圣－埃克苏佩里：逆流而上的一生》[③]（*Saint-Exupéry, une vie à contre-courant*），阿尔宾·米歇尔出版社（Albin Michel），1994年。

奥利维埃·奥达埃〔Odaert（Olivier）〕,《作家圣－埃克苏佩里》（*Saint-Exupéry écrivain*），鲁汶大学出版社（Presses universitaires de Louvain），2018年。

康苏爱萝·德·圣－埃克苏佩里〔Saint-Exupéry（Consuelo de）〕,《周日来信》（*Lettres du dimanche*），普隆出版社（*Plon*），2002年。

康苏爱萝·德·圣－埃克苏佩里,《玫瑰的回忆》（*Mémoires de la rose*），普隆出版社，2000年。

西蒙娜·德·圣－埃克苏佩里〔Saint-Exupéry（Simone）〕,《公园里的五个孩子》（*Cinq enfants dans un parc*），阿尔邦·塞里西埃编著，伽利玛出版社，“新法兰西评论手册丛书”（Les Cahiers de la NRF），2000年（重印为“Folio系列”（口袋书系列））。

维吉尔·塔纳斯[④],《圣－埃克苏佩里传》（*Saint-Exupéry*），伽利玛出版社，“Folio Biographies系列”（传记口袋书系列），2013年。

阿兰·维尔康德莱（Vircondelet，Alain）,《安托万·德·圣－埃克苏佩里：一生的故事》（*Antoine de Saint-Exupéry, histoires d'une vie*），玛蒂娜·马丁内斯·弗鲁克托索（Martine Martinez Fructuoso）作序，弗拉马里翁出版社（Flammarion），2012年。

莱昂·韦尔特（Werth，Léon）,《我所认识的圣－埃克苏佩里》（*Saint-Exupéry tel que je l'ai connu*），薇薇安·哈米出版社，1994年。

① 纳塔莉·德·瓦利埃（Nathalie des Vallières，1951—2005），法国艺术历史家、博物馆学家，圣－埃克苏佩里的曾外甥女。

② 简体中文版为《成为小王子：圣－埃克苏佩里手稿书信集》，广西师范大学出版社，2022年。

③ 简体中文版为《小王子的星辰与玫瑰：圣埃克苏佩里传》，译林出版社，2021年。英文原版名为*Saint-Exupéry: A Biography*，克诺夫出版社（Alfred A. Knopf），1994年，作者斯泰西·希夫（Stacy Schiff），美国作家，普利策奖、古根海姆奖、美国国家人文奖等重大奖项得主，在传记领域颇有成就。

④ 维吉尔·塔纳斯（Virgil Tanase），法国作家、剧作家、翻译家。2006年，他导演的《小王子》舞台剧在巴黎香榭丽舍剧院上演。

图片版权

伽利玛出版社档案馆（Archives Éditions Gallimard）：p.046（上），026，063，065，066，067（左），123（上）

法国国家档案馆（Archives nationales），巴黎：p.069，070（上），077，075，082，083，094，096，098，099，107

© 贝尔纳·拉莫特（Bernard Lamotte）/圣－埃克苏佩里－达盖遗产管理委员会（Succession Saint Exupéry-d'Agay）/伽利玛出版社照片（Photo Éditions Gallimard）：p.043

雅克·杜塞文学图书馆（Bibliothèque littéraire Jacques-Doucet），巴黎：p.020

法国国家图书馆（Bibliothèque nationale de France），巴黎：p.045，123（下），176，200，201，311

让－马克·普罗布斯特（Jean-Marc Probst）收藏/伽利玛出版社照片：p.036，037，247

特别收藏（Collection particulière）/伽利玛出版社照片：p.005-015，048，019，022，025，026，032，034，035，061，062，068，080，086，087，095，100-101，108，109，115，117，118，119，120，122，124-127，132，133，134，147，149，150，151，153，155，156，157，158，159，160，161，162，170，171，173，174，178，179，180，182，183，184，185，186，187，188，189，190，191，192，193，194，195，196，197，198，202，203，204，207，208（右），221-225，229，235，242，248，249，250，252，253，256，257，260，265，266，271，272，274，277，279，281（上），282（右），283，286，288，291，292，295，296，297（下），299，303，304，305，306，307，308，309，310，315，317，318，326-329

版权所有：p.049，102，169，338，339

苏黎世联邦理工学院图书馆（ETH-Bibliothek Zurich），图片档案馆/瑞士航空摄影基金会（Stiftung Luftbild Schweiz）/华特·密特朗（Walter Mittelholzer）摄影：p.114

马丁－博德默基金会（Fondation Martin Bodmer），日内瓦：p.110，113

哈利·兰瑟姆人文研究中心（Harry Ransom Humanities Research Center），奥斯汀，德克萨斯：p.050，033

© 巴黎装饰艺术博物馆（Musée des Arts Décoratifs，MAD），巴黎/克里斯托夫·德利埃（Christophe Dellière）：p.142（上），238，240，251

法国航空博物馆（Musée Air France）：p.067（右），172，259，263

纳沙泰尔（Neuchâtel），公共和大学图书馆（Bibliothèque publique et universitaire）/伽利玛出版社照片：p.210

弗朗西斯卡·曼托瓦尼（Francesca Mantovani）摄影（伽利玛出版社）：p.046（上），070（下），073，074-075，097，320-323

查理七世博物馆（Musée Charles-VII）照片，耶弗尔河畔默恩：p.136，138，141

艺术、文化和历史照片基金会（Stiftung für Kunst, Kultur und Geschichte（SKKG）），温特图尔：p.175，211，273，280，281（下）

圣·埃克苏佩里－达盖遗产管理委员会/伽利玛出版社照片：p.057，058，060，076，078，093，103，104，105，129，130，131，139，140，148，152，154（下），162，195（上），205，287，301（下），324，325，330，331

莱昂·韦尔特遗产管理委员会（Succession Léon Werth）/ 阿尔贝 - 加缪媒体图书馆（Médiathèque Albert-Camus），伊苏丹：p.043，154（上），163，193（下）

纽约摩根图书馆与博物馆：
p.023[手稿 8615.4]，
031[手稿 8615.10]，
071[手稿 2592.30]，
121[手稿 8615.5]，
142（下）[手稿 2592.32]，
143[手稿 2592]，
212[手稿 8615.1]，
213[手稿 8615.2]，
219、231[手稿 2592，第 2 页]，
232[手稿 2592，第 3 页]，
233[手稿 2592，第 4 页]，
234（左）[手稿 2592，第 5 页]，
234（右）[手稿 2592，第 4 页]，
236[手稿 592，第 141 页]，
237[手稿 2592.33]，
241[手稿 2592，第 19 页]，
244（上）[手稿 2592.20]，
244（下）[手稿 2592.19]，
245[手稿 2592]，
255[手稿 2592.9]，
261[手稿 2592，第 41 页]，
262[手稿 2592.4]，
263（上）[手稿 2592]，
267[手稿 2592]，
268[手稿 2592.34]，
269[手稿 2592.5]，
270[手稿 2592.31]，
275[手稿 2592.1]，
276，
278[手稿 8615.4]，
282（左）[手稿 2592]，
285[手稿 2592，第 81 页]，
290[手稿 2592，第 94 页]，
293[手稿 2592，第 91 页]，
294，
297（上）[手稿 2592，第 130 和 131 页]

史密森学会（The Smithsonian Institution），美国艺术档案馆（Archives of American Art），华盛顿：p.208（左），214，215，300，303

© 沃尔特·利莫特（Walter Limot）/ 弗朗西斯卡·曼托瓦尼（Francesca Mantovani）摄影（伽利玛出版社）：p.041

这个有着金色头发的经典人物，同时造就了世界性的出版现象：《小王子》是全球被翻译最多的书，1943 年，安托万·德·圣－埃克苏佩里创作并亲自配图的《小王子》在纽约问世，以英、法两个语种同时出版；1946 年，伽利玛出版社推出法国版《小王子》，随即成为法国超级畅销书，累计发行 1400 多万册。

《小王子》为人们所深爱，并以各种形式陪伴着我们。2022 年，巴黎装饰艺术博物馆为它举行了一场盛大的历史回顾展；除此，它被改编为各种音乐剧、歌剧、数十部戏剧以及大银幕电影（2016 年凯撒奖最佳动画片奖[①]）；日本建有小王子博物馆[②]，韩国建有小王子小镇，法国阿尔萨斯建有小王子游乐园，巴黎设有小王子官方旗舰店，以及遍布世界各地的小王子主题活动等等；全球的小王子粉丝也可以通过线上商城购买各种精美的周边收藏品。

《小王子》所承载的价值观和传递出的希望持久俘获着全世界读者的心。这本书在人与人之间传递，被当作珍贵的礼物相赠，或与我们挚爱的人分享。

2023 年，这个风靡全球的人物诞生 80 周年，我们希望可以一同庆祝这份美好。跨越了几代人，穿越了各个大洲，小王子从未停止他的旅行，如今各种新的动画系列、展览活动、音乐表演仍在持续涌现，丰富的出版计划和诸多庆祝活动也在等待着我们，欢迎登录官方网站 www.lepetitprince.com，或关注社交平台 @lepetitprinceofficiel，让我们一起探索更多的宝藏吧！

小王子，生日快乐！

---

① 《小王子》有不同的电影版本，这里指 2015 年美国导演马克·奥斯本（Mark Osborne）的动画改编版本。《功夫熊猫》也是该导演的作品。

② 小王子博物馆位于日本神奈川县箱根，1999 年向公众开放。由于顾客减少及建筑老化，该博物馆于 2023 年 4 月 1 日永久关闭。

出 品 人：许 永
出版统筹：林园林
责任编辑：许宗华
特邀编辑：李嘉木
封面设计：墨 非
内文制作：万 雪
印制总监：蒋 波
发行总监：田峰峥

发 行：北京创美汇品图书有限公司
发行热线：010-59799930
投稿信箱：cmsdbj@163.com